路海洋 著

社会 地域 家族：

清代常州古文与骈文研究

凤凰出版社

图书在版编目（CIP）数据

社会 地域 家族：清代常州古文与骈文研究 / 路海洋著. -- 南京 : 凤凰出版社, 2014.11
ISBN 978-7-5506-2059-9

Ⅰ. ①社… Ⅱ. ①路… Ⅲ. ①古典文学研究－常州市－清代②骈文－文学研究－常州市－清代 Ⅳ. ①I206.2②I207.22

中国版本图书馆CIP数据核字(2014)第248366号

书　　名　社会 地域 家族：清代常州古文与骈文研究
著　　者　路海洋
责任编辑　李相东
出版发行　凤凰出版传媒股份有限公司
　　　　　凤凰出版社(原江苏古籍出版社)
　　　　　发行部电话025-83223462
出版社地址　南京市中央路165号,邮编:210009
出版社网址　http://www.fhcbs.com
经　　销　凤凰出版传媒股份有限公司
照　　排　南京凯建图文制作有限公司
印　　刷　徐州新华印刷厂
　　　　　徐州市青年路公园巷2号,邮编:221003
开　　本　652×960毫米　1/16
印　　张　18.25
字　　数　272千字
版　　次　2014年11月第1版　2014年11月第1次印刷
标准书号　ISBN 978-7-5506-2059-9
定　　价　42.00元
(本书凡印装错误可向承印厂调换,电话:0516-82328908)

目　录

序

罗时进

多年前，当我开始关注地域文学研究时，因为“在地”的原因，自然将“江南”纳入了研究范围。在我的江南视野中，常州一片是突出的文化高地。尤其在清代，常州是一个极为兴盛的知识产地，极为繁荣的文学家园。我甚至认为，从文化存在、文化能量的意义上看，清代常州不是“江南”所能涵盖的，她拥有一个庞大的文人部落，其影响力覆盖了中国文化版图的多个领域，在中国古典文化发展史上有其独立的意义和地位。

若论清代常州文人部落之群星闪耀，人们一定会想起龚自珍的《常州高材篇送丁若士履恒》：

> 丁君行矣龚子忽有感，听我掷笔歌常州。天下名士有部落，东南无与常匹俦。我生乾隆五十七，晚矣不及瞻前修。外公门下宾客盛，始见臧顾来裒裒。奇才我识恽伯子，绝学我识孙季逑。最后乃识掌故赵，献以十诗赵毕酬。三君折节遇我厚，我益喜逐常人游。乾嘉辈行能悉数，数其派别征其尤：易家人人本虞氏，毖纬户户知何休。声音文字各窔奥，大抵钟鼎工冥搜。学徒不屑谈贾孔，文体不甚宗韩欧。人人妙擅小乐府，尔雅哀怨声能遒。近今算学乃大盛，泰西客到攻如雠。常人倘欲问常故，异时就我来咨诹。勿数耇耋数平辈，蔓及洪管庄张周。其馀鼎鼎八九子，奇人一董先即邱。所恨不识李夫子，南望夜夜穿双眸。曾因陆子屡通讯，神交何异双绸缪。识丁君乃二十载，下上角逐忘春秋。丁君行矣龚子忽

有感，一官投老谁能留。珠联璧合有时有，一散人海如凫鸥。噫！才人学人一散人海如凫鸥，明日独访城中刘。

定庵诗中称美的人物，皆为常州名族，在学术研究和辞章创作上堪称一时之选。其中丁履恒，字若士，一字道久，号冬心，为清代著名诗人和朴学家，与段玉裁、卢文弨、李廷敬、庄述祖、张惠言、恽敬等情在师友之间，同时与邑中洪亮吉、刘嗣绾、陆继辂、黄乙生等时作文酒之会，联唱相和，著有《思贤阁文稿》、《思贤阁诗稿》、《宛芳楼草》等，谭献《箧中词》称其"气体高妙"。又有《毛诗名物志》、《说文谐声类编》、《左氏通义》等。履恒有族兄履端，字端久，号郁兹，也是邑中能诗者，与洪亮吉、孙星衍、赵怀玉、杨梦符交游，晚年与李兆洛、刘嗣绾、陆继辂等齐名常郡。此外，丁履恒为庄绶甲姊婿，且于绶甲终身师事之，而绶甲之妻为刘逢禄"从女兄"，即堂姐。丁履恒极好交游，乾隆五十四年(1789)曾与陆继辂、洪饴孙(孟慈，亮吉子)、李兆洛(申耆)、周仪玮(伯恬)等订交。可见，仅仅以丁履恒为中心展开"文学圈半径"，就可以看到多少清代常州著名文人！

考察常州这个名士部落，还可以注意一下"草堂诸子"和"同车图"的相关资料。草堂诸子是指经常参与江阴祝百十爱日草堂聚会的十二位常州文士，他们是周仪玮、张惠言、张琦、祝百五、陆继辂、陆耀遹、庄绶甲、刘逢禄、洪饴孙、丁履恒、李兆洛和祝百十。"乾嘉之际，士皆尚文章，驰骛声利。于时常州独多文士，而草堂诸君子独以立身砥行，时相劘切，风向为之一变"(郭嵩焘《郭嵩焘日记》第一卷)。《同车图》系道光三年(1823)张怀白绘，题材为前一年常州管氏家族名士管绳莱与十三友人出游的生动情景：

露车一辕，中马，左骖驴，跨驴而从者三。车之中白须中坐者子常，仰而与语者卿珊；青兜蔽耳、侧坐露半面者宛邻，若士对之，举手若相语；若士之后，左山子、右彦闻；绍闻背宛邻坐，捻须若有所思；善之坐右辕，回首与伯恬语；孝逸曳一足，坐左辕，若与驴背人相盼也；驴傍车而稍后，前为彦惟，后则赞卿、竹吾并而语，竹吾拄鞭若听者；驭夫结束，傍右辕而趋，扬鞭而顾，若指示车中人者，为保绪。

据李兆洛《同车图记》知同游者为祝百十、张绮、丁履恒、陆耀遹、庄绶甲、周仪玮、管绳莱、魏襄、周济、吴育、张成孙、方履篯、康兆奎、鲍继培。对照一下可以看出,龚自珍的"常州高才"行列中的好几位都属"草堂诸子",而他们大多都坐在道光二年出游的车上。而这是一个多么可观的清代文人阵容啊,如果将他们的前辈和师友作一番想象性的关联,常州的这部"文化巨车"是何等壮观!

常州是清代诗歌创作的重镇,查慎行《续毗陵诗录》有"毗陵诗国千年事"之谓,可见历史源远流长。袁枚《仿元遗山诗论》说"常州星象聚文昌,洪顾孙杨各擅场"。清代的常州"文昌星系"相当庞大,除了洪亮吉、顾敏恒、孙星衍、杨芳灿,当然还有赵翼、黄仲则等,还有毗陵诗派、阳湖诗派、梁溪诗派中的其他人物。另外常州女性作家群队伍浩荡,可以与之争胜的地区更有限了。

然而,正如梁启超所说,"常州在有清一代,无论哪一门学问,都有与人不同的地方"。常州人赵尊岳序《刘氏清芬录》有云:"诗、古文、词,数百年来固吾郡所独著,世号'常州宗派'。"赵氏提到了常州古文,未及骈文。而屠寄在《国朝常州骈体文录》之《叙录》中曾总括其成就:"乾隆、嘉庆之际,吾郡盛为文章。稚存、伯渊齐金羁于前,彦闻、方立驰玉轪于后。皋文特善词赋,申耆尤长碑铭。诸附丽之者,亦各抽心呈貌,流芬散条,亹亹乎文有其质焉!于时海内属翰之士,敦说其义,至乃指目阳湖以为宗派。"这里勾勒出的清代常州文章发展小史,已足可令人称羡。

这些年,我有意识地要求研究生关注清代常州文学家族和作家群体,适当选择毕业论文题目进行探讨。在路海洋选择博士论文的题目时,我建议他进行清代常州的古文与骈文研究,去啃一块比较硬的骨头。我对海洋还是有信心的,因为他骨子里喜爱古典文学,喜爱古典文学研究。

说起来很有意思,海洋当年考入苏州大学就读的是新闻传播学专业,在他大四的时候,我正好为文学院的学生开一门唐诗学方面的选修课。每次上课总会看到一位同学坐在最后一排,点名时我才知道是

“多”出来的一位,他就是海洋。他告诉我说并没有选修这门课,是来“蹭课”的,不过倒是从不缺课。时间长了,我也就视其为选课生,偶尔让他回答问题,居然颇得要领,悟性甚嘉。这一轮课“蹭”下来的结果是,他毕业时放弃了当时非常容易就业的新闻专业,报考我的古代文学硕士研究生。读了两年,因为成绩优异而获得“直升”的机会,继续跟从我攻读古代文学明清诗文研究方向的博士学位。

若问高校导师与研究生是什么关系,我的理解是“两相须”、“两相待”,对我们从事古典学术的学者来说,感受尤其深刻。古典学术研究,是一个需要沉潜,甘于寂寞的事业。如果说研究生选择导师包含了某种学术需要和期待的话,作为导师又何尝不需要一心向学的研究生,不对他们充满期待呢?老实说,当今古典学术后继乏人,真正对这门学科有基础,有感情,有愿景,而又乐意在无垠的荒野中长期跋涉的年轻人并不多。所以对海洋“自投罗网”,从本科一直到博士阶段都执著地热爱古代文学,研究中古、近古诗文,我是深心感触,并寄予信心和希望的。

海洋在读博期间颇下工夫,这一点我们文学院不少老师和研究生都能见证。他选择清代常州古文和骈文进行研究,很有难度。其难度不仅仅要分别对清代常州之“古文”和“骈文”进行研究,既进得去又出得来,而且要建立起社会、地域、家族这三个维度,在一个新的理论框架中展开对文体的研究,做到理论与实证的融贯。这对海洋来说是一个挑战,但他终于很好地完成了这一学术任务。

摆在我面前的这部书稿是在毕业论文基础上进一步修改打磨而成的,读之心生喜悦。海洋通过深入扎实的第一手文献资料搜集整理,对清代常州地区的社会历史、地域环境、家族文化进行了比较全面的研究,同时对一定时空中的文学群体、文学家、文学作品展开了深入细致的个案分析,理论架构与学术话语有创新性和个性感,既能承接前人研究之成果,也能突破现有结论,开辟新境界。书稿中对社会、地域和家族的研究,不仅仅是作为一种背景,本身就具有了一定的理论自足性,这种相对自足的理论与文体研究之间能融会贯通,使全书具有了整体感和新颖性,而细细品读,许多个案也很能让人会心感悟。

当时进行毕业论文答辩,王水照、董乃斌等先生都给予了很高的评价，后来以之申请国家社科基金项目也获得立项，作为导师我是深感欣慰的。当然，地域与家族研究近些年才引起学界关注，许多理论问题还有很大的探讨空间。另外，骈文是一种具有一定格式化的文体，如何在研究中走出格式化，还有可以进一步提升的余地。从本书的“余论”，我们可以了解到海洋对这个课题学术把握的宽度和深度，以及开拓创辟的雄心。从去年起，他担任了一些行政工作，为了不影响科研，他比以前更加勤劬。海洋正处于最富于青春，富于朝气，富于创造的年华，以他现有的学术基础，加以敏智与勤劬，是一定能在古典学术研究上做出一番事业来的。我像过去期待他的今天一样，期待他取得更为丰硕成果的未来。是为序。

2014 年 3 月写于台湾逢甲大学，时任客座教授于此

绪　论

清代文学发展呈现出比较明显的区域化态势，江南、岭南、秦晋、齐鲁、河朔诸地大量具有地域性特征的诗文作家和文学流派的出现，就是很好的说明。在清代的区域性文学板块中，江南历来是学者重点关注的文学"首富区"，而常州府又是这一文学"首富区"中尤为引人瞩目的重镇。常州人赵尊岳序《刘氏清芬录》有云："诗古文词，数百年来固吾郡所独著，世号'常州宗派'。"[①]如诗之"毗陵派"，古文之"阳湖派"，骈文之"常州派"，词之"阳羡"、"常州"二派，都是曾经推动、影响甚至引导、转变文坛风气的重要文学流派。清代常州文学中的诗、词两体，学界的研究成果相对较多，但文（包括古文和骈文）特别是骈文的研究，则尚待进一步加强。

考虑到本书的宗旨并不是要写作一部系统的清代近三百年的常州古文与骈文史，而重点是要呈示常州这一特定区域中特定文体发展的主体面貌和鲜明特征，因此，本书将研究的视野聚焦在清中期或说兴盛期的常州古文与骈文。同时，考虑到清代中期常州古文与骈文这两条线的发展是充分交互而非平行推演的，所以本书有别于《阳湖文派研究》、《清代常州骈文研究》等以单一文体为着眼点的研究思路，而将古文与骈文作为一个既有区别又有联系的整体来观照。再者，与传统的作家、作品论研究思路相异，本书采用社会、地域与家族视角交叉并用的方法，对清中期常州的古文与骈文进行立体而深入的探讨。这是本

---

① 刘祺编辑、刘继丰校订《武进西营刘氏清芬录第一集》卷首。

书的三个特色。

第一节 清代常州古文与骈文研究范畴

本书研究的范畴,大体可以从四个方面来界定:时间上,主要限定在清中期,包括乾隆、嘉庆、道光三朝;空间上,以常州府阳湖、武进两县为发源地,延展到全国范围;创作群体,限定为常州府阳湖、武进籍作家,实际是以古文"阳湖派"与骈文"常州派"代表作家为主,兼及阳湖、武进籍其他重要作家;创作内容,为诸家的古文与骈文作品。

具体而言,时间上的框限,是依据常州古文与骈文主要作家的生活年代、特别是他们文学交游与创作活动的时间范围来确定的。常州古文代表作家恽敬、张惠言、张琦、李兆洛、陆继辂、董士锡诸人,大体生于乾隆中后期,卒于嘉道间,主要创作则集中于乾隆后期、嘉道间。骈文代表作家,大体分前后两期,前期刘星炜生活年代略早,生于康熙末年、卒于乾隆末年,其余洪亮吉、孙星衍、赵怀玉、杨芳灿等,则生于乾隆前期、卒于嘉庆间,其主要创作集中于乾隆中后期、嘉庆初;后期代表作家刘嗣绾、方履篯、董基诚、董祐诚诸人,生活年代与文学创作活动时间,大体皆与古文代表作家相似。依此看来,常州古文与骈文的兴盛期,即在乾嘉道三朝,本书以兴盛期的常州古文与骈文为研究对象,故以乾嘉道三朝为时间限约。

空间范围的划定,是以常州古文与骈文主要作家的交游与创作所涉地域为依据。常州作家间因为地缘的相近、血缘的相亲、兴趣的相投,有着丰富的文学性交游,其交游的区域空间,除了诸人的出生地、文学生涯的发源地常州府,还包括随着他们生活轨迹的延展而扩大所及的众多地域。最典型的如恽敬、张惠言、庄述祖、庄献可诸人,曾在京师"商榷经义古文"①,而这一事件乃是"阳湖文派"正式形成的重要标志,则京师固然应当视为常州作家交游的重要场所。同时,诸人生活轨迹的延展,往往就是其创作生涯的延展,或寓幕依人,或赴考羁旅,或四海

① 吴德旋《初月楼文钞》卷8《恽子居先生行状》。

壮游,或膺命宦居,每到一地,命笔作文,这是诗人墨客常有之事。比如洪亮吉一生笃好奇游,足迹几遍天下,其骈体作品,很大一部分即写于游历途中;又如董祐诚迫于生计,游幕陕中,他的绝大部分骈体作品都写于客游期间。那么,他们文学生命的空间,应当包括故乡以外、游踪所及的广大地域。但说到底,不管常州作家们游历寓居多久、多远,他们的根还是深扎在常州的乡山故土之中,因此文章将研究的空间,设定为以诸人故乡阳湖、武进为发源地、汇聚点,包括他们足迹所至的全国广大范围。

创作群体之所以限定为阳湖、武进籍作家,主要是因为常州古文与骈文的创作主体,几乎全部隶籍阳湖、武进。常州古文的主要成就,由"阳湖派"一派完成,其领军为恽敬、张惠言,其余代表作家为李兆洛、陆继辂、张琦与董士锡,而丁履恒、陆耀遹、祝百五与祝百十兄弟等,也是比较重要的创作者。此外,常州府古文值得一提的作家,还有洪亮吉、孙星衍、赵怀玉、庄氏一族(庄存与、庄述祖、庄绶甲、刘逢禄、宋翔凤)、储氏一族(储欣、储方庆、储大文)等,其中洪、孙、赵实为"阳湖派"先导,庄氏一族虽以学术名世,而古文亦有创获。查诸人籍贯,除储氏一族(宜兴县人)、祝氏兄弟(江阴县人)外,其他诸氏俱为武进、阳湖人。

常州骈文的创作,大体分前后两期,前期作家以刘星炜、洪亮吉、孙星衍、赵怀玉、杨芳灿为代表,其中洪、孙成就最高,他们也是所谓骈文"常州派"或"常州体"[①]的魁首;后期刘嗣绾、方履篯、董基诚、董祐诚四人为一时骈体名手,成就固高,其余古文"阳湖派"张惠言、李兆洛、陆继

① "常州派"或"常州体",是清代以来对洪亮吉、孙星衍为首的骈文流派的概称。主要成员除了洪、孙(俱阳湖人),还有杨芳灿(金匮人)、刘嗣绾(阳湖人)、曾燠(南城人)、彭兆荪(镇洋人)、李慈铭(绍兴人)等,所为文章以清新为鲜明的风格特色。如民国学者刘麟生在其《中国骈文史》中论清代骈文"常州派"云:"洪亮吉与孙星衍齐名,皆为常州人,所为骈文,以轻倩清新取胜,世有常州体之称……常州作家稍后起者,为刘嗣绾,造句遣词,专以轻倩取胜。"并举嗣绾《潘君妻周孺人诔》中一联,批评其文有"琢句纤巧"之弊,继云"当时作家,如杨芳灿、彭兆荪、曾燠诸人,及清末之李慈铭,均不免有此结习也"。我们从文章的章节设置、意脉推进及所举洪、孙、刘、彭、李等人的骈文例证来看,刘麟生是将刘、杨、彭、曾、李诸人都视作"常州体"或"常州派"作家的。又如张仁青《骈文学》论(转下页注)

铬、张成孙、董士锡诸人,及洪符孙、洪齮孙兄弟,也颇有创获[①]。其中除杨芳灿为金匮人,此外诸人皆隶籍阳湖、武进。故本书将常州府阳湖、武进两邑代表作家的古文与骈文创作作为研究对象,以展示清中期常州古文与骈文创作的主体成就。

本书所谓古文与骈文的概念,开篇须略作界定。众所周知,唐以前,文章并无古文与骈体之分,有此分别,是在"古文运动"以后,正如李兆洛《骈体文钞自序》所云:"自秦迄隋,其体递变,而文无异名。自唐以来,始有古文之目,而目六朝之文为骈俪。"[②]所谓古文,章培恒、骆玉明主编《中国文学史》的界定比较简洁、准确,那就是"韩愈等人针对'时文'即魏晋以来形成、至初盛唐仍旧流行的骈体文而提出的一个概念,指先秦两汉时单行散句、没有规定形式的文体"[③]。而所谓骈文,大体就是偶行整句、讲求用典敷藻与格律声韵、有相对固定形式的文体。这样的概念,后世沿袭,本文也因而将研究内容划分为古文与骈文两个方面。

这里有一个问题必须提出来,那就是源于先秦两汉而清人沿用的辞赋之体,应归入古文还是骈文?解答这个问题,首先要对"辞赋"进行具体分类,按照通行的分法,赋体包括先秦两汉盛行而后世沿用的古赋、经魏晋六朝人改造与发展的骈赋以及"唐宋时代和以后应试用的非古式的律赋"[④]等三个类型。其中第一类的古赋,"桐城派"大师姚鼐编《古文辞类纂》,是将其归入古文,当今学界则将其视为一种介于诗文之

(续上页注)洪亮吉与"常州体"有云:"洪亮吉所为骈文,格调纤新,笔致轻倩,世有'常州体'之称,稍后之刘嗣绾、杨芳灿、彭兆荪、曾燠、李慈铭专学之,影响殊为深远。"就说得更清楚了。引文分别参见刘麟生《中国骈文史》,第127-129页,上海商务印书馆,1937;张仁青《骈文学》,第543页,台湾文史哲出版社,1984。

① 如张寿荣《后八家四六文钞》将张惠言、李兆洛、董祐诚与乐钧、王昙、王衍梅、刘开、金应麟八人,并称为清代后期最有代表性的骈文家;而王先谦《国朝十家四六文钞》,则将方履篯、董基诚、董祐诚,排在清代后期十位最有成就的骈文家行列中。

② 屠寄辑《国朝常州骈体文录》卷13。

③ 章培恒、骆玉明主编《中国文学史》(中册),第183页,复旦大学出版社,1996。

④ 钱仲联《明清八大家文选丛书总序》,见钱仲联主编、严明等选注评点《张惠言文选》卷首,苏州大学出版社,2001。

间的特殊文体，不管怎样，古赋固然不应划入骈文。第二类骈赋和第三类律赋，都是在古赋基础上发展出来的“新式”辞赋，它们有一个共同的特征，即都使用对偶修辞格、都讲究声律和藻采，很大一部分这两类作品还注重用典隶事，在这个意义上，我们完全有必要将它们视为骈体之文。清代骈文家如常州张惠言、陆继辂、张成孙、董士锡、董基诚、董祐诚等人的赋作（主要是骈赋，律赋很有限），体制上虽存楚骚、汉赋之风，但从其核心特征即句式的整俪、声律和藻采的讲求、运典的丰富上看，应视为骈体文，这也是屠寄纂辑《国朝常州骈体文录》选录诸家赋作的原因。

第二节　清代常州古文与骈文研究现状

清代常州的古文与骈文有着很高的成就，这自清代以来就是学界的共识，但学界对它们的研究却颇为不足，而就既有研究成果来说，对古文的研究显然要多于对骈体的研究。

古文方面，论者集中以“阳湖派”为对象，展开了不同程度的论述、研究。清人在各种文献中，已常有涉及“阳湖派”的文字，如张之洞撰《书目答问》，专门列出“阳湖派古文家”一目，视恽敬、张惠言、陆继辂、董士锡、李兆洛为代表作家，以与“不立宗派古文家”、“桐城派古文家”并举①；又徐珂《清稗类钞・文学类・阳湖文派》，认为“桐城、阳湖，名为两派，其实一源”，并指出“阳湖派”实从“桐城派”衍出②；又姚鼐后裔姚永朴《文学研究法》卷2《派别》，强调指出张之洞将清代古文家分为“桐城”、“阳湖”和“不立宗派”三派“尤不足据”，认为“阳湖”源出“桐城”，并且实际是“两派合而不分”的③；钱基博的观点则与徐、姚二人相

① 张之洞撰、范希增补正、高明路点校《书目答问补正》附录《国朝著述诸家姓名略》，第257页，北京燕山出版社，1999。

② 徐珂编辑，无谷、刘卓英点校《清稗类钞选・文学类》，第38页，书目文献出版社，1984。

③ 姚永朴著、许结讲评《文学研究法》，第72－74页，凤凰出版社，2009。

异,他在《现代中国文学史》中指出,“阳湖派”虽源出“桐城派”,但两者有很大的不同:“盖桐城之文,从唐宋八家入;阳湖之文,从汉魏六朝入。迨李兆洛起,放言高论,盛倡秦汉之偶俪,实唐宋散行之祖;乃辑《骈体文钞》以当桐城姚氏之《古文辞类纂》;而阳湖之文,乃别出于桐城以自张一军。”①即阳湖古文已然跳脱“桐城派”的樊篱,自成一派。此外,王先谦《续古文辞类纂例略》②、马其昶《清史文苑传序》③、梁启超《中国近三百年学术史》④等,或多或少,都曾就“阳湖”、“桐城”两派的关系有所论述。这一类观点,或有精到之处,如张之洞对于“阳湖派”的定位,对“阳湖派”代表作家的认定,钱基博对于“桐城”、“阳湖”二派的关系及其古文创作不同之处的论析,到目前也是十分值得借鉴的,但是它们多是只言片语,未曾展开详细的探讨,这也是初期阳湖古文研究的基本特点。

民国以降,论者对“阳湖派”的研究渐趋深入,大体可分五个方面:一是对“桐城派”、“阳湖派”关系的探讨;二是对“阳湖派”作家群体的考证确认;三是对“阳湖派”代表作家文学思想的总结;四是对“阳湖派”创作的整体风格特征进行概括;五是较为系统全面的“阳湖派”研究。

第一类对“桐城”、“阳湖”两派关系的讨论,参与者颇众,姚华《弗堂类稿·论著甲·论文后编》、吴孟复《桐城文派述论》、郭绍虞《中国文学批评史》、陈子展《中国近代文学之变迁》、章宗祥《中国大文学史·清代文学》而外,郭预衡《中国散文史》、蒋逸雪《试论阳湖文派》及章培恒、骆玉明《中国文学史》等,都具有相当的代表性,其具体内容,将在本书余论部分展开详细论述。

第二类对作家群体的研究,以刘声木《桐城文学渊源考》⑤、陈光贻《阳湖派主要作者简介》⑥为代表。根据他们的罗列,“阳湖派”的作家群体,基本可以确定。但是像刘声木的考论,前提是将“阳湖派”完全视

① 钱基博著、傅道彬点校《现代中国文学史》,第19页,中国人民大学出版社,2009。
② 参见王先谦辑《续古文辞类纂》卷首。
③ 参见马其昶《抱润轩文集》卷5,民国十二年刊本。
④ 参见梁启超《中国近三百年学术史》,第22页,上海三联书店,2006。
⑤ 参见刘声木《桐城文学渊源考》,黄山书社,1989。
⑥ 见《江淮论坛》,1983年第1期。

为“桐城派”的内部流衍，这一点是不可取的。

第三类以郭绍虞《中国文学批评史》、朱东润《中国文学批评史大纲》为代表。郭书特别强调恽敬文学理论的意义，认为“阳湖文论，除恽敬外，无可论述”①，并对恽敬的文学观、论文标准进行了比较系统的勾勒，这也是迄今为止有关恽敬文学思想最为深刻的论述。朱东润《中国文学批评史大纲》亦专列“恽敬”一节，对恽敬论文的相关重要文字，有较多的引述，但是文义隐约，缺乏明确的提升总结②。郭、朱两书虽然都强调了恽敬文学思想对于“阳湖派”的重要意义，不过他们有一个共同的不足之处，就是忽视了恽敬以外“阳湖”诸家如张惠言、张琦、李兆洛、陆继辂的文学思想的研究，郭书对二张、李、陆诸人是一笔抹倒，朱书虽将张惠言与周济专列一节，也主要是强调惠言在词学思想方面的贡献。而我们读二张、李、陆诸人的文集，他们都有比较系统的文学理论主张，因此，这一方面亟待纠补完善。

第四类以刘大杰《中国文学发展史》，游国恩、王起等《中国文学史》，邬国平、王镇远《清代文学批评史》为代表。刘大杰《中国文学发展史》虽然认为“阳湖派”乃是“桐城派”的旁流，但是对“阳湖”之所以区别于“桐城”的原因进行了探究，他总结为两点，一是“他们一面作古文，同时又喜作骈体”，二是“他们除取法六经八家外，同时兼取子史杂家”③，前者讲古文作法，进一层来说，实际就是“阳湖派”骈散融通的创作思路，后者则是讲他们古文的取法路径，这是颇为深刻的见解。游、王等人的《中国文学史》，也概括出“阳湖”与“桐城”之文所存在两点差异，一为取法的广泛，二即作法上的散中兼骈，思路与刘大杰极似，可谓英雄所见略同④。邬国平、王镇远《清代文学批评史》的论述则较刘书与游国恩、王起等书更为系统，他们总结出“阳湖派”文论的三个特色，即博

① 郭绍虞《中国文学批评史》，第 587 页，中华书局，1961。

② 参见朱东润撰、章培恒导读《中国文学批评史大纲》，第 374 - 378 页，上海古籍出版社，2001。

③ 刘大杰《中国文学发展史》(下卷)，第 252 页，复旦大学出版社，2006。

④ 参见游国恩、王起等《中国文学史》(四)，第 335 页，人民文学出版社，1964。

取广汲而不入樊篱、“文集之衰，当起之以百家”和骈散合一①，前两点略有交叉，总体来讲，与刘氏《中国文学发展史》及游国恩、王起等《中国文学史》所述并无二致，只是更为明确地提出了“阳湖派”“骈散合一”的创作特色。他们相较于前人的优点，是不仅以恽敬的文论作为阐论的依据，而且综合了张惠言、陆继辂、李兆洛等人的文学思想，全面勾剔爬梳，故引论更充分、阐述更令人信服。

第五类目前只有曹虹《阳湖文派研究》一书。全书由“绪论”、“总论”、“分论”三部分构成，对“阳湖派”的由来、“阳湖派”与“桐城派”的关系、“阳湖派”产生的时代与地域文化背景、“阳湖派”的创作群体与文学理论、“阳湖派”代表作家的文学思想与文学成就等众多方面，进行了较为深入的探讨，此书也是目前唯一一部对“阳湖派”进行系统研究的著作，本书的常州古文研究，不少方面颇受其启发。当然，《阳湖文派研究》并非尽善尽美之作，比如常州以至江南的地理人文背景与“阳湖派”的关系（包括自然地理条件与清代常州文化的繁荣、历史文化的积淀与常州特殊人文性格的熔铸、学术的兴盛与常州文学发展的关系等方面），又如“阳湖派”诸代表作家的家族文化背景与他们古文创作的关系、他们的文学思想与古文创作实绩等方面，都有待进一步深入发掘、展开。

学界对常州骈文的研究比较薄弱，已有的论述，主要以“常州派”为中心，对该派创作的总体风格特征，对该派代表作家如洪亮吉、孙星衍、刘嗣绾等的骈文风格、创作成就等，作了初步的探讨、总结。大体可从两个方面略作综述：

一是对常州骈文的总体观照。这方面的论著、论文，以刘麟生《中国骈文史》、张仁青《骈文学》、吴兴华《读〈国朝常州骈体文录〉》为代表。刘麟生《中国骈文史》将清代骈文按风格，分为若干派类，其中即有“常州”一派。刘氏认为“常州派”的文章，是“以轻倩清新取胜”，并归纳其具体特色为三点，即“用典欲其灵活”、“炼字欲其清新”、“时参以散句”②，可谓别具只眼。张仁青《骈文学》承刘麟生而参以己见，略作发

① 邬国平、王镇远《清代文学批评史》，第612－626页，上海古籍出版社，1995。

② 刘麟生《中国骈文史》，第127－128页，商务印书馆，1937。

挥，认为清代骈文虽有门户派别之分，“举其大要，则六朝三唐两宋三派而已”，不过“亦有自抒胸臆，别开蹊径，不为前述三派所囿者”，那就是“常州”、“仪征”两派[①]。并认为“常州派”骈文的风格，主要是“格调纤新，笔致清倩”[②]，与刘麟生“轻倩清新”之说并无二致。他们共同的一点不足，是特别强调了“常州体”骈文清新的风格特色，而不及其余，以至刘麟生认为“常州体”的文字，“以之作小品文字，及言情之作，最为佳妙，以言碑板文字及议论，则不免寡味矣”[③]。实际“常州体”诸家如洪亮吉、孙星衍、刘嗣绾等，他们的文章固有清新的一面，但绝不是仅擅清新一体，刘麟生所言“碑板文字及议论”，诸人集中恰恰都有不少思想、艺术俱臻高诣的作品，或沉浑、或超迈、或高华，研究清代常州骈文，是不可不提的。

吴兴华的《读〈国朝常州骈体文录〉》，是藉对屠寄《国朝常州骈体文录》的阅读，首先概论中国古代骈文的形式特点，接着以屠寄《文录》中所收常州骈文家的作品为例，探讨清代骈文之所以能复兴的原因、清人骈体创作别于前人的技巧特点。文章特别有意义之处，是颇具慧眼地选取了常州骈文家的一些代表作品，并将它们放在整个清代骈文演变的进程中进行解析、论述，从而使我们对清代常州的骈文有了一种形式美学上的统观了解[④]。

二是对常州骈文重要作家骈文创作的风格特色、艺术成就的论述。这一方面的文献相对较多，但主要都是对常州骈文代表作家如刘星炜、洪亮吉、孙星衍、刘嗣绾的创作，作印象式的、不成系统的评论。清人以吴鼒《八家四六文钞》的几篇《题词》及姚燮、张寿荣等为曾燠《国朝骈体正宗》所作诸评语最为特出。吴鼒辑《八家四六文钞》，以袁枚、邵齐焘、刘星炜、吴锡麒、曾燠、洪亮吉、孙星衍、孔广森为清代骈文八大家，各人文集前皆有《题词》[⑤]，文字虽多精简，但勾勒抉剔，往往切中要害、醒人

① 张仁青《骈文学》，第530页，台湾文史哲出版社，1984。
② 张仁青《骈文学》，第543页。
③ 刘麟生《中国骈文史》，第128页。
④ 参见《文学遗产》，1988年第4期。
⑤ 除孔广森《遗郑堂遗稿》的《题词》系孙星衍所作，其余皆出吴鼒之手。

耳目。按照吴氏的《题词》,我们可以对常州骈文家刘星炜、洪亮吉、孙星衍的骈文创作概况,有初步的了解①。姚燮、张寿荣等根据曾燠《国朝骈体正宗》所作的评语,有着特别的文献价值,姚、张等人的评语,虽然也是印象式点评,不成系统,但是其或论文章布局转承之妙、或论用字炼句之工、或总结文章风格特色,极有见地,对我们具体了解常州代表作家如洪亮吉、孙星衍、刘嗣绾的骈文风格、技术与艺术成就,有着很大的帮助②。

清末民初以来,有关骈文的论著不断涌现,一般皆有涉及常州骈文创作的论述,谢无量《骈文指南》、钱基博《骈文通义》、瞿兑之《中国骈文概论》、刘麟生《中国骈文史》、张仁青《骈文学》及《中国骈文发展史》等是其代表。总体而言,诸家一般只对洪亮吉、孙星衍二人有所论述,常州骈文其他作家则极少提及。吕双伟在《近百年清代骈文研究综述》中,对前述诸家论洪、孙的文字多有引述,这里不赘述③。前述谢、钱、瞿、刘、张诸家而外,金秬香(《骈文概论》)、姜书阁(《骈文史论》)、于景祥(《中国骈文通论》)、莫道才(《骈文通论》)等人的论著中,也都涉及到了常州骈文家如洪亮吉、孙星衍的骈文创作。总体来看,这一类研究虽不乏精到之论,但仍比较零散,不够系统深入。

与笔者撰写博士论文(始于2005年),对清代常州骈文进行研究差不多同时,南京大学曹虹教授及其门生陈曙雯、倪惠颖,也开始着手研究清代常州的骈文创作(2006年),并于2010年出版了以《清代常州骈文研究》为题的学术专著。该书是目前已出版的第一部系统研究清代常州骈文的论著。全书共6章,首章为《序说》,次章则勾勒了清代常州骈文兴盛的时代条件与区域因素,尔后四章则分三个阶段,对清代初期、中期和晚期的常州骈文创作及相关问题进行了有选择的论析。该书的优点,主要就在于比较系统地论述了清代常州地区的骈文创作。当然,其也存在一些不足。就清代中期常州(阳湖、武进二邑)骈文来说,比较突出的一点,就是对常州骈文名家刘嗣绾的创作成就着墨偏

① 参见吴鼒辑《八家四六文钞》各卷卷首《题词》。

② 参见曾燠选,姚燮、张寿荣等评《国朝骈体正宗评本》。

③ 参见《柳州师专学报》,2004年第4期。

少，书中仅是将他附在杨芳灿后学之列，略加论析，这显示出作者对刘嗣绾骈文创作成就和文学史地位的认识还不够充分。

总之，统观由清至今学界对常州骈文的研究，可以发现需要深入完善的方面还很多，特别是包括洪亮吉、孙星衍、刘嗣绾、方履篯、董基诚、董祐诚等人在内的清代中期常州骈文兴盛的总体面貌如何、其兴盛的原因有哪些、各代表作家的骈文创作的风格特征和艺术成就怎样、常州骈文在整个清代骈文史中有怎样的地位等等，都亟待探讨解决。

第三节　社会、地域、家族：清代常州古文与骈文研究的三个维度

综前可知，目前既有的研究成果，一般多是从文学理论主张、文学创作的风格特征方面，对常州古文、骈文进行不同程度的探讨、抉示。构成本书理论视野的三个主要参照系——社会、地域、家族，只有曹虹的《阳湖文派研究》和曹虹、陈曙雯、倪惠颖的《清代常州骈文研究》有较多涉及，但尚不够明确、系统，自然更没有将三者视为清代常州古文与骈文衍进相互关联、三位一体的大文化背景，并进而对清代常州古文与骈文进行全方位的透视、观照，而这正是本书努力的重点所在。

社会主要指社会经济与政治环境，它是影响甚至决定时代文学发展潮流与风格倾向极为重要的因素。刘勰《文心雕龙·时序》所谓“歌谣文理，与世风推移，风动于上，而波震于下者也”，又所谓“文变染乎世情，兴废系乎时序”①，便是讲社会风气对于文学创作的巨大影响。而促成、营造社会风气最为重要的两种因素，便是社会物质状况与政治“气候”，汉代大赋的发达、以诗歌为载体的“盛唐之音”的形成、宋词的崛起、元曲与明清小说的兴盛，无不与此有莫大关联。清代古文与骈文作为清代文学巨树的两条主干，古文之繁荣与骈文之复兴，与社会经济状况、政治风候的关系，主要体现在：清人入关，以异族而主中原，为统治的安定，治国方略多依中原旧制，文化思想上，绌残明遗老硕学顾炎

① 见刘勰著、周振甫注《文心雕龙注释》，第476、479页，人民文学出版社，1981。

武、黄宗羲、王夫之等所倡“经世致用”,而提倡元明以来地位日益稳固的程朱学说。清代古文最主要流派“桐城派”的兴盛,与该派择取官方主导意识形态之宋学作为信仰对象与文学理论的哲学前提,从而取得官方认可的话语权,有着一定的联系。而乾隆末年、嘉、道间提倡经世致用的“阳湖派”之崛起,则与乾隆中期以降“康乾盛世”背后的积弊日益暴露而嘉庆以后文网渐疏的社会、政治氛围,有着深刻的内在关联。与古文的经世致用祈向不同,清代骈文恰是去经世化的产物,而经清初近百年的涵蓄酝酿,至乾嘉间这种文学样式乃臻于鼎盛,揆其原因,可列四点:一是政治苛酷、文网严密,士子不能借古文指议时政、直吐胸臆,于是转向文字、文意趋于隐含不露的骈体,或婉转抒怀,或隐去经世之心,寄意于此雅玩,韬养情性;二是帝王热心并参与文艺创作、博学鸿词科及《四库》、《明史》馆的开设等,都对骈文创作起到了推波助澜之效;三是乾嘉间考证之学的兴盛,为骈文创作必须具有深厚的学术基础,提供了学术支持;四是“康乾盛世”社会经济发达,为士人提供了较为稳定的物质生活保障,使他们有余裕去用心于要求用典精当、对仗工整、音律谐美的骈体文,切磋琢磨、涵泳咀嚼。常州古文与骈文是清代古文、骈文主干上的两根秀枝,它们的发展无疑受到作用于母体的经济与政治之影响。

地域是文学创作展开、存在的空间规定性,往往也是文学发展的“江山之助”①。梁启超《近代学风之地理的分布》论地域特征对学术文化风气的影响有云:

> 气候山川之特征,影响于住民之性质,性质累代之蓄积发挥,衍为遗传。此特征又影响于对外交通及其他一切物质上生活,物质上生活,还直接间接影响于习惯及思想。故同在一国同在一时而文化之度相去悬绝,或其度不甚相远,其质及其类不相蒙,则环境之分限使然也。环境对于“当时此地”之支配力,其伟大乃不可

① “江山之助”的含义颇为丰富,主要指自然地理、创作主体的社会境遇以及文化历史传统、人文精神,对文学创作的激发。这里不展开,详见第一章引言部分。

思议。①

这段妙论立足事实，推阐合理，环环相扣、层层递进，令人信服。文学系文化之一支，因此将梁氏此说迻论文学，亦未尝不可。我们可以结合清代文学提升到流派层面的例证略为陈述。文学创作虽然通常能产生超地域的影响——这一点较明显，在一定意义上其也常具有超地域的性质——如清代诗歌之神韵派、格调派、肌理派、性灵派、宋诗派等，散文之秦汉派、唐宋派等，超地域的性质在其命名与具体创作活动中皆有所反映，然而这些流派创作的实际展开，必然各在一定地域，于是总会在一些方面直接、间接受到地域文化的影响，如文学题材。而那些以地域命名的文学流派，则都更明显地受到特定地域文化的规定与影响，这是中国古代特别是明清文学发展颇为突出的一类现象，如诗之"公安"、"竟陵"、"云间"、"虞山"、"浙派"、"秀水"诸派，文之"公安"、"桐城"、"阳湖"、"湘乡"、"常州"诸派，词之"云间"、"柳州"、"阳羡"、"浙西"、"常州"诸派，曲之"临川"、"吴江"、"昆山"、"苏州"诸派，包括古文"阳湖派"与骈文"常州派"在内的"常州宗派"，便是其中十分典型的个案。从地域文化的角度，考察清代常州府以至江南文化的诸多方面——主要指自然生态、历史文化与人文精神、学术氛围等，即近于梁启超所谓"环境"——对常州文学发展的重要作用，无疑将有利于加深我们对清代常州古文与骈文发展、演进的整体了解。

家族在此主要指文化家族或文化氏族，它在中国古代长期是"学术文化之所寄托"②，是社会、地域文化的具体承载者。自东汉末中原丧乱，学术重心下移，直至唐高宗、武则天"专尚进士科，以文词为清流仕进之唯一途径"③，促使门阀士族制度彻底瓦解，其间近五百年，地方文化士族一直是中国社会学术文化的主要承载者，国家的政治方略在许多方面与地方盛族的学术文化倾向有密切关联，陈寅恪在论述两晋、南北朝士族问题时，已经指出"士族家世相传之学业乃与当时之政治社会

① 梁启超《饮冰室全集》第14册《饮冰室文集》第41条，第50页，中华书局，1941。
② 陈寅恪《崔浩与寇谦之》,《金明馆丛稿初编》，第329页，上海古籍出版社，1980。
③ 陈寅恪著、唐振常导读《唐代政治史述论稿》，第71页，上海古籍出版社，1997。

有极重要之影响”①。高宗、武则天以后,地方文化士族的力量虽被大大削弱,但文化士族未曾消灭,总体上其支脉传衍,累世不绝。历宋元至明清,尤其清代,地方氏族大姓作为学术文化承载者的身份复又日益凸显,如清代学术中心在江浙皖,而诸大师若苏州惠栋,金坛段玉裁,高邮王念孙、王引之,嘉定钱大昕,常州庄存与、庄述祖,余姚邵晋涵,鄞县万斯同、万斯大,无不出身一方文化盛族。就文学而言,如常熟钱谦益、太仓吴伟业、昆山顾炎武、阳羡陈维崧、长洲沈德潜、阳湖恽敬、仁和龚自珍,俱为清代文学重要作家,各人所属氏族为一地盛门大姓,皆载诸志乘。如果我们以前面所举诸学术文化精英为中介,就可以架起一座清代家族文化与学术文化的桥梁。进一步来说,家族文化与学术文化(这里主要指文学)的具体关系是怎样的?以清代家族文化颇为发达的江南常州府而言,文化家族的文化性立族取向,重视教育的传统,家族内、家族间丰富的学术文化活动以及婚姻网络、师友网络的构建,家族女学与母教的发达等等,实际都或多或少地对文学发展起到了促进推动的作用。同时,文学的发展也反过来直接间接地起到凝聚家族生力,延续、提升家族声望等积极作用。可以说清代常州古文与骈文的演进史,即是一个江南家族文化与文学互动推进的典型样本。

将社会、地域、家族三者各自阐述后,我们必须强调一个问题,即社会、地域、家族作为本书展开研究的三个维度,它们不是彼此独立、平行的平面视角,而是一个彼此交叉、三位一体的立体视角。一定家族存在于一定地域,此一定家族、一定地域又必从属于一定社会,受一定社会环境的限制影响;家族是某一地域以至整个社会文化的承载者,地域是家族文化的空间规定性,社会风气由以家族为构成单位的地域文化风气交互辐射、共同汰择孕育而成。而文学创作正是在这样错综复杂的网络中、立体的坐标中生发、展开,我们从社会、地域、家族三位一体的

① 陈氏较为完整的论述是:“所谓士族者,起初并不专用其先代之高官厚禄为其唯一之表征,而实以家学及礼法等标异于其他诸姓。”“夫士族之特点既在其门风之优美,不同于凡庶,而优美之门风实基于学业之因袭,故士族家世相传之学业乃与当时之政治社会有极重要之影响。”分别见陈寅恪著、唐振常导读《唐代政治史述论稿》,第69、71页。

大视角审视文学发展，能够使文学研究从文学本体论—风格论、作家论—作品论的传统理论视野中突围而出，发现一片广阔的、互相关联的、多姿多彩的文学景致，这应是文学研究方法论上的进步。

本书从清代社会、清代江南地域及家族文化与常州古文、骈文的具体关系入手，试图对清代江南文学的总体图景，作一个小中见大的观照。具体地，在前两章展开的理论视阈中，第三、四章重点论述常州古文的主要成就，较为全面地介绍常州古文代表作家的古文理论主张与实际成就；第五、六章则重点论述常州骈文的主要成就，不但深入探讨以前所谓骈文"常州派"主要作家的骈文创获，还要努力揭示此外其他重要骈文作家和古文"阳湖派"主要作家的骈文创作实绩；最后在结语部分，文章将在前四章论述的基础上，就常州古文、骈文的文学史地位进行讨论，并对本文受各种条件限制未能深入研究和没有涉及的方面，做一些归纳、展望。

第一章 清代常州古文与骈文创作的地理人文背景

地域是社会的实体组成部分，它作为文学创作的空间规定性，往往是文学发展的“江山之助”，这在常州古文与骈文演进发展的整个过程中体现得颇为充分。所谓“江山之助”，主要有三层涵义：一指自然风景、地理环境对文学创作的激发、感染；二指创作主体的社会境遇对创作的影响促动；三指历时性的历史文化传统、人文精神以及共时性地域文化氛围对创作的陶冶、浸润。前两层意思，已成共识①，第三层意思，研究者多有涉及，但历来似未有人明确提出。我们知道，实际的文学创作，向来都是在自然史、社会史与心灵史的交叉网络中生发、展开和传播的，一方水土，其往来古今文物风雅、名士高节，都在历史的不断淘洗

① 这两层意思，古人或单取一层，或两者兼取，以后者较多，这最早明确出现于刘勰《文心雕龙》，其《物色》篇有云：“若乃山林皋壤，实文思之奥府，略语则阙，详说则繁。然屈平所以能洞监风骚之情者，抑亦江山之助乎！”（刘勰著、周振甫注《文心雕龙注释》，第494页，人民文学出版社，1981）细绎刘氏此说，能助屈平“文思”的，除“山林皋壤”外，实际还有他生遭放逐排抑的个人际遇，后来《新唐书·张说传》论张说身世文学所谓“（说）既谪岳州，而诗益凄婉，人谓得江山助云”（欧阳修、宋祁等撰《新唐书》卷125，《四库全书》本），清人唐孙华之论查慎行诗所谓“昔人论文，谓必得江山之助，以先生之才之学，而天又故迟其遇，俾其驰驱游览，以尽吐其胸中之奇”（查慎行《敬业堂诗集·附录》，上海古籍出版社，1986），署李伯元之论李鸿章诗所谓“清时文酒之娱，乱后江山之助，虽忏少作，实寓至情，似非蝉貂官体也”（署李伯元著《庄谐诗话》卷1，上海大东书局，1925），等等，其所言“江山之助”，亦皆是自然、社会两层意思并取。

构建中，融入了此地的地域性格，形成文化传统、人文精神，文士诗人生长或生活于斯域，岂能不受斯域文化传统、人文精神陶冶浸润？另外，在禀受地域文化传统的基础上，当代人通过文化实践所营造的当下地域文化氛围，对文学的发展也会产生重要影响，尤其像清代的常州是学术气氛极为浓厚、学者辈出的学术重镇，常州古文与骈文的作者也大多是有所专长的学术专家，他们的文学创作在取材、立意、用典、风格等众多方面都受到了学术不同程度的影响、渗润和支持。因此这第三层涵义在研究常州古文与骈文的地理人文背景时，应当得到充分重视。

描述常州的自然生态、揭示常州的人文传统与人文性格、展现清代常州的学术文化盛况，总之勾勒清代常州古文与骈文的地理人文背景，并探讨其对常州文化、文人、文学的影响，是本书这一章的主要内容。

第一节　自然地理条件优越与常州文化繁荣

韦庄《菩萨蛮》(人人尽说江南好)一词，脍炙人口，其对江南风物极凝练优美的描摹，甚至成为中国社会对江南的一般心理期待："春水碧于天，画船听雨眠"，江南之风景情致当如此；"垆边人似月，皓腕凝霜雪"，江南之人物当如此。韦庄对江南的描写，固然只是诗人心灵感受的自我表达，不能视为对江南的确切反映，但他在词作中所艺术地把握住的江南山水清嘉、人物俊美风流的特点，则可视为对江南风土人物的准确写照。常州作为江南名郡，自然的灵秀、物产的丰饶、经济的富庶、地势的扼要，在江南千里疆域中颇具典型性，抚览图籍，两相比照，实可将常州视为大江南的一个美好缩影。

常州，又称毗陵、晋陵。夏禹分天下为九州，常州之地隶于扬州。春秋时初属吴，后属越，战国时属楚。秦为会稽郡地。西汉置毗陵县，仍属会稽郡；东汉永建四年(129)分属吴郡。三国吴，分无锡以西，置毗陵屯田典农校尉。晋太康二年(281)省校尉，置毗陵郡；永兴元年(304)改为晋陵郡；宋、齐、梁、陈，沿置晋陵郡。隋开皇九年(589)废郡，置常州，大业初复曰毗陵郡。唐武德三年(620)复改常州，天宝初又改晋陵郡，乾元初再复常州，属江南东道。宋仍曰常州，属浙西路。元至元十三年(1276)升常州路,属浙江行省。明初先改长春府,寻复为常州府。清沿明制,称常州府,属江南江苏布政使司。常州在明代辖五县,为武进、无锡、江阴、宜兴、靖江。清雍正二年(1724),分武进增置阳湖县,分无锡增置金匮县,分宜兴增置荆溪县,故在清代常州府共辖八县①。其建制沿革,大体如此。

论自然环境,常州禀受天地灵气,在江南也以山明水秀著称,其奇山秀水,遍布府境内外,《江南通志·舆地志》所谓"山回水匝,环为都会"②。又《通志》总观常州府形势有云:

> 若夫九龙蜿蜒,二洞岭岈,境内名山,难以悉数。水则洮、滆二湖与具区,埒东九西九,纳镇江、广德及诸山涧之水,滀为长流;荆溪旧受中江,而百渎为之尾闾;运河自东南绕于西北,行府境者几二百里。③

"九龙"即惠山,"山有九陇,蜿蜒如龙,故又名九龙山"④,惠山之中有第二泉,泉上有亭,清圣祖康熙曾两度临幸⑤;"二洞"即善卷洞、张公洞,为宜兴名胜,历来不乏文人墨客游历题咏。惠山、善卷与张公二洞外,常州著之史籍的名山,尚有锡山、官长、马迹、夫椒、津里、舜柯、独山、横山、宝界、军将之类,确乎"难以悉数"。言其水脉,洮、滆二湖与太湖(古名具区)、荆溪、运河而外,长江"西自丹阳入界,经府治北,东抵江阴,东北与通、泰州相对,行郡境百八十余里"⑥,又有宋建、阳湖、芙蓉诸湖,得胜、孟渎、鸣凤、西蠡、惠明、网头、顺龙、双河、五泻、崇沟、学前诸河,蕴蓄、蜿蜒于府境,它们与前举诸水脉辐射联络,形成了纵横勾连的巨大水网。江河湖港,无声润物,滋养此域的土地人民,培养出此域人民

---

① 分别参见李贤等撰《明一统志》卷10,和珅等奉敕撰《钦定大清一统志》卷60,赵弘恩等监修、黄之隽等编纂《江南通志》卷5《舆地志》。

②③ 赵弘恩等监修、黄之隽等编纂《江南通志》卷1《舆地志·常州府图说》。

④ 赵弘恩等监修、黄之隽等编纂《江南通志》卷13《舆地志·山川·常州府》。

⑤ 即康熙二十三年(1684)和康熙二十八年,参见赵弘恩等监修、黄之隽等编纂《江南通志》卷13《舆地志·山川·常州府》。

⑥ 赵弘恩等监修、黄之隽等编纂《江南通志》卷13《舆地志·山川·常州府》。

的灵秀智慧；名山奇峰，或以历史久远，或以风景奇丽，吸引古来文人墨客登临歌咏、赋志纾怀，蕴生出风雅的文化氛围。常州一府文化能绵延累蓄、深厚久远，其灵山秀水助力良多。

山明水秀的常州，物产极为丰饶，《常州府志》专辟《物产》之部，载列常州物产，其按物产品类，设谷之属、蔬之属、果之属、药之属、木之属、竹之属、花之属、草之属、禽之属、兽之属、鳞之属、介之属、虫之属、布帛之属、工作之属、器用之属，计 15 属类，各属之下，先列本府与他郡类似物产，次列本府专产之物及他郡虽有同产而本府尤佳之物，条举目张，一览可知①。其专产或虽系通省同产而常郡更佳者，《江南通志》卷 86《食货志・物产》即罗列 34 种之多，其中香珠稻、红莲稻、籼米、岕茶、梨、桃、蟹、河豚鱼、料丝灯、惠山泉酒、砂壶、蒲凉鞋、苎帨等尤为著名。常州物产的丰饶，于此可见。

而常州物产的丰饶，与其农业、手工业和商业市场之兴盛，是密切相关的。我们可以常州的民间手工业②为切入点，略作考察。常州之地，大体而言，自古是“男勤耕，女工织，尤精树植，善蚕缫”③。又其民种植水稻之外，“滨江湖之民，多以捕鱼为业；依山之民，多以茶、薪、炭、石、竹、木、花、果为业；又或陶或冶，各世其家，故五邑无游民”④。清代常州的民间手工业，沿袭传承了本土的既有传统，并使之得到进一步的发展，而最为特出的，是纺织、酿酒、制灯与制陶。常州不但是江南产棉大府，也是江南棉织业重镇，其所辖八县，有七县以产棉为经济收入的重要来源，不种草棉的无锡县，便利用资源、发挥所长，发展棉纺业，黄印所辑《锡金识小录》有云：“常郡五邑，惟吾邑不种草棉，而棉布之利，独盛于吾邑，为他邑所莫及。乡民食于田者，唯冬三月，春月则阖户纺织，以布易米而食。”“及秋稍有雨泽，则机杼声又遍村落，抱布贸米以食

① 陈玉堪编纂《常州府志》卷 10。

② 朱伯康、施正康的《中国经济通史》，将清代的手工业大体上分为“官府手工业及官营官控手工业”、“民间手工业”两大类，较为合理。详见朱伯康、施正康的《中国经济通史》，第 431－459 页，中国社会科学出版社，1995。

③④ 陈玉堪编纂《常州府志》卷 9《风俗》。

矣。故吾邑虽遇凶年,苟他处棉花成熟,则乡民不至大困。”[①]这种情景真令人鼓舞感慨。棉布而外,常州亦多产丝和麻布,“武邑之‘东门阔’者,阔而甚细”,“无锡之名‘荡口缣’者,细擘黄草,合丝缕绩之,织成缣布”,“靖江之麻布,粗细各种,细者缜密可爱,即粗者亦疏爽,经久不衰”[②],都是当地的名品。酿酒方面,无锡“惠山三白(原注:谓米白、曲白、泉水白)”,腊月酿成,“以味清冽者为上,奔走天下,每岁数十万斛不止”。制灯以武进最著名,所产料丝灯“方圆不一,又或为围屏,或为对额,夜燃膏烛,莹莹洞彻,山水、人物、花卉、翎毛毕具,争奇竞巧,岁岁不同”。制作陶壶,则以宜兴澄泥茶壶最有名,经过历代众多工匠的精思巧运,宜兴茶壶“精美绝伦,四方皆争购之”[③]。此外像织席、砖瓦以及制作笔、笺、扇、箸、梳、枕之类,都是常州府手工业擅长的方面。从上所举例证,一来可见清代常州府手工业从业人员的普遍,手工业收入对于许多百姓家庭生活有着重要的意义;二来可知其手工业种类之繁丰、技术之精良;三来从这些手工业产品受消费者欢迎方面,也可见出常州一地商业贸易的兴盛。而清代常州经济的富庶,也正体现在这些方面。

常州因为自然的秀美、物产的丰饶、经济的富庶,历来为兵家必争之地,但是它之所以能蕴蓄保持、长期发展至明清而达到鼎盛,首先是因为中国古代政治与军事中心是在北方中原地区,故六朝以后,大规模的战火较少在大江以南燃起,其次与常州的地理形势也有着重要的关联。常州位于江南中部,颇占地利,顾祖禹《读史方舆纪要》言其地理形胜有云:

> (常州)府北控长江,东连海道,川泽沃衍,物产阜繁,周处所云“三江之雄润,五湖之腴表”也。且地居数郡之中,翼带金陵,为转输重地,脱有不虞,则京口之肘腋疏,而吴郡之咽喉绝。若其北守靖江,则内可以固沿海之锁钥,外足以摧淮南之藩蔽;南扼宜兴,则近足以消滨湖之窥伺,远可以清浙右之烽烟。昔者南唐守此,以御

① 黄印辑《锡金识小录》卷1《备参上》。

② 陈玉璂编纂《常州府志》卷10《物产》。

③ 前引材料俱见陈玉璂编纂《常州府志》卷10《物产》。

吴越，明初得此，以制姑苏，岂非东南之襟要欤！①

因为地气的雄厚、地理形势的扼要，所以当政者得此，进可窥临四方，退可殷足自守，即遇侵袭，恢复亦快，其真可谓进能攻取、退能守成的善区。千百年来，常州之地能获得长期稳定的发展，赖此良多。

总之，常州的山水自然、沃野良田，其秀美风景可怡养人民情性，其提供的丰饶天然物产、滋育的发达农业和手工业，则可为此域人民的生活提供物质保障，而其地理形势的扼要，又保证了这种秀美、富庶能够长期延续，并且得到累蓄发展。这样的环境便成了催生文化发展的天然温床：优美广阔的山水自然，熏染浸润了诗人文士的性灵，又为其提供了生发性情的绝好场所。他们登临歌赋、涵泳创作，其人则风雅多才，其文则秀润滋衍，山水助人物文章灵气，人物文章助山水风韵，两者默契增助，勾连一体；发达的经济、活跃的市场，为各种藏书楼的建设、书籍文献的大量刊刻和流传提供保障，从而为埋首书斋、孜孜探索的学者们提供了获取学术资源的极大便利，他们足不出府门即可浏览四部、穷究坟典，即可与江南以至全国的学术界息息相连、案头切磋。魏晋以后常州文化呈不断上升趋势，至清代诗词、文章、学术并为天下大宗，与常州以至江南优越的自然地理条件，是有着密切的关联的。

第二节　历史文化积淀与常州人文性格熔铸

常州府不但是自然地理条件优越的江南剧郡，而且是历史文化悠久的江南名邦。自周太王长子泰伯因辞让王位而奔吴，都于梅里②，立国建邦，常州与江南的文明史便一起拉开了序幕。泰伯之后，吴王寿梦四子季札，亦以辞让王位，“弃其室而耕，封之延陵，故号曰‘延陵’”③，

① 顾祖禹《读史方舆纪要》，第1154页，中华书局，1955。

② 《吴越春秋》“故吴”注语云：“太伯所都谓之吴城，在梅里平墟，今无锡县境。”参见赵煜撰《吴越春秋》卷1。

③ 陈玉璂编纂《常州府志》卷首《宋荦序》。

从而奏响了常州文化前奏曲中另一段灿烂的旋律。其绵衍而下，历秦汉魏晋六朝隋唐宋元，至明清而成江南一大文化中心。那么常州自泰伯肇始至于明清，历两千余年的衍进、积淀，形成了怎样的人文传统？清人赵弘恩在总结江南文化传统时说道：

> 矧夫泰伯之至德，言子之文学，季札之节概，流风余韵，兴起百世……虽前后殊揆，隐见异辙，然立德、立言、立功，以厚人伦、裨治化、厉风俗，其致一也。①

赵氏所言“立德、立言、立功”三者的具体累蓄，即可视为江南文化积淀的三个主要方面，而因为“三立”而衍成的尚德崇义、彬彬重文、事功有为的风尚，便是江南人文的主要传统。作为与江南文明进程几乎同步的常州，其人文传统的主体，也正是这尚德崇义、彬彬重文与事功有为。

《常州府志》引左思《吴都赋》云：“造自泰伯，宣于延陵。建至德以创洪业，世无得而显称；出克让以立风俗，轻脱蹝于千乘。士有坚贞之说，俗有节概之风。”②正如赵弘恩在《江南通志序》中已经揭示的，泰伯与季札是江南文化肇始之初共同的道德典范，他们的德行风教播化斯域，使得树义立德成为江南风俗的最高祁向。而常州是江南人文开拓的重要发源地，是泰伯、季札风教泽被最切近的所在，故常州士尚坚贞、俗崇节概，自古即然，历代亦能接续不替，衍为风尚，《常州府志》引《隋地理志》所谓“（常州）君子尚义，庸众厚庬”③，又《常州府志》所谓“至明而（常州）士子益敦气节，尚廉耻，入我朝（清）而不变”④，便是很好的说明。常州人文之彬彬重文，自然要推溯到言偃，“孔门四科”，言子与子夏同列文学，其受教圣门而弘道江南，从而为江南人文奠立了深厚的文学始基，常州人文承其沾溉，风气日开，经久蕴蓄，乃成风尚。而像宋代大诗人苏东坡晚年寓常、“买田阳羡”⑤，将他的绝特诗情渗入常州人

---

① 赵弘恩等监修、黄之隽等编纂《江南通志》卷首《赵弘恩序》。

②③④ 陈玉璂编纂《常州府志》卷9《风俗》。

⑤ 苏轼《文忠集》卷19《菩萨蛮·东坡宜兴事》云“买田阳羡吾将老”，《四库全书》本。

文，像唐顺之以常郡硕儒而倾力撰述、蔚成文宗，用他的思想文采导引常州人文，都有力地推助了常州之地重文之风的构建。到了清代，常州文学便蔚然成为大观了。常州以至江南人文事功有为传统的形成，儒家"修齐治平"的理论是其思想资源，春秋吴王破楚败越的伟绩以及东吴孙权的英雄霸业、陆逊与陆抗父子的赫赫战功、周瑜的豪俊倜傥，是其历史资源，六朝以后历唐宋，常州风俗虽由好武而转好文，但是事功有为仍然是常州人文的坚实传统。所以在国家承平时，常州士子们都要读书应考、谋取一职，实现其"致君尧舜上"（杜甫《奉赠韦左丞丈二十二韵》）的理想；在国家政纲不振、政治失当时，就有如东林诸子能在讲习之余，出而"讽议朝政，裁量人物"①，希图将国家政治引向正轨、将失德佞幸之臣清出君侧。

不过，常州在中国古代文化史中之所以具有独具一格的人文魅力，主要还是因为它有着常州之地特有的人文风尚、人文个性，这种人文个性建立于"三立"传统的基础之上，融入了常州之地独特的自然地理和民俗特性，从而具备鲜明的地域风格，那就是浸润了经世意蕴的戆直，一种交织着立德与立功底蕴的常州之风。常州自古有其因子，而在明清两代得到突显和最终熔铸，从而成为江南近古人文的独特气质。

这里"经世"是经世致用的简称，亦即常州事功有为传统的思想来源。儒家提倡读书人立身处世，"正心诚意"地"格物致知"固不可少，但这并非人生目的，正、诚、格、致最终指向的应是"修齐治平"，说到底读书需用以经世，就是经世致用。常州人文的经世思想，虽然由来已久，但真正经由深刻实践使之成为风气，乃始于明代的唐顺之与薛应旂，他们对于实学的致力以及对地方事务的贡献，艾尔曼《经学、政治和宗族——中华帝国晚期常州今文学派研究》一书已有较为详细的叙述②。经由唐、薛的影响，到明末的东林党人，便将这种经世之风推到了一个前所未有的高潮，而清代常州的文化精英群体，又将其在社会实践、学术实践和文学创作三方面的有为精神，一脉延续了下来，并有所发展，

① 张廷玉等撰《明史》卷231《顾宪成传》。

② 参见[美]艾尔曼著、赵刚译《经学、政治和宗族——中华帝国晚期常州今文学派研究》，第53－58页，江苏人民出版社，1998。

洪亮吉、孙星衍、庄存与、庄述祖、恽敬、张惠言、李兆洛、刘逢禄、宋翔凤等,都是这一文化精英群体的代表。

所谓"戆直",大抵是迂愚而刚直之意,而常州人的迂直中实有一种"正"气在,《江南通志》引乐史《太平寰宇记》即称常州之地"人性佶直"①,《说文·人部》云,"佶,正也"②,佶直亦即正直意,故常州人虽临事迂愚,而不堕鲁莽,可说是正直的迂执,特别是当这种戆直浸润了经世致用的意蕴时,便尤其显得正气饱满。明时吴中行之上疏陈议张居正"夺情视事",钱一本之上"论相"、"建储"二疏极论时政,孙慎行之上疏参劾首辅方从哲,陈于廷之抵制魏忠贤,于廷子陈贞慧之声讨阮大铖,清时以洪亮吉与孙星衍为首的常州"戆翰林"之抵制和珅以及洪亮吉之越职言事等等,都是能集中体现常州"浸润了经世意蕴的戆直"人文个性的有力例证。其中特别值得一提的,是钱一本上疏、洪亮吉言事,以及与洪亮吉越职言事密切相关的常州翰林的集体反对和珅。

钱一本,字国瑞,武进人。万历时"建储"问题,是朝中官员集中议论的国家大事,但是几经周折,直到万历二十年(1592),皇太子仍未册封。是年礼科给事中李献可乃上"请预教元子之先后疏",张有德上"请册立仪之疏",俱遭万历斥罚,同朝官员为之陈情辩驳者颇众,亦多遭谪罚,"而申时行柄国不能匡救"③,于是时为御史的钱一本便上了"论相"、"建储"二疏。御史上疏本是言官职事,无甚特别,但是我们读他的奏疏,真要为他的大胆激烈、戆直痛快击案称叹,尤其是"建储"一疏言万历之迟迟不立皇储:

> 陛下预设机穽以御天下言者乎?使届期无一人言及,则佯为不知,以冀其迟延。有一人言及,则御之曰"此来激扰我也",改迟一年,明年又一人言及,则又曰"此又来激扰我也",又改二三年,必使天下无一人敢言而后已。庶几依违迁就,以全其衽席昵爱之私,而曾不顾国本从此动摇,天下从此危乱。臣以为陛下之御人至巧,

① 赵弘恩等监修、黄之隽等编纂《江南通志》卷19《舆地志·风俗·常州府》。

② 许慎撰《说文解字》卷8(上),《四库全书》本。

③ 张廷玉等撰《明史》卷231《钱一本传》。

而为谋则甚拙也。[1]

这种对于帝王的公然指斥，在君臣等级关系苛严的古代，简直是大逆不道，他的同乡吴中行因上疏指议张居正"夺情视事"而受廷杖险于毙命的事[2]，才过去未几年，他的同僚李献可、张有德辈上疏遭斥的事即近在眼前，而公然指斥帝王较之吴中行指议张居正、同僚议政又要严重数倍，钱一本岂能不为身家性命忧虑？但他戆气充胸，最终是将万历皇帝与宰辅申时行一起，痛作了一番斥责，结果被万历削爵斥还。钱一本在万历二十年的上疏，虽然使他遭受夺官削爵之罚，但他的大胆戆直，却在明代历史上、也在常州人文史上，留下了浓墨重彩的一笔。

清代洪亮吉在嘉庆四年(1799)的上书言事，并不是孤立的事件，在此之前，他和他的常州同乡们为反对权相和珅，已经在京城进行了较长时间的努力。如所周知，乾隆后期清运的转衰，实以和珅专权贪渎为最大根源，萧一山《清史大纲》云："和珅以二十年的宰辅，惟知聚敛自丰，朝臣疆吏，辇货权门，结为奥援，虽大狱屡兴，而吏治益坏，上下征利，贪渎成风，一般老百姓，皆蹙额兴叹。"[3]在这样的情形之下，自有一些正直的朝廷官员，怀着一腔对国家政治腐坏、时运劣转的忧心，对和珅及其党羽极为不满，甚至不顾利害，与他们作对，以洪亮吉、孙星衍为首的常州籍"戆翰林"，便是其中表现十分突出的一群人。刘成禺《世载堂杂忆》载云：

乾隆朝和珅用事，常州诸老辈在京者，相戒不与和珅往来。北京呼常州人为戆物，孙渊如、洪稚存其领袖也。孙渊如点传胪，留京，无一日不骂和珅；其结果，传胪不留馆，散主事，和珅所为，人尽知之。渊如为人题和尚袈裟画，有"包尽乾坤赖此衣"句，和珅为銮仪卫包衣旗出身，有人献此诗以媚和者，遂恨之刺骨，知者鲜矣……当时和珅甚重稚存，犹刘瑾之于康对山也。求一见不得，析一字不

① 张廷玉等撰《明史》卷231《钱一本传》。

② 张廷玉等撰《明史》卷229《吴中行传》。

③ 萧一山撰、杜家骥导读《清史大纲》，第66页，上海古籍出版社，2005。

得。稚存时在上书房行走，和珅求成亲王手交稚存，为之写对，稚存不能拒也。翌日对书就，呈成亲王，题款从左轴左方，小字直书赐进士出身翰林院上书房行走等等官衔洪亮吉，敬奉成亲王命，书赐大学士等等官衔和珅。成亲王见之，谓此何可交付？稚存曰：奉命刻画，臣能为者此耳。和珅知之，向成亲王求稚存所书对，成亲王每以游词延缓之，此人所不尽知也。[①]

以和珅的熏天权势，朝廷官员的升降予夺，往往在他一言半语，所以屈节谄事、阿谀巴结以图爵禄者日踵其门，甚而至于先为和珅座师而后竟转做和珅门生（吴省兰），即使不愿谄事，也多不过圆融处之、明哲保身，但是常州的"戆物"翰林们不但不愿与之为伍，还要对他进行较为直接的斥骂，这在当时的情形之下，尤为难得。常州人的耿介戆直，在明代吴中行、钱一本等人去世近两百年之后的乾嘉之际，再一次得到了充分的体现。而接着不久，洪亮吉在嘉庆四年，更以他的耿介举动，对常州人这种鲜明的地域个性，进行了最为酣畅的表达。

洪亮吉的性格，《常州府志·人物传》称为"刚急，好古人偏奇之行"[②]，用语颇简隽。恽敬《前翰林院编修洪君遗事述》则云，"君长身火色，性超迈，歌呼饮酒，怡怡然。每兴至，凡朋侪所为，皆掣乱之为笑乐。而论当世大事，则目直视，颈皆发赤，以气加人，人不能堪"[③]，可与《常州府志·人物传》所言互释。洪亮吉这样的性格，不但在和朋侪聚谈的时候，是笑乐议论、无所顾忌，即便在易触忌讳的朝廷查考时候，他也依性挥斥、直吐胸臆。比如嘉庆三年（1798）"大考翰詹官，上命诸臣拟《征邪教疏》，是时川楚陕余氛未靖，先生指陈规画，慷慨数千言，无所为忌讳"，因为这样，"阅卷官嗛其切直，抑置三等"[④]。到了嘉庆四年正月，乾隆驾崩，嘉庆帝开始亲政，言路稍开，大学者时任给事中的王念孙首先抗疏，参劾和珅，不久和珅即被诏布二十条罪状赐死。这样的事件来

① 刘成禺《世载堂杂忆》，第 23－24 页，台湾文海出版社，1971。
② 吕培编《洪北江先生年谱》，第 73 页，台湾文海出版社，1966。
③ 恽敬《大云山房文稿二集》卷 3。
④ 谢阶树《洪稚存先生传》，吕培编《洪北江先生年谱》，第 82 页。

得突然，结束也快，但是和珅及其党羽当国时昭昭恶行产生的影响，却不能一时消除，当时最大的问题便是川、楚、陕所谓"教匪猖獗"的事，这是乾隆后期的遗留问题，到嘉庆初一直没有得到解决，国家上下人心都不得安定。洪亮吉因乾隆驾崩，赴京奔丧，与修《高宗实录》，又同掌院意见不合，本已请假得准，拟于九月初二日返乡，但是川、陕的问题这时闹得很激烈，"湖北安徽尚率兵防堵，时发谕旨，筹饷调兵"，洪亮吉在京中"目击时事，晨夕过虑，每闻川陕官吏偶言军营情状，感叹焦劳，或至中宵不寐"①，"胸中欲吐者坌涌"②。当时嘉庆帝下诏开言路，是命有言责的官员上书陈事，翰林官员并无此权力，但是洪亮吉一腔慷慨议论不吐不快，以他那样刚急的性格，于是便撰文万余言，手抄三份，分致成亲王、朱珪与刘权之，请代为转呈。嘉庆帝览后大怒，交部询审，初拟斩立决，后免死罪，流放伊犁绝域。

嘉庆何以览书震怒呢？主要便是因为洪亮吉上书的内容太无忌讳，他这洋洋万言的上疏，可视为对乾隆以来清朝政治、社会的总结性批评，其大纲是：

> 今天子求治之心急矣，天下望治之心孔迫矣，而机局未转者，推原其故，盖有数端。亮吉以为励精图治，当一法祖宗初政之勤，而尚未尽法也；用人行政，当一改权臣当国之时，而尚未尽改也；风俗则日趋卑下，赏罚则仍不严明，言路则似通而未通，吏治则欲肃而未肃。③

条条俱是切中彼时政治要害的议论。比如"励精图治尚未尽法"方面，洪亮吉说，"自三、四月以来，视朝稍宴，窃恐退朝之后，俳优近习之人，荧惑圣听不少。此亲臣、大臣启沃君心之过也。盖犯颜极谏，虽非亲臣大臣之事，然不可使国家无严惮之人"，然后褒扬乾隆在世如何圣明，并指出"众正盈朝"对促成乾隆为英明之君的重要作用。接着直切目下问题："一则处事太缓"，天下不平之事数目累累，而未尝得到解决；"一则

① 吕培编《洪北江年谱》，第 51 - 52 页。
② 《常州府志人物传·洪亮吉传》，吕培编《洪北江先生年谱》，第 72 页。
③ 赵尔巽等撰《清史稿》卷 356《洪亮吉传》。

集思广益之法未备","盖人材至今日,销磨殆尽矣。以模棱为晓事,以软弱为良图,以钻营为取进之阶,以苟且为服官之计";再则"进贤退不肖似尚游移",贤如刘清未得褒奖晋官,不肖如吴省兰未予严惩。又如"吏治则欲肃而未肃"方面,洪亮吉说各级官吏"贪欺害政,比比皆是",百姓深受其害,虽有所申诉,而多不能得到合理解决,因此"往往至于激变",洪亮吉还说眼下川、楚的动乱,便是吏治不肃的"明效大验"。这样,他"以为今日皇上当法宪皇帝之严明,使吏治肃而民乐生;然后法仁皇帝之宽仁,以转移风俗,则文武一张一弛之道也"①。我们结合清代自乾隆中期以来的实际,洪氏所言虽不免有过激之处,但无不是直刺时政弊端的有识之论,忠心拳拳、痛快淋漓!不过,一方面嘉庆绝不允许一越职上书翰林指骂乃父及其自身,另一方面嘉庆在乾隆去世后实行的举措,固然希望扭转、改变乾隆后期以来种种政治弊端,然而这种举措是有节制的;而洪亮吉一面指责帝王,一面又以彻底性的意见来建议朝廷的政治举措,这显然是行不通的。于是,自然便出现了洪亮吉遭到流放伊犁的结局。

在嘉庆四年这一事件中,作为常州"戆翰林"代表的洪亮吉,表现出了比他的同乡前辈吴中行、钱一本、孙慎行等更大的勇气和胆识②,并以他的耿介举动,为天下人树立了一个光辉的直臣形象。同时,他也以他的耿介举动,和他的"戆物"同乡如孙星衍们一起,为常州自明代以来日益突显的地域人文性格、那种"浸润了经世意蕴的戆直"个性之熔铸,提供了最有力的推动。

回顾常州人文历史,两千余年来,常州之地固然以其德业功勋、文章科名,一直在江南文化的大舞台上扮演着重要的角色,但只有到了明清,常州的人文角色才更加地突出和鲜明,其中唐顺之、薛应旂、吴中

① 以上所引文字皆见赵尔巽等撰《清史稿》卷356《洪亮吉传》。

② 正如梁启超《中国近三百年学术史》所说:"大经学家王怀祖(念孙)抗疏劾和珅,大史学家洪稚存应诏直言,以至遣戍。这种举动,在明朝学者只算家常便饭,在清朝学者真是麟角凤毛了。"清廷对读书人言论钳制的严酷,远胜明朝,洪亮吉敢冒天下大不韪,越职言事,直刺时弊,所为之事虽与吴中行、钱一本辈相似,但其性质要比后者严重得多,故说洪亮吉表现出了比他的同乡前辈更大的勇气和胆识。梁启超之语,见其《中国近三百年学术史》,第22页,上海三联书店,2006。

行、钱一本、孙慎行、顾宪成、高攀龙、陈于廷、陈贞达、陈贞慧、洪亮吉、孙星衍、恽敬、张惠言、李兆洛等人，在道德、学术、文章上前后相继的努力，是最为关键的因素，尤其吴、钱、洪、孙等人在政治上的耿介实践，对常州人文内在的、特出的戆直个性，进行了深刻的发挥与熔铸，从而使得常州人文在江南以至整个中国文化史上闪耀着特别的光芒。

第三节　学术兴盛与常州文学精神

江浙皖是清代学术的核心与主体区域，这早成学界共识，梁启超《近代学风之地理的分布》一文即有云：

> 大江下游南北岸及夹浙水之东西，实近代人文渊薮，无论何派之学术艺术，殆皆以兹域为光焰发射之中枢焉。其学风所衍，又自有分野：大抵自江以南之苏常松太，自浙以西之杭嘉湖，合为一区域；江宁淮扬为一区域；皖南徽宁广池为一区域；皖北安庐为一区域；浙东宁绍温台为一区域。此数域者，东南精华所攸聚也。①

梁氏所谓“大江下游南北岸及夹浙水之东西”即指江浙皖三省，其学术如江、皖之于经学，浙东、西之于史学，皆是清代学术史须大书特书者。常州是江浙皖第一学术重镇江苏的核心区域之一，其于经学、史学、地理、校勘、小学音韵、金石考证、天文历算，皆名家辈出、造诣极高，史有“常州宗派”、“常州学派”②之称。而常州的主要学者，几乎同时都是常州古文与骈文的作者，他们的学术造诣、学术思想，在众多层面对其古

---

① 梁启超《饮冰室全集》第14册《饮冰室文集》第41条，第60－61页，中华书局，1941。

② 刘师培《近代学术统系论》论清代江浙主要学术成就，即曾言及所谓“常州之学”：“常州之学复别成宗派。自孙星衍、洪亮吉，初喜词华，继治掇拾、校勘之学，其说经笃信汉说，近于惠栋、王鸣盛。洪氏之子齮孙传其史学。武进张惠言，久游徽歙，主金榜家，故兼言礼制，惟说《易》则同惠栋，确信谶纬，兼工文词。庄存与与张同里，喜言《公羊》，侈言微言大义，兄子绶甲[按：此误，（转下页注）

文与骈文创作产生了重要影响,这一点颇具常州地域文化特色。因此,概括介绍常州古文与骈文作者的主要学术成就,并揭橥其对诸人古文和骈文创作的具体影响,显得十分必要。

一 常州古文与骈文家的经学造诣

常州诸子学术以经学与史学为最,经学则庄氏一族、洪亮吉、孙星衍、张惠言堪称代表。梁启超援佛家"生、住、异、灭"之说,分清代学术为四期,即启蒙期、全盛期、蜕分期、衰落期①。其全盛期大抵自康熙末至于道光间,以乾嘉考证学或乾嘉朴学著称,梁氏称为学术"正统派"。"正统派"学术以吴、皖两派为中坚,辟易宋学,以"为考证而考证,为经学而治经学"②的汉学擅场一代。吴、皖两派而外,常州学派为别一巨流,总体上,庄氏今文学以微言大义竖帜立派,与"正统派"异趣,洪、孙、张诸人则今、古文兼治,更倾向"述而不作"的古文学。

(一) 庄氏一族

武进庄氏是以经学成就享誉当世的著名文化家族,自庄存与以显爵而从事学术研究,在他的示范提倡下,庄氏许多精英,如庄存与之侄庄述祖、存与之孙绶甲、述祖族弟庄有可及述祖之甥刘逢禄与宋翔凤等,都能保持并发扬这一家族文化选择,使得庄氏一族成为清代经学重镇。

庄氏经学成就,以研治《公羊春秋》的今文学名气最大,开山始祖为

(续上页注)当为庄述祖]传之,复昌言钟鼎古文。绶甲(按:同前,亦误)之甥有武进刘逢禄、常州宋翔凤,均治《公羊》,黜两汉古文之说。翔凤复从惠言游,得其文学,而常州学派以成。"(参见罗志田导读、徐亮工编校《中国近三百年学术史论》,第150页,上海古籍出版社,2006)钱基博《后东塾读书记》亦有云:"物极必反,穷而思通,于是有西汉今文之学兴:自武进庄存与方耕始治《公羊》,作《春秋正辞》,渐及群经,其为学务明微言大义,不专章句训诂之末,一门并承其绪,其外孙刘逢禄申受及长洲宋翔凤于庭复从而张之。海内风动,号为常州学派。"(参见钱基博《后东塾读书记》卷首,无锡国学专修学校油印本)

① 梁启超撰、朱维铮导读《清代学术概论》,第2-3页,上海古籍出版社,1998。

② 梁启超撰、朱维铮导读《清代学术概论》,第4-5页。

庄存与。《春秋》之学，晋杜预据《左传》立所谓“凡例”之法：“专修丘明之《传》以释《经》，《经》之条贯必出于《传》，《传》之义例总归诸凡。”①庄存与的《春秋》研究，虽不回避《左传》，但是主要依据的乃是《公羊传》，他仿择董仲舒治《春秋》的“十旨”之说，重治经之“义”而轻“例”，对《春秋》进行灵活的解释。所谓“微言大义”，本意是指孔子在《春秋》中所寄寓的对于历史治乱的评判，庄存与认为，“《春秋》治乱必表其微，所谓礼禁于未然之前也。凡所书者，有所表也，是故《春秋》无空文”②，而《公羊传》是能够揭示孔子隐微用意的经典，因此其取治《公羊传》的目的，就在于借重《公羊》体系阐释《春秋》倾向于求取文字之外的“微言大义”思路，恢复并进一步发挥孔子作《春秋》寓政治与历史褒贬的思想。徐世昌称其治经“不专事笺注，而独得先圣微言大义于语言文字之外”③，可谓确笃之论。

庄存与之后，庄述祖、刘逢禄、宋翔凤等继衍其绪，将《公羊春秋》的经义及其求取“微言大义”的主旨发挥得淋漓尽致。刘逢禄的《公羊春秋何氏释例》是其中最优秀的著作，是书“本董生春秋窥六艺家法，本六艺求观圣人之志”，“寻其条贯，正其统纪，以微言大义刺讥褒讳挹损之，文辞洞然，推极属辞比事之道”④。庄氏以外，道光间龚自珍、魏源等经由刘逢禄的传授，亦接响前贤，并对今文经学进行了更大幅度的拓展，一脉而下，到清末，乃出现康、梁等以今文经学为媒介进行政治维新。应当说，庄存与开辟而庄氏述祖、刘逢禄、宋翔凤等拓宽堂庑的今文经学，是清中期以降思想史推演进程的一条主脉。

当然，以《公羊春秋》为中心的今文学并不是庄氏一族学术研究的全部，章太炎与刘师培即都曾指出，庄氏如庄存与、庄述祖、刘逢禄皆是今古文兼治，比如章氏《清代学术之系统》有云：“庄存与虽讲今文，然亦讲《周礼》，而且还要讲伪古文《尚书》，刘逢禄亦讲《书序》，不尽今文

① 杜预《春秋左氏传序》，参见梅鼎祚编《西晋文纪》卷7，《四库全书》本。
② 庄存与《春秋要指》。
③ 徐世昌《清儒学案》卷73《方耕学案上》。
④ 支伟成《清代朴学大师列传》，第133页，岳麓书社，1998。

也。”[1]庄存与《周官记》5卷、《周官说》5卷,刘逢禄《尚书今古文集解》30卷、《书序述闻》1卷,即章氏所言“今古文兼治”的著作。又如刘师培《南北学派不同论·南北考证学不同论》提到了庄述祖“亦遍治群经”,其所举述祖《尚书今古文考证》、《毛诗口义》、《诗记长编》、《乐记广义》、《左传补注》、《五经疑义》、《论语别记》等,也是兼治今古文[2]。

此外,庄氏一族重要的著述尚有:《易经》类:庄存与之《象传论》、《系辞传论》,庄有可之《周易集说》、《易义条析》、《卦序别臆》、《周易原本订正》,刘逢禄之《易虞氏变动表》、《彖象观变表》、《六爻发挥旁通表》、《卦象阴阳大义》、《卦象观变表》合称《虞氏五述》,宋翔凤之《卦气解》、《周易考异》,等等。《尚书》类:庄存与之《尚书既见》、《书说》,庄述祖诸书已如前引(其他各类亦是),庄有可之《尚书经文集注》、《尚书序说》,庄绶甲之《尚书考异》,刘逢禄诸书已如前引,宋翔凤之《尚书谱》,等等。《诗经》类:庄存与之《毛诗说》,庄有可之《毛诗说》、《毛诗述蕴》、《毛诗序说》、《毛诗字义》、《毛诗异文》,刘逢禄之《诗声衍》,等等。《礼》类:庄存与、述祖诸书已如上引,另有庄有可之《周官集说》、《考工记集说》、《仪礼丧服经传分释图表》、《礼记集说》,庄绶甲之《周官礼郑氏注笺》,刘逢禄之《庚辰大礼记注长编》,等等。其余《四书》类、小学类,不再赘举。依前所述,我们基本可以窥见庄氏一族经学造诣的全貌了。

(二) 洪、孙、张

洪亮吉字君直,一字稚存。曾谒安徽学使朱筠,为受业弟子,与朱先生幕下士戴震、邵晋涵、王念孙、汪中过从,“乃立志穷经”,“家居,与孙星衍相观摩,学益进,时人又目为‘孙洪’”[3]。于经,深于《春秋》,有《左传诂》20卷、《公羊谷梁古义》2卷,又有《春秋十论》1卷,以《左传诂》最善。支伟成《清代朴学大师列传·吴派经学家列传第四》云:

---

① 罗志田导读、徐亮工编校《中国近三百年学术史论》,第35页,上海古籍出版社,2006。

② 罗志田导读、徐亮工编校《中国近三百年学术史论》,第204页。

③ 江藩《汉学师承记》,第72页,上海书店出版社,1983。

（洪氏）以杜元凯注《春秋左氏传》望文生义，不臻古训者十五六。乃冥心搜讨，以他经正此经，以别传校此传，取贾、许、服、虔为主，其掇及通俗文者，亦服氏所撰也。地理则取班固、应劭、京相璠等，而晋以前舆地、图经之可信者间酌采焉，成《左传诂》二十卷。①

又刘师培《南北学派不同论·南北考证学不同论》云："亮吉作《左传诂》，星衍作《尚书今古文注疏》，精校详释，皆有扶微捃佚之功。"②

孙星衍，字渊如。经学尤深于《尚书》，有《尚书今古文注疏》30卷。此书始属稿于乾隆五十九年(1794)，嘉庆二十年(1815)乃成，历时22年，可谓精心结撰，历来世所重视。前引刘师培"精校详释，皆有扶微捃佚之功"云云，固是盛赞。此外，梁启超于此书论述最为精详。梁氏以为清初阎若璩、姚际恒诸人著书辟清《伪古文尚书》与伪孔安国之伪，而所余真《尚书》尚待整理，乾隆中叶，江声作《尚书集注音疏》12卷、王鸣盛作《尚书后案》30卷，与渊如《尚书今古文注疏》30卷，各不相谋而同时分途著述，而"孙渊如可算是三家之冠了"，因为：

他的体例，是"自为注而自疏之"。注文简括明显，疏文才加详，疏出注文来历，加以引申，就组织上论，已经壁垒森严。他又注意今古文学说之不同，虽他的别择比不上后来陈朴园（乔枞）的精审，但已知两派不可强同，各还其是，不勉强牵合，留待读者判断从违。这是渊如极精慎的地方，所以优于两家。③

梁氏又云：

孙书特色，一在辨清今古文界限，而在所辑新注确立范围。他认定《史记》为古文说，因司马迁从孔安国问故。《尚书大传》及欧阳、大小夏侯为今文说，因皆伏生所传。马融、郑玄为孔壁古文说。

① 支伟成《清代朴学大师列传》，第53页。

② 罗志田导读、徐亮工编校《中国近三百年学术史论》，第198页。

③ 梁启超《中国近三百年学术史》，第169页，上海三联书店，2006。

因出自卫宏、贾逵。他名之曰“五科三家”……取材矜慎,树例谨严,故最称善本。[①]

所论颇为允当。除了《尚书今古文注疏》,孙星衍对《易》、《礼》亦颇有究研,成《周易集解》10卷,与严可均同撰《三礼图》3卷,又有《夏小正传校正》3卷。

洪、孙而后,庄氏而外,常州经学以张惠言称最大家,《易》、《礼》皆臻高诣,尤其于《虞氏易》,称“孤经绝学”[②]。按《易》之传,汉分三家,一为孔子弟子商瞿,一脉传至田何;一为焦延寿;一为费直[③]。田何传丁宽,宽传田王孙,田王孙传施雠、孟喜、梁丘贺,其后虞翻传孟喜之学;费直之学,荀爽传之。张惠言《易》学,主虞氏,而兼采荀爽、郑玄。支伟成《清代朴学大师列传·皖派经学家第六》云:“先生(惠言)尝见惠栋所著《易》学,好之,于是游心爻系,敷衍圣道。”[④]按惠氏《易》学,“于郑玄之所谓‘爻辰’,虞翻之所谓‘纳甲’,荀谞(爽)之所谓‘升降’,京房之所谓‘世应’、‘飞伏’,与夫‘六日七分’、‘世轨’诸说,一一为之疏通证明”[⑤]。然“汉儒《易》学,各有家法。惠氏搜辑虽勤,于此初未能分别”[⑥],至张惠言方“分别诸家,明其条贯”[⑦]。有《周易虞氏易》9卷、《周易消息》2卷、《易礼》2卷、《易事》2卷、《易言》2卷、《易候》1卷、《周易郑荀义》3卷、《荀氏九家易》1卷、《易义别录》14卷、《易图条辨》2卷,张氏《易》学成就,灿然可见矣。张惠言《礼》学,传自金榜。榜深于《三礼》,惠言得其传,精于《仪礼》,成《仪礼图》6卷,梁启超《中国近三百年学术史》云,“(此书)先为宫室衣服之图;次则十七篇,每篇各为之图;其不能为图者则代以表,每图每表皆缀以极简单之说明。用图表方法说经,亦可谓一

① 梁启超《中国近三百年学术史》,第180页。
② 赵尔巽等撰《清史稿》卷482《儒林列传三·张惠言》。
③ 参见张惠言《茗柯文二编》卷上《易义别录序·总叙》,又见江藩《汉学师承记·经师经义目录》,第137页,上海书店出版社,1983。
④ 支伟成《清代朴学大师列传·皖派经学家第六》,第95页。
⑤ 梁启超撰、朱维铮导读《清代学术概论》,第32页。
⑥⑦ 吕思勉《经子解题》,第71页,华东师范大学出版社,1995年。

大创作"①。张惠言别有《读仪礼记》2卷。

综而言之，庄氏而外常州诸家经学，于《易》、《仪礼》、《尚书》为最盛，梁启超论"（有清）二百年来诸大师，往往注毕生之力于一经，其疏注之宏博精确，诚有足与国学俱不朽者"诸著作，张惠言之《周易虞氏义》、《仪礼图》，孙星衍之《尚书今古文注疏》，皆得与焉，梁氏称为"旷古绝作"②。可见其成就之卓越。

二　常州古文与骈文家的史学造诣

常州学者于史学之部，以地理学最为卓越，其次则校勘与金石考证。

清代地理之学颇为兴盛，张之洞《书目答问》卷二"史部·地理第十"引言云："今人地理之学详博可据，前代地理书，特以考经文、史事及沿革耳。若为经世之用，断须读今人书，愈后出者愈要。"③常州以一府而为清代地理之学重镇，其学术合于张之洞所言"经世致用"者可谓颇众，就其大者，有三方面：一为补旧史疆域志之学，一为方志之学，一为地理工具书与制图之学。

补旧史疆域志之学，常州允以洪亮吉父子为巨擘。表、志二体，梁启超称为"史之筋干"，"而诸史多缺，或虽有而其目不备……三国六朝海宇分裂，疆域离合，最难董理，而诸史无一注意及此者……清儒有事于此者颇多，其书皆极有价值"④，阳湖洪氏父子正是专力于"三国六朝"表志而成多种"极有价值"著述的名家。按支伟成《清代朴学大师列传》，洪亮吉《补三国疆域志》系仿《宋书州郡志》而作，"于要害争夺之可考者，著于郡县下；其郡县次第于未经分割者，据《续汉郡国志》；分割及

① 梁启超《中国近三百年学术史》，第174页。

② 梁启超《论中国学术思想变迁之大势》，第100页，上海古籍出版社，2006。

③ 张之洞撰、范希增补正、高明路点校《书目答问补正》，第107页，北京燕山出版社，1999。

④ 梁启超《中国近三百年学术史》，第254页。

废而复置者,据《晋书地理志》;上与东汉、下与西晋判然不相淆疑者,缺之"[①],体例极精、用力极勤。又《东晋疆域志》之作,系因"东晋疆志与实土广狭不同,侨置名目益多复混,且有不详其地者",故乃"取《晋书》纪传,参诸《宋、魏书》,及古地志之仅存者"[②],为此书4卷。而《十六国疆域志》之成,体例与《东晋疆域志》同,别为博览群考而已。洪亮吉子齮孙有《补梁疆域志》4卷,实仿其父诸疆域志体例且更为增益而成,其增益部分,为"州详置治之所,县列因革之文,名山、大川、旧关、重镇,馆、店、台、阁,宫阙、园陵,咸为搜集,俾扩后人之闻见"[③],在洪亮吉极精博体例、极深厚着力的基础上更进一层,令人叹绝。

方志之学,亦常州学者所擅长,洪氏父子、孙星衍、李兆洛、陆继辂、董祐诚,尤其著名。梁启超《中国近三百年学术史》论方志"经名儒精心结撰或参订商榷者",即引洪、孙、李、陆、董诸人所撰府州县志24种[④]。梁氏以为,清代学者所作诸名志中,"除章实斋诸作(如乾隆《和州志》、《永清县志》、《亳州志》等)超群绝伦外,则董方立之《长安》、《咸宁》二志,论者推为冠绝今古……而洪稚存之《泾县》、《淳化》、《长武》,孙渊如之《邠州》、《三水》……李申耆之《凤台》,陆祁孙之《郯城》,洪幼怀之《鄢陵》……皆其最表表者"[⑤]。足见常州方志学之盛!

常州地理工具书与制图之学,以李兆洛为最著。李氏天文、地理兼

① 支伟成《清代朴学大师列传·吴派经学家列传第四》,第53页。
② 支伟成《清代朴学大师列传·吴派经学家列传第四》,第53页。
③ 支伟成《清代朴学大师列传·考史学家列传第十五》,第225页。
④ 即洪亮吉所主撰乾隆《宁国府志》、《怀庆府志》、《延安府志》、《泾县志》、《登封县志》、《固始县志》、《澄城县志》、《淳化县志》、《长武县志》9种,孙星衍主撰乾隆《松江府志》、《邠州志》、《三水县志》3种,陶澍主撰、陆继辂总纂嘉庆《安徽通志》及陆继辂主撰嘉庆《郯城县志》两种,李兆洛独撰嘉庆《凤台县志》及李兆洛主撰、董士锡续成嘉庆《怀远县志》两种,洪符孙主撰嘉庆《禹州志》、《鄢陵县志》、《河内县志》3种,董祐诚主撰嘉庆《长安县志》、《咸宁县志》两种,方履篯主撰道光《河内县志》、《永定县志》、《武陟县志》3种。见梁启超《中国近三百年学术史》,第266-267页。
⑤ 梁启超《中国近三百年学术史》,第272页。

长，主江阴暨阳书院，所收弟子，即“分治天文、舆地二业”①。其天文之学，以所制天地球与《天文图》为特出，其《天文图》“依《会典》天文图以视法变赤道为直线，分十二宫为十二图，而别绘近南北极星为圆图列于前后，较之赤道南北分图尤便览，且较原图补入增星推准度分，以便占天者之考察焉”②，学者所喜。李兆洛地理之学最为学界推举的，一在编《历代地理志韵编今释》20 卷，此书“不用表体，纯依韵以编为类书，尤便检查”③，嘉惠读史、治史者实多。兆洛类书之作，另有《皇朝舆地韵编》2 卷。二在创制《皇朝一统舆图》1 卷、绘制《历代地理沿革图》22 幅，《历代地理沿革图》之作缘于“康熙乾隆《皇舆一统图》藏内府，民间不易得”，董祐诚曾有模本，“顾分四十一图，大小爪离，不便披览，且无历代沿革”，于是兆洛乃因而“改为总图，每方百里，而以虚线存天度之经纬，先以朱印数十部，墨注古地名其上，起三代两汉魏晋南北朝唐宋元明，检各史地志，以《沿革表》及《一统志》核其沿革，并得其实地而著之”④，最终绘成《沿革图》22 幅，其“用朱墨套印，尤为创格，读史者便焉”⑤，而以一人之力成此深细核实之作，诚为不易。李兆洛上述四种地理学著作与《历代纪元编》1 卷，曾同刊刻于江宁，称为“李氏五种”。

校勘、金石之学为清儒肆力开辟而成绩斐然的两门学术，梁启超称“校勘之学，为清儒所特擅，其得力处真能发蒙振落”⑥，“金石之学之在清代又彪然成一科学也”⑦。阳湖学者于此两种学术亦多有用力，其最著名者，为孙星衍，校勘、金石能兼善。校勘之学，刘师培《南北学派不同论·南北考证学不同论》举《孙子》、《吴子》、《司马法》、《六韬》、《穆天子传》、《抱朴子》6 种，皆星衍所校而刊刻，又举星衍为毕沅校《墨子》、《吕氏春秋》、《山海经》3 种，而此数种俱“明于古训，解释多精”⑧。此

① 支伟成《清代朴学大师列传·地理学家列传第十七》，第 249 页。
② 支伟成《清代朴学大师列传·地理学家列传第十七》，第 250 页。
③ 梁启超《中国近三百年学术史》，第 281 页。
④ 支伟成《清代朴学大师列传·地理学家列传第十七》，第 249 页。
⑤ 梁启超《中国近三百年学术史》，第 265 页。
⑥ 梁启超《中国近三百年学术史》，第 204 页。
⑦ 梁启超撰、朱维铮导读《清代学术概论》，第 58 页。
⑧ 罗志田导读、徐亮工编校《中国近三百年学术史论》，第 196 - 198 页。

外,孙氏所校书尚有《周易口决义》6卷,《尚书考异》5卷,《春秋释例》15卷,《元和郡县志》40卷,《景定建康志》50卷,《唐律疏议》30卷,《晏子春秋》7卷,并成《晏子春秋音义》2卷等多种。孙星衍刊刻有《平津馆丛书》46种,《岱南阁丛书》16种,又巾箱本5种,其校勘诸作多得与之。孙氏之于校勘学及相关《易》、《书》、《春秋》、地志、律制、诸子诸学的功烈,可谓甚伟。

孙星衍的金石之学,在清代亦为名家,与邢澍同撰《寰宇访碑录》12卷,"专举目录"①,自周秦以至蒙元,咸为收录,若论详尽,有清称第一,后世续补刊正之作颇多。又有《京畿金石考》上下卷、《平津馆金石萃编》20卷等。

阳湖校勘、金石学,孙星衍外,赵怀玉、陆继辂亦堪称道。赵怀玉系卢文弨弟子,通校勘,得乃师所传;陆继辂以诗文名世,金石为别嗜,有《金石续编》21卷。

三 常州古文与骈文家的其他学术创获

常州学术,经、史而外,董祐诚于算学,恽敬之于经济之学,张琦之于医学,也是论者所常称道的。

清代系我国算学大昌的时代,梁启超《中国近三百年学术史》分明末至清算学为五期②,而其中真能接轨前贤、等视西哲而不馁的,无疑是梁氏所述第四期,即嘉道咸三朝四五十年间。这时期既有西学的传入、消化,又有古算书的整理校勘,立足中法、融贯西法的创造发明乃成可能,而又有诸才情绝特、用力至勤之硕学才士咸为致意,有那样的成就是固然的。这时期常州学者致力于算学的,有李兆洛、董祐诚、张成孙诸人,而成绩赫赫几可称大师的,是董祐诚。

祐诚,字方立,李兆洛《董方立传》谓其"平居于世俗事绝无所嗜,特善深沉之思,书之好钩棘难读者,一览无不通晓,复为出新意,阐隐曲、

① 梁启超撰、朱维铮导读《清代学术概论》,第58页。
② 梁启超《中国近三百年学术史》,第294-295页。

补罅漏，专门名家耽数十年之力而探索之者，方立晨夕间已突过之”①，其所最嗜最有成就的，即为算学。具体而言，董祐诚算学的最大成就，在发明割圜连比例数，梁启超誉为“斯界（算学）不刊之作”②。法国传教士杜德美（Pierre Jartoux，1668～1720）曾“用连比例演周径密率及求正弦、正矢之法，惟所以立法之原则秘而不宣”③，乾隆初明安图乃创“割圜密率捷法”。嘉庆间，董祐诚亦究心于此，“欲更创通法，使弦矢与弧可以径求”，其方法“盖以圜容十八弧之术，引申类长，求其累积，实兼差分之列衰，商功之堆垛，而会通以尽勾股之变”④，且“为分图著解，并立弦矢互求四术，成《割圜连比例术图解》三卷”⑤。彼时明安图“割圜密率捷法”未传于世，董祐诚实系覃思自创，而竟与明氏殊途同归，亦是算学史佳话。《割圜连比例术图解》外，董祐诚尚有《椭圆求周术》1 卷、《斜弧三边求角补术》1 卷、《堆垛求积术》1 卷、《三统术衍补》1 卷 4 种。董祐诚卒年仅三十三岁，令人叹惋。

经济之学是经世致用之说的别称，张之洞《国朝著述诸家姓名略·经济家》所举“博通切实”诸经济家，如黄宗羲、顾炎武、龚自珍、魏源诸人，皆世所共知，而阳湖恽敬也名列其中。恽敬博览群书，《三代因革论》4 篇、《续论》4 篇，是其著述中可称为经济之学的代表作。美国人艾尔曼甚至将此 8 篇文章视为“恽敬把今文经学带入一个将最终导致晚清时期政治话语凌驾于经学考据之上的潮流之中”⑥的代表作品，而恽敬也因此被艾尔曼认作“实际上完成了庄存与转向公羊学的政治目标，标志着今文经学的形成”⑦的重要人物。艾尔曼所论，未免夸大了恽敬之于常州今文经学与政治间互动的作用和地位，不过敏锐发觉并论述恽敬古文的用世倾向，确乎知言。

---

① 李兆洛《养一斋文集》卷 13。

② 梁启超《中国近三百年学术史》，第 301 页。

③ 梁启超《中国近三百年学术史》，第 302 页。

④ 梁启超《中国近三百年学术史》，第 303 页。

⑤ 支伟成《清代朴学大师列传》，第 322 页。

⑥⑦ [美]艾尔曼著、赵刚译《经济、政治和宗族——中华帝国晚期常州今文学派研究》，第 232 页。

张琦于《素问》、《金匮要略》及《风后握奇经》的致力,论者常有论述。张琦本长于诗词,转而致力医学,实是事出有因,李兆洛《张翰风传》记张氏有子曰珏孙,"甚聪敏",不过未弱冠而夭于庸医之手,"因发愤治医术"①。有《素问释义》10卷,甚精微。诗文、医学之外,张琦又好经世,其论《风后握奇经》之作最有名,章太炎甚至以为张琦说《风后握奇经》,与惠栋之作《明堂大道录》、孙星衍之喜探《道藏》房中术,实为其后常州今文经学以"佞谀满洲"之学说致使"汉虏无畔界"、康有为发"以孔子为巫师"狂论的先导,而张琦乃"义和团之先师"②。章氏之论固然不无偏激,但张琦对于《风后握奇经》的致意,受到了学者的重视,也是事实。

四　学术对于常州古文、骈文的精神渗润

前文已对常州学者的学术成就作了扼要的评述,这里我们重点要关注的问题是,常州诸人的学术造诣是如何影响于其文学创作的?这可以从学术对文学影响的表层与潜层两方面展开。所谓表层,即学术对于文学主要是古文取材、立意、用典等显见诸方面的影响、渗入。这一点论者多有述及,但以曹虹《阳湖文派研究》的相关论述较为允当:

> 总之,学问与文章的结合使阳湖派散文具有异样的风貌。从

① 李兆洛《养一斋文集》卷13。

② 章太炎《学隐二》云:"自惠氏为《明堂大道录》,已近阴阳。而孙星衍憙探《道臧》房中之说,张琦说《风后握奇经》,神仙兵符,几于一矣。琦尝知馆陶县,其后山东有义和团。刘逢禄以《公羊传》佞谀满洲。大同之说兴,而汉虏无畔界。延及康有为,以孔子为巫师。"(罗志田导读、徐亮工编校《中国近三百年学术史论》,第60-61页)《菿汉微言》云:"《明堂大道录》流为张翰风之《风后握奇经》,《公羊》、《齐诗》流为康长素之《孔子改制考》。翰风为义和团之先师,长素虽与相反,而妖妄则同。若探其原,则董仲舒、翼奉亦义和团之远祖矣。"(同上,第113页)另刘师培《清儒得失论》有"张琦、周济,工古文辞,好矫时漫物,兼喜论兵,自谓孙、吴蔑以加,琦书尤诡"云云,虽于张琦学说亦持批评,然而综论清儒得失必得及此,亦能说明张琦学说影响之大(同上,第160页)。

创作角度看，其得力所在，经史百家无不可以取精用宏；并且，当作家的目光纵横往来于历史与现实之间，深思而博考，其文章便可以获得充实的内容、新颖的立意。①

"充实的内容"当既包括丰富的取材、征实的用典，又包括在此二者基础上的"深刻有力"②的议论，再加之对"经史百家无不可以取精用宏"而生的诸种"新颖的立意"，颇能概括学术之于常州古文的影响。这是说古文。就骈文而言，众所周知，骈体文的操作跟学问有着天然紧密的联系，不论是音韵、格律，还是用典隶事，都需要作者对经史子集各部的学问，有所了解甚或钻研。就常州骈文作家群来讲，一流作手，几乎皆有学术专擅，甚至为学术大师。作家对于学问的熟悉、钻研，为他们撰述大量音韵和谐、平仄得当、用典高妙的骈体文提供必不可少的支持。在风格意蕴上，常州学者对于学术的浸淫，使得其骈体文亦染学术之风而去浮靡、趋沉雅，这里所说学术对骈体风格意蕴方面的影响，已是学术对于文学潜层的影响。

所谓潜层影响，乃指学术对于文学浅层影响背后，学术的精神意蕴与风格对于文学的深层渗润。亦即学术对于文学在取材、立意、运典、用韵诸方面对于文学的支持，乃是学术意蕴、风格最终渗达于文学意蕴、风格的途径，而此一点，还有待深论揭示。这需要从常州学术"风格意蕴"论起。概括各家所共有者，有两点：一曰"实事求是，不偏主一家"；二曰"致天下之用"。这两种风格意蕴渗达于常州文学，其文学乃具博通沉实之格、温润雅正之气。

所谓"实事求是，不偏主一家"③，系钱大昕评皖派大师戴震学术之语。学者在论及乾嘉朴学时，常吴、皖并举，而两者并举实利于析其同异。章炳麟《清儒一》云："吴始惠栋，其学好博而尊闻；皖南始戴震，综形名，任裁断。此其所以异也。"④刘师培所论，邓实总结为："大抵吴学

① 曹虹《阳湖文派研究》，第90页，中华书局，1996。

② 曹虹《阳湖文派研究》，第85页。

③ 钱大昕《潜研堂集》卷39《戴先生震传》。

④ 罗志田导读、徐亮工编校《中国近三百年学术史论》，第5页。

一派,笃信好古,实事求是;皖学一派,好学深思,心知其意。”[①]两家所述,极为精核,而裁断实同。依此,吴、皖学之同,在于皆能淹通旧籍;其异,则在“惠仅淹博”,且以“凡古必真,凡汉皆好”,“而戴则识断且精审也”[②]。常州学术,庄氏一族剔开今文学,诸人许多著述多在吴、皖之间,洪、孙介于吴、皖之间,洪、孙以后则近戴东原。

庄氏《公羊》今文学以外的著作,一般较少被提及,但是这并不能抹煞此类著述的学术价值。比如前引庄存与的《周官记》与《周官说》,正如支伟成所说,《周官记》是“原本经籍,博采传记诸子”的成果,而《周官说》则是“采经中大典……原本郑氏,又遍览古人所论列者,件系而折衷之”的著述[③]。又如宋翔凤关于《孟子》的论述,皖派大师王念孙闻其解“西丧地于秦七百里”,“亦以为然”[④]。这与吴、皖两派学术所倡扬的“实事求是”精神,实在并无什么本质区别。他们今古文兼采的那类撰述,具有“实事求是”之风更是不必怀疑,不只是“以微言大义相矜”[⑤]的所谓今文家法所能框范的了。

洪、孙之学,刘师培概括以“掇拾”、“校勘”四字,其《近儒学术系统论》云:“自孙星衍、洪亮吉,初喜词华,继治掇拾、校勘之学,其说经笃信汉说,近于惠栋、王鸣盛。”则以洪、孙之学近于吴派。然究其实际,洪、孙虽“笃信汉说”,较之于惠栋、江声、余萧客之类“大共笃于尊信,缀次古义,鲜下己见”[⑥],则已自有别。洪亮吉之作《左传诂》,虽多取晋以前文献为准,而实经己之别择而取其可信者,其所作诸旧史补表补志书,方法亦莫不如是。孙星衍之作《尚书今古文注疏》,宏深精审,虽梁启超以为“以辑采马、郑注为中坚,只能代表古文说,不能代表今文说”[⑦],但其能裁断今、古文之别,且体例精严、取材矜慎,梁氏亦大加推崇,不能

① 罗志田导读、徐亮工编校《中国近三百年学术史论》,第334页。

② 前引见梁启超撰、朱维铮导读《清代学术概论》,第31、37页。

③ 参见支伟成《清代朴学大师列传》,第128-129页。

④ 参见支伟成《清代朴学大师列传》,第134-135页。

⑤ 参见刘师培《南北学派不同论·南北考证学不同论》论常州派语,见罗志田导读、徐亮工编校《中国近三百年学术史论》,第204页。

⑥ 章太炎《清儒一》,见罗志田导读、徐亮工编校《中国近三百年学术史论》,第7页。

⑦ 梁启超《中国近三百年学术史》,第169页。

说仅为吴派学风。故洪、孙之学实在吴、皖之间。

洪、孙以后，张惠言精《易》、《礼》，其《易》专精虞氏，《礼》则深通《仪礼》，梁启超论任大椿、程瑶田、金榜、凌廷堪《礼》学所谓“他们纯粹是戴东原一派的学风，专做窄而深的研究，所选的题目或者是很小的，但在这个题目的范围内，务把资料搜齐。类书式的案而不断，他们是不肯的，但判断总下得极审慎”[1]，正可迻论张惠言之学。李兆洛论学讲“通”，《诗古微序》推论魏源之治《诗》云：

> (源)锨割数千年来相传之篇第，掊击数千年来株守之序笺，无独是之见者，然乎？而其所锨割者、掊击者，质之以传记，平之以经文，比窾别凑，左右交会，其综之也博，其择之也卓，其会之也密，其断之也悫，守独是之见者，然乎？[2]

一言蔽之，即善能别择而“求诸大体，得其统宗”[3]。又李兆洛《诒经堂经解序》论治经之法云：

> 治经之途有二：一曰专家，确守一师之法，尺寸不敢违越，唐以前诸儒类然；一曰心得，通之以理，空所依傍，惟求乎己之所安，唐以后诸儒类然……彼治专家者而遂欲尽废后来之说，矜心得者而遂欲悉屏前人之言，皆专己守残，自益其孤陋者也。[4]

在李兆洛看来，“专家”、“心得”皆非治经正途，其正途乃是“专家”与“心得”兼顾，也就是汉、宋融通而“博采众说，惟是之从”。则李兆洛之学近于皖派，固不必置疑。其余恽敬、丁履恒、陆继辂、董祐诚、董士锡诸人为学，亦皆无违于“实事求是，不偏主一家”之法。常州学术的这一点风格意蕴，渗润于文学，其文学遂具博通沉实之格。

所谓“致天下之用”，乃指常州学者欲以贯通学术而达于世用，亦即通经致用，庄氏一族、恽敬、张惠言可为代表。庄氏以《公羊春秋》为中

① 梁启超《中国近三百年学术史》，第176页。

②③④ 李兆洛《养一斋文集》卷3。

心的今文学,最大的特征便是探求微言大义以匡致世用,支伟成在《清代朴学大师列传》中曾裒举庄述祖、刘逢禄以经义断事的例子,且不论庄、刘二人以经义断事是否切当,他们的行为确实做到了"通经而能致诸实用"①。美国学者艾尔曼在研究常州今文经学时,甚至以独到的眼光,发现庄存与研治学术的根本目的,乃是以婉转的方法"表达他对当时政治的批判,以及他对和珅及其同伙的不满"②,即便庄存与并未以经学为手段反对和珅及其党羽,但是绝不可否认他凭借经学对乾隆中后期政治的衰乱提出褒贬批评,这已足可说明庄氏今文经学的"致用"性质。

恽敬《三代因革论》8篇,究讨三代之制,并推论三代之制兴替的原因,以发其因时适变之论,这在恽敬沟通学术、致用两者关系的学术努力中,具有典型意义。其中《三代因革论》其四论井田之废,又在此8篇中最具有代表性。他在文章中指出,井田制之废,并非如历来儒者所说系商鞅变法的过失,而是不因改革者甚至圣人意志而转移的"法"的要求,此"法"系何"法"? 恽敬通过令人信服的分析论证,认为致使井田制最终废弃的"法"即是民欲③。故宋儒以井田之废罪在商鞅,实系谬论。而恽敬以此"法"破宋儒谬论的深层旨归,乃在于"指责宋儒拘泥孔子一成不变的社会、政治规则,力图把制度变革和经世致用重新统一起来"④。再就学术与制度变革、经世致用三者关系而言,恽敬实际即欲藉学术、古文为中介,以达其经世致用的理想。

张惠言于学术、古文具通经致用之底蕴,也是显而易见的。惠言《文稿自序》思量古人自老聃、庄周、荀卿、贾谊以下,经司马迁、班固,而至韩、李、欧、曾诸贤,其文所以能传之千百年而不毁,实在于"其言必曰道","无其道而有其文者,则未有也",故乃"退而考诸经",欲在

① 参见支伟成《清代朴学大师列传》,第129、133页。

② 参见艾尔曼著、赵刚译《经济、政治和宗族——中华帝国晚期常州今文学派研究》,第13页。

③ 参见恽敬《大云山房文稿初集》卷1。

④ 艾尔曼著、赵刚译《经济、政治和宗族——中华帝国晚期常州今文学派研究》,第232页。

经典中体道述作①。而此道为何道？惠言《送徐尚之序》云："夫道，以之修身，以之齐家、治国、平天下。"②因此，推原张惠言之所以体道述作，实在欲能通经致用，其力或不能，其心则不必疑。又董士锡《张氏易说叙》指出，张惠言之所以究心《易》学，其关键乃是因为它确乎认为治《易》能"致天下之用"，这也可以作为张氏体道述作、通经致用的佐证。

其余，洪、孙虽系较纯粹汉学家，其治学往往为学术而学术，而二人之为旧史补地理志与结撰方志，岂无致用之心？疆志为一国地理写照，方志为一方自然、风俗、文物、制度总揽，前引张之洞《书目答问》论地理学书所谓"若为经世致用，断须读今人书"，洪、孙撰述即属此类著作。李兆洛之补缀《海国纪闻》，虽自称其本意是为了了解外洋诸国之大小及其风俗之美恶，而汇辑《海国集览》，也不过是因为对谢清高口述《海国纪闻》的信实程度不够满意③，但考察嘉道间清代海徼事宜日多、了解外洋风俗人情与制度设施之务日要，李兆洛之所为，岂可曰无心于致用？自余常州诸家，其所为学亦皆涉于经世致用，不再赘述。

常州学者为学的"致天下之用"底蕴，濡染浸润于文学中，其文学主要指古文，便虽有瑰辞宏论、纵横恣肆、悲怨感伤，而不堕入隳肆、颓靡，具有一种温润雅正之气。

而前述常州学术两种底蕴风格，与文学本身所需而常州作者本来就具备的"性情"、文采交融，一同发之于文学，常州文学便总体上非但具有博通沉实之格、温润雅正之气，而且具有一种深挚沉丽之风。这三种风格在不同作家那里，因为性情、趣味、取法的不同，而各具特色：恽敬为雄奇纵肆，张惠言为渊雅劲润，李兆洛为"温润缜密而有玉德"，陆继辂为深挚多情，张琦为雄快踔厉，此言古文；洪亮吉沉博清丽，孙星衍风雅奇迈，张惠言大赋则博奥汪洋、小赋则骚雅多情，李兆洛或悲郁感慨、或清妙风流，刘嗣绾则尖新纤巧、夺人心魄，方履篯或煌煌浩浩、或

---

① 张惠言《茗柯文三编》。

② 张惠言《茗柯文补编》卷下。

③ 李兆洛《养一斋文集》卷 2《海国纪闻序》。

幽怨骚雅,二董则摇曳多情,此言骈体。常州文学既各具特色、花绽众彩,又有其贯穿一线、统宗一源处,可谓“和而不同”。其古文较之“桐城派”偏于风格统一、思想单一,可称就山登高、就径他转而别开世界;其骈文,理论系统、创作成就卓越,而自成一派,为清代骈体重镇。

第二章　清代常州古文与骈文发展的家族文化助力

这里的家族，指文化家族或文化氏族。大体以宋代为界，文化家族经历了从兼具政治优势与文化优势的世家大族形态，到以文化优势为主的文化氏族形态的转变。在这个过程中，原本一体的社会政治与文化"权力"逐渐分离，政权向上集中，文化重心下移，地方文化家族成为文化的主要承载者，至明清而成时代突出的历史文化现象。而文化既由文化家族主要承载，便自然衍生出具有一定特征的家族文化现象，以本书主要涉及的清代常州府为考察对象，我们发现以下五种突出特征：第一，家族多以文化为立族趣尚，家族文化成绩丰厚；第二，他们重视人才培养，教育科举发达；第三，文化家族之间进行联姻，人才得到汇聚繁衍；第四，家族的文化艺术活动丰富，风雅成为家族的标尚；第五，妇学兴盛，母教突出。其中主要由常州府文化家族间联姻形成的家族人才的宗亲关系，以及作为家族联姻衍伸形态的丰富复杂的师友关系，宗亲与师友间的交游、切磋，实际构成了本文所论常州古文与骈文创作群体的集合形式。而家族联姻以外的其他诸种特征，乃是常州古文与骈文发展演进的推动力量。

第一节　清代常州家族文化诸种特征

前已有论，明清时代社会文化的主要承载者为地方文化家族，依此，这里所讲清代常州家族文化，便主要是指以清代常州文化家族为主体所形成的文化现象。何谓文化家族?简言之,文化家族是以文化成就为家族主要标志、具有一定历史的家族。这个概念至少涵括三个重要因素:其一,家族的文化取向、文化成就,尤其是文化成就,是一家族之所以被称为文化家族的关键因素之一;其二,为达成这种家族文化的祈向、创造出家族文化成就,文化家族必须具有较多的人才;其三,文化家族声望的确立,通常有一个酝酿、准备的过程,或者还有一个衍续、影响的过程,即文化家族必须具有一定的家族历史、具有一定的历史延续力。在此基础上,我们将深入考察清代常州家族文化的重要特征。

一 以文化为立族趣尚,家族文化成就丰厚

作为清代常州学术文化主要支撑者的文化家族,他们的有识之士,往往对本家族的立族取向有较为明确的认识,并且常常以文字的形式传示宗人子孙,其中最高的形式便是家(族)谱、家(族)集中的家训、族训。这一立族取向集中在彬彬重文一方面,而它的基本要求乃是读书勤学。如阳湖名族恽氏,恽宝惠等所修《毗陵恽氏家乘》,在开篇的《祖训》中,便引逊庵公恽日初晚年时对"诸兄"所讲的一段话云:"逆境难处,况在迟暮,其惟学乎?不学便老而衰,学则见性,见性则知化,知化则适时,适时则自得。穷通得丧,处之既一,又何凄焉?"①是将读书勤学、见性知化,作为恽氏家族子孙禀持循习的一条规戒。又如武进西营刘氏,其祖明初自凤阳迁常,"四百余年,伟人代起,文章、气节、理学、政事,实足以辉煌史乘"②,也是常州有名的文化望族,同治间刘祺辑《刘氏清芬录》,他在序言中要求族人读是录者,须"以读书为根本,以孝友为教训,毋忘先德,勿坠厥宗"③,乃将"读书"视为家族继承先德祖业的"根本"。

不仅如此,当文化家族式微时,勤学读书则更被视为振兴家族的重

① 恽宝惠等修《毗陵恽氏家乘》卷1。
② 刘益《增修族谱序》,武进刘氏绣衣坊大宗祠重修,刘琛、刘昕泰、刘尚德等校订《武进西营刘氏家谱》卷1。
③ 刘祺编、刘继丰校订《武进西营刘氏清芬录第一集·序》。

要甚至唯一途径。如锡山秦赓彤序《秦氏族谱》有云："吾秦家世读书，而今子弟之读书就试者鲜。夫不读书则不能明理，不明理则孝弟、忠信、礼义、廉耻之道，皆阙焉不讲，不但文艺之末也。自时厥后，凡我同宗，尚其以读书为务，渊源家学，有行有文，庶几无坠厥绪，而振起有自哉！"①透过秦赓彤的呼吁，我们可以清晰地感受到秦氏有识之士对家族前途的忧虑。而类似的忧虑在常州吕氏那里，就显得更加的急迫，吕氏族谱的《祖训》即引《漪园公(兆行)邮寄芝楣公(嗣麟)训言》强调"勤读书"的意义曰："吾家式微已极，欲思振作，舍读书一道，别无可图。"②读书对于家族的意义，被推到了唯一性的层面。

作为文化家族，以文化为立族的趣尚，并以读书勤学为途径来实现这种理想，还只是一家族之所以成为文化家族的前提，最终确立一家族为文化家族的主要因素，还是家族的文化成绩。清代的常州府是江南优秀文化家族群聚的核心地区之一，它的文化家族有着十分丰厚的文化成绩，文学上如秦氏(秦瀛)、刘氏(刘星炜、刘嗣绾)、管氏(管世铭)、吕氏(吕星垣)，艺术上最著名的是恽氏(恽格)，学术成就很高的如庄氏(庄存与、庄述祖)、洪氏(洪亮吉、洪齮孙)、张氏(张惠言)，等等，都在相关方面取得了很高的成就，甚至是某一方面的翘楚(如恽氏画学、庄氏经学)。他们的这些文化成绩，通常在家(族)谱的"艺文录"中、在家(族)集中都有所载记。其中特别是家(族)集，对一家族的文化成绩进行了广泛系统的收罗，极能体现一家族文化成果的丰厚；并且，那些家(族)集纂辑本身也构成了家族文化成果的一部分。在清代常州府，比较著名的可举《武进西营刘氏清芬录》与《锡山秦氏诗钞》、《锡山秦氏文钞》。

《刘氏清芬录》编者刘祺在《绪言》中指出，"吾家自明清以来，科第连绵，人文极盛，今特广为征集，俾振家声"，又云"愿我族人睹是录者，交相劝励，以读书为根本，以孝友为教训，毋忘先德，勿坠厥宗。而戚友之读是录者，亦知余家世泽绵长"③，则其辑《清芬录》主要目的，一是振

① 秦兰枝等编纂《锡山秦氏宗谱》卷首《续辑锡山秦氏宗谱序》。

② 吕赀庭、吕继午纂修《毗陵吕氏族谱》卷首。

③ 刘祺编、刘继丰校订《武进西营刘氏清芬录第一集》卷首。

作家声,一是勉励族人读书勤学,克承世泽。是集内容主要有十个部分,即史传、志传、家传、年谱、行述、诗存、轶史、文稿内篇、文稿外编、著述考,所谓"于刘氏先世遗箸吉光片羽,及凡传状、铭志、年谱、轶史之属足以考证其生平者,无不备"①。这种对于刘氏家族先世文化成绩、相关人物生平传状的广泛收集整理,不仅是武进刘氏家族内部的一项壮举,还是清代江南文化史中一项颇有意味的事件,杨定襄序《刘氏清芬录》所云最能概括其意义:

> 夫刘氏自西营以来六百余年,以时则久,以人才则众多,以支派则蕃衍,而其迹或出或处、或显或不显,其学术各有渊源,不皆相师也,其文辞各有机杼,不皆相承也。乃今汇合之、窘集之,蔚然成一家言,祺然若金声玉振之相赓,蓒然聚十数世父子、兄弟、亲族、朋友于一堂,相与宴乐、相与揖让、相与唱和,喁于纷陈而宾主尽欢、侣穆无斁,此诚世德之大观、宗会之极则,不徒一时掌故之林也。②

《武进西营刘氏清芬录》的编纂,内容较杂,还不纯粹是家族文化成果的辑结展示,锡山秦氏的《诗钞》、《文钞》则可谓名副其实的家族文化成绩总结。锡山秦氏,为秦观之后,"自宋历元明清四代,代有闻人,为江南名族之冠"③,其在仕宦、文学、学术各方面,皆可称江南文化家族翘楚。秦氏诗文之学由秦少游导源,累世传衍,至明清尤其清代乃大盛,明李东阳曾以"东吴文献"相推重④,《锡山秦氏诗钞》、《文钞》便是对秦氏诗文的全面搜罗整理。《诗钞》由秦彬初辑,秦殿栋、殿楹、殿模选辑刊印,秦彬初辑有"数十巨册",秦殿栋等选刊"仅止十一"⑤。内容

① 吕思勉《刘氏清芬录序》,刘祺编、刘继丰校订《武进西营刘氏清芬录第一集》卷首。
② 刘祺编、刘继丰校订《武进西营刘氏清芬录第一集》卷首。
③ 夏孙桐《锡山秦氏文钞序》,秦毓钧辑《锡山秦氏文钞》卷首。
④ 语见秦敦世《锡山秦氏文钞序》,秦毓钧辑《锡山秦氏文钞》卷首。
⑤ 秦殿栋、殿楹、殿模《锡山秦氏诗钞·凡例》,秦彬初辑、秦殿栋等选辑《锡山秦氏诗钞》卷首。

自秦观以下至于清代，以锡山瑞五公（维正）支系为断，其余不录；体例之特色，主要在"凡有诗者，必略志其梗概，其有诗话可录，必为采入"。分《前集》、《今集》，《前集》选收清以前秦氏诗作，卷首列宋秦观、秦觏诗作，不著卷，其余厘为10卷；《今集》8卷，选收清代秦氏诗作。仅以此选辑而论，秦氏诗学脉路清晰可辨，亦可谓洋洋大观。《文钞》的刊印在《诗钞》之后，但它的编辑并非始于民国。秦毓钧在《文钞例言》中提到，明末秦镃已经着手纂辑《秦氏文钞》，但未能刊印，清道光间秦国楠复"有志采辑，而不及成书"，这在秦氏是一件十分遗憾的事。于是民国间，秦毓钧"追念两祖未竟之志"，决心将这一事业完成，经过多年的辛苦采编纂辑，到了民国十九年（1930），方使今所见《锡山秦氏文钞》得以成书刊行。《文钞》列宋秦观、秦湛文于卷首，二人以下主要是明清两代秦氏作者之文，有12卷，共搜罗123人490余篇文章。其体例大处与《诗钞》相近，作家文章仅选其代表作，收录作家皆有小传，其特色有三点可值一提：一是作家小传之外，附加按语，"广征博引，不嫌辞费"，不独秦氏一家文献之征；二是骈散兼收，以明文体渊源，见识颇高；三是男女兼收，破历来文章选辑于闺秀概不收录之弊，别具睿识①。唐文治在《锡山秦氏文钞序》中感慨道：

> 王迹熄而诗衰，《离骚》作而文辞之事兴，于是乎专集名焉；《昭明文选》撷汉魏晋诸代之菁华，于是乎总集名焉。从未有以家族之著述汇为鸿编者，即有之，亦不过三五人或十数人而止，然已不数数觏，而况奏对尺牍、书序赠答、散奇骈偶，璀璨畜皇，兼以闺门鞶帨，绣口锦心，丽藻彬彬，芬流寰宇，此虽海内名族如曲阜之孔、太原之王、清河之张、平原之陆，亦鲜斯美，而吾锡秦氏乃独擅其盛，弥令人其羡而起敬矣！②

如唐氏所言，则《锡山秦氏文钞》当然包括《诗钞》的纂辑，是有着比《武进西营刘氏清芬录》更为突出的意义，其不仅是秦氏家族内部的一项重要文

① 前引材料皆见秦毓钧辑《锡山秦氏文钞》卷首《例言》。
② 见秦毓钧辑《锡山秦氏文钞》卷首。

化举措,还是清代江南文化史甚至整个中国古代文化史中的一项创举。

二 重视人才培养,教育科举发达

文化氏族文化成果的产出、家族声望的确立,离不开一个核心因素,那就是家族人才的持续性存在,纵观古来文化家族历史,可以发现一家族文化成果的多少、家族声望的高低与此家族人才数量的多少、质量的高低,几乎是成正比的。而人才的培养基始于教育,在古代很长时间教育成果的体现与科举直接关联,人才、教育、科举,乃是文化链条上紧密联系、不可或缺的三个环节。考察清代常州文化氏族的状况,我们可以认为:文化家族必是教育发达、人才荟萃的家族,也多是科举兴盛的家族。

常州府著名的文化氏族如恽氏、庄氏、吕氏、秦氏、刘氏、张氏等,无不是人才丛聚、科举发达的家族。恽氏恽格、恽敬,庄氏庄存与、庄述祖,吕氏吕宫、吕星垣,秦氏秦松龄、秦蕙田、秦瀛,刘氏刘纶、刘星炜、刘嗣绾、刘逢禄,张氏张惠言、张琦,等等,皆是文化史上耳熟能详的人物,他们能有那样的成就,除了自身天资卓特、勤苦好学外,与他们自从小便受到家族长辈的训导教育也密不可分。譬如武进吕宫是顺治四年(1647)状元、一代名臣,金之俊为其所作《墓志铭》有云,“(公)甫四龄,考早逝,大父授书不离膝前,以方名书记粘示隅壁,每夜绕隅,燃烛示之”,又云“公母教綦严,丙夜督课,亲绩纺以伴之”①,他的成才实离不开其祖父及母亲的严格督导。又如锡山秦瀛,其诗文德业,世所并知。他官顺天府尹时,回忆幼时父亲训督教导的情景,深有感触,请严钰为绘《秋窗课读图》,自为记,记中有云,“瀛无他师,受经于先大夫,督课甚严。十三岁时,先大夫入京师逾年,归课瀛课如前,尝手《十三经注疏序》及马端临《文献通考序》授瀛读。一夕,灯下读《汉书·地理志》,夜半稍倦,先大夫怒而责之,先淑人辄陪先大夫坐而课读,俟瀛睡始就寝”②,秋夜窗下父母督子读书的情景,跃然纸上。

---

① 金之俊《苍忱公墓志铭》,吕赉庭、吕继午纂修《毗陵吕氏族谱》卷14。

② 秦瀛《秋窗课读图记》,秦毓钧辑《锡山秦氏文钞》卷7。

文化家族教育的目的在使子弟成才，而衡量其成才的重要标准即是科举考试的成绩，通过科举而仕进，亦是保证家族声望得以确立并延续、扩大的最有效途径。我们翻阅诸族家谱、族谱，那些文化氏族正多是科举名族，如武进庄氏明清两代有进士40人，其中庄存与是乾隆十年(1745)榜眼，存与弟培因为乾隆十九年状元，所谓兄弟鼎甲之家；又如武进吕氏，其在清代一朝，举人即有24人，进士亦有9人，考虑到吕氏在明代式微，至清吕宫以后方大显的事实，吕氏科第亦可谓盛矣；又如锡山秦氏科第亦盛，在清代，秦松龄为顺治十二年进士，松龄子道然为康熙四十八年(1709)进士，道然子蕙田为乾隆元年进士，是祖孙三代进士之家；而宜兴南臧储氏，更是科第兴旺的常州名族，至有"三凤"联起、"五子四子并登科"、"三世四世联得第"、"一房十四进士"①的科举壮景，令人叹绝！

作为科第的延续与补充，出仕为官、为学树德，往往更能体现一家族人才的众多、族运的兴旺，秦缃业《重辑锡山秦氏宗谱序》云："吾秦氏当前明中叶及本朝乾嘉间，服官中外者，一时恒有数十人，而应春秋二试亦如之，榜发必有掇巍科、登上第者，而出为名臣、为循吏，出为文学、为醇儒、为孝子悌弟者，又历历可数。吁，亦盛矣！"②武进刘氏相较于秦氏，有过之而无不及，在明代，刘氏科举有"江南三凤"(天启四年刘熙祚、光斗、宪章，崇祯十五年刘汉卿、晋蕃、履旋)之誉，仕宦有"同朝三豸"(刘熙祚、光斗、宪章)之誉，而明清两代统观，刘氏一族则以"'四世翰林'、'五世进士'、'七世孝廉'之家"③享誉当时，其余刘氏道德、文章、经术，皆一世推举无异言，如刘汉卿所言："何其盛也，何其绵绵不绝也！"④

---

① 参见储凤林修《宜兴南臧储氏分支谱》卷首。

② 秦兰枝等编纂《锡山秦氏宗谱》卷首。

③ 刘祺《尚絅刘氏清芬录绪言》，刘祺编、刘继丰校订《武进西营刘氏清芬录第一集》卷首。

④ 刘汉卿《武进西营刘氏族谱序》，武进刘氏绣衣坊大宗祠重修，刘琛、刘昕泰、刘尚德等校订《武进西营刘氏家谱》卷首。

三 文化家族联姻,人才汇聚繁衍

文化家族家族文化的创造、传衍,实有赖于家族人才的存在与持续产生,我们考察文化家族的历史,基于血缘关系的家族人才父子祖孙代代衍续,实际地确保了家族文化链的环环相扣、向前推进,这里,血缘关系链与文化链联结一体,不可分割。不过当我们将目光聚焦于家族的血脉接续以探讨家族文化推进的内在动力时,往往有一个习焉不察的缺憾,那就是对家族姻缘关系的忽视,在二十世纪初叶,潘光旦在其名著《明清两代嘉兴的望族》一书中已经注意到了这个问题,潘氏在评论以往对于地方氏族研究著述时提到,"望族之形成,除了种种环境的条件而外,亦自有其遗传的因缘,遗传的因缘又可以分两部分说,一是血缘,二是姻缘,姻缘与血缘虽不能完全划分,但先得有姻缘,然后可以有血缘。如今以往的种种地方氏族的作品,几于全部只注意到了血缘,并且只不过是父系一面的血缘,一若此种血缘的形成和母系全无干系。这不能不说是一个很大的挂漏"①,事实上正如潘氏所言,文化家族的形成、人才的产生,固然与父系家族直接关联,但是没有母系、没有婚姻,人才是不可能产生的。

并且,有选择的家族联姻,从遗传学角度讲,是家族高质量人才产生的必要条件;从社会学的角度讲,也是人才汇聚繁衍的一般途径。进一步来说,其一,那些有名的文化家族,相对而言,族人在智力、体质上尤其在智力上通常要高于一般社会家庭,那么这些家族之间的联姻,可谓"强强联合",联姻生育的子孙在智力、体质质量上,也通常会高于一般家庭,这是遗传学的一般常识。其二,基于遗传学"强强联合"基础上的文化家族联姻,促成了所谓人才的汇聚繁衍,家族史上常见的两个文化氏族之间的世代通婚,是将这两个家族的人才繁殖力结合到一起,两个以上文化氏族间的通婚,则将多个家族的人才繁殖力聚合到一起,我们所说的家族人才,都是在这些家族经由姻缘所结成的血缘网络中产生的。

① 潘光旦《明清两代嘉兴的望族》,第 4 - 5 页,上海书店出版社,1991。

的确，考察清代常州文化氏族的发展状况，家族联姻是非常基本的一个命题。我们以武进西营刘氏为例，略作说明。清代与刘氏通婚的文化家族，庄氏、赵氏、吴氏、管氏、汪氏、蒋氏、季氏都是比较著名的。其中刘、庄婚姻具有显见的文化意义，刘纶之孙刘逢禄系庄存与外孙、庄述祖外甥，逢禄为其父刘召扬作《行述》称，“配吾母庄孺人，礼部侍郎讳存与公女……汪、庄皆旧姻也”①，这里所谓“旧姻”是说两氏之间曾有过多桩婚姻关系。前文在研究常州今文经学时已经指出，今文经学由庄氏存与开派，庄述祖、庄绶甲、刘逢禄、宋翔凤等接续并发扬光大，特别刘逢禄是将庄氏今文经学推向顶峰的中坚人物，也就是说常州今文经学乃是庄氏、刘氏、宋氏几个文化家族的人才合力介入、推进的结果，从这个角度说，婚姻对于常州学术有着不容忽视的重要作用。刘、管婚姻也值一提，刘继丰的高祖父刘延和娶于管氏，后又令其子就婚于外家，他的这个管姓媳妇系其妻管氏的侄女，就是说管姓叔侄二人分别嫁于刘姓父子二人。延和有孙六人，其中刘康来做到花翎按察使，刘度来花翎二品衔湖北补用道，刘庭来广东补用知府，刘庶来也做到四品衔浙江候补知县，称得上官宦之家。而武进管氏亦为名门望族，前述刘延和之媳管氏，她的父亲管绳莱、祖父管学洛、曾祖管世铭俱一时俊杰，那么刘、管的结合，自然算是名族的互通婚姻②。此外刘氏与吴氏、汪氏、赵氏、蒋氏、季氏都有或多或少的姻亲关系，如与吴氏，《武进西营刘氏家谱》卷5《冢媳吴孺人哀辞》云，“吾姓世与吴氏为姻”，刘道纶妻即吴氏，沈善登为作《吴太夫人传》③；与汪氏，刘嗣绾之妻即汪氏④。余不赘述。

---

① 刘逢禄《清诰授中宪大夫……卣于府君行述》，武进刘氏绣衣坊大宗祠重修，刘琛、刘昕泰、刘尚德等校订《武进西营刘氏家谱》卷6。

② 刘继丰、刘度来、刘雍来等《钦旌乐善好施准予建坊管太夫人行述》云：“太夫人姓管氏，武进望族。曾祖讳世铭……学者所称蕴山先生者也，祖讳学洛……考讳绳莱……我高祖子宽（延和）府君娶于管，太夫人为高祖妣管太宜人之侄。”参见刘祺编、刘继丰校订《武进西营刘氏清芬录第一集·刘氏先世行述》。

③ 参见武进刘氏绣衣坊大宗祠重修，刘琛、刘昕泰、刘尚德等校订《武进西营刘氏家谱》卷5。

④ 参见刘延和《简之府君暨妣汪宜人行略》，刘祺编、刘继丰校订《武进西营刘氏清芬录第一集·刘氏先世行略》。

其余吕氏与钱氏、赵氏与叶氏、张氏与董氏、董氏与陆氏、李氏与吴氏等等,皆有姻亲关系①。我们只要细心勾查便会发现,这些家族之间的姻亲联合,不仅仅是形成了两姓间点对点的小范围关系网,而且是形成了多家族间大范围交叉勾连的婚姻网络,如刘氏—庄氏—彭氏—尤氏②、刘氏—赵氏—叶氏、张氏—董氏—陆氏—庄氏等,他们不但是常州府内部各邑间的婚姻网络,而且常常是江南邻近各府间更大的婚姻关系网络,这样的发现是令人兴奋的。一家族与一家族、一家族与多家族之间,经由直接、间接的婚姻形成的关系网络,无疑为人才的汇聚繁衍提供了坚实的保证,家族宗亲的文化同趣、交游切磋甚至成为师友,即可能是形成文学、艺术、学术流派的契机,他们也往往成为这些流派、学派的中心或重要组成部分,庄氏今文经学、恽氏"南田画派"、文章所讲常州古文与骈文,莫不如是。清代江南文化家族间的联姻、宗亲间的交游与江南文化的发展,有着十分密切的关系,我们探讨江南包括常州府文学、艺术、学术的演进历程,家族姻缘关系是无法绕过的命题。

四 文化艺术活动丰富,风雅乃为家族标尚

文化家族之尚风雅,自古已然,晋时的王、谢风流,历来是文人墨客欣慕歌咏的对象。这种风雅的家族文化传统,代代传衍,到了明清,文

① 如吕星垣母为钱氏,其母舅为钱维城(参见《毗陵吕氏族谱》卷14赵怀玉《湘皋公墓志铭》);赵怀玉母叶氏,其外祖父为叶士宽(参见《吴中叶氏族谱》卷55赵怀玉《先妣叶宜人事述》、《吴中叶氏族谱》卷51赵怀玉《河南卫辉府知府叶君家传》);张惠言、张琦、董士锡、陆继辂之间姻亲关系,李兆洛与吴育、董基诚、董祐诚、祝百十、祝百五之间姻亲关系,本章第二节有详述。

② 武进庄氏、长洲彭氏婚姻关系,如兵部尚书彭启丰的第三女,嫁与庄存与弟翰林院侍讲学士庄培因(参见彭绩《兵部尚书彭公夫人宋氏墓志铭》,彭文杰纂辑《彭氏宗谱》卷7);长洲彭、尤两氏世代通婚,尤侗为他的亲家彭珑作祭文云:"呜呼!昔我与翁,生同闾里。惟尊大人,及先君子,白首同归,婆娑杖履。迨吾两人,投分加至,爰自成童,周旋没齿。贤郎骏发,绝尘继起,吾儿豚犬,亦附骥尾。申以婚姻,蒹葭玉倚,彭尤之睦,盖四世矣。"(尤侗《祭彭云客文》,彭文杰纂辑《彭氏宗谱》卷11)

化家族几乎无一例外地都以风雅为家族的好尚，诗酒流连、琴书咏歌，真令人起歆羡向往之情。考察家族风雅气息极浓的清代常州府，文化家族的风雅之举，主要便是诗酒雅聚，包括族内的、家内的、家族间的以及家族与其他文化人士的雅集。我们选取三个角度略为陈述，一是“九老会”，二是“一门联吟”，三是园林雅集，它们之间多少有些交叉，这样分类，是为突出特点、叙述方便。

“九老会”之事，唐代已有，白居易等在洛下曾为“香山九老”之会，系文化史上一件名声响亮的雅事。宋人继之，李昉罢相后，亦与友人为“九老会”；而文彦博、富弼等更有所谓“耆英会”。到了清代特别乾隆间，“九老会”成为上自皇家下至地方文化家族都热衷举办的风雅之事，乾隆帝即曾在乾隆二十六年(1761)、三十六年，两度邀请皇室及文武老臣年七十以上者，为皇家“九老会”；在民间，江南的许多文化家族也曾举办过“九老会”，最有名的是武进庄氏与锡山秦氏“九老会”，一在乾隆十四年，一在乾隆十六年，两者前后相距仅两年，又同发生在常州府，洵为一时盛举。庄氏九老之会，洪亮吉《南华九老会倡和诗序》载之甚详，九人俱致仕家居庄氏族人，分别为庄清度(年九十)、令翼(年八十四)、祖诒(年八十二)、柡(六十九)、歆年(六十六)、学愈(年六十三)、柏承(年六十三)、大椿(年六十二)、柱(年六十)，相约聚会而“各系以诗”①。九人外，庄氏族中“年及六十而未预斯会者，复二十一人，各依韵和焉”②，真是蔚为壮观！后庄宇逵还编成《南华九老会倡和诗谱》，“各系以小传”，洪亮吉、赵怀玉、张惠言等为作序，士林传为美谈。比武进庄氏“九老会”名声更响亮的，是锡山秦氏“九老会”。乾隆十六年辛未，弘历南巡，驻驾锡山秦氏寄畅园，秦孝然“率兄弟子侄年六十以上者九人，于园门外迎驾”，据秦焕《寄畅园九老说》，九人为：

一慕庐公孝然，时九十岁；二讱庵公实然，时八十七岁；三真斋公敬然，时八十五岁；四素村公荣然，时七十五岁；五蓉溪公寿然，时六十六岁；六寄园公芝田，时七十六岁；七耐圃公瑞熙，时六十岁；八待轩公莘田，时六十岁；九约斋公东田，时六十二岁。合九人

①② 洪亮吉《卷施阁文乙集》卷5《南华九老会倡和诗序》。

数之,共计六百六十五岁。[1]

乾隆帝亲为制诗褒奖,诗中有"近族九人年六百,耆英高会胜香山"之句,各人俱有和诗,载于《锡山秦氏诗钞》。秦氏诸老之会,因为得到乾隆的御赞,这在封建时代实是无上光荣,故"'寄畅园九老',一时传为盛事"[2],就影响而言,略胜于庄氏。以一家族而有如此之多耆年硕德之人,且人人能诗,其风雅高致影响于一家族自不待言,以庄、秦两氏声望,以帝王褒奖、诗谱广为流传,其影响乃及于天下四方。

"一门联吟",这里限指一家之内父子、夫妻、兄弟、姊妹间的诗酒联吟,这在明清是文化家族比较普遍的现象,江南文化家族之内则尤多尤著。在清代常州府,武进刘氏、王氏,阳湖陆氏、张氏等,皆是一门风雅的典型。如武进王采薇为阳湖孙星衍妻,其父王光燮有五女,采薇行四,她在闺中未嫁时,与诸姐妹常相吟咏唱和[3]。适孙星衍后,夫妇佳偶,复多酬唱,其所著《采薇诗集》星衍刻入《平津馆丛书》,士林欣羡。又如陆继辂妻钱惠尊,"善为诗,虽朝餐未炊、秋风刺骨、灶妪谤怼、邻女讪讥,犹复琅然长吟、快然自喜"[4]。有六女,次女采胜、三女兑贞,俱工诗有艺术天赋。继辂又有一侄曰耀遹,时有"二陆"之称以推誉其叔侄二人。陆氏家门之内每有酬唱,继辂《丙子祭诗文》回忆当时情景有云:"时门内之唱酬,有阮咸旨秀特。及道韫之来归,亦耽情于翰墨。解少君之华裾,启中郎之遗籍。人事简而昼长,花气浓而径窄。综八代以论才,参三唐而辨格。稍变本于昌黎,渐离宗于修轼。诚饮水兮思源,基定志而调息。假竞爽以承欢,辄欣然而永夕。"[5]陆氏夫妻、叔侄、父子一家诗文唱酬的清景,已可想见。张琦妻汤瑶卿及四女缃英、缃英、纶

① 秦毓钧辑《锡山秦氏文钞》卷9。

② 前引材料俱见秦焕《寄畅园九老说》,秦毓钧辑《锡山秦氏文钞》卷9。

③ 参见刘锡祜、刘锡嘏《清诰赠大夫……先考豫章府君暨诰封太宜人……王恭人行略》,武进刘氏绣衣坊大宗祠重修,刘琛、刘昕泰、刘尚德等校订《武进西营刘氏家谱》卷6。

④ 张惟骧《清代毗陵名人小传稿》卷11《闺秀》,常州旅沪同乡会,1944。

⑤ 陆继辂《崇百药斋文集》卷19。

英、纨英，俱是能诗擅文的才女，名闻天下。五人的创作各有集，汤瑶卿《蓬室偶吟》1卷附张琦集后刊印行世，张门四女之作，合刻为《阳湖张氏四女集》行世，士林传为佳话。张氏一门的唱和不让陆继辂一家，张琦《丁亥中秋对月》诗即曾记道光七年（1827）中秋全家诗酒联欢之事，下文将有详述，这里不展开。这些文化家族的诗文唱和，虽多止于闺门，而风雅早出闺门，它们彼此直接、间接应和，蔚成风气，其流风余韵，衍泽颇长。

文化家族族内、家族与族外士人进行的“园林雅集”，在清代江南更为普遍，可以说星布江南市镇山水间的私家园林，几乎都有文化家族与亲朋故旧诗酒流连、绸缪唱和。清代常州较为突出的，可举锡山秦氏。秦氏雅集，必推“碧山吟社”为首，此社明成化十八年（1482）由秦旭牵头结成，当时与会者凡十人，《锡山秦氏诗钞前集》“秦旭”小传云，“（旭）晚结庐惠山之麓，与邑中耆旧为诗会，曰‘碧山吟社’，会凡十人，衣冠俊伟，望若神仙，诗卷图画，传流海内”①，“月率一会，会则酌酒赋诗为乐”②，其风流可想。秦旭之后，明代秦瀚曾醵资修复碧山吟社，“为绍修堂，为濯缨轩，为十老亭，为流馨室，为吟台……暇则公与诸名流觞咏其中”③，可谓克承先祖风雅。入清，秦松龄在罢官后，键户读书，又“与故人遗老，倡和其中”④，故《武进西营刘氏清芬录第一集·轶史类》曾有“吾乡‘碧山吟社’，文采风流，数百年未绝”之说。锡山秦氏“碧山吟社”的几百年递衍不息，堪称明清江南文化一道靓丽景观。

五　妇学兴盛，母教突出

中国古代妇学源远流长，西周以降，代有其人，至清代而臻于极盛，易顺鼎序崇明施淑仪《清代闺阁诗人征略》云：“汉唐宋明诸朝，更沐数

① 秦彬初辑、秦殿栋等选辑《锡山秦氏诗钞前集》卷1。
② 秦夔《先君贞靖先生（旭）行实》，秦毓钧辑《锡山秦氏文钞》卷1。
③ 秦毓钧辑《锡山秦氏文钞》卷2“秦瀚小传”。
④ 秦彬初辑、秦殿栋等选辑《锡山秦氏诗钞今集》卷2“秦松龄小传”引王渔洋《居易录》。

千年之文化,所传名媛,不少诗家,至于有清,遂臻极轨。琼闺之彦,绣阁之姝,人握隋珠,家藏和璧。”①而江南,更是名媛萃集、女学勃兴的所在,《清代闺阁诗人征略》录女诗人计 1159 人,补遗复辑 102 人,总计 1261 人,其中江南人实占其大半。以常州一府而论,张惟骧《清代毗陵名人小传稿》卷 11《闺秀》门,选录常州府名媛计 87 人,其数量可谓夥矣。

而名媛闺秀多出于文化家族,冼玉清《广东女子艺文考·自序》概括才媛所自出的主要途径有云:“其一,名父之女,少禀庭训,有父兄为之提倡,则成就自易。其二,才士之妻,闺房唱和,有夫婿为之点缀,则声气相通。其三,令子之母,侪辈所尊,有后世为之表扬,则流誉自广。”可谓知言。这些女性不论是在本姓家庭还是出嫁他姓,总是受到各自文化家族文化氛围的沾溉,同时,她们的才情和创作,她们与父兄、夫婿、子女的唱和,也不同程度地促进了该文化家族声望的提升。

清代的常州府,前举诸文化家族庄氏、恽氏、秦氏、刘氏、王氏、陆氏、张氏等等,无不是才媛辈出之族。如武进恽氏,恽冰、珠、玉、周、怀娥、怀英、玉珍、湘、璠等,或于诗文、或于书画,皆称精通。尤其恽冰之于画学、恽珠之于清代女性文学成就编纂,可谓闺阁中的豪杰,成就不让须眉。又如武进刘氏,刘嗣绾之母虞友兰,工诗,沈维轿称其“耽吟兼各体,正始法能守”②,有《树蕙轩诗集》;亦善词,有《问月楼词集》。虞友兰之女刘婉怀,得母教,亦工诗词,有《小问月楼诗草》、《补栏词》。虞友兰妯娌刘汝藻,“幼承家学,好弄柔翰,尝论诗曰:‘闺阁诗性情为上,音节次之,才华又次之。’识者以为知言”,顾光旭将她的诗作“推为闺秀诗中之嶲品”③,有《筠心阁诗》。其余如秦氏乐平公妻裘凌仙、秦毓钧

① 施淑仪辑《清代闺阁诗人征略》卷首,沈云龙主编《近代中国史料丛刊三编》第 63 辑,台湾文海出版社,1991。

② 沈维轿《树蕙轩诗集题词》,刘祺编、刘继丰校订《武进西营刘氏清芬录第一集·文稿外编》。

③ 前引材料参见刘祺编、刘继丰校订《武进西营刘氏清芬录第一集·先世轶事·轶史类》“刘汝藻小传”。

女森源，孙星衍妻王采薇，张琦妻汤瑶卿及四女缁英、细英、纶英、纨英等等，俱是常州闺秀中的佼佼者。常州家族文化的郁乎兴盛，少却这数量众多的才媛闺秀的参与，无疑将失却相当一部分光彩！

前文是笼统地论述所谓“妇学”或“女学”，在这批女性群体中，“母亲”这一身份特征应当得到强调、突出，事实上闺秀才女在本姓家族为女儿、为姊、为妹，出嫁以后则为人妻，最终大多是要为人母，而当我们考察常州文化家族男性文化人士成长的情况，“母教”起到了相当大的作用。文化家族中的母亲以及母亲所在的母系家族，对父系文化家族的意义，可主要概括为以下两个方面：第一，母亲作为儿媳、妻子、母亲、祖母甚至更高的辈份角色，她们要侍养舅姑，要相夫教子以至抚养孙辈、曾孙辈，丈夫若在外谋取举业功名，家庭的责任则顺理成章地大多由家庭女性承担；第二，作为母亲身份的必然延伸，母系的兄弟、父祖等，也常对父系家族的稳定和发展，提供了不少的支持。因此，在研究清代常州以至江南家族文化发展问题时，不得不重视“母教”，我们将在本章第三节以常州古文与骈文作家的母教为研究对象，展开较为详细的论述。

第二节 常州古文与骈文创作群体的集合形式：宗亲与师友交游

古代文学自宋代以后，流派日益繁富，在清代，诗有“岭南”、“云间”、“娄东”、“虞山”，文有“桐城”、“阳湖”、“湘乡”，曲以“苏州派”最出名，词则“阳羡”、“浙西”、“常州”等等，清代文学史进程，这些流派的功绩可谓至巨。考察诸流派成派原因，其中众多派别共同具有的一点，便是相对一致的文学观念、创作理念，经师徒授受、友朋切磋应和，流传影响，从而形成一个以某一地域为大体空间框限的、规模不等的创作群体，常州古文“阳湖派”和骈文“常州派”亦不例外。不过常州古文、骈文另有一个成派因素为其他众多文学流派所不具备，即常州（主要是阳湖、武进两县）包括古文与骈文作家间既有错综的师徒、友朋关系，更有密切的宗亲关系，并且很多是师友而兼宗亲，这正构成了常州古文与骈文创作群体的集合形式,其颇具常州地域特色。本节即具体析理常州古文与骈文作家间宗亲与师友关系,为他们之间基于相似旨趣的交游、沟通描勒一幅大致的图景。

一 常州作者之宗亲关系述略

常州古文与骈文作者因地缘相近、同属常州府,或其父祖先辈、或其自身、或其儿孙后辈之间,往往有婚姻关联。颇具典型意义的例子,便是张惠言之于董士锡的交游。董士锡为张惠言、张琦外甥,并且张惠言又将女儿嫁于董士锡①,亲上加亲。士锡十六岁便至徽州歙县,从学于张惠言,其《江承之传》有"承之所师事庶吉士武进张先生……余舅氏也,嘉庆纪元之初,余与承之皆从学"②云云,即可为证。又董士锡《崇百药斋诗文集序》云:"(士锡)弱冠入京师,与庄叔枚同受业于舅氏张皋文编修。"③则士锡二十岁时又依张惠言于京师受学。又张惟骧《清代毗陵名人小传稿》卷6有云:"(士锡)年十六从舅氏张惠言游,承其指授,为古文、赋、诗、词皆精妙,而所授虞仲翔《易》义尤精。"④可知董士锡生平撰述皆有得于其舅张惠言的指授。

另外,以张惠言、董士锡为中心,又可联系起张琦、陆继辂诸人。张惠言、张琦为同胞兄弟,二人诗词文赋各臻高诣,而于词学最相默契,曾同撰《词选》,论者以为《词选》出而词学"奥窔始开"⑤,两人并称"毗陵二张"。董士锡与陆继辂宗亲关系稍远,继辂《亡女君素画象记》曰:"董君士锡,余妻祖姑之孙。"⑥又据士锡《齐物论斋文集》卷3《表甥女陆氏圹铭》,继辂妻钱惠尊系士锡"先大母之从侄孙女",可与继辂《亡女君素画象记》互证。则张惠言、张琦、陆继辂、董士锡四人皆有或近或远的宗

① 恽敬《大云山房文稿初集》卷4《张皋文墓志铭》。
② 董士锡《齐物论斋文集》卷4。
③ 董士锡《齐物论斋文集》卷2。
④ 张惟骧《清代毗陵名人小传稿》。
⑤ 张惟骧《清代毗陵名人小传稿》卷6。
⑥ 陆继辂《崇百药斋续集》卷15。

亲关系。

再者，若以陆继辂为中心，又可联系起陆耀遹、庄逵吉、庄曾仪、周仪暐、洪饴孙诸人。陆耀遹为陆继辂从侄，李兆洛《贵溪县知县陆君墓志铭》记陆氏叔侄有云，"耀遹齿稍长于君（继辂），恩则父子，而相亲若兄弟，其趣操亦略同"①，耀遹长其叔一岁，两人恩亲笃厚，德艺俱高，人称"二陆"。平生交游，继辂友便是耀遹友，耀遹友便是继辂友。中年奔走，各为生计，每暌隔经年，必千里传书，继辂《崇百药斋文集》所录诗作，有不少是示赠耀遹的，《寄耀遹荆州》云："故园梅始放，别汝又残秋。身贱轻危地，家贫逼远游。苍黄风鹤惊，辛苦稻粱谋。积雨催寒急，何时寄敝裘？"②家贫身贱，远游为宦，心声吐露，千里乃为精神默契。又《别从子遹》云："胶漆非不固，会作秋蓬飞。男儿困贫贱，骨肉长远离。"③这已是失声倾诉，陆氏叔侄情深，绝可想见。陆继辂死后，耀遹营其丧葬，并刊刻其书行世。

接着，庄逵吉、庄曾仪与陆继辂为姻亲。继辂《潼关同知庄君墓志铭》云，"余家与庄氏世为昏姻"④，又按李兆洛《贵溪县知县陆君墓志铭》所记，继辂"嫡母高，继母庄，生母林"⑤，继母庄氏即庄逵吉族人；又继辂《庄传永墓碣铭》曰："传永（曾仪）为先母庄夫人从孙，然最为吾母林太孺人所敬爱，继辂受命以兄事之。"⑥则一可知庄曾仪与继辂之宗亲关系，二可证庄氏与陆氏确乎"世为昏姻"。此外，周仪暐系陆继辂表亲⑦，而陆继辂次女采胜曾许嫁洪饴孙长子⑧，则陆、周两氏与陆、洪两氏关系也可以推知。

再次，李兆洛与阳湖作家吴育、董基诚、董祐诚、祝百十、祝百五诸

---

① 李兆洛《养一斋文集》卷13。
② 陆继辂《崇百药斋文集》卷2。
③ 陆继辂《崇百药斋文集》卷3。
④ 陆继辂《崇百药斋文集》卷17。
⑤ 李兆洛《养一斋文集》卷13。
⑥ 陆继辂《崇百药斋文集》卷18。
⑦ 陆继辂《崇百药斋文集》卷3《答周表弟仪暐》。
⑧ 董士锡《齐物论斋文集》卷3《表甥女陆氏圹铭》。

人也有宗亲关系。李兆洛妻吴氏系吴江吴育之女[①],又《清史稿·艺术二·吴育》有云,“吴育,字山子,江苏吴江人,与包世臣、李兆洛游”[②],则吴育与李兆洛实是好友兼翁婿。李兆洛与董基诚、董祐诚兄弟关系颇近,《养一斋文集》卷13《董君方立传》记祐诚为兆洛“从母之子”。按“从母”即姨母,则兆洛与董氏兄弟实为姨兄弟。李兆洛与祝百十、百五兄弟关系亦近,按兆洛《祝君赓飏家传》,知兆洛子愿之妻为百十之女[③],则李、祝二氏为亲家,三人关系不必赘言。

复次,庄、刘两家与庄、宋两家的婚姻关系亦十分典型,前节已有陈述,主要是刘逢禄、宋翔凤系庄存与之外孙、庄述祖之外甥。庄氏一族古文为常州古文重要一支,庄存与、述祖与刘逢禄、宋翔凤的姻亲关系以及交游,乃是其文章内容相近、风格相似的重要促成因素。此外,丁履恒妻庄芬秀系庄存与孙女,自小存与便为其“讲说《毛诗》故训及诸经大意”[④];又丁履恒为庄绶甲“姊婿”,即姐夫,且履恒于绶甲“终身师事之”;绶甲之妻为刘逢禄“从女兄”,即堂姐[⑤]。则庄、丁两家姻缘可想。又赵怀玉为洪亮吉表弟[⑥],薛玉堂为祝百十姐夫[⑦]。等等。

在清代文学史上,文学群体内部成员之间有如此深厚宗亲、婚姻关系的,常州当是一个突出的范例。应当说,常州诸子间深厚的宗亲、婚姻之好,为他们之间展开丰富的文学、艺术、道德交流,提供了一个重要基础。

二 常州作者之师友交游述略

常州作者间深厚的宗亲关系,已如上述。考其实际,诸人间具宗亲

① 李兆洛《养一斋文集》卷12《先府君行述》。
② 赵尔巽等撰《清史稿》卷503。
③ 李兆洛《养一斋文集》卷14。
④ 张惟骧《清代毗陵名人小传稿》卷11《闺秀》。
⑤ 李兆洛《养一斋文集》卷12《附监生考取同州吏目庄君行状》。
⑥ 参见吕培编《洪北江先生年谱》,第16页,台湾文海出版社,1966。
⑦ 参见李兆洛《养一斋文集》卷11《庆阳府知府薛君墓志铭》、卷12《孝廉方正祝君行状》。

关系的同时，往往更兼为师友，故他们之间的交游，实际常是宗亲而兼师友交游。其交游真可谓丰富、复杂：从早期代表作家洪亮吉、孙星衍、赵怀玉等开始，直到年辈较晚的张成孙、董基诚、董祐诚等人，他们不但是同辈之间互为师友、交游唱和，而且长辈与晚辈之间也有着深厚的交谊，不但是彼此切磋文艺呼为诗朋，而且互相砥砺品格可称诤友。我们可以结合文献，略作考述。

常州古文与骈体主要作家的文学活动，集中于乾、嘉、道三朝，他们之间的交游，也是从乾隆间洪亮吉、孙星衍、赵怀玉等人的里中酬唱开始。比如洪、孙二人为生平至交，他们性情、才识、学问都相近，一生在诗文、学术、品格诸方面都彼此引为师友，洪亮吉曾自认为他们之间的友情"不减元(稹)、白(居易)"，"所不逮者，或名位耳，其他尚可企及也"①，取比倒是比较得当。又亮吉《客感寄孙大》有"何止与君交一世，此心无昧总相从"②之句，可见其交情的深厚。再如洪、赵之间，亮吉《赵舍人怀玉》诗说他们两人在里中所居"仅隔南北街"，而"花时与月时，出入必相偕"③，其交游之深也是可以想见的。

洪、孙、赵等常州早期作家，除了同辈间彼此交游外，他们与里中晚辈如刘嗣绾、陆继辂、刘逢禄、董士锡等也有交游。吕培《洪北江先生年谱》载，洪氏平生喜"导扬后进，每遇失教子弟才藻过人者，辄向名公巨卿称道不置。同里如刘编修嗣绾、庄上舍曾诒(一作仪)、黄孝廉载华、丁明经履恒、陆孝廉继辂、秀才耀遹、黄上舍乙生、庄秀才绶甲、周孝廉仪玮、陆上舍镛、高秀才星紫、瞿孝廉溶等，皆得奖励之益，其专心古学者如刘孝廉逢禄、董上舍士锡诸人，则以汉儒勖之"④，常州古文、骈文重要作家刘嗣绾、丁履恒、陆继辂、耀遹、董士锡诸人，皆曾得到洪亮吉的教诲指授，那么其在为人、为学、为文各方面，可想都是要受到洪氏的影响，刘嗣绾在骈文创作上直承洪亮吉，为骈文"常州体"在洪亮吉以后的健将，就是特别典型的例子。

---

① 洪亮吉《读长庆集寄孙大》，《卷施阁诗》卷1。
② 洪亮吉《卷施阁诗》卷1。
③ 洪亮吉《卷施阁诗》卷9。
④ 吕培编《洪北江先生年谱》，第60－61页。

赵怀玉与常州作家的交游更为频繁切近,李兆洛《赵收庵先生行乐图》记"道光二年(1822)二月十有三日"赵怀玉与诸人的交游曰:"是日侍饮于先生者,徐准宜、丁履恒、陆耀遹、周仪玮、魏襄,兆洛与焉。"①又陆继辂《兰陵清燕图记》述图中所画赵怀玉与吴育、庄绶甲、李述来、张若曾、盛思本、管绳莱、杨大镛、继辂、耀遹诸人的"清燕"②,所谓"清燕",意思与上述"侍饮"云云相近,不过是会饮聚谈。而其中赵怀玉与陆继辂的交往颇为深厚,继辂《先太孺人年谱》记其祖父"好奖励后进,里中如杨炜星园、杨伦西禾、赵怀玉味辛、孙星衍渊如、庄祁竹坪、段达和竹畮、洪亮吉稚存,皆以所业来质,或乘月叩门,府君辄留痛饮"③,继辂幼时即因便得与相识,及其长乃为师友,其《山东青州同知赵君墓志铭》述继辂等人与赵怀玉交往云:

> 继辂少于君二十五年,又与焭(怀玉子)及焭从兄学辙、学彭交相善,不敢与君为侪,而君以先君故,弟畜之。自君病湿十余年,不良于行,继辂等常诣寝室起居,或以事不至,必相召,召而不往必大怒,既见即又大喜。继辂之官庐州,君舁篮舆送别,握手唏嘘,谓将不复得见也。④

可谓深情笃厚,赵怀玉生前将文集付与继辂,"请为删汰"⑤,亦是情理中事了。

当然,洪亮吉、赵怀玉等常州早期作家与其后辈的交游,相对而言还是比较少的,更多、更深入的交游,是发生在年辈晚于洪、赵的恽敬、张惠言、张琦、祝百十、丁履恒、李兆洛、陆继辂、陆耀遹、方履篯等同辈作家之间。其自乾隆后期始,历嘉庆直至道光年间,无论规模、频率,均远胜前期。道光以后,常州文派渐趋衰颓寥落,作者交游因而稀疏,故

① 李兆洛《养一斋文集》卷9。
② 陆继辂《崇百药斋文集》卷15。
③ 陆继辂《崇百药斋文集》卷20。
④ 陆继辂《崇百药斋续集》卷4。
⑤ 陆继辂《崇百药斋文集》卷14。

我们这里重点介绍乾隆后期、嘉道间恽、张、李、陆诸人交游的情况。

陆继辂《先太孺人年谱》曾记述乾隆五十四年(1789)其与诸子相识的情况：

五十四年己酉，(太孺人)五十五岁。时生计日益困乏，不复能延师家塾。适从舅氏庄乐闲先生绳祖，延其族达甫先生宇逵课子荣诰及从孙轸，太孺人输钱四万，命不孝就读舅家。同学者为洪饴孙孟慈，董恒善贻令、敏善裕来，谢回庭兰。是年不孝始及兄子耀遹与恽秉怡浩士，孙让于丕，张惠言皋文、与权(琦)宛邻，祝百十子常、百五炳季，吴廷岳仲甫、德旋仲伦，庄曾仪传永，丁履恒若士，李兆洛申耆，周仪暐伯恬定交。①

常州重要作家张惠言、张琦、祝百十、丁履恒、李兆洛、陆继辂、陆耀遹等皆在其中。

又陆继辂《百衲琴谱序》还记述了乾隆末年常州作者交游圈成员构成及部分成员年龄构成大概：

忆余与炳季定交在乾隆己酉之岁，炳季兄子常年二十有七，最长，次张宛邻，次吴仲甫，次炳季，次庄传永，次丁若士，次余及余从子劭文，尔时识疏而志大，挟其一隅之见，几以为天下士尽于此矣。久之，子常女兄之婿薛画水来自无锡，宛邻之兄皋文暨皋文之友恽子居归自都下，而李申耆、吴仲伦最后至。此十数人者，其所自期待与所相勖勉，岂尝沾沾求以文辞自见哉？②

古文“阳湖派”主要成员，至此几可尽数。

此外董士锡《崇百药斋诗文集序》，记述了乾隆末以来至嘉庆间二十多年中，诸人与其交游的情况。道光间诸子交游，李兆洛《康竹吾主客图记》、《同车图记》两文记述最为详细。前文记道光元年(1821)众人

---

① 陆继辂《崇百药斋文集》卷 20。

② 陆继辂《崇百药斋续集》卷 3。

往还大概：

> 道光元年，兰皋康丈（绍镛）以奉讳，暂居扬州，予从焉。未几，丈还太行，予与竹吾（康兆奎）及鲍生善之（鲍继培）居。时朝夕聚首则保绪（周济）、修存、次贻，而山子（吴育）、伯恬（周仪暐）、曾容（魏襄）、彦惟（张成孙）亦时至扬州交相见，宴语辄竟日。①

《同车图记》则记道光二年事，其交游经张怀白画笔描绘，跃然眼前：

> 露车一辕，中马，左骖驴，跨驴而从者三。车之中白须中坐者子常，仰而与语者卿珊（庄绶甲）；青兜蔽耳、侧坐露半面者宛邻，若士对之，举手若相语；若士之后，左山子、右彦闻（方履錢）；绍闻（一作劭文，陆耀遹）背宛邻坐，捻须若有所思；善之坐右辕，回首与伯恬语；孝逸（管绳莱）曳一足，坐左辕，若与驴背人相盼也；驴傍车而稍后，前为彦惟，后则赞卿（魏襄）、竹吾并而语，竹吾拄鞭若听者；驭夫结束，傍右辕而趋，扬鞭而顾，若指示车中人者，为保绪。……（诸人）道光二年集于常州之东坡旧馆，再集于扬州之静修俭养轩。三年三月属（张）怀白画此，在吾家枕云书屋，其年十月装于江阴暨阳书院。②

按张惠言卒于嘉庆七年(1802)，恽敬卒于嘉庆二十二年，故《同车图》二人不得与焉，其余古文“阳湖派”主将多在其中，而骈文“常州派”重要作家除李兆洛、张成孙外，方履錢亦在其中。

则常州古文与骈文诸家从乾隆末年至道光间交游的大略，已基本可以想见，其交游具体景象、精神风采，亦可于诸子诗文只言片语中推想而得。

前引陆继辂《先太孺人年谱》记继辂与诸子定交之后，又有文字记继辂与丁履恒持论往复、剌剌争辩曰：

---

①② 李兆洛《养一斋文集》卷9。

(诸人)登堂拜太孺人,太孺人尤爱若士,而若士与不孝性皆好辩,每持论往复,语刺刺不已,太孺人闻之亲出慰解,责不孝不虚心听受,间亦为不孝理前说,婉言丁君非是,若士亦悦服。①

友朋高聚,清议闲论,陆、丁二人词锋偶遇,互不相让,众人捻须静听,难裁高下,至于激烈纠缠时,太孺人出而慰解,争者悦服,听者悦服,"于是太孺人起入内,命苍头置酒,数人者欢饮至暮始别去,或留同榻斋中以为常"②,其生动情状跃然纸上。又李兆洛《陆祁孙札记序》记陆继辂于众人聚坐中娓娓言谈云:"祁孙吐属蕴藉,托意遒峭。杂坐中,或援引故事,或商榷今古,祁孙谈言微中,娓亹不倦,倾听者欿心焉。"③亦可藉而想见众人"商榷今古"、议论学术文艺的清景。实际正如李兆洛《拾遗补艺斋遗书序》所记其与庄绶甲聚首抗论所谓:

忆与卿珊聚首时,每抗论当世绩学之士述造所得,其致功之门径,诣力之深浅,铢分而寸计之,莫不洞其得失,缅缅有条理,以为将来当集其大成,为本朝一代粹学之荟。④

他们议论争辩的内容许多恰集中于学术文艺,稽古论今,期有所述作,李兆洛《薛画水文钞序》所谓"予往年诣画水,每出近作示予商榷之"⑤,亦可为证。他们以学者自任,以"第一流"⑥相期勉,以能有述造、艺压群雄彼此策励,在此过程中便形成一种内在的向心力:诸子为了一个高尚的学术、文艺、做人理想各自努力,励志用心,又因为理想相似、志意相投,乃因地缘、血缘相近而得辩论应和,形成一种整体努力。而这正是常州不论古文、骈体自成流派、成就卓著的内在动力。

实际上,深入揭示常州地域、家族文化特色——尤其是宗亲、师友的大规模、长期性交游过从——对于常州古文与骈文兴盛的作用,在研究清代常州府、甚至是整个江南文学、学术与地域家族文化关系的问题

①② 陆继辂《崇百药斋文集》卷20。
③④⑤ 李兆洛《养一斋文集》卷4。
⑥ 陆继辂《崇百药斋文集》卷5。

中,具有典型意义。

第三节 常州古文与骈文发展的推动力量

常州古文与骈文在清代中期的崛起,毫无疑问是建立在众多的促进因素合力推进的基础之上的,姻缘与地缘因素即是其中极其重要的两个方面。基于家族联姻、地缘相近的宗亲与师友关系、他们间丰富复杂的交游对于常州古文与骈文发展的影响,上文已简略概括。家族联姻而外,以母教为中心的其他诸种特征,包括母教、外家支持、家族文化传统和科举活动等方面,对于振兴家族、提高家族文化声望的促进,也都是常州文派发展演进的推动力量。在考察常州古文与骈文形成派别、向前推演的深层原因时,这些"推动力量"特别是母教问题,应当得到应有的重视。

一 "母之教往往过于父":常州作家成长历程中的母教

在常州古文与骈文作家的成长历程中,一个突出的现象便是母教对于许多作家的深刻影响与支持。易顺鼎《清代闺阁诗人征略序》云:"盖治莫先于门内,化必起于闺中。"①又秦森源《鸣机夜课图记书后》引陈文恭之言云:"有贤女而后有贤母,有贤子孙,王化始于闺门,家人利在女贞。"②文化家族子孙成名虽在闺阁之外,但他们的生长却不能不在闺阁之内,贤母、贤祖母的壶仪母范对于他们产生影响,往往是必然的。常州诸作者,多出身寒微之家,他们的父亲许多因为家境贫寒,必须出外谋取功名、谋取衣食,家庭中赡养长者、抚育幼子的责任,实由母亲一人担当,——当然有时他们的祖母也分担了其中抚养幼子的一部

① 施淑仪辑《清代闺阁诗人征略》卷首,沈云龙主编《近代中国史料丛刊三编》第63辑,文海出版社,1991。

② 秦毓钧辑《锡山秦氏文钞》卷11。

分责任，如赵怀玉、孙星衍、刘逢禄、董士锡；若他们的父亲早亡，养亲育孤，其母亲、祖母更责无旁贷，如洪亮吉、张惠言、张成孙、陆继辂。既然如此，在他们由童稚而长成的或长或短的生命历程中，岂能不受母亲、祖母的言传身教？岂能不受母亲、祖母教导的影响？常州作者母教特盛、“母之教往往过于父”①的主要原因，也正在于此。

进一步探研可以发现，诸母亲、祖母教子、教孙的一般倾向是严格督导。其原因大抵是诸人父亲既不在庭室或早亡，过庭之训因而缺乏，故诸母氏不得不身兼父母两重身份职责，既慈且严，努力督导，冀其有所成立。如洪亮吉十一岁时从塾师受《尚书》，“同学生徒十余人，不能遍课，每篇音训讹者恒至十数”，亮吉母蒋氏俟其晚归，“令之背诵，必为泣而正焉”②，其慈严如此！洪亮吉表弟赵怀玉之母叶氏教子亦甚严，怀玉幼时“嬉戏不令出中门，语或过误，必诘责之”，这也是赵怀玉“十龄未识阛市，鄙倍之言，恧然不敢出诸口”③的根本原因。而相较于蒋、叶两氏之督子，陆继辂母林氏更称严格，继辂《先太孺人年谱》载乾隆四十八年(1783)夏，一日家中曝书，继辂见有“元人曲数种”，便“私阅之，课不如程。为太孺人所觉，怒与杖至数十”，经继辂两姊极力劝解方罢。继辂生即体弱多病，林氏岂能不知，而其责子之所以如此之切，乃是因为继辂父暮年得子而未及见其长成而卒，林氏身负继承夫志、育子成立的家庭重任，因此其责之切亦即爱之切，读继辂文字，并想其身世，真是催人泪下④！李兆洛《贵溪县知县陆君墓志铭》论继辂生平谓“林太宜人实能长而成之”⑤，可谓知言，继辂终有所成就，其得力于母教多矣。

那么常州诸作家之受教于母氏具体体现在哪些方面呢？概括言之，大抵有三：其一，坚守家族传统，贫寒不使异志；其二，或亲为授读，或机鸣针声与书声同响，辛苦伴读；其三，立身处世，择友交游，必使合于正道。这三点间彼此相互联系，有时难以遽分。

---

① 董士锡《齐物论斋文集》卷3《萧氏寄庐灯影图记》语。

② 吕培编《洪北江先生年谱》，第6页，台湾文海出版社，1966。

③ 前引材料见赵怀玉《先妣叶宜人事述》，叶庆元纂《吴中叶氏族谱》卷55。

④ 前引材料见陆继辂《崇百药斋文集》卷20。

⑤ 李兆洛《养一斋文集》卷11。

第一方面,张惠言、张琦兄弟与惠言子张成孙各自所受母教最为典型。张惠言父亲张蟾宾过世时,惠言方四岁,而张琦遗腹初生,惠言《先妣事略》云,"府君既卒,家无一夕储",家庭日常生活,主要靠惠言母姜氏与惠言姊"作女工以给焉"。有时窘至无以为餐,惠言《先妣事略》即记其九岁时,一日暮归,"无以为夕飧,各不食而寝。迟明,惠言饿不能起"①,这是怎样的惨酷!但是姜氏从未因而气馁,从未放弃对张氏家族数世习儒传统的继承,不让两子改习他业以谋生。到了张成孙,惠言半生奔忙于外,家计仍然十分穷迫。后惠言虽以翰林编修为官,无奈又早卒,其时成孙年甫十四,孀妇孤子,"家贫如昔"。"或劝遣习贾以谋生,孺人(吴氏)曰:'吾家十数世食贫矣,然皆业儒,隳祖业不可自吾子始。'"②终含辛茹苦地将成孙抚养成人,其所坚持与张惠言母姜氏,如出一辙。包世臣论曰:"不数年,成孙文字斐然,人皆谓编修宜有贤子,不知其实成于贤母也。"③固是笃论。

第二方面在常州作家的母教中,比比皆是。诸母氏许多出身名族,学术文化修养颇高,迨嫁于夫姓,子女幼时,丈夫常在外谋衣食功名,或已亡逝,子女初始发蒙、塾暇课读另学,都有赖母氏在针黹纺绩之余的教授。前引洪亮吉从塾师受《尚书》,其母蒋氏课读正其音训,即是一例。又如赵怀玉母叶氏在怀玉幼时,"每置诸膝,授《左氏春秋传》、《战国策》句读"④,此是发蒙;董士锡幼时,"生二岁,太孺人(士锡祖母钱氏)怀抱之,戏指桃符字使识……三岁,口授杜甫《秋兴》诗八首成诵。四、五岁,则受《孝经》、《千文》"⑤,此亦是发蒙;刘逢禄十一二岁时,母"每当晚课毕,或塾师岁时解馆,即亲授以《楚词》、《文选》及唐宋人诗文,曰家学不可废也"⑥,此是塾暇另授;刘嗣绾工于诗,擅词章之学,

---

① 前引俱见张惠言《茗柯文二编》卷下《先妣事略》。

②③ 包世臣《小倦游阁集》卷6《皇敕封孺人故翰林院编修张君妻吴氏墓志铭》。

④ 赵怀玉《先妣叶宜人事述》,叶庆元纂《吴中叶氏族谱》卷55。

⑤ 董士锡《齐物论斋文集》卷4《祖妣钱孺人行略》。

⑥ 刘逢禄《清诰封恭人先妣庄太恭人事略》,武进刘氏绣衣坊大宗祠重修,刘琛、刘昕泰、刘尚德等校订《武进西营刘氏家谱》卷6。

"皆得之母教"[①]，嗣绾母虞氏，人称"诗母"，此则自幼教授。洪亮吉、赵怀玉、刘逢禄、刘嗣绾俱是清中期在文学、学术上蔚然成家的文化名流，我们推原其文学、学术成功的缘由，母教是必不能略而不谈的。当然常州作者诸母氏，并非都是能有力、有暇为子女亲自授读的，那一类无力、无暇为子女授读的母亲，其助子读书的方式，乃是一灯荧荧，或机鸣轧轧，或针声丝丝，辛苦伴读。孙星衍和张惠言两家，比较典型。孙星衍为一代学术大家，诗文名家，但在他幼年，其父长期在外游学科考，星衍记忆中，在他九岁"始识父焉"[②]。因此他童年的教育，家塾外，主要便由其祖母许太夫人、母金夫人承担，《孙渊如先生年谱》载星衍"读书家塾，每夕君自塾归，许太夫人篝灯，令诵日所习书，金夫人纺绵在侧，夜深始就寝"[③]，读此段文字，星衍与祖母、母亲三代机鸣、针声与书声同响的场景，已跃然在目、朗然在耳。张惠言、张琦兄弟幼时家贫，其母姜氏与诸姊课针黹以供家用的情况，前文已述，等到惠言依世父居处，读书四年返家后，姜氏命惠言授琦读书，"夜则燃一灯，先妣与姊相对坐，惠言兄弟持书倚其侧，针声与读书声相和也"[④]，融融漾漾，令人忘其家贫。

第三方面亦是常州诸人所受母教的重要方面。诸母氏辛勤督导子氏，其目的在育养诸人成人、成才，这样的人才，不仅要是居处家室的贤良子弟，更要是能走出家门、踏入社会而有所作为的国家栋梁，那么在诸人自小立志处世、择友交游上都赖其母氏提醒、引导，使其合于正道，良性发展。我们考察常州古文与骈文诸作者的生平，他们的贤母，无不在这些方面对他们进行悉心的关注、指导，这里可以赵怀玉、刘逢禄、陆继辂三人为例加以说明。赵怀玉母叶氏，除授子读书、规范怀玉举止言行外，颇为注意对怀玉立身之道的训导，怀玉《先妣叶宜人事述》称叶氏"暇则述先世遗事为训，有余钱俾怀玉买书读之，曰：学不可一日已也，昔兵备君有言：'人或侮予，予不敢怨，则读书；人或卑予，予不敢耻，则

---

① 刘祺编、刘继丰校订《武进西营刘氏清芬录第一集·先世轶事·轶史类》"虞友兰"。

② 参见张绍南撰《孙渊如先生年谱》卷上。

③ 张绍南撰《孙渊如先生年谱》卷上。

④ 张惠言《茗柯文二编》卷下《先妣事略》。

读书。立身之资,学不可一日已也。'"[①]就是常以先世遗事教导怀玉,并在经济上对怀玉购书阅读提供实际支持,主要目的便是希望怀玉不要随俗更移志意,而要专心一意以读书为务,以读书为长远"立身之资"。刘逢禄为一代经学大师,平生交游遍天下,在他择友交游这一点上,其母庄太夫人曾起到了积极的引导作用。按逢禄《清诰封恭人先妣庄太恭人事略》,在逢禄长成交友时,庄氏"察所与游多经明行修士,则喜,趣治酒食,必令洗腆",所以逢禄的那些朋友,甚至"不知太孺人之食贫也"[②]。庄氏在招待逢禄"经明行修"类朋友饮食上的努力中透露的价值标准,无疑将成为逢禄在一生择友时去取的重要参照。据其子刘承宽等《清诰授中宪大夫礼部仪制司主事前翰林院庶吉士申受府君行述》所载,逢禄平生师友,先辈则朱筠、孙星衍、段玉裁、王念孙等,同辈则庄绶甲兄弟、宋翔凤、丁履恒、李兆洛、恽敬、陆继辂等[③],诸人或为学术大师,或为文学大家,至差也是志行品格为世人肯定的才士君子,他们切磋砥砺,人格学问,互为熏染,这为逢禄一生成长在品格、学问上的提升,提供了重要的支持,而推本溯源,刘母庄氏家教,功不可没。而陆继辂母林氏在继辂交友方面的指导,相对于刘母庄太夫人则更严格、更直接,董士锡《林太孺人墓碣》记继辂长大成人时,林氏"则令择友,非长者贤士勿许交",一般看来,未免苛严,但正是因为有了林氏这样綦严的要求,继辂方能"善取友,所交直谅多闻之士且众"[④],从而对他本身品节学识的磨练、提升,裨益良多。

另外,作为母亲身份的延伸,母系的兄弟、父祖等,也常对父系家族的稳定和发展,提供了不少的支持,这亦是广义母教的一部分。在常州,外家支持是比较普遍的一种现象,像庄氏庄存与、庄述祖对于刘氏刘逢禄、宋氏宋翔凤在学术上的深度传授熏染,是外家对本家支持的一个显例。此外洪亮吉之受益于外家也比较典型。亮吉六岁而孤,"家贫

---

① 叶庆元纂《吴中叶氏族谱》卷55。

②③ 武进刘氏绣衣坊大宗祠重修,刘琛、刘昕泰、刘尚德等校订《武进西营刘氏家谱》卷6。

④ 董士锡《齐物论斋文集》卷3。

无所依”①，亮吉外祖母龚太孺人怜之，就让亮吉母蒋氏带了一家人来寄居。他们所居之处，称“南楼”，乃亮吉外祖母龚氏“怡老之室也”②，亮吉《南楼忆旧诗》“载来尘具不盈车，孤另偏应托外家。绝似几番霜信后，一枝篱落寄生花”③，即是讲此事。龚氏不但让洪亮吉一家寄居，而且还将丈夫倾力贮存的书籍赠予亮吉阅读，亮吉《南楼赠书图记》载，“一日暴书之暇，外王母抽数册以授曰：吾家代衰矣，能读是者其惟甥乎？予时十岁，再拜受之”④。洪亮吉一生为学术、为诗文、为朝廷官员，其登涉津梁为读书、科考，而在洪氏顺利登涉的整个过程中，其母蒋氏的鞠育、其姊妹的针黹供应以及这里所讲外祖母慷慨允其寄居并赠书助学，都是闪耀着人性光芒的推动力量。

总之，我们在考察清代常州古文与骈文兴起、发展的整个过程时，必须充分注意到母教对于常州古文与骈文的重要意义，那一位位知书识礼的贤善女性，用她们大部分甚至全部的身心，付出给夫姓之家，以鞠育子孙，我们在检视历史时，常常不得不被她们整体性的沧桑经历所打动。毫无疑问，常州古文与骈文流派形成并继续发展的地缘、家族文化因素，除宗亲与师友交游外，最为突出的，即是那些润物无声的、深厚的母教。

二 常州古文与骈文发展的其他推动力量

母教而外，家族的文化传统和家族成员的科举经历，也是常州古文与骈文发展不可缺少的推动因素，特别是家族的文化传统，往往是常州古文、骈文作家从事文学、艺术或学术活动的最初动因，他们进行文艺创作和学术研究，在很多情况下是诸人为了延续家族文化传统的直接或间接结果。这里对它们作简要陈述。

家族文化传统对于家族成员向来具有一种示范和召唤的作用，这是因为古人对于继承先志、勿使祖业隳颓有着特别的心理情结。翻开

---

① 吕培编《洪北江先生年谱》，第4页。

② 洪亮吉《卷施阁文乙集》卷4《南楼赠书图记》。

③ 洪亮吉《卷施阁诗》卷10《秘阁研经集·南楼忆旧诗四十首》。

④ 洪亮吉《卷施阁文乙集》卷4。

常州文化氏族的家谱、族谱,常常可以看到“庶几绍先型于勿替,衍世泽于无疆”①、“胥明于体立用行之学,以克保中原文献之传,是亦祖宗所厚望者”②之类勉励家族子孙继承家族先祖遗志的话,这是一种具有深厚文化根源的普遍现象。常州诸作家所出身的家族,或为鼎族盛门,或为素族寒门,但多是以文化自任自命,他们的子孙也都能够继述先人遗志,衍其世泽,甚至光大其世运,各有所成就。这里可以出身盛族的恽敬和出身寒族的张惠言、张琦兄弟为例,略加阐述。毗陵恽氏为江南一等文化大族,其画学以恽南田为中心,以一族而为有清画学巨汇,此外,恽氏书法、文学也都有相当的成就。恽敬作为恽氏的贤子孙,对于祖业的继承主要不是绘画、书法,而在文学,他不但是继承,而且是将之发扬光大,将恽氏自明代恽巍、釜、绍芳、厥初等人以下家族的文学声望,推到了顶点。世人论恽氏文化成绩,在清代,必推恽南田、恽敬,而在文学方面,便是以恽敬为中心。武进大南门张氏,自不能与恽氏相提并论,但张氏数世以诗礼传家,亦是一方“名族”③,张惠言《先祖妣事略》记其祖母白孺人之语云:“(张氏)自吾翁而上,五世为文儒,吾夫继之,至吾子而泽斩,吾不可以见吾翁!”④白氏所言,不但可以说明张氏世为文儒,而且可以见出她要将此家族传统延续下去的决心,事实上她的三子张思楷、蟾宾(惠言父)、瑞斗也都能恪守家族传统,以文儒立身。到了张惠言、张琦兄弟,在其母姜氏的抚育下,谨守祖训,通过他们在科举、学术和文学方面的贡献,将张氏的文化声望整体地推到了最高点。其后,张惠言子成孙、张琦子曜孙,亦能继承父业。世人知有武进张氏,可以说主要是因为张惠言、张琦和张成孙、张曜孙。

科举对于常州古文与骈文的影响,主要体现在这样几个方面。第一,常州古文与骈文诸作者都有科举经历,成举人、成进士以至践职任

① 刘汉卿《武进西营刘氏族谱序》,武进刘氏绣衣坊大宗祠重修,刘琛、刘昕泰、刘尚德等校订《武进西营刘氏家谱》卷1。

② 吕承庆《道光二十年重修族谱序》,吕赞庭、吕继午纂修《毗陵吕氏族谱》卷首。

③ 包世臣《皇敕授文林郎山东馆陶县知县加五级张君墓表》论张氏家族语,参见张琦《宛陵集》卷6张曜孙辑《明发录》。

④ 张惠言《茗柯文二编》卷下。

官，这科举仕进的结果，通常都能为他们的生活提供较为稳定的物质保障，从而为他们进行学术、文艺创作提供了一定的基础。第二，常州作者的科举之途，许多是坎坷漫长的，如张惠言七试礼部，四十一岁选授翰林院编修，次年即卒；陆继辂“八试礼部仍黜”[1]，被选授合肥县学训导时，年已四十六；董祐诚科场屡挫，终身未仕，等等。这坎坷而漫长的科举路途，使他们饱尝艰辛，也触发了他们的创作灵感，其坎坷经历、其对于人情世事的了解，不少正成了他们诗文创作的题材。第三，诸人科举仕进的过程，即是他们拓展视野、拓展交游圈的过程，在此过程中对常州古文与骈文产生影响最为典型的事件，便是乾隆五十二年(1787)恽敬、张惠言与庄述祖、庄献可、王灼等在京城商榷经义古文[2]，这是古文“阳湖派”正式形成的重要标志。因此在常州古文与骈文诸作者的文学生涯中，科举也是不能忽略不谈的。

常州作家家族的文化传统、作家的科举经历对于常州古文与骈文发展的影响、推动，虽然比不上诸人基于姻缘、地缘的宗亲与师友交游、诸人所受母教那样直接、深厚，但是同样不可缺少。家族文化传统在常州作家身上的顺利继承，离不开母教的玉成，但这家族文化传统亦是母教实行的内在推动力；而诸人在科举过程中的交游，特别是乾隆五十二年的“商榷经义古文”，乃是宗亲与师友交游的重要组成部分，两者密不可分。这就给我们一个启示：在考察清代常州古文与骈文形成派别并继续衍进、发展的整个过程时，首先必须全面考虑常州家族文化诸方面因素——包括宗亲与师友交游、母教、外家支持、家族文化传统、科举——对于常州古文与骈文的影响、推动；其次，必须将这些因素视为一个整体，将这些因素产生的推进力视为一股强劲的合力，这样才能较为客观地揭示清代常州古文与骈文发展的家族文化动因。

---

① 李兆洛《养一斋文集》卷11《贵溪县知县陆君墓志铭》。

② 参见吴德旋《初月楼文钞》卷8《恽子居先生行状》。

第三章　常州古文研究(上)

清代古文,以“桐城派”为最大宗,“桐城”而外,可与“桐城”抗衡,自成格局的,必推“阳湖派”。清代常州古文创作的主体部分皆由“阳湖派”作家完成,因此,研究清代常州的古文,便主要是研究“阳湖派”。以恽敬、张惠言为领军的“阳湖派”,其古文虽渊源“桐城”,但能别拓途径、克自树立。学界对“阳湖派”在“桐城派”之外所别拓的途径以及“阳湖派”作家的阵容、主要创作成就等,都有所论析,但仍有进一步深入探研的必要。

第一节　清代常州古文创作的总体局面

正如本书绪论部分所言,一个文学流派的形成,必须具备三个条件,即代表作家、相对一致的文学理念和相当数量的文学创作,那么对于“阳湖派”的总体情况,我们就可以从文学理论主张、作家群体规模及其创作实绩等几个方面进行概述。

相对一致的文学理念或文学理论主张,乃是一文学群体转化为文学流派最为内在的结构性因素:相互切磋过从的文学群体,其作家数量再多、作家的创作成就再高,若无相对一致的文学理念从内部将他们各自的文学光点勾连成一条光圈、并进而凝结成一个光团,那么它就不能称得上是合格的文学流派。“阳湖派”固然是较为松散的文学团体,如“桐城派”那样系统明确、前后连贯的宗派理论、文学主张,他们也不具备,但是从“阳湖”诸人生平的诗文创作及学术理论中,我们完全可以抽象、提炼出作为“阳湖派”成派基础的文学理念,其主要集中在三个方面:一为取法六经史汉,兼综诸子百家的文学视野;二为骈散融通的文学创作思路;三为以学济文的文学创作策略。而这三方面,正是“阳湖派”的古文创作从效仿“桐城派”入手,但最终突破“桐城家法”、自我树立的核心。具体而言:

其一,取法六经史汉,兼综诸子百家的文学视野。“桐城派”古文家“以孔、孟、韩、欧、程、朱以来之道统自任”①,标举“义理、考证、文章”,大抵不出宋儒范畴,故所为古文虽根柢儒术而具儒雅之格,而他们的敝处亦在拘束宋儒,其下者常乏性情,格局极为逼仄。“阳湖”作家察其弊端,矫以深广宏通、矫以“性情”,拓展了古文写作根柢、取材的路径。恽敬的策略是根柢儒术而兼综百家,其古文颇有纵肆之气,虽出于“桐城”,而与“桐城”古文的风格迥别;张惠言以道统自任,为纯儒学者,他对于“桐城派”的突破,在于超出宋儒框范,直溯六经,揭橥文章本源,并且其古文濡染性情,往往摇人心魄,也与“桐城”异趣;李兆洛古文风格以“温润缜密而有玉德”②为主,已是突破宋儒远接经典,而其论文主“性情”,文章所擅长亦在“性情”,更是跳脱“桐城”界范,自然不似“桐城”;陆继辂一生为多情之文,论文主“意内而言外”、“自竭其才与识”,对“桐城派”古文甚至颇有微词③,其多情近张惠言、李兆洛,其论文主“意内言外”同于张惠言,这已经破出“桐城家法”,则继辂固非“桐城”门人。

其二,骈散融通的文学创作思路。自唐代韩愈等提倡“古文运动”,天下响应,古文称为正宗,厥后虽有晚唐的再兴,又有宋人如欧阳修、苏轼在骈散沟通方面的努力,但骈体文与古文已“隐然如敌国”④,遭人抑斥,则是事实。至清,虽有所谓骈体复兴,而古文正宗“桐城派”则谨守“家法”,对骈体也持贬抑态度,梅曾亮甚至以“骈体之文,如俳优登场,

---

① 梁启超撰,朱维铮导读《清代学术概论》,第68页,上海古籍出版社,1998。

② 李兆洛《养一斋文集》卷18《答屈侃甫》。

③ 陆继辂《崇百药斋文集》卷14《删定望溪先生文序》。

④ 陆继辂《崇百药斋文集》卷14《与赵青州书》。

非丝竹金鼓佐之,则手足无所措"①相贬斥,而"桐城派"古文传衍而下的另一弊端正在于确守古文统绪,致使古文易趋质木死板、枯燥琐屑。"阳湖"古文家除恽敬骈体创作略少,其余多可称骈文家。以代表作家而言,张惠言骈体大赋、骚体小赋俱称名家,其古文以赋法浸润,博通流转,是讲"骈散融通";李兆洛辑《骈体文钞》31卷,力倡"骈散融通",其文骈散往往不隔,散中有骈,骈中有散,《骈体文钞序》、《姚石甫文集序》、《马瑙泉别墅记》、《岁寒堂夜课图记》诸篇,绝不沾染"桐城"气息而俱可称为骈散交融的佳作;陆继辂《与赵青州书》以"言之无文,行而不远"立论,已辨明"江、鲍、徐、庾、韩、柳、欧阳、苏、曾"②诸家,不应歧而为二。"阳湖"诸子以张惠言、李兆洛、陆继辂为代表,主张并在文学创作中实践所谓骈散交融,在"桐城家法"之外另辟途径,实是拓展了古文创作的思路。

其三,以学济文的文学创作策略。历来论者对"桐城"古文弊端的批评,有一方面即是集中在"桐城"作者的"空疏"不学上。如梁启超《论中国学术思想变迁之大势》衡鉴清代学术,在论及"桐城派"宋学与以吴、皖两派为代表的汉学"树敌"时说道:

> 汉学固可议,顾桐城一派,非能议汉学之人,其学亦非惠、戴敌,故往而辄败也。桐城巨子,曰方望溪、姚姬传。方、姚固文人,而自谓尸程、朱之传,其实所自得者至浅薄。③

对"桐城派"代表人物的学术造诣大不以为然。又刘师培《论近世文学之变迁》以"空议"、"空文"、"空疏"论"桐城"古文家之不学云:

> 望溪方氏,摹仿欧、曾,明于呼应顿挫之法,以空议相演,又叙事贵简,或本末不具,舍事实而就空文,桐城文士多宗之,海内人士

---

① 梅曾亮著,彭国忠、胡晓明校点《柏岘山房诗文集·文集》卷2《复陈伯游书》,上海古籍出版社,2005。

② 陆继辂《崇百药斋文集》卷14。

③ 梁启超《论中国学术思想变迁之大势》,第101页,上海古籍出版社,2006。

亦震其名,至谓天下文章莫大乎桐城。厥后桐城古文传于阳湖、金陵,又数传至湘、赣、西粤。然以空疏者为之则枯木朽荄,索然寡味,仅得其转折波澜。①

事实上,正是因为"桐城"古文家过于专注宋儒学说,思想为其所拘囿,往往染有空疏不学之敝,他们标举的"义理、考证、文章"之说,在浅薄者那里往往徒有其表。而"阳湖派"诸家恰能以实学矫"桐城"之"空疏",使得古文创作趋于沉实。如其代表人物,恽敬兼治百家,特别擅长经济之学,美国学者艾尔曼甚至认为他是"实际上完成了庄存与转向公羊学的政治目标,标志着今文经学的形成"的重要人物②;张惠言为一代经学大师,是清代《易》、《礼》学的重镇;李兆洛与常州今文经学大师庄存与被魏源称为"并世两通儒"③,尤其长于地理之学;陆继辂虽然不以学术名世,但他在金石考证与方志学上的成绩,也是学界公认的。他们的学术造诣融润于古文创作,恽纵肆而有据,张博通雅润,李"温润缜密而有玉德",陆则婉挚多情而"按之皆有物"④,确乎在"桐城之风"外,别有另一种风格、境界⑤。

"阳湖派"的古文思想、理念是如此,践行这三点思想、理念的"阳湖派"作家,其数量可谓庞大。仅就刘声木《桐城文学渊源考》及陈光贻《阳湖派主要作者简介》二文,"阳湖"作家即有近60人,前者搜罗较博,后者颇精简,两相结合,"阳湖派"作者基本概括其中。其领军人物为恽敬、张惠言,恽、张而外,李兆洛、陆继辂、陆耀遹、张琦、丁履恒、董士锡等六人可为代表,六人中又以李兆洛、陆继辂、张琦为特出。恽敬有《大云山房文稿》,其文章根柢儒术、综取百家,所为文章以峻厉雄肆、简隽

① 罗志田导读、徐亮工编校《中国近三百年学术史论》,第171页,上海古籍出版社,2006。

② [美]艾尔曼著、赵刚译《经济、政治和宗族——中华帝国晚期常州今文学派研究》,第232页,江苏人民出版社,1998。

③ 魏源《古微堂外集》卷4。

④ 董士锡《齐物论斋文集》卷2《崇百药斋诗文集叙》。

⑤ 关于"阳湖派"诸家的学术造诣以及他们的学术造诣对文学思想的影响,详见本文第一章第三节《学术兴盛与常州文学精神》。

好奇两种风格见长;张惠言有《茗柯文编》,所为文章,精神出于经史,以渊雅沉劲见长;李兆洛有《养一斋文集》,其古文所擅长,在于淑世多情;陆继辂有《崇百药斋文集》,古文擅以婉挚多情之笔,抒写人生感喟;张琦有《宛邻集》,以数篇史论文的成就最高,其议论卓特而辞气俱盛。

此外,洪亮吉、孙星衍、赵怀玉等常州早期作家,与恽、张等人多有直接过从,他们在古文方面也都取得了相当的成绩,但是他们只可算是"阳湖派"的先导性人物,理论主张与恽、张诸常州古文主力相异之处多于相同之处,本书不予详论。再者,武进庄氏一族,自庄培因、庄存与以来,许多在古文创作上都有一定的创获,庄述祖、庄绶甲、庄轸、庄曾仪及述祖两甥刘逢禄、宋翔凤皆颇有文名,然其或文章已失传(如庄轸、庄曾仪),或所擅长更在学术(如庄述祖、刘逢禄),或学术、文艺兼美而非常州之人(如宋翔凤,长洲人),故也不专予论述。

那么常州古文方面,主要就将集中在对恽敬、张惠言等五人创作的探讨上。具体论述,必是在前文所勾勒的社会、地域、家族的广阔视野中展开,作家的出身、生平行迹,作家的文论及其古文的创作艺术风格等方面,都是本书阐论的重点。目的是希望通过较为深入的个案研究,将常州古文的面貌,在社会、地域、家族交叉勾连的背景中,尽可能真实、生动地复现出来。

第二节　名族哲嗣,古文大家:恽敬

在清代古文发展史上,恽敬是一个响当当的名字,他的古文理论以"天成"相标榜,在汲取"桐城派"思想合理成分的基础上,又兼有汉学家与"性灵派"理论之长,自成一家;他的古文创作参综百家,别出心裁,从而形成一种自立于"桐城家法"之外的新风格,允称一代古文名手。当然,恽敬之所以能从千千万万的江南士子中脱颖而出,成长为一代文章高手,并不是一个偶然的事件,而是多种因缘合力推助下的结果,在这些因缘中恽氏的家族文化传统和家族文化氛围一点,学界的论析相对较少,本节首先便要努力还原恽敬成长的家族文化环境,其次则重点对他在古文理论与古文创作方面的成就进行再探讨。

一 恽氏家族渊源及其文化成就

江南历来为巨姓望族的渊薮,特别是明清两代,数以千百计的名门大族纷纷涌现,并以其各有侧重的文化创获,共同构成了明清江南文化发展的主体。在这些著名家族中,常州府恽氏具有相当的代表性,清初著名学者钱陆灿即称:"恽之著姓甲于常州,非他族望姓之所能媲。"①又左辅《毗陵恽氏家乘序》云:"吾常恽氏自西汉贞道公为梁王相,卒而葬于郡之千秋乡楚尾山,子孙遂家焉。迄今历千八百年,传七十一世,世次蝉接,徙不出乡,代有达人,名硕相望,举族数千人,派别支分,虽丰约贵贱异形,而守其家规,业无歧玷,诚宇宙仅见之盛矣。"②

(一) 恽氏家族起源及其谱系

恽氏渊源所自、支派蔓衍的情况,有恽氏历代自纂族谱可查,其所纂修始于明嘉靖三十六年(1559),由恽训主持。其后,万历、崇祯及清康熙、乾隆、道光、咸丰、光绪、民国年间计有12次续修。现在可见最好的本子,一为恽祖祁等续修民国六年(1917)光裕堂木活字本68卷,一为恽宝惠等续修民国三十八年光裕堂铅印本58卷,后者乃是在前者基础上进行续补。因系主要考察恽氏清代的家族情况,本书径以民国六年木活字本为依据。

恽氏源起于何代何人,因为历史久远,文献难征,目前有三种主要的推测:其一,恽氏族谱载为恽子冬,西汉平帝时梁王左相;其二,明洪武中吴沈所纂《天下姓》官方谱牒,以为西汉平通候杨恽;其三,恽氏六十五世恽敬认为,其始祖或可推考为唐太宗第七子蒋王李恽。前两种恽敬《得姓述》、《得姓述附说》已辨其不确凿,而恽敬自己所推考,亦不

① 恽宝惠等修《毗陵恽氏家乘》卷8《恽光禄传》。

② 恽宝惠等修《毗陵恽氏家乘》卷首。至于左辅所称毗陵恽氏始于"西汉贞道公为梁王相",难以确考,故作一说,下文将述及。

可征实①,故恽氏始祖究竟系何人,只得存疑。

① 关于第一种推测,即恽氏一世祖为西汉平帝时梁王左相恽子冬,恽敬《得姓述》有云:"敬十世祖东麓府君(按:恽巍)《黄山集》,载元之季有发冢者,得碣曰'汉梁相国恽子冬之墓',故推子冬为始祖。如是而已。不详其名,不详其仕时,不详其世次。东麓府君生明成化中,距元亡不百年,事当得实。"依此,恽氏族谱所载始祖恽子冬,应为恽敬五十六世祖(按:恽敬所谓"十世祖"乃自敬而上推所得世次)恽巍据元末发冢墓碣推得。又明邵宝《容春堂续集》卷12《东麓诗序》云:"东麓转而东南,距江岸二里,有丘嵬然,广可三亩者,曰黄山。国初有得石碣于土穴者,其题曰'汉梁王相国恽子冬之墓',盖恽之始祖云。"邵宝所言,只墓碣发掘时间"国初"与恽敬所说"元之季"略有不同,其余皆合,则恽东麓集中所言"发冢得碣"之事当属可信。如此,恽氏始祖可有文献征实者,似确为恽子冬。但是恽敬《得姓述》肯定恽巍《黄山集》所述为可信之后又云:"而嘉靖中所辑私谱(按:即嘉靖三十六年恽训所撰谱),载子冬府君之名曰贞道。考新莽至东汉,无二名,其附会可知。载仕时曰'谏梁王刘永',曰'避莽乱东迁'。考刘永为梁王,在王莽伏诛之后,其附会亦可知。"考两《汉书》、《资治通鉴》诸史,确无恽子冬、恽贞道之名,若为左相,正史当载名。又按范晔《后汉书》卷1上《刘永传》:"刘永者,梁郡睢阳人,梁孝王八世孙也。传国至父立元始中立,与平帝外家卫氏交通,为王莽所诛。更始即位,永先诣洛阳绍封为梁王,都睢阳。""更始"为刘玄,其即位在王莽伏诛后,因而可推知恽子冬未必为恽氏之祖,恽巍、邵宝之说很可能是据传闻而来。

第二种推测,官方谱牒认为是西汉平通侯杨恽,恽敬《得姓述》云:"明洪武中,吴沈纂《天下姓》,得一千九百有奇,恽姓始著。官谱以为出于汉平通侯杨恽,子孙徙安定,遂以名为姓。"按班固《汉书》卷8云:"五凤二年(按:依司马光《资治通鉴考异》卷1当为五凤四年)……十二月,平通侯杨恽坐前为光禄勋,有罪,免为庶人,不悔过,怨望,大逆不道,要斩。"又唐张守节《史记正义》卷20云:"平通杨恽,家在华阴,故丞相杨敞少子。任为郎,好士,自喜知人,居众人中常与人颜色。以故高昌侯董忠引与屏语,言霍氏谋反状,共发觉告反,侯二千户,为光禄勋。到五凤四年,作为妖言,大逆罪腰斩。国除。"杨恽固然实有其人,但是恽敬考证后发现始祖为杨恽不过是一种推测:"敬考谢承《后汉书》,平通之孙杨豫自徙所上书乞还本土,是未尝以名为姓也。意者豫之后方易姓欤?颜师古《匡谬正俗》引晋灼《汉书音义》,证'杨'有'盈'音,意者自'杨'而之'盈',自'盈'而之'恽',为音之近欤?而吴沈之书已五百年,舍是别无可依。"则杨恽亦不可征实为恽氏始祖。(转下页注)

恽氏始祖不可确考，其谱系自一世恽子冬至四十三世恽舟亦是可疑。依《毗陵恽氏家乘》所载，自恽子冬至恽舟子方直，四十四世竟以一脉单传繁衍，正如恽敬《得姓述》所论，恽氏"'自子冬至方直，凡四十四世'，然皆一人耳，而辗转一千二百余年，于理不可信"，而恽方直"为宋提举……其世次、官爵、里居皆可考证"①，故"恽氏世次，自子冬至方直府君，当别为一表，于表序详辨之，而表方直府君为世次之首"②，这里恽敬以恽方直为恽氏可以考实的始祖，是比较合理的。

恽氏自四十四世恽方直而后，支脉繁密而清晰，条分缕析，恽氏家族的总体情况可据以列其大概。按谱，四十四世方直有二子，一曰绍恩，一曰继恩。绍恩为恽氏北分之祖，是为大宗，北分又分五十三世克慎公支系、克仁支系、克让支系、克显支系、克明支系、克正支系、克顺支系，计七大支派，其中克仁支系又有五十四世昶、旭、暹、升、晟五分。继恩为恽氏南分之祖，是为小宗，其下有西堰公分，横林分，上店大分、二分、三分、四分，及寺塘分，计七大支派。则恽氏南、北两支总计有十四分派，规模可谓大矣。那么，在文化史的权衡机制中，恽氏究竟是藉由什么而被目为"宇宙仅见"的鼎族盛门的呢?

(二) 作为鼎族盛门的毗陵恽氏

一般来说，"望族"之所以能够称"望"、称盛，必须具备四个方面的主要条件：一是家族历史悠久；二是家族人口众多、规模较大，并且在一

(续上页注)第三种，恽敬《得姓述附说》认为其祖或可推至唐太宗第七子蒋王李恽。恽生浔阳郡公爽，爽生森，森生构，构生税，税为"常州司法参军"，恽敬推测"唐世宗室子孙多籍于官所者，税既官常州，其诸有籍于常者欤?"此外，恽敬考《新唐书·地理志》发现，前述"浔阳郡公"李爽，应为"鄱阳郡公"，因为"江洲浔阳郡本九江郡，天宝元年更名，是天宝前无浔阳郡也。爽为太宗孙，与中宗、睿宗同时，不应至天宝后始封。若是，则宗室表浔阳郡公乃鄱阳郡公之误也"，言之凿凿。而恽氏郡望鄱阳且世居常州，与太宗子李恽、孙李爽俱有关联的可能，故恽敬有此推测。但是，与前述始祖或系杨恽、恽子冬的推测同样不可征实。前引恽敬《得姓述》、《得姓述附说》，皆见恽敬《大云山房文稿初集》卷1。

① 恽敬《大云山房文稿初集》卷3《石桥湾恽氏祠堂记》。

② 恽敬《大云山房文稿初集》卷1。

定时期内具有存在繁衍的相对稳定性;三是整个家族聚居于相对集中的区域;四是优秀人才达到一定数量①。对照恽氏的家族发展历史,可知其完全具备上述的四个条件。

毗陵恽氏始于何代何人,我们虽然不能考实,但即便以可确考者而言,也至少可推至恽氏四十四世先祖南宋恽方直,由宋至清绵延数百年,其家族历史不可不谓之悠久。以人口而言,前引左辅《毗陵恽氏家乘序》所谓"举族数千人",人口固然极众。就家族规模而言,恽氏自绍恩、继恩二公而后,家族平稳繁衍,规模日大,至明清臻其顶峰,即以北分石桥湾五十六世恽巍支系而言,便有子孙十八房②,而恽巍支系,不过是五十三世克仁公总系所隶昶公第三子五十五世肇公支系的一支,若将恽氏南北两宗十四分派所离各房相加,这个数量显然是十分庞大的,故其家族之规模可谓大矣。与家族规模庞大、人口众多相应的,恽氏家族自方直公以后,南北十四分派历宋、元、明、清数百年而累世不断,且日趋繁密,那么其家族延续的稳定性,无疑也是极高的。

至于家族"聚族而居"方面,即以北分克仁公派系为例,按谱,如昶公五子:敏,子孙居岑北;敬,无后;肇,子孙居石桥湾;攻,子孙居蓬城墩;征,嗣于叔父晟,谱未详其居处。旭公六子:敷,子孙居东河港;仿,子孙居西河巷;启,谱未详其居处;敭,子孙居棠里;征,子孙居野田安园;敟,子孙居水塔口。其余暹公三子、升公五子、晟公二子,其子孙皆世居常州。其中虽亦有部分徙居他乡的支派,如六十六世恽世临,六十七世恽燮,六十八世光宸,六十九世鸿仪、彦琦,七十世毓鼎、毓嘉,俱出大兴籍,然恽氏主体确乎世居常州府,累世未有大幅迁移。左辅所谓恽氏自恽子冬至其序谱时"历千八百年,传七十一世,世次蝉接,徙不出乡",不是全无根据的论断。

第四点对于考察文化氏族极为重要,家族优秀人才的文化素养包括文化成就、道德、仕宦皆在讨论之列。这里的文化,在中国古代主要指精神文化,包括经史、文学、书画、音乐、藏书、医学等众多方面。论文

① 江庆柏总结"望族"应具备条件为六点,本书此处有所参照,参见江庆柏《明清江南望族文化研究》,第 7 - 12 页,南京师范大学出版社,1999。

② 恽敬《大云山房文稿初集》卷 3《石桥湾恽氏祠堂记》。

化素养和文化成就，恽氏确乎“代有达人，名硕相望”，举其最著名者，如六十二世恽南田之于画学、六十五世恽敬之于古文，为一世巨子，尤其南田画学至于举族仿效，其所开清代著名的“常州画派”，族中子孙如恽焯、标、秉怡、冰、珠等皆其有力后继，恽氏家族的文化素养、文化成就可见一斑。

若论道德，五十六世东麓府君恽巍先以忤阉党刘瑾出为湖广按察司佥事，后又以拒绝纳贿为人所中伤遭抑，在湖广按察司任上 8 年止进一官，一生抑郁不平而磊落正直，举族钦敬①；五十七世后豁先生恽釜，以拒附“乱党”屡遭进士同年张璁排抑，一生憔悴，而志节终不移易②；五十九世少南先生恽绍芳与子应侯书，极论名与实曰：“名者实之宾，又造物所忌，既无其实必无其名。实大声宏，何须俎豆盗名？”若子孙在其父祖殁后，竟然“妄请以致一乡士论，忠厚者，掩瑕取善，曲为掩饰，使逝者之汗颜；浇薄者，洗垢索瘢，大肆讥评，使存者之芒背。如此，欲其有名，曷若无名之为愈乎？”③力戒子孙不可重虚名而忘其实，恽氏家族将此纳入族谱之首，以《祖训》令合族子孙谨慎遵循；恽汇昌于满族入关攻破常州城时自经，其次子元升，“痛愤以剪夹喉而死”④，忠烈可知；恽溥于“亲病笃时，尝割股以进”⑤，赤孝可见；恽源景“官京师垂五十年，无车马，尘屋敝帷，不见厌苦之色”⑥，节操自高。

论科举仕宦，则恽氏尤有胜过他族处，在明清，恽氏家族出现“十七进士出一门”的壮观景象，所谓累世科第。按《毗陵恽氏家乘》卷 26，这 17 人依次为：五十六世恽巍，明弘治十五年进士；五十七世恽釜，正德十六年进士；五十九世恽绍芳，嘉靖二十六年进士；六十一世恽厥初，万历三十二年进士；六十三世恽骕，清顺治十八年进士；六十三世恽启巽，康熙十二年进士；六十四世恽东生，康熙三十年进士；六十五世恽宗洵，康熙六十年进士；六十五世恽鹏，乾隆四十九年进士；六十六世恽世临，道光二十五年进士；六十七世恽燮，乾隆四十年进士；六十八世恽光宸，道光十八年进士；六十九世恽鸿仪，道光三十年进士；六十九世

①② 恽敬《大云山房文稿初集》卷 3《东麓先生家传》。

③ 恽宝惠等修《毗陵恽氏家乘》卷 1。

④⑤⑥ 恽宝惠等修《毗陵恽氏家乘》卷 28《征信》。

恽彦琦,光宸子,咸丰九年进士;六十九世恽彦彬,同治十年进士;七十世恽毓鼎,光绪十五年进士;七十世恽毓嘉,彦琦子,光绪十八年进士。其中虽恽世临、恽燮、恽毓鼎及恽毓嘉系大兴籍,然俱隶恽氏大宗。煌煌大观,在常州府,除庄氏无族可及,举世堪与其匹者,也是屈指可数。

(三) 恽氏家族的文化成就

作为一个极富盛名的文化世家,毗陵恽氏在文化创造上取得了堪称卓越的总体成就,这主要集中在书画和诗文两大方面,其中以绘画最称著名。

1. 恽氏书画

恽氏画学的核心人物是恽南田,由他开创并影响所及,形成了清代“花鸟画正宗”的“常州画派”①。当然,恽氏画学并非始于南田,在他之前,恽氏六十世应明、应翼,应明子本初,本初从兄弟日初等,俱有画名,都是对南田画学产生影响的恽氏重要画家,其中恽本初颇值一提。本初字道生,号香山老人,系恽南田伯父。兼擅书画,尤著画名,有《画旨》4卷。《毗陵恽氏家乘》谓本初“(书法)得颜鲁公法,笔力雄健。画山水,雄厚古峭,入关、范之堂奥,而参北苑之气韵”②,评价极高。恽南田幼时学画,就曾师从于这位画学成就相当可观的伯父③。

恽南田,名格,字寿平,以字行。后改字正叔。少居城东,号东园草衣生,又号白云外史、云溪外史、雪衣居士、园客、瓯香散人等,晚乃号南田老人。南田诗、书、画,人称“三绝”,其中又以画学最长。初为山水,与王时敏、王鉴、王翚、王原祁、吴历号“清初六大家”。恽鹤生《南田翁

---

① 俞剑华《中国绘画史》,第219页,商务印书馆,1937。

② 恽宝惠等修《毗陵恽氏家乘》卷2。

③ 恽南田之前、恽本初以外的恽氏画家的画学成就,可参阅恽宝惠等修《毗陵恽氏家乘》卷2《先德·艺术》和恽敬《大云山房文稿初集》卷3《香山先生家传》、《逊庵先生家传》。

家传》谓其山水画“尺幅千里，烟云万态，多仿黄鹤山樵”①，黄鹤山樵即“元四家”之一的黄公望。实则南田山水取则颇广，黄公望外，自伯父香山先生恽本初，上溯五代董源、巨然，于“元四家”之倪云林、王蒙及高克恭等也不无取则。长于小品，其高妙处“绝去町畦”，“性情在笔墨外”②。

后遇常熟王翚，曰“君独步矣，吾不为第二手”③，乃弃山水不为，专意花鸟写生。南田花鸟写生，以徐崇嗣为宗，而上溯僧繇，“兼用徐熙、黄筌”④，又渗入北宋文人画精神，精心研习，自发神悟，创“纯没骨体”。其成就极高、影响极广，以至当时“无论江南江北，莫不家南田而户正叔”⑤。名作有《秋园卉草图》、《红梅山茶图》、《牡丹图》、《桃花图》、《三友图》等。如《秋园卉草图》，花止一本，而花叶之铺展似良弓既引，劲势饱满，茎干之延伸若游龙走空，细韧夭娇，而且颇具书卷之气，真可谓“清如水碧，洁如霜露，轻贱世俗，独立高步”⑥。《牡丹图》画牡丹三朵，朵朵精神，而朵朵风神各异，南田论画所谓“不落畦径，谓之士气；不入时隐，谓之逸格”⑦，迻论此作，倒是颇为贴切。画左侧有王翚题识云：

> 牡丹最易近俗，殆难下笔。如今世工徒涂红抹绿，虽千花万蕊，总一形势，都无神明。惟北宋徐熙父子、赵昌、王友之伦，创以既新，变态斯备，其赋色极妍，气韵极厚，盖能不守陈规，全师造化，故称传神。观南田此本，妍精“没骨”，得其变态，真可上追北宋诸贤，不仅凌跨有明陈、陆数子已也。

王氏勾勒整个“没骨花”史，将南田此画置于其中，指出其有承有变，功

① 恽宝惠等修《毗陵恽氏家乘》卷 9。
② 恽宝惠等修《毗陵恽氏家乘》卷 28《征信》。
③ 赵尔巽等撰《清史稿》卷 504《艺术列传三 · 恽格》。
④ 恽敬《大云山房文稿初集》卷 3《逊庵先生家传》。
⑤ 惠栋撰《渔洋山人精华录训纂》卷 5，乾隆惠氏红豆斋刻本。
⑥ 马总《意林》卷 5 引《仲长统昌言》，上海古籍出版社，1988。
⑦ 恽格著、钟进辑《南田画跋》。

力"可上追北宋诸贤","凌跨"明代"没骨花"名手陈道复、陆治,推扬极高。

南田之后,举族对他进行仿效,代有名手。恽敬《南田先生家传》曾"择其有意者著之",为恽珝、源浚、源景、冰、宅仁、与三,计六人,皆学南田而有成者。珝,字相伯,喜画梅。源浚,字哲长,善吹铁箫,号铁箫老人。源浚绘画,恽敬以为"一准徐熙"①,家谱则以"宗白阳山人"②,白阳山人即明代画家陈道复。源浚之画"下笔有芒角,生气坌涌如云展潮行,惜稍俗耳"③。源浚子曰庭森,字叔植,其画学系父源浚所授,善泼墨作花卉,"笔墨淋漓,气骨甚劲"④。源景字希述,画法黄筌。冰,字清于,南田族玄孙女,是恽氏最重要的女画家。其花卉写生"芊绵蕴藉,用粉精绝,迎日花朵,俱有光"⑤,得南田真传。乾隆初年,其画作因尹继善之荐进呈皇室,孝圣太后及高宗见赏,高宗更题诗嘉奖,其声名遂满天下。嫁同邑毛鸿调,鸿调不应科举,夫妇筑小楼,作画吟诗,唱和而老,亦是恽氏佳话。冰有子三人,长曰凤朝,次曰凤梧,次曰凤仪,皆能承母业。冰另有孙女曰周,字榴村,家谱以为能得其祖之意。宅仁,字源长,山水、翎毛、花卉皆工,常伪造南田之画。宅仁兄宅南,字源申,一字采山,"画学香山",其作"设色浓郁,多台阁气象,亦能品也"⑥。与三,字得三,号画轩,为安徽歙县教谕。山水、花卉兼工,笔法清婉,谱谓与三"长身鹤立,白皙无髭,举止清雅,画宗家法,出笔即似其人"⑦。前述诸人外,恽氏还有大量画家,沿流导源,或宗香山、或宗南田,许多能继承家学而有所树立。按《恽氏家乘》卷2《先德》、卷28《征信》,如恽翃、馨生、钟岱、钟巄、源辰、源桂、毓秀、毓秀女恽珠、廷和、焯、秉怡、铎、荣、朝骏、瑛、鼎等,都是有所专擅、为世所知的恽氏画家。

特别值得一提的是恽氏有许多女性画家,前引恽冰、珠、周外,尚有恽源浚之妹,画亦学南田,"山水平远,有天然风韵",适尚书邹一桂,人以为尚书画学"得于闺阁"。源浚女怀娥,字纫兰,其画深得家法,最擅

---

① 恽敬《大云山房文稿初集》卷3《南田先生家传》。

② 恽宝惠等修《毗陵恽氏家乘》卷2《先德》。

③ 恽敬《大云山房文稿初集》卷3《南田先生家传》。

④⑤⑥⑦ 恽宝惠等修《毗陵恽氏家乘》卷2《先德》。

画花果。另有恽玉、怀英、玉珍、湘、璠等，谱皆未载，但亦是恽氏善画的女性。恽氏女画家的大量出现，在整个清代绘画史、甚至整个中国古代绘画史，具有极为典型的意义。恽氏画学自应明、应翼、香山始，经南田极力开拓，臻于极盛，此后举族子孙世代皆有继承、发扬家学之人，他们前呼后应，一脉承衍，成就清代画学史上“一族而多画”①的盛大场景。

古人书画往往兼修，恽氏家族非但“一族而多画”，其实也可谓“一族而多书法”。仅《毗陵恽氏家乘》卷2《艺术》类，便载录恽氏善书法者计20人，所谓“恽氏书法人持一赤帜”，而且很多人是书画兼擅。前述恽应明、香山、南田而外，还有应龙、应翼、应侯、应雨、应�、应璧、谷初、昚初，皆明朝人；入清，则有恽鹤生、铭、嵩、云鸿、翰、秉怡、若林、照诸男性书家，及恽珠、冰、周、玉、怀英、玉珍、湘、璠诸女性书家。

恽氏书法不比画学中有香山、南田举其大纛，合族可以仿效瞻仰，其是各有所专攻，各自成家。其中真能“持一赤帜”者，香山、南田外，不下十人。明人可举恽应龙、应翼、应侯、应雨、应筠、谷初六人，清代则恽鹤生、嵩、云鸿、翰四人可为代表。就清代来说，南田书法宗褚遂良，出入米芾、黄庭坚，谱谓“情韵独绝，更极变化。或如折钗股，或如走龙蛇；或用浓墨如点漆，或写淡墨如青烟”②，所言颇形象中肯。总体而言，南田笔法以秀润见长，得褚遂良神髓，最擅行书，题识于画作，与画可谓神理默契、相得益彰。有《清啸阁帖》、《爱石山房帖》行世。鹤生，字皋闻，号诚翁，善为擘窠大书，“常钩勒盈丈大字，而得其神似”；亦工小楷，造颜鲁公之室。嵩，字昭侯，号澄斋，楷、行兼擅，楷书学欧阳询，行书学赵孟頫，其蝇头小楷极有工力，“钞录书文，凡数十本，皆秀劲方正，无一懈笔”。云鸿，字千里，书学柳公权，造诣深厚，力透纸背。翰，字叔颖，号拙圃，字承南田家法，每作，能绝肖南田。

前述十人而外，恽氏值得一提的书法家，还有如恽铭，字牧安，号穆庵，最擅楷书，“腴润秀美，得董元宰（其昌）笔意”。秉怡书法，谱谓“秀

① 清人徐珂云：“画家之四王，三太仓（王时敏、王鉴、王原祁），一常熟（王翚），非出自一族也。毗陵恽氏则以一族而多画。”参见徐珂编辑，无谷、刘卓英点校《清稗类钞选·艺术类》“毗陵恽氏多画师”条，第239页，书目文献出版社，1984。

② 恽宝惠等修《毗陵恽氏家乘》卷2。

劲端好”。若林,号望春,长于楷书,挺拔秀劲,深得欧阳询笔意。照,字东明,其书法家谱颇推崇,以为能“直逼二王”①。其余上列女性书家及大量未著家谱书家,不一一介绍。

从以上的考述,已可见出恽氏书画之盛,这样以一族而高产大量具有相当成就书画家的壮景,在明清常州府是绝无仅有的,在整个江南也难得一见。

2. 恽氏文学

恽氏文学,最著名者自然是恽敬,下文有专论。但若细绎恽敬家族历史,可知由明迄清,其家族前辈工于诗文的还不在少数,其同辈或后辈致力于文学的,为数亦颇可观。六十四世恽鹤生《岱存兄诗序》云:“吾先世以诗、经发科,在明时以进士起家者,皆长于诗,有著述。”②其所胪举,有恽巍、釜、绍芳、厥初四人。四人之外,明代及明清之际尚有恽应翼、本初、于迈、翻等人。入清则有恽格、骕、华、启巽、东生、安宗、德柄、鹤生诸公。前举皆恽敬前辈,恽敬同时或以后,又有恽钟宁、冰、珠、在宽、文夔、祖翼、毓巽等,家谱皆有著录。诸人或有诗集、或有文集,多有文献可征。

其中恽鹤生所举四人,在明代颇有声名。四人外,恽应翼、本初亦颇有创作。入清,恽南田则更出乃祖之上,诗、书、画称“三绝”,其诗“义心苦调,寄托幽远”③,又张惟骧曰“其于诗,选意必幽,择辞必鲜,俗尘凡语自然不浸其笔端。而涉于身世之感,悲凉衰飒,寄托遥渺,意致深长,有未易为外人道者”④,很有见地。尤其他的题画诗,与书、画相映衬,浑融一体,意境超卓,令人叹服。有《南田诗钞》5卷,清人庄令舆、徐永宣辑《毗陵六逸诗钞》,将其收入。南田以后,恽敬外,恽鹤生、恽珠成绩最著。

鹤生,字皋闻,号诚翁。诚翁服膺颜习斋之学,自称习斋私淑,为学

① 前引材料俱见恽宝惠等修《毗陵恽氏家乘》卷2。
② 恽宝惠等修《毗陵恽氏家乘》卷22。
③ 恽宝惠等修《毗陵恽氏家乘》卷28《征信》。
④ 张惟骧《清代毗陵名人小传稿》卷2。

主实践实用。与习斋高足李恕谷及当时学者赵渐逵、是仲明等交游甚密,“晚归常州,为一乡祭酒”①,于常州学术功绩甚著。有《说诗》20卷、《易学》3卷、《禹贡解》1卷、《春秋解》1卷、《大学正业》1卷、《新法论》1卷。诚翁诫子弟曾曰:“为学当以经世为务,勿徒以文字为能。”②其“为文皆原本经术,力求圣贤之蕴”③。如《与李恕谷论嫡庶书》,驳毛奇龄论嫡庶关系所谓“古之重嫡,非重嫡也,重贵也”④之说,以自古天子诸侯立嗣先嫡后贵、嫡子服父丧须三年为例相辩难,指出毛说“圣经无有”、不可依训,嫡庶关系当以“重嫡非重贵”为准,文约意丰、推论严密。中国古代嫡庶关系先嫡后贵,当今学术已成共识,但在鹤生时仍是学术界争辩未定的问题,其依据历史事实、依傍经典论辩成断,实有睿识。另外《檗斋弟六十寿序》、《见则堂语录序》两文,颇可称赏。恽氏家族向有南北两支,鹤生曾祖时两支尚“南北往来如一家”,其后则日渐疏远,“族谊日衰”,颇令族中长者如鹤生唏嘘感慨。恰逢鹤生子宗洵中康熙辛丑(1671年)进士,因此归祭孟河祖祠,鹤生族弟北支恽泰征“与北支尊长同辈,并集祠下,相见甚欢……从此南北往来一家,联络庶同昔时”⑤。次年又逢恽泰征六十寿诞,南北两支乃因此再得加深交往,鹤生《檗斋弟六十寿序》记南北两支同祝泰征六十寿诞云:

……姻党戚友,称觞庆祝。其北支族人,牵羊斟兕,填门咽衢。而吾南支兄弟以泰征之生日,正端午佳节,先期定之入城,画舡箫鼓、蒲尊角黍,极数日欢。家多工画者,葵锦榴荣,赠以佳笔,又作为歌诗以侑之。⑥

家族成员庆贺称祝、融洽欢乐的景况如在目前。整篇文章,鹤生在欢乐中寄感慨,情文并茂。《见则堂语录序》称述其曾叔祖逊庵先生恽日初

① 梁启超《中国近三百年学术史》,第126页,上海三联书店,2006。

②③ 恽宝惠等修《毗陵恽氏家乘》卷2。

④ 恽宝惠等修《毗陵恽氏家乘》卷22。

⑤ 恽宝惠等修《毗陵恽氏家乘》卷22《檗斋弟六十寿序》。

⑥ 恽宝惠等修《毗陵恽氏家乘》卷22。

生平事迹,所谓“(公)生丁末造,慨然思任天下事,掌铨衡者以人才特荐。而大厦已倾,崎岖岭峤之间,绸缪经化,万死一生,未尝旦夕忘故国故君之感”①,恳切敦厚、情溢言表,可称佳文。有《诗集》4卷、《文集》3卷、时文《百一篇》1辑。其古文《毗陵恽氏家乘》卷22录33篇,数量为恽氏之最。

恽珠,字珍浦,一字伴芸,又字星联,晚号蓉湖道人。生时祖母梦有老妪授其珠,故名珠。性颖慧,通《孝经》、《诗经》、《尔雅》及四子书,十岁工诗,十三工织绣。相夫教子,为时所称。其于画学而外,又好宋明理学与文学。曾重梓《李二曲(中孚)集》、《恽逊庵讲学遗书》。诗文则有《红香馆诗》、《红香馆词》各1卷。又编《国朝闺秀正始集》20卷,系我国第一部由女性编纂的清代女作家诗歌总集,第一部清代女诗人小传和诗评总集。恽珠殁后,其孙女妙莲保编成《国朝闺秀正始集续集》10卷。又著《兰闺实录》6卷,可谓中国第一部由妇女写作的妇女史。其在文学史上地位之高,可以想见。

前述诸家外,《毗陵恽氏家乘·著述》还收录了数量颇夥的恽氏文学创作者的诗文作品,这里不再缕述。概言之,恽氏文学总体成就虽不及书画,但就家族文学来讲,也可谓洋洋大观,如果考察明清家族文学而绕开毗陵恽氏,无疑是很大的疏漏。而如果我们将恽氏文学与书画创获并观,那么就可以对其深厚的家族文化底蕴、丰硕的家族文化成就有一个更为直观、清晰的把握。

二 恽敬家学及其古文成就

(一) 恽氏家族传统对恽敬的影响

作为饱学之士、文坛巨子,恽敬的身上集结了无数使之业成名遂的因素,其中最主要的因素,应当包括三个方面:一是其自身的天赋与勤奋,二是师长的教诲与友朋的助益,另一个应当是累积几百年的家族传统对他的巨大影响。

---

① 恽宝惠等修《毗陵恽氏家乘》卷22。

1. 勤勉好学、事功立身

《恽氏家乘》的开篇为《祖训》，这是家族对于将来家族成员做人处世的规约、期望，其中恽敬之前恽氏祖先有一个共同关注的问题，那就是勤勉好学。比较典型的如少南公恽绍芳警戒家塾子弟曰：

> 卫武公自警必曰“夙兴夜寐”，小宛兄弟相戒亦必曰“夙兴夜寐”，谓人必晏卧早起，则志气不昏惰也。今之人晏起早卧者多矣，未老而衰，垂成而废，非以是欤？宜切戒之！①

恽绍芳还强调，即便是晏卧也不可倒头便睡，万事隔于梦端，“高枕肆志”，睡前须“思旦昼之所为，养夜气之清明”，然后方可入睡。他又进而列举往哲前贤勤勉不怠的例子劝戒族中“有志之士”曰：

> 古人昧爽丕显者，成汤也；坐以待旦者，周公也；夜尝不寝者，孔子也；焚膏继晷者，韩愈也；闭户悬髻者，孙敬也；圆木警枕者，司马光也；置灯帐中者，范纯仁也。盖古之成大事者，莫不然。②

至于逊庵公恽日初戒约门人所谓“每日……昧爽清明，切须警觉”，与少南公所言意旨相类。二公不过希望族中子弟每日勤勉不惰，对于恽氏这样的文儒世家，实际是要求族中子弟好学勤奋，读书养志，将以有为。

在恽敬的身上，便有乃祖之训的很好体现，其《与赵石农》自称“三十年埋头故纸中，燕齐之士当亦为之短气也”③，实非自负。恽敬读书极富，经史子集无不涉猎，仅观其集中喻辨考论诸文，便已见其学力之深、读书之富，《原命》、《喻性》诸篇，《西楚都彭城论》、《辨微论》、《春秋说》之什，《九江考》、《康诰考》、《得姓述》各章，即是明证。其所以能如此，非有“三十年埋头故纸中”的好学勤勉，必不能致。另外，“阳湖文派”诸家文章中所普遍存在的“以学济文”现象，与诸家饱读书史的经历有着必然的联系，恽敬便是一个典型的例子。

---

①② 恽宝惠等修《毗陵恽氏家乘》卷1。

③ 恽敬《大云山房言事》卷1。

恽氏家族规勉族中子弟勤奋好学,其现实目的乃是希望他们经由这一途径修身自立、有所作为。再进一步说,古代科举、仕宦直接关联一体,有志之士欲有所作为,由科举而仕宦是最主要的途径,那么恽氏对族中子弟的希望,实际便是要他们经科举进入仕途,事功立身。《祖训》载少南公之语云,“学所以明道修身,而仕所以行志及民也”,便是很好的说明。恽氏在明清“十七进士出一门”,这十七进士作为家族的优秀代表,科举后俱占仕籍,对恽氏子弟具有明显的表率作用。而说到底,这与家族的提倡、鼓励必不可分。又按《毗陵恽氏家乘》卷27《仕宦》,恽氏四十四世方直而后,六十五世敬之前,计有39人厕籍朝廷宦簿,其中五十六世巍、五十七世釜、五十九世绍芳、六十一世厥初、六十三世骕、六十四世惠生诸人,宦绩甚著。其实这样一脉而下,已然形成了一个无须强调而自明的家族传统。

恽敬的一生所为,对恽氏这一入世有为、事功立身的传统,可说是比较切实、坚定的践行与延续。乾隆四十八年(1783)恽敬乡试中式,年二十七。次年直至乾隆五十九年他选授浙江富阳知县,十年间应礼部试,客游京师,艰难维持生计,几无所作为。嘉庆元年(1796),自富阳移治贵州江山县,十一月以父卒,去官守制。嘉庆四年服阕,次年授山东平阴县,改授江西新喻。嘉庆十年,调知瑞金。十八年,升署吴城同知。次年,即以奸民诬告失官。此后直至二十二年卒于常州寓所,恽敬以布衣四方游历。综其一生,恽敬乡举之后,有近三十年践官位而食爵禄,俸禄虽薄,宦绩亦非显赫,而且仕途蹭蹬,但确乎在位谋政,欲有所作为。这足可说明家族传统在其身上的延续。

2. 通于书画、精于文学

毗陵恽氏名于世者,以书画为最大宗,尤其自恽南田开创“常州画派”,恽氏画学举世钦仰;论书法,则《毗陵恽氏家乘》卷2《艺术》,录有家族中擅书法者20人,亦可谓壮观。这种书画的艺术世代相传,祖业子承,形成稳固的恽氏家族传统。恽敬作为恽氏的优秀成员,无疑受到了家族书画传统的熏染,这可以征实于他论及书画以及以书画论文的若干文字。

据有限资料,恽敬并不长于书画,不过其书画修养却颇为深厚。恽敬之友吴白厂系乾隆中江右名手,他曾寄呈恽敬"细娟墨竹一帧,吴绫、仿宣纸墨松各一帧",愿其"以一言告后世之知者",钦重如此。恽敬极言吴氏画作"揣摩诸家而能洗刷之,浩浩乎、翛翛乎","信有湖州、襄阳所谓者"后,进而申论画学更高境界以勉望于吴氏曰:

> 虽然古人极深、极微、极正之作,何如深而可至、微而可探、正而可感发之作?何如可至而仍超辽、可探而仍窅渺、可感发而不妨恣诡之作?①

可谓行家断语,精妙超迈,非深于画学必不能道。恽敬曾自称,于画"过眼烟云,几数千轴"②,自非虚语,也正因此,他才能发挥高论,出语超迈。非但可以就画学发挥议论,恽敬实有甄别画作真赝的真本事,《大云山房言事》卷1《答秦抚军》载有他甄别秦抚军所示"古画"之语若干,其中析解赝赵伯驹《九如图》数语颇见功力:

> 赵千里《九如图》下笔谨细,人物有古意,非吴下俗工所能然。结构平近,少士大夫气。绢亦非六七百年之物,其裂处皆人力为之,非自然也。当是前朝内院所作耳。卷尾"臣赵伯驹进上"六小字,殊不佳。千里宗臣,不当称赵伯驹。宋亦无款书进上者,千里别画,皆称"臣伯驹奉圣旨画"可证也。图后光尧书天保诗,精丽可观,其体甚似光尧,然意味凡下,以光尧各石刻较之,有迳廷焉。宋帝王画多有押书,惟手敕有押,若写经语及题画不必押。赝者见光尧各手敕,仿为之,不知不合法也。光尧书之后记绍兴庚申,乃绍兴十一年,范石湖隆兴中方迁秘书正字,杨诚斋淳熙中方迁右司郎中,周益公亦淳熙中方迁起居郎,岂有前数十年已官两府侍从之理?卷中各结衔可笑也,又进士结衔始于明,在宋无之。"奉旨"亦始于明,宋多称"奉圣旨",赝者大都不谙故事,是以有山谷写诚斋诗,天宝称年各谬误也。

---

① 恽敬《大云山房文稿初集》卷3。
② 恽敬《大云山房文稿二集》卷2《答伊扬州书》。

甄别古画真伪，须兼谙画学史、书学史、文学史与其他各类史法、史实，须熟知笔、墨、纸、绢各类画作质料材质、特性，还须熟谙一般赝作手法，对于良工所赝古人作品，则更须各种知识、技艺融会贯通，方能辨其真伪。读前引文字，足见恽敬有兼人之识与才，其生长书画世家，惠其熏染，是情理中事。

又《大云山房言事》卷2《答来卿》一文，以张彦远《名画记》论画所谓“失于自然而后神，失于神而后妙，失于妙而后精，精之为病也而成谨细”论文，则是画论与文论的沟融，乃是恽敬兼精画学与文学的应然结果。

至于文学，可分诗、文二端。论者于恽敬之诗多不涉笔，盖因恽敬不擅为诗。不过他并非不谙诗学，《答吴白厂书》明言其“自八岁即法于先人”，所不足在于“律严而拘，思通而近，气盛而易竭，响切而易流”①。又《答陈云渠》有云，“敬少时诗学太白，后渐入香山、东坡，所歉歉不足者，太似耳”②。恽敬自知才不在此，乃弃而不为，专力作古文。恽敬集中又有多篇诗集序言，如《坚白斋诗集序》、《香石诗钞序》、《停云楼诗钞序》诸序，其中《坚白斋诗集序》论及自古至清代诗史颇有见地：

> 言诗于今日，难矣哉！古今之体备于唐，唐之诗人盖数十变焉。宋较之唐溢矣，亦数十变焉。元较之宋敛矣，且屡变焉。明较之元充矣，又屡变焉。本朝顺治中，诗赡而宕，康熙则适而远，雍正则浏而整，夫积千数百年之变而本朝诸名家复变焉。于是自乾隆以来，凡能于诗者，不得不自辟町畦，各尊坛坫，是故秦权、汉尺以为质古，《山经》、《水注》以为博雅，犛靬、竭陀以为诡逸，街谈、舂相以为真率，博徒、淫舍以为纵丽，然后推为不蹈袭、不规摹。是故，言诗于今日难矣哉！③

按恽敬先人擅诗者，有恽巍、绍芳、应翼、厥初、本初、日初及日初子格，

① 恽敬《大云山房文稿初集》卷3。
② 恽敬《大云山房言事》卷1。
③ 恽敬《大云山房文稿二集》卷3。

各人诗作《恽氏家乘》俱有载录。恽敬言“自八岁即法于先人”,直接可以说明家族诗学对他的影响。至于古文,恽氏擅古文者不在少数,绍芳、应翼、本初、日初而外,鹤生亦称一家。恽敬为诸公后裔,家族先辈所擅长成就,书画诗文,其自幼学习,长者当会褒扬教示。其古文所依循的具体学习路径,固然未必是从其先祖入,又从其他作家出,但恽敬身上具有家族传统的遗传因子、受家族传统的影响,则是肯定的。

(二) 恽敬的古文观与古文成就

恽敬在清代古文史上之所以能获得文人学者的广泛推重,主要是因为他在古文创作上取得了颇为卓越的成就。恽敬为文不但立足先贤、百家,有所承继、有所汲取,而且借重自身,在承中有所创新。所为之文,宏大者峻厉雄肆,短小者简隽好奇,可谓众体兼擅,技艺高超。

1. 恽敬古文师承及其“天成”的古文观

古人为文极重师承,取古汲贤,登高看远,恽敬也不例外。《毗陵恽氏家乘》卷 28 引《邑志》云,恽敬作文“义法一本司马子长”,可谓知言。恽敬《与黄香石》亦云,“敬古文法尽出子长,其孟坚以下,时参笔势而已”①。当然,恽敬作文之法,取则固然不止司马迁一家,前引“其孟坚以下,时参笔势而已”云云,已是道出其于史传一支多有参取。又张维屏言清代古文家学文途径云:“诸家为古文,多从唐宋八家入,惟魏叔子、恽子居从周秦诸子入,而得力于《史记》。”②则恽敬于周秦百家诸子皆有所取。不过,这些都是论其大概,或止取一二点,实际恽敬学作古文,有一条系统脉路,其《上曹俪笙侍郎书》云:

> ……后与同州张皋文、吴仲伦,桐城王悔生游,始知姚姬传之学出于刘海峰,刘海峰之学出于方望溪,及求三人之文观之,又未足以餍其心所欲之者。由是由本朝推之于明,推之于宋、唐,推之

① 恽敬《大云山房文稿二集》卷 2。
② 李垣《国朝耆献类征初编》卷 242。

于汉与秦,断断焉析其正变,区其长短……①

则恽敬学文尝从桐城姚鼐、刘大櫆、方苞入手,然而桐城三子之文未能餍其所欲,他便自桐城三子推溯而上,由清而明,而宋、唐,沿流溯源,直至汉、秦。不过他"析其正变,区其长短"的标准是怎样的呢?一言以蔽之,只是"天成"二字。

恽敬《上举主笠帆先生书》论及清代古文作者高下有云:

本朝作者如林,其得正者,方灵皋为最,下笔疏朴而有力,惟叙事非其所长。再传为刘海峰,变而为清宕,然识卑,且边幅未化。三传而为姚姬传,变而为渊雅,其格在海峰之上焉,较之灵皋则逊矣。其余诸子,得固有之,不胜其失也;是固有之,不胜其非也。②

则在恽敬看来,清朝古文以桐城三子最能接续正统。不过三子实有高下之别,刘大櫆最下,恽敬《答曹侍郎》亦云,"近得刘海峰先生集,笔力清宕,然细加检点,于理多有未足"③,姚鼐稍胜,方苞最优。不过即便是成就最高的方苞也有"未至者",其弊在于"旨近端而有时而歧,辞近醇而有时而窳"④。亦即清人奉为古文正宗的桐城三子,在恽敬看来实非完美。

桐城三子古文固然未臻极致,而其余诸人视三子尚且不如,即便前明古文名家王慎中、归有光和清初古文三大家侯方域、魏禧、汪琬也有不足之处,恽敬曾借方苞之言曰:

"古文虽小道,失其传者七百年。"望溪之言若是,是明之遵岩(王慎中)、震川(归有光),本朝之雪苑(侯方域)、勺庭(魏禧)、尧峰(汪琬)诸子,世俗推为作者,一不得与乎望溪之许矣!⑤

① 恽敬《大云山房文稿初集》卷3。
② 恽敬《大云山房文稿二集》卷2。
③ 恽敬《大云山房言事》卷1。
④⑤ 恽敬《大云山房文稿初集》卷3《上曹俪笙侍郎书》。

又恽敬《与舒白香》将明、清两朝古文未臻极诣的范围,扩大到了袁宏道、徐渭、艾南英诸人,并且指出了他们各自的弊病:

……(敬)于近世文人病痛多能言之:其最粗者如袁中郎等,乃卑薄派,聪明交游客能之;徐文长等乃琐异派,风狂才子能之;艾千子等乃描摹派,占毕小儒能之;侯朝宗、魏叔子进乎此矣,然枪榰气重;归熙甫、汪苕文、方灵皋进乎此矣,然袍袖气重。①

那么所有这些弊病的症结何在?恽敬以为全在于诸子“有意为古文”:

古文文中之一体耳,而其体至正。不可余,余则支;不可尽,尽则敝;不可为容,容则体下……盖遵岩、震川常有意为古文者也,有意为古文而平生之才与学不能沛然于所为之文之外,则将依附其体而为之,依附其体而为之,则为支、为敝、为体下不招而至矣。是故遵岩之文赡,赡则用力必过,其失也少支而多敝;震川之文谨,谨则置辞必近,其失也少敝而多支;而为容之失,二家缓急不同,同出于体下。集中得者十有六七,失者十有三四焉……②

王慎中、归有光失之于“有意为古文”,其余诸人亦是如此,并且各有其渊源:

李安溪先生曰:“古文韩文公之后,惟介甫得其法。”……敬当即安溪之意推之。盖雪苑、勺庭之失毗于遵岩,而锐过之,其疾征于三苏氏;尧峰之失毗于震川,而弱过之,其疾征于欧阳文忠公。③

只是因为“欧与苏二家所畜有余,故其疾难形,雪苑、勺庭、尧峰所畜不足,故其疾易见。”因此即便是明清古文家常推为文章正宗的欧阳修与苏氏父子,在恽敬看来也有“有意为古文”之病,只有韩愈(或许也包括

① 恽敬《大云山房言事》卷1。
②③ 恽敬《大云山房文稿初集》卷3《上曹俪笙侍郎书》。

王安石)、柳宗元、李翱诸公才称得上文章正宗。恽敬《与纫之论文书》云:“夫后世之言文者,未有如退之之为正也……若柳子厚、李习之与韦中立、王载所言,视退之相出入者也。”①

恽敬在概括了自古古文的弊症与病因后,还开出了治疗、改进的方子,即所谓“天成”:

> 文章之事,工部所谓“天成”,着力雕镌便觌面千里,俪体尚然,何况散行?……敬观古今之文,越天成越有法度。②

何谓“天成”?恽敬便以《史记》为例曰:

> 如《史记》,千古以为“疏阔”,而柳子厚独以“洁”许之。今读《伯夷》、《屈原》等列传,重叠拉杂,乃删其一字一句则其意不全,可见古人所得矣。③

则“天成”必须满足“洁”这一标准,即为文需省净得宜,多一字一句乃臃赘,少一字一句乃不全,貌似“疏阔”、“拉杂”,实则隽洁。刘勰《文心雕龙·熔裁篇》论文章练辞有云:“句有可削,足见其疏;字不得减,乃知其密。精论要语,极略之体;游心窜句,极繁之体;谓繁与略,随分所好。”④意谓文章的写作,要做到删却繁芜,“字不得减”。进一步地,根据文章体裁风格的不同,所谓练辞裁句应使得“极略”与“极繁”两体文字都能臻于简洁,上引恽敬所举《史记》之“洁”,即是刘勰所论繁体之文的简洁。可见,恽敬的观点实是与《文心雕龙》一脉相承的。

“洁”主要是从文章写作辞句裁练的技术层面讲,如果再进一层,从文章体性境界的角度讲,什么样的文辞才是理想的呢?恽敬在一“洁”字之外,更提出了“正”的要求。如《上举主笠帆先生书》所谓“本朝作者如林,其得正者,方灵皋为最”,《上曹俪笙侍郎书》所谓“古文文中之一

① 恽敬《大云山房文稿初集》卷3。

②③ 恽敬《大云山房言事》卷1《与舒白香》。

④ 刘勰著、周振甫注《文心雕龙注释》,第355页,人民文学出版社,1981。

体耳,而其体至正”,《与纫之论文书》所谓“夫后世之言文者,未有如退之之为正也”云云俱是。恽敬以孔子《论语·卫灵公》所谓“辞达而已矣”来释“正”:

孔子曰:“辞达而已矣。”孟子曰:“诐辞知其所蔽,淫辞知其所陷,邪辞知其所离,遁辞知其所穷。”古之辞俱在也,其无所诐、所陷、所离、所穷四者,皆达者也。有所诐、所陷、所离、所穷四者,皆不达也……圣人之所谓达者,何哉?其心严而慎者,其辞端、其神暇而愉者,其辞和、其气灏然而行者,其辞大、其知通于微者,其辞无不至……如是其可以为能于文者乎?①

孔子所谓“辞达”,朱熹解作“辞取达意而止,不以富丽为工”②。恽敬在此基础上引孟子的观点进行了发挥,认为文章写作要达到孔子所谓“辞达”,应力避辞诐、辞淫、辞邪、辞遁诸弊,做到“辞端”、“辞和”、“辞大”,“辞达”则文“正”矣。而以“正”为参照,秦汉、唐宋以下袁、徐、艾、王、归、汪、侯、魏与桐城诸公古文之所以未臻极诣,皆是因为未臻其极“正”,为文不正便有支、敝、体下诸种弊端。韩、柳诸子,司马子长及周秦汉诸大家,因为为文得乎“正”理,所以其作品为古今作文典范。

“洁”与“正”之外尚有一“奇”字。“洁”系古文基本要求,不必多言。“正”则义有不全处,古今解经之文何止千万,“其心严而慎”,而且“其辞端”、“其辞和”、“其辞大”,然而并不能称为至文,因为这些文章往往附和经典、蹈袭程式、千篇一律,与至文终差一着。其实,为文固然需要至“正”,但必不能以“正”为名千篇一律,文学与经学之不同,在于文学不但内容思想要求变,文学样式也要求变,在恽敬这里便是重一个“奇”字。恽敬与女婿来卿书信教以作文法,曾以韩愈文章为例云:

(为文)尺度则《文心雕龙》、《史通》、《文章宗旨》等书先涉猎数过,可以得典型焉。若其变化之妙,存乎一心而已,不佞就韩文言

① 恽敬《大云山房文稿初集》卷3《与纫之论文书》。
② 朱熹《四书集注》,第200页,上海古籍出版社,1995。

之。《平淮西碑》是摹《书》、《诗》二经,已为人读烂,不可学。《南海庙碑》是摹汉人文,亦不可学。若书字摹古之帖,若复摹之,乃奴婢中重台也。《送李愿序》浅而近俗,《与于襄阳书》俳而近滞,《释言》窠臼太甚,《上宰相书》亦有窠臼……学韩文需分别其不可学者,乃最紧要也。①

这是恽敬教知来卿韩文不可学的篇章,其不可学的原因是那些文章已落窠臼,只有那些“用意用法”巧妙的文章方宜于学习,《答来卿》接着又说:

此外可学者,大都识高则笔力自达,理厚则词采自腴,而用意用法之巧胜,又不可胜求者。略举数篇以为体例……如《殿中少监墓志》,竟用点染法。韩公何以有此种笔墨?盖因少监无事可书,北平王事业涵盖天地,若不叙北平王,于理不可,然轻叙则不称北平王,重叙则少监一边寥落,喧客夺主矣。是以并叙三代,均用喻言,使文体均称,翻出异样采绘,照耀耳目,且恐平叙三代有涉形迹,是以将纳交作连络、存殁作波澜,真鬼神于文者也!②

此外他又举《滕王阁记》、《曹成王碑》、《许国公碑》诸文讲解,都是看中文章“用意用法之巧胜”,与惯常作法相异的地方,概括而言,可以称为“奇”。恽敬为文,不但讲究“正”,而且讲究“奇”,就是张维屏所谓“介乎奇正之间”③。

这样看来,恽敬作文所求“天成”二字,与陆游“文章本天成,妙手偶得之”(《文章》)意近,即要求作文不可强为雕琢,失其天然之性。但是“天成”实际并非毫无修饰,陆游诗又云“君看古彝器,巧拙两无施”,古彝器之非巧非拙、亦巧亦拙,乃是技术精湛、巧而至于天然,没有古时良工的精求深思、累积琢磨,必不能“妙手偶得”。作古文亦然,欲成“天成”之功,先须成“洁”、“正”、“奇”之功,须修其辞、须正其义、须取其异,

①② 恽敬《大云山房言事》卷2《答来卿》之一。

③ 李桓《国朝耆献类征初编》卷242。

须博揽众取,对先贤佳作深参细究、揣度琢磨,日锻月炼,累月成年,然后至于“天成”。恽敬古文称“阳湖”巨将,与其有理有据、自成一体的文学观,与其平日对此文学观的身体力行,有着根本的关联。

那么,在清代文学思想史上,我们如何来审视恽敬的“天成”观?古文“天成”观的意义何在?如果用一句话来概括的话,可以说这一观念突破了“桐城派”的理论拘限,构成了“阳湖派”理论的重要基础。具体从三方面来论述:

第一,文学视野上的拓宽:根柢儒术,兼综百家。这是恽敬“天成”古文观生发形成的基本土壤,也是“阳湖派”古文理论的重要内容。“桐城派”古文家以孔、孟、韩、欧、程、朱以来的道统自任,其所标举的“义理、考证、文章”,大抵不出宋儒范畴,这一点所引发出来的弊端,就是“桐城”文章虽具儒雅之格,但下者往往格局逼仄,枯索无味。而恽敬“天成”古文观的母体,除了包括“桐城派”所遵奉的以孔、孟、程、朱为代表的儒家思想体系,还包括有来路纷杂的子史百家,而它的意义就在于拓展了古文写作根柢、取材的路径,拓宽了文学视野,为区别于“桐城派”特色的古文风格的形成,提供了保障。恽敬古文具有纵肆之气,主要得益于此。

第二,“雅洁”内涵的新阐释。“桐城派”古文义法重要的一方面,即主张文学写作要以“雅洁”为旨归,要求古文语言雅训简洁,不杂芜体蔓辞。恽敬“天成”的古文观也讲究雅洁,但这一“洁”字表面与桐城相似,实则颇有不同,这体现在两个方面:其一,“桐城派”的“洁”倾向于简洁,在古文写作中主张删却繁笔,力求简省,但他们强调得太过分,汉学家钱大昕《与友人书》即针对这一点批评方苞云:

> 夫古文之体,奇正、浓淡、详略,本无定法……文有繁有简,繁者,不可简之使少,犹之简者不可增之使多。《左氏》之繁,胜于《公》、《谷》之简,《史记》、《汉书》,互有繁简。谓文未有繁而能工者,非通论也。①

① 钱大昕《潜研堂文集》卷33。

这与前引恽敬论《史记》所谓“今读《伯夷》、《屈原》等列传,重叠拉杂,乃删其一字一句则其意不全”,如出一辙。其二,“桐城派”的“雅洁”,是要求古文写作“不可入语录中语、魏晋六朝藻丽俳语、汉赋中板重字法、诗歌中隽语、南北史佻巧语”(沈廷芳《书方先生传后》引方苞语),而恽敬所谓的“雅洁”,乃是合适综取子史百家各种语言字法的广义雅洁,这也正是恽敬文章左右逢源、纵横捭阖而不涉芜蔓的根本原因,是其突破“桐城”樊篱的重要方面。另外,“阳湖派”所共同主张的骈散融通的文学创作思路,在恽敬的广义雅洁理论中也可以找到相关依据。

第三,“正”与“奇”的辩证统一。“桐城派”以古文道统自居,以“义法”相标榜,被呼为一代古文“正统”、“正宗”,“正”包括义理之醇、考据之实、词采之茂乃是“桐城派”的标志性特征。对于“桐城派”的“正”,性灵派魁首袁枚是持一种不屑一顾的态度,曹虹《阳湖文派研究》中提到,袁氏首先对“桐城”所自任的“道统”表示了不满,其次对“桐城”严格讲求的法度表达了异议,而提倡、实践一“奇”字,其与“桐城”“可谓构成了正与奇的两极”①。恽敬的古文观,既主张正,又主张奇,但同时反对极端的正与极端的奇,亦即张维屏所说的“介乎奇正之间”。具体来说,恽敬对古文创作提倡“正”,这在前文所引《上举主笠帆先生书》、《上曹俪笙侍郎书》、《与纫之论文书》诸文中都有涉及,这是他对“桐城”文统理论的继承。不过这里的继承是有所取有所舍的继承,他对“本朝作者”中最能得正的方苞的批评,就是明显的例子。作文应讲究“奇”,前文所引《答来卿》已有述及,但恽敬所提倡的“奇”,又并不等同于袁枚的“奇”,因为他所讲的“奇”不是袁枚式“破律败度”的“奇”,而是不妨乎“正”的、“介乎奇正之间”的“奇”。“正”与“奇”的辩证统一,是恽敬对“桐城派”、“性灵派”理论兼汲取又兼扬弃的结果,是对清代古文理论的重要贡献。

总而言之,恽敬“天成”的古文观,以“洁”、“正”、“奇”为核心,不但合理继承了“桐城派”的文统,而且综取了汉学家、“性灵派”等各家理论之长,成为清代文学史上突破、修正“桐城派”理论的重要成果。在“阳湖派”的所有作家中,恽敬的古文理论也是最为系统、融通的,“阳湖派”

---

① 曹虹《阳湖文派研究》,第125-126页,中华书局,1996。

古文思想的最终形成，恽敬之贡献甚巨，在清代文学思想史上，应对他的意义给予充分的认识。

2. 恽敬古文主要成就

恽敬古文主要撰述，见于《大云山房文稿》初集 4 卷、二集 4 卷、补编 1 卷、续编 1 卷及《大云山房文稿补遗》1 卷计 11 卷，尤以初级、二集 8 卷最见恽敬创作成就。遍览集中文章，设若以一字来概括恽敬为文特色，可取“峻”字。但是具体分析文章特点、风格，一个“峻”字便显模糊、笼统，可分两大类加以考察，一即“峻厉雄肆”之文，一即“简隽好奇”之文。

恽敬“闻见杂博”，古文参综百家，“喜自恣肆”①，往往有纵横家气，然而其义“正”，其辞“洁”，其体宏，其逻辑严密，其结构精巧，故能称“峻厉雄肆”。“峻”，峻拔意；“厉”，峭深意；“雄肆”，则言恽文体宏气盛、汪洋恣肆。峻厉雄肆之文，其理实，其气充，含而不放、坚而不突、奇而能正。峻厉雄肆之文语言、结构、文气、思想俱大，就体裁而言主要集中在论辨之文和墓志碑铭，其题材则经训义理、先王之道、历史关纽、生死大节之类，俱可称重大。其余传记书序，写祖先与各色人物生平，写亲历目睹或耳闻传说之景之事，写日常友朋论道、切磋文艺，如此等等，体裁、题材多小。这类文章，或传事雅洁，或比譬精妙，或叙述奇特，或寓意恳切，或状景超逸，文字简洁，而动涉奇气、意味深长，可称“简隽好奇”。

“峻厉雄肆”之文　恽敬古文最突出的风格与最主要的成就，正体现在那些“峻厉雄肆”之文上。其中“喜自恣肆，其言近于纵横”者，以论辨诸文为最。这类文章，义理往往平常，其特点是文章的逻辑与义理常为一股强劲文气所裹卷，读者往往只能顺流行思、亦步亦趋，而不可逆流运思、且行且想。如《原命》、《喻性》之类。又如《三代因革论》8 篇，其中三、四两篇述论古之井田制，立论无非圣人之道、先王之法，对田亩制度，所见也仅止于小农经济的平均主义，但是文章观点明确，引证恰

① 章太炎《说林下》，罗志田导读、徐亮工编校《中国近三百年学术史论》，第 26 页，上海古籍出版社，2006。

当,论述层层推进,就文学形式与文学感染力而言,可称一流。

至于那些非但体宏辞洁、文气饱满顺畅,而且义理出奇而正的文章,则更可以见出恽敬在文章写作上的天才,《辨微论》、《西楚都彭城论》堪称典型。《辨微论》析辨名、实、有、篡之关系,为曹操"篡天下之举"立论:

有天下之实,人之所乐居也;篡天下之名,人之所不乐居也。可以居有天下之实矣,不居篡天下之名可也;可以居其实而几几乎不能居,则进不足以取万乘,而退且至于覆全宗,于是乎名有所不顾,而篡随之……(曹操)不幸水师被毁,陆路解散,鼎足之形以成,席卷之势已坏。又况兵败之后内权动摇,肘腋之间悉成机械,于是而曹操所处非前日之势矣。其令曰"诚恐离兵为人所祸,既为子孙计,又已败,则国家倾危,是以不得慕虚名而受实祸",亦由中之言也。盖未败之前,曹操有有天下之志,而不必有篡天下之心;既败之后,曹操有失天下之疑,而不得不为篡天下之举。善取不得则恶求,缓图不得则急攫,慕义不若贪利之急,求福不如避祸之周,故窜之事起于丧师,而篡之举成于下令,断断然也!①

义正辞廉,情理兼得,而且对世人取鉴历史不无裨益。《西楚都彭城论》论项、刘争霸项羽败北的原因,韩信认为项王之败,乃是由于"不居关中而都彭城",后世史家附和韩信,"亦持此说"。但恽敬认为,"项王之失计,在不救雍、塞、翟三王而东击齐,不在都彭城",原因在于,项羽立刘邦为汉王,有巴蜀、汉中,但同时又分别策立章邯、司马欣、董翳为雍、塞、翟三地之王,目的是"距塞汉王",而彭城"通三川之险",且"通三川"便可"控三秦",那么项王便可远都彭城联络众师,"控三川"以保三秦无虞,三秦无虞,则沛公之兵不敢移一足,而天下可得:

虽然,关中重地也,取关中重计也,其取之之次第奈何?曰:项王之计不急于收三秦之地也,急于阻汉王之东而已。何以知其然

① 恽敬《大云山房文稿初集》卷1。

也?乃者项王之所忌,唯汉王也,是故未为取秦之谋,先为救秦之策。三川者,救秦之要道也,以瑕邱、申阳据三川,而北函谷、南武关挈其要领矣。以司马卬辅三川之北,而函谷之军无阻矣;以韩成夹三川之南,而武关之军无留矣。二王皆赵臣,赵睦于楚,故道通;韩成不睦于楚,不使之国,而楚制之,故道亦通。道通矣,然而西楚之都不能朝发夕至,则犹之乎未通也。彭城者,去函谷千有余里,去武关亦千有余里,轻骑数日夜可叩关,北收燕赵之卒,南引荆郏之师,关外可厚积其势,关中可迭批其隙。汉王一摇足,则章邯先乘之,司马欣、董翳叠乘之,西楚倾天下动而急乘之,汉何患不恤?秦何患不全?汉王且不能保巴蜀、汉中,岂能移尺寸,与楚争一日之利?故曰:以彭城控三川,即以三川控三秦,都彭城者,项王不得不然之计也。①

恽敬的推论是颇为中肯的,可以说是在千百年史家共识之外别辟蹊径,同时又能做到奇而能正、亦正亦奇。在行文上,其层层转深、环环相扣,一气贯注,精力饱满,堪称恽敬集中的上乘之作。

恽敬另有诸种碑铭文字。碑铭文就其文体本意而言,须作者历述传主生平,功过是非一以告之世人,因而常近于史传。恽敬碑铭文字颇多,其上者,史识文采并茂,有司马迁、班固之风,《广西按察史朱公神道碑铭》、《宁都学正闻君墓志铭》、《兵部额外主事王君墓志铭》、《潮州韩文公庙碑文》是其代表作。

《广西按察史朱公神道碑铭》的传主朱公,平生事业以戎马转战为主,恽敬以简峻之笔行文布势,头绪繁多,而条理清晰,尤其朱公助四川总督宜绵公缴战王三槐、林亮工、樊人杰诸人一节,最见恽敬叙事之才,可谓从容沉着、大力运斤,得力于史传者为多,张宗祥以为恽敬"叙事似班孟坚、陈承祚"②,于此可证。又《宁都学正闻君墓志铭》、《兵部额外主事王君墓志铭》二文,传主一生平平,并无显烈巨功可述,恽敬便空中发力,述其品德。如后文,传主王君操行特立,为诸生时"好高吟大啸,

① 恽敬《大云山房文稿初集》卷1。
② 柳存仁等《中国大文学史·清代文学》,第831页,上海书店出版社,2001。

不循俗流矩度,而内行修洁无疵,与人交,无城府边幅”。墓铭中,恽敬取两例证其操行。其一,讲王君为兵部额外主事时事。部中事务,按例,文牍至,自掌印郎中而下,郎中、员外郎、主事、额外主事,须依次署名允行,而决断在于掌印郎中,郎中以下一般皆敷衍了事。“时湖南搜捕苗匪,上功状不平,郎中以下皆已署”,王君为额外主事,执著实情竟不署名。事虽微末,王君操行则高。其二曰:

京朝官虽倍禄,时苦乏,君以不治生,益困。正月朔,不能具朝衣冠,入殿门陈贺。旦日,偶驱车过所知,驻大清门外,下车九叩首,人大非笑之。君曰:“属者,吾发于心,不能自已,不叩首不能复上车行。公等所谓礼,非吾所及也。”噫!君之心于朝廷严挚如此,使得竟其用,肯饰纤芥以欺朝廷哉!①

所述王君言行,以今日视之,实在迂阔可笑,但是在那时候以所谓君子之行衡于当世,王君无疑是礼教君子。恽敬妙手点染,于无文章处生文章,于微处生巨,堪称文章能手。

兼具史传之力与纵横之才的,是以《潮州韩文公庙碑文》为最杰出。此文专论韩愈谏迎佛骨事,在不贬佛的同时,极论韩愈辟佛之功。其先言韩公上智不惑、奋身辟佛之艰难曰:

公以谏迎佛骨贬潮州,去菩提达摩入中国二百八十余年矣。其时关东、西则有丹霞然、圭峰密,河北则有赵州谂、临济,元江表则有百丈海、沩山祐、药山俨,岭外则有灵山巅,其师友几遍天下,皆以超世之才智,绝人之功力,津梁后起,以合于菩提达摩之传。而公之生也与之同时,公之仕也与之同地。呜呼!于此而言不惑,不其难欤?且其时上无孔子之师,下无七十子之友,老庄之所流别,管墨之所出入,马郑之所未攻,孔贾之所未辩。呜呼!于此而言不惑,不其难欤?是故公之辟佛,辟于极盛之时,宋人之辟佛,辟于既衰之后;宋人之辟佛,以千万人攻佛一人,公之辟佛,以一人攻

① 恽敬《大云山房文稿初集》卷4《兵部额外主事王君墓志铭》。

为佛之千万人。故不易也。①

征于史实,理达辞畅,动人心魄。其次言韩公辟佛之伟功曰:

> 虽然公之辟佛至矣,而佛之教至今存焉,何也?盖圣贤之于天下,去其甚而已。禹抑洪水,而水之泛滥仍世有之;周公兼夷狄、驱猛兽,而夷狄、猛兽之侵暴亦仍世有之;孔子成《春秋》,乱臣贼子惧矣,然不避于当时,不绝于后世;孟子距杨墨,杨墨息矣,然人或窃其行家,或传其书。若是者,皆然矣。然而孔子、孟子之功终天地、尽日月不可没者,以人人知其为乱臣、为贼子,人人知其为杨墨也。今天下三尺童子,抱书入塾即有公辟佛之说据于胸中,甲胄之士、耒耜之夫、行商坐贾皆习其说。其宦成名立、才行出人而沉溺教乘者,朋友、子孙、门弟子皆能别择于其后。愚夫、愚妇膜手梵呗,随众经行,其心皆知有孔子之教。是故,公之德揆之孔子、孟子有大小纯杂之殊,公之功揆之孔子、孟子有平颇公私之异,而得坠绪于前世,收明效于后来,未尝不如一也……②

立论奇拔,而凿凿有据,行文貌似排比拉杂,而绝无一言一字为多余,直抉本题。整篇文章可谓笔意酣畅,大势淋漓,一气呵成,理实而气充,是恽敬集中杰作。

其余,《舅氏清如先生墓志铭》、《前翰林院编修洪君遗事述》、《亡妻陈孺人权厝志》、《女婴圹铭》等篇,或雅训、或率直、或深情,亦是佳作。

“简隽好奇”之文 恽敬才高,为文大小、长短兼善,峻厉雄肆诸文外,他的“简隽”短文也有不俗的成就。这一类文章集中于传记、游记、书信、序跋几种文体,尤其传记、游记,其佳者往往能体现恽敬求“奇”的特色。

《大云山房文稿》中书信的数量甚夥,颇值注意。尤其友朋往来,谈书论道、切磋文艺的文字,往往有妙笔。恽敬关于诗文书画各种文艺样式的理论,也主要见于书信,可见其重要。前文多有引述诸书信如《与

①② 恽敬《大云山房文稿二集》卷4。

纫之论文书》、《上曹俪笙侍郎书》、《答吴白厂书》、《上举主笠帆先生书》、《答秦抚军》、《与舒白香》、《与来卿》、《答来卿》等,俱是关于文艺的精彩论文。这类文章立论往往超妙,行文方式多能出奇。比如所谓行文方式,主要指修辞,恽敬论述文艺,往往有精妙譬喻,化难言、无形为易言、有形。如《与纫之论文书》譬论"辞达"云:

言理之辞如火之明,上下无不灼然而迹不可求也;言情之辞如水之曲行旁至、灌渠入穴,远来而不知所往也;言事之辞如土之坟壤咸泻而无不可用也。此其本也。盖犹有未焉,其机如弓弩之张在乎手,而志则的也;其行如挈壶之递下,而微至也;其体如宗庙圭琮之不可杂置也,如毛发肌肤骨肉之皆备而运于脉也,如观于崇冈深岩,进退俯仰而横侧乔堕无定也。①

又《上曹俪笙侍郎书》所言作古文"如能尽其才与学以从事焉,则支者如山之立,敝者如水之去腐,体下者如负青天之高"②云云,《与舒白香》论侯魏、归方古文所谓"枪棓气重"、"袍袖气重"云云,俱能传神,为恽敬文论增色不少。此外如《答伊扬州书》、《与黎楷屏》、《答曹侍郎》、《答陈云渠》诸信,皆是恽敬析论文艺的重要文字。再如《与汤编修文》之言阳湖古文大家张惠言文章渊源,《与廖永亭》、《与廖听桥》之与人辨论古铜器,《与陈宝摩》之陈述恽敬晚年境况,等等,也都是研究恽敬文艺成就、生存境况的重要一手资料。

最能够体现恽敬短文才情的,是他的传记与游记。恽敬传记一本史传,集中撰论家族先贤生平业绩的诸篇家传,除《少南先生家传》,都比较成功。其结构笔法皆仿史传,而最得《史记》笔意,有叙有论,其叙能刻勒事实,其论能引发高议,格局气势,几可入峻厉雄肆之列。另有《谢南冈小传》、《罗台山外传》、《后二仆传》诸篇,短而精萃,恽敬之多才,于此亦可见一斑。

《谢南冈小传》记瑞金县学生谢枝仑事。谢南冈"贫甚,不能治生,又喜与人忤,人亦避去,常非笑之。性独善诗,所居老屋数间,上垣皆颓

①② 恽敬《大云山房文稿初集》卷3。

倚,时闭门,过者闻苦吟声而已"。有督学使者至,卑视其诗,置于末等,遂不得用,南冈因此"茫茫三十余年而卒"。后恽敬为瑞金县令,一日整理图书,偶得谢南冈诗集,仔细鉴读,原来南冈之诗"高邃古涩、包孕深远",只可惜三十余年前为督学所斥误①。恽敬为此文乃是深责当事者庸不识才,致使才士埋没民间,困死于穷敝,见微知著,以写奇士落拓一生,醒正当世。《罗台山外传》述江西瑞金人罗台山生平,文章避开琐屑,惟以简洁文字集中写罗台山一生五件奇事,奇奇相连,愈转愈奇,一气贯穿。文章仅271字,而罗台山生平洒然可见,确乎称奇。《后二仆传》记瑞金陈明光杀人事,兼及恽敬二仆夏清、柳芳事。陈明光之事纠结繁复,而恽敬记述简练生动,兼具史传与小说家笔法。整个故事紧凑激烈,一气读来,颇能动人,其结构用语、设辞命局绝似小说,可见恽敬才情的博杂。

恽敬一生大半漂泊为官,播迁辗转,读万卷书,亦行万里路,所经行处有高山大川、亭台楼阁,登临时眼之所见、耳之所闻、身之所感,往往与心遇合成文,其佳者有《望仙亭记》、《游庐山记》、《游庐山后记》、《舟经丹霞山记》诸篇。

《望仙亭记》可谓惜墨如金,但寥寥数语,而望仙亭之地势、由来,登亭所览景色,亭周围之意境,毕现纸端:

> 谷鹿州之东接京家山,陂陁岃㟪,具隈蔚之胜。其阳为观,祀纯阳真人,相传为宋丞相京镗旧宅,曾有真人之迹焉。主持孙霖因之为望仙亭。亭之址高五尺,亭为再成。登之,西望江,北望群山,东南望则高天下垂行云无极而已。亭之下为修廊,廊之下为室如舫,舫之西复为亭。筼筜之清,枞桧之严,枫柳之森疏,华蕈之动摇,皆若环而侍于望仙亭者。②

《游庐山记》尤其写雨后山色云气一段,着墨不多,而庐山逸境浑然可观:

---

① 恽敬《大云山房文稿初集》卷3。

② 恽敬《大云山房文稿二集》卷3。

是夜大雨,在山中五日矣。乙酉晓望瀑布,倍未雨时。出山五里所,至神林浦,望瀑布益明。山沉沉,苍酽一色,岩谷如削平。顷之,香炉峰下白云一缕起,遂团团相衔出。复顷之,遍山皆团团然。复顷之,则相与为一山之腰皆弇之,其上下仍苍酽一色。①

《游庐山后记》与《舟经丹霞山记》,一写云,一写石。云则瞬间百遍,姿态万千,而云中涧声、歌声相答,愈增奇逸:

丙寅偕沙门无垢,篮舆曲折行涧中,即锦涧也。度石桥为锦绣谷,名殊不佳,得红兰数本,宜改为红兰谷。忽白云如野马傍腋驰去,视前后,人在绡纨中。云过道旁,草木罗罗然,而涧声清越相和答。遂蹑半云亭,睨试心石。经庐山高石坊,石势秀伟不可状,其高峰皆浮天际。而云忽起足下,渐浮渐满,峰尽没。闻云中歌声,华婉动心,近在隔涧,不知为谁者。云散则一石皆有一云缭之。忽峰顶有云飞下数百丈,如有人乘之行,散为千百,渐消至无一缕。盖须臾之间,已如是。②

文章用词造语极快,一如云之变化,能传云之精神。石则"横看成岭侧成峰,远近高低各不同":

自南雄浮浈水而下,过始兴江口岸,山皆卑扈无可观。行六七十里,忽舟首横土冈数重,冈址相附错。冈之背见大石磊落列天际,其气酣古,伟岩在十里外,登岸望之,有平为嶂者,穴为岫者,重为巘者,沓为昆仑者,立为厓者,俯为岩者,心乐之而无径可往。遂返舟,舟行附错之冈址间,回旋而达。石时见时不见,于是有始为嶂而如岫者,始为巘而如昆仑者,始为厓而如岩者,其复为嶂与巘与厓亦如之。行数里,出冈址,石不复见。③

山随观者之目赋形,目移而形变。这样的文字看似平平道来,好像只是

①②③ 恽敬《大云山房文稿二集》卷3。

将作者眼前所见景致如实地传达出来而已，实则大巧若拙，蕴含隽永的哲学意味。

总之，恽敬的古文创作，博综前贤，融会贯通，熔铸心裁，而自成一家。从内容上来说，从经义哲理、历史关纽，到人物生平、山水景致，恽敬都能发挥才情，量体作文；从艺术风格上来说，恽敬不但善于写体宏辞洁、文气酣畅的峻厉雄肆之文，而且善于写精炼短小、动涉奇情的简隽好奇之文。按照恽敬的古文成就，称他为"阳湖派"一大领袖、为清代古文大家，是合乎事实的。

第三节　大南门寒族才俊，"阳湖派"古文宗匠：张惠言

"阳湖派"古文家，以恽、张并为翘楚，不过他们跳脱"桐城派"樊篱的策略却并不相同。作为皖派经学家代表之一的张惠言，将深厚的经学造诣，贯通到古文创作之中，创作出了一批具有张氏风貌的渊雅沉劲之文，从而在"桐城家法"之外，自树一帜。

一　张惠言的生平

产生、培养常州古文与骈文作家的家族，虽然也有像庄氏、恽氏、刘氏这样的右族盛门，但更多的是寒族微门，张惠言所自出的常州大南门张氏，便是其中的一个典型。张氏本籍滁州，宋初始迁常州，但"谱牒废，世不可纪"①。据张惠言《先府君行实》，明弘治中有张端者，居南门德安里，是即为大南门张氏。端为张惠言十一世祖（自惠言上推），端玄孙宏道，万历中举于乡，为开封府通判，这大概是张氏惠言、张琦以前，唯一可以考实的具有科名官职的张氏先辈。宏道以通判莅官，对于张氏这样的寒门素族而言，实为振作族运家声的契机，但是自宏道子张典以后，直至惠言祖父张金第，几代张氏读书人，都只是郡县学生，"世以

① 张惠言《茗柯文编二编》卷下《先府君行实》。

教授为事"①,没能延续乃祖张宏道的为官之路。按照传统的观点,像大南门张氏这样的家族,可以被称为文儒世家。

所谓文儒,即古代下层知识分子,他们的儒业文章,未必不如为举人、为进士者,但正是因为缺了一个举人、进士的身份,他们的物质生活便常常得不到保障,张氏自张典以降,即是如此。特别是到了张蟾宾(张惠言之父),蟾宾父张金第年三十五而卒,那时他才九岁,孤儿寡母,惨淡维持生计,张惠言《先祖妣事略》称张金第殁后,蟾宾母白氏"率二女纺织以为食,而课三子读书,口授《四子》、《毛诗》,为之讲解,有疑义,取笔记,俟伯叔父至者就质焉。或谓孺人(白氏):'家至贫,令儿习他业,可以糊口,今使之读,读未成,饿死矣!'孺人曰:'自吾翁而上,五世为文儒,吾夫继之,至吾子而泽斩,吾不可以见吾翁!'卒命之学"②。由此看来,张家虽然至贫,但文儒家风却得到了恪守、保持。等到张蟾宾兄弟成人后,张氏的贫寒家境仍未得到有效改善,尤其蟾宾一家,乾隆二十九年(1764),蟾宾就以三十八岁的壮年遽然辞世,那时他的妻子姜氏二十九岁,长女八岁,长子惠言四岁,惠言弟张琦在蟾宾卒后四月才遗腹而生,张蟾宾幼年时所遭遇的孤儿寡母、贫窘难挨的惨况,又复现于他妻儿的身上,上天之责罚于张氏,真是过于残酷了!不过生活还要继续,蟾宾遗孀姜氏只得一肩承担起侍养亲长、抚育幼孤的重任,他们生活得极端窘困,张惠言《先妣事略》载之甚详。但是,如同惠言祖母白氏一样,姜氏亦竭蹶支持、支拄中外,将张氏世以文儒相承的家风艰辛地保持了下来,前文引《先妣事略》所言"夜则燃一灯,先妣与姊相对坐,惠言兄弟持书倚其侧,针声与读书声相和也"③的情景,谁人想见会不动容?

张惠言及张琦兄弟,就是在这样的家族环境中,艰难地成长起来的,他们的身上生来便承载着延续家族命脉、振兴家族运命的重任。于是在他们的祖母和母亲的言传身教下,二人恪守祖训,习文业儒,而立志甚坚,不惧难、不惧苦,砥砺磨练,经过长期刻苦的努力,终于在道德、学术、文艺等各个方面,为大南门张氏树立起了令世人叹赏的声望,张惠言成为一代经学大师、古文名家,张琦亦为学术研究和诗文、词体创

① 张惠言《茗柯文编二编》卷下《先府君行实》。
②③ 张惠言《茗柯文编二编》卷下。

作能手,张氏的族运也从而被他们推到了至高点。

张惠言生长的家族、家庭环境我们已经做了简要的勾勒,他的生平行迹,具体还可略为陈述。张惠言四岁失怙,九岁"世父命就城中与兄学",四年乃返家,母姜氏命授弟张琦读书①。因生计所需,次年,他就"以童子教授里中"②,洵为不易。十七岁补县学附生以后,便开始了漫长的科举之路,按恽敬《张惠言墓志铭》,直至乾隆五十一年(1786)二十六岁时,他才乡试中式,次年即入京赴礼部试,报罢,考取景山学宫教习。五十九年,景山学宫教习期满,例得引见任用,因母姜氏疾,"请急归",然而等他返家,姜氏已仙去五十一日。依例,母死子需居丧。除服后,惠言仍赴礼部应试,屡败屡试,"前后七试礼部而后遇,年三十有九矣"。嘉庆六年(1801),惠言以庶吉士充实录馆散馆,座师吏部尚书朱珪一力提携,得授翰林院编修,是时年已四十一岁,而次年惠言便以疾卒。然其"妻单子稚,内外谁支"③,张氏门庭之衰,复又如惠言父、祖时矣。我们纵观张惠言辛苦劳顿的一生,止不住要生出无限叹惋。

不过,蹇特的命运、坎坷的仕途,并未能移易张惠言的品节,他"性特和易,与人交,无贤不肖皆乐之",但"至义之所在,必达然后已";又其乡试、会试俱出朱珪门,然"未尝求私见,以所能自异,默然随群弟子进退而已",但是在国政大事持议立论上,则对朱珪"断断以善相诤",广坐与之裁论,品节是很高的④。蹇特的命运、坎坷的仕途,也并未能移易惠言的志向、销磨掉他对于学术、文艺的兴趣,反倒更坚定了他业儒习文的夙志,并内在地促进了他对学术、文艺的深沉喜好,使他称为克承先志的张氏贤子孙,成为在《易》、《礼》经学,在古文、词论、词作等众多方面取得很高成就的一代才俊。古时论士,以道德、文章并重,如张惠言,固然是道德、文章俱美之士了。

---

① 张惠言《茗柯文编二编》卷下《先妣事略》。
② 恽敬《大云山房文稿初集》卷 4《张皋文墓志铭》。
③ 恽敬《大云山房文稿初集》卷 4《祭张皋文文》。
④ 前引文字俱见恽敬《大云山房文稿初集》卷 4《张皋文墓志铭》。

二 张惠言古文成就述论

张惠言为古文,本于经,归乎礼,而兼收博取,加之其天才过人、刻苦磨练,以及师友的引导切磋,他的古文在清代自成一家,以渊雅沉劲见长。

(一)"以经术为古文":张惠言古文的内在思路

经过唐宋两代,古文一体已经获得了相当程度的发展,于是如何在古人丰硕的创获之外别辟一径、另造天地,便成了元明清文学一大主题。就清代而言,"桐城派"标榜"义理、考证、文章"①,涵括全面,自成体系,在古文上确能另辟一境。"阳湖派"欲在"桐城"之外再树一帜,必得突破"桐城派",对此,"阳湖"代表之一恽敬的策略,是根底儒术、兼综子史百家,陆继辂所谓"泛滥百家之言","由博而返约"②;而张惠言的策略乃是"精研经传","从源而及流"③,阮元《茗柯文编序》称为"以经术为古文"④。

张惠言为文,初专力时文,继而转向辞赋骈体,因其友王灼之劝,始致力古文,惠言《文稿自序》云:

> 余少学为时文,穷日夜力,屏他务,为之十余年,乃往往知其利病。其后好《文选》辞赋,为之又如为时文者三四年。余友王悔生见余《黄山赋》而善之,劝余为古文,语于以所受于其师刘海峰者,为之一二年,稍稍得规矩。⑤

王悔生即王灼,他是"桐城三子"之一刘大櫆的高弟,这样看来,张惠言所受古文法即为"桐城"古文作法。那时候"桐城古文"业已笼罩天下,

---

① 姚鼐《惜抱轩文集》卷4《述庵文钞序》。
②③ 陆继辂《崇百药斋续集》卷3《七家文钞序》。
④ 张惠言《茗柯文编》卷首。
⑤ 张惠言《茗柯文编三编》。

世所共推，惠言取法“桐城”，也是顺理成章。但是惠言虽取法“桐城”，却并不满足于“桐城”，陆继辂所谓“由望溪而上求之震川、荆川、遵岩，又上求之庐陵、眉山、南丰、新安”①。实则其沿明、宋、唐诸家一路而上，直推原至秦汉、春秋，沿流而溯源，力图发现古文创作的根本途径。

广泛阅读思考之后，张惠言发现“古之以文传者，传其道也”，何谓“道”？张惠言在《送徐尚之序》中有云：

> 夫道，以之修身，以之齐家、治国、平天下。故自汉之贾、董，以逮唐宋文人韩、李、欧、苏、曾、王之俦，虽有淳驳，而就其所学，皆各有以施之天下。非是者其文不至，则不足以传……古之人不能必其道之果行也，而无一日忘道之行。②

则所谓“道”乃是《大学》所谓“正心、诚意、格物、致知、修身、齐家、治国、平天下”，或曰“二帝三王周孔之道”③，亦即儒家的实用哲学，惠言《文稿自序》有云：

> 已而思古之以文传者，虽于圣人有合有否，要就其所得，莫不足以立身行义，施天下致一切之治。

并且在张惠言看来，这始自上古先王并由孔子集其大成的“道”，春秋以后哲学家、文学家多撷其芬芳，以各自独特的角度涵纳承受，又以各自思维和方式发之于文、用之于世：

> 荀卿、贾谊、董仲舒、扬雄以儒；老耽、庄周、管夷吾以术；司马迁、班固以事；韩愈、李翱、欧阳修、曾巩以学；柳宗元，苏洵、轼、辙，王安石虽不逮，犹各有所执持，操其一以应于世而不穷。故其言必曰道，道成而所得之浅深醇杂见乎其文，无其道而有其文者，则未

① 陆继辂《崇百药斋续集》卷3《七家文钞序》。

② 张惠言《茗柯文编补编》卷下。

③ 张惠言《茗柯文编二编》卷上《毕训咸咏史诗序》。

有也。

正因为上述诸人所为文章能够阐释、演绎“道”的意蕴,以传“道”为任,且能切于世用,所以才能传流久远,后人累世推扬。

既然在张惠言看来古之作者成功创作古文的根本途径在于传“道”,在于践“道”用世,那么当代作者要想继轨先贤,必须首先知“道”,而“道”集中体现在儒家经典之中,则为古文之前,先须穷究经典。于是他“乃退而考之于经,求天地阴阳消息于《易》虞氏,求古先圣王礼乐制度于《礼》郑氏,庶窥微言奥义以究本原”①,于经典择径而进,尤其于《虞氏易》,称“孤经绝学”。如此,古文与经义并举,以经义贯通古文,以古文演绎经义,两相融润,这就成了张惠言的古文。

进言之,张惠言“以经术为古文”的特点,主要在于他以纯儒之心幽径探本、体道述造,博览专诣,孜孜矻矻,钻研既深,境界乃高,其涵养深醇,称得上是渊雅纯粹,他学术上的这种精神特质润染于古文,古文也便具有一种相似的渊雅气质。换句话说,就是张氏的经学造诣,不但在思想上给予其古文以深厚支持,而且更在风格意蕴上给予其古文以深厚熏染,一种由内而外的融润,从而使他的古文具有经典的纯净、儒雅、渊渊不竭品格,这也是张氏古文在古文史上能自成一家的根本原因之一。阮元《茗柯文编序》论张氏经术古文有云:

盖义之附于经者,内也;义之征于文者,外也。由内及外,而发挥天人之际,推阐制数之精,其所蕴更宏,其所就更大。……若其文之不遁于虚无,不溺于华藻,不伤于支离,则又知言者所共喻也。②

这是颇为中肯的论析。又吴德旋《张皋文先生述》论张惠言古文所谓:

先生以为古作者既远,士闻见日卑陋,将复古道,非我而谁?

---

① 张惠言《文稿自序》,《茗柯文编三编》。

② 张惠言《茗柯文编》卷首。

乃益治先秦、太史公书，漱涤磨砻，而融之以道德仁义，故其文瑟若圭瓒，使观者望而生敬，可谓独出冠时，永绍绝轨者矣。①

将张惠言“复古道”的途径，扩展为学习、濡润包括先秦儒家经典在内的“先秦、太史公书”，这就不但认识到儒家经典、经术精神对张惠言古文创作有着深刻的影响，而且强调指出张惠言古文汲取、效仿的对象，实际应是汉以前的各家之文。应当说，吴德旋论张惠言古文所谓“永绍绝轨”云云，固然是过誉，但是他对张氏古文取则渊源和风格特点的概括，是比阮元更为全面的。如果将阮、吴等人所论与张惠言自己的论析相结合，我们就可以比较清楚地把握张氏古文的内在思路了。

(二) 渊雅沉劲之文：张惠言古文的主要成就

“以经术为古文”是张惠言古文的内在思路，在具体的创作过程中，他还要结合对古文史上许多前辈创作思想、风格的学习效仿，并结合自身的性情，独出心裁，自铸风格。其学习的主要对象和路径，就是前述的沿“桐城”与明、宋、唐诸家一路上溯，直推原至秦汉、春秋，不过需要强调的是，张文最得力处乃是在韩愈、欧阳修两家。总体而言，其行文气势最似韩愈，往往能江河奔泻，一气而下，但因为融贯经术、兼取欧阳修之平和朴雅，故肆而能收，是中正温穆中有一股劲气流转，可称渊雅沉劲。我们可以按体裁，对张惠言《茗柯文》的主要成就进行析论。

张惠言古文，最长序、传二体，其余墓铭、书信亦多佳作。序又分赠序、诗文集序，张惠言于此两类文体可谓兼擅。唐人在序体中别辟赠序，韩愈《送孟东野序》、《送李愿归盘谷序》等，允为代表。张惠言的文章，精神意蕴虽不足比肩韩愈，但确可视为韩愈之后一大家，《送恽子居序》、《送张文在分发甘肃序》、《送福子申宰漳平序》是这方面的典型。

张惠言是一代才人学者，平生交游遍天下，而最相知者，为同邑恽敬，其《送恽子居序》有云：“凡余之友，未有如子居之深相知者。”②二人

① 吴德旋《初月楼文钞》卷8。

② 张惠言《茗柯文编初编》。

自乾隆五十二年(1787)于京师相晤订交,一生为挚友,二人品格道德相似,趣味经历亦相似:

> 年二十七来京师,与子居交,观其议论文章,磨切道德,乃始奋发自壮,知读书,求成身及物之要。八年之间,共踬于举场,更历困苦,出俯仰尘俗,入则相对以悲已,相顾自喜益甚……始子居之语余也,曰:"当事事为第一流。"余愧其言,然未尝忘也。①

寥寥数语,而挚友深情,毕现纸端,可谓摒却浮华、直出肺腑,文省而意厚。至于恽敬既选授浙江富阳,为一方父母,友人不得不有所箴戒:

> 君子出其言,则思实其行,思其行,则务固其志。固志莫如持情,实行莫如取善。是乃子居所以益余者也。②

则朋友深情终归乎义理,其情深而且大、挚而且正。

《送张文在分发甘肃序》与《送福子申宰漳平序》都是箴送友人奉命赴任之文,文章结构用心相似,可以并读。前文对友人极论为官之道曰:

> 有躁进之心,则必有趋势之术;有患贫之心,则必有冒货之渐。虽有特达之才,廉耻之念,其入于势利也,犹靮之在项,幂之在目,而以旋于磨,虽欲自拔其足,其势固不得已。③

议论中肯,理得辞顺,张惠言之所以发此议论,实是有其所指:

> 今之有志于吏道者鲜矣……及其选而得官,则哗然曰某地善、某地恶,得之者忻戚色然。问其所以为善恶者,则非政之险易也,

①② 张惠言《送恽子居序》,《茗柯文编初编》。
③ 张惠言《茗柯文编初编》。

非民之淳浇也,曰某地官富,某地官贫。[1]

儒者愤世,直刺时弊,用词措句,颇为痛切。而惠言之友张文在明知将赴官所甘肃,"地边塞,民穷官贫,自长吏以下,不能具舆马,士大夫宦者,视为畏区",仍能毅然莅政,故惠言以"古之良有司"勉之,对张文在的风操表示赞赏。文章前以论时弊,后以言良友,先刺后箴,一反一正,文辞畅达,一气呵成,学昌黎而能神似,足见惠言才力,称得上是《茗柯文编》中的上乘作品。

《送福子申宰漳平序》以《孟子·告子下》"降大任"[2]说立论,针砭当今士人立志为学往往庸浅曰:

今之君子则不然。其志之所愿,不过身家衣食功利之务;其学问之所及,仅仅知恶之不可为,而未必识其所以。幸而遂其生,优游其心,而养其廉耻,犹可日黾月勉而不丧其素,亦庸有进焉。不幸而苦之、劳之、饿之、空乏之、拂乱之,彼其心如未成之舟,无樯楫之具,骤而放乎江海,冲洪波、触高浪,目骇神眩,手足颠倒,尚何心之能动、性之能忍,而不能之能曾益哉?[3]

言语颇为激切,针砭也是十分到位的。在这样带了充足情感的议论之后,文章得出"天之霜雪一也,凡卉得之以杀,而松柏得之以坚。士之处贫贱,乌可一概而道哉"的结论,就不但顺理成章,而且警醒有力了。最后,文章乃以"松柏"期许友人福子申作结,使序文归于期勉,合于"赠序"本义。总体看来,该文辞情、议论俱妙,精气流转,确乎能得韩文神髓,亦是张惠言集中佳作。

另外《送王见石令福建序》言朝廷养兵无数,然终不能御教匪、洋匪之患,原因在于"兵不习战,将不知兵,设施非其方之效也",议论大胆激

---

① 张惠言《送张文在分发甘肃序》,《茗柯文编初编》。

② 即故天降将大任于是人也,必先苦其心志,劳其筋骨,饿其体肤,空乏其身,行拂乱其所为,所以动心忍性,曾益其所不能。

③ 张惠言《茗柯文编四编》。

切，而张惠言对于国家政治的拳拳用心，昭昭然可见；《送徐尚之序》论为古文之道，一本于经，而意旨全在于用世，可称大雅，读之令人起敬，前引吴德旋《张皋文先生述》称惠言文“瑟若圭瓒，使观者望而生敬”，即此之谓；《送计伯英归吴江序》所论“夫求不可必得之乐，而弃其目前朝夕之欢，与夫耻困其身而就心所不乐者，庸得谓非大惑邪”，与惠言平生入世学说貌似相左，实则惠言志不获售，意气难伸，一腔热忱纠结于“兼济”、“独善”之间，其苦心衷怀发之于文，乃正言反说。这些也都是具有张惠言风格的好文章。

张惠言诗文集序亦多有佳构，其中《庄达甫无名人诗序》及《杨云珊览辉阁诗序》可为代表。《庄达甫无名人诗序》以“明出处之同科，隐显之一致”为主旨，先论“古君子”归隐的实质：“古之高世之士，非苟以身侪麋鹿而已。若许由、善卷、披衣、啮缺之伦，亲为帝者师。及三代之衰，沮、溺、丈人、荷蒉之属，乃有所激而逃焉者。”①所谓“有所激而逃”，即孔子“邦无道则卷而怀之”(《论语·卫灵公》)意，乃是践道不得，怀贞隐世。次论遁世“古君子”往往其名不传，使知者惋惜，尤其引司马迁《史记·伯夷列传》所谓“闾巷之士，砥行立名，非附青云之士，乌能施于后世”，不但是为“古君子”不能传名后世者鸣不平，也是为砥行砺志、深自修养而久滞风尘如其自身与庄达甫者鸣不平。文章末尾以“班固作史”，将入世有为者、出世有道者同传作结，既申明庄达甫《无名人诗》“次古君子之见于传而佚其名者……颂之以诗”的合理依据，又喻君子立世无论在位与否、无论其名传与不传，皆须持节砥砺之意。全文结构精巧而不失大气，头绪不止一端而贯穿通畅，情理兼得。

《杨云珊览辉阁诗序》一文则颇有“奇”气，足见张惠言才情的卓越。该序虽以记述生平与董超然、杨云珊二人“游好之迹”为主脉，然其奇文壮采、情韵绝特处，全在撷举杨云珊与人交游时的奇迈言行、慷慨意气。其一记杨氏与大梁“客”之交游，张惠言并未亲临，故以简笔侧面记云：

> 尝游大梁，与客登吹台，酒酣，集王勃《滕王阁序》字，为七言律四章，振笔书纸，云涌飚发。坐客瞠视，谓高适、杜甫后，一千五十

① 张惠言《茗柯文编二编》卷上。

余年,无是会也。①

着墨虽少,而意气风发,杨云珊卓荦不可一世之气概才情,已可想见。其二记杨云珊与恽敬及张惠言本人的交游,惠言因与同在,故以浓笔正面记云:

> 乾隆乙卯,余依恽子居富春,云珊适至。留数日,将别,子居饯之观山之颠。把酒瞰江,风雨骤至,山水汩没,鱼龙叫啸。云珊慷慨长歌,意气甚盛。然余微观其诗酒间,往时少年跌宕之概,殆有不同。人生忧患卒卒,年岁一去不可复得,回忆身世,又足慨也。②

于杨氏慷慨赋歌间,衡其身世迁移、辨其微情渺思,又同自身的遭际相与激发震荡,无限感慨喟叹乃随之而生,一扬一抑,情韵独造。全文前后勾连,以点带面,以赋法为古文、以伟力运壮辞,上下起伏跌宕、一气浑然,反复吟哦,动人心魄,实是张惠言集中难得一见的奇文。

张氏传记以隽雅与深情胜,前者可举《周维城传》、《济南知府庄君传》,后者可举《先祖妣事略》、《先妣事略》。所谓"隽雅","隽"指文笔隽简,不涉繁芜,其法乃自韩愈而上溯《史记》;"雅"指衡人论事,本于经典,其义乃正。《周维城传》系为贾者立传,韩愈有《圬者王承福传》,柳宗元有《梓人传》、《种树郭橐驼传》,皆是为凡民俗子作传,应系张惠言此传所本。然而韩、柳传文,重在以凡人事迹传人间至理、治政之道,人事附属于"道",张氏此传则就人事言人事,伸发其"市巷中固不乏士哉"的感慨。文章简笔直书,一写周维城之孝,一写周维城之义,文字虽省,人物神采则丰。尤其写周维城尊母、恋母一节,最能传神:

> 丰事母,起坐行步,尝先得其所欲,饮食必亲视,然后进。事虽巨,必时时至母所视问,辄去,去少顷,即又至……母脱有不当意,或端坐不语,丰大惧,惶惶然若无所容,绕膝盘旋,呼"阿母"不已,声悲慕如婴儿。视母颜色怡,乃大喜,又久之,然后退。其子孙逮

①② 张惠言《茗柯文编三编》。

见者,言其寝将寐,必呼"阿母",将寤又如之,殆不自觉也。①

周维城年虽老大,但其心则宛如赤子,读之的确令人动容。从表达上看,文章非但叙事传神,而且议论得度,是叙议并美的佳作。《济南知府庄君传》颇能体现史传对于张惠言传笔的影响。由于文章所述传主的生平事迹,张惠言皆未经历过,因此他便全用虚笔写实,记庄君宦绩最著、传于民间的四件事,即息水患、除赋税、免徭役和赈灾荒,以此四点来概括庄君的一生,并经由这四件事来折射庄君的精神品格。文章结尾处再以庄君乘舟落水、百姓入水营救事,侧面写出庄君之深得民心:

张惠言曰:君之子轸与予交,轸言君在东安时,河水暴至,君乘小舟渡,及中流,舟覆,仆役皆溺。有越而呼者,曰:"此吾贤父母也!"遽入水负之出。②

可谓极见匠心的神来之笔,文章也因而前后一气贯通,并且余韵袅袅。此文文字极简省,但生动有神采,是具有渊雅精劲之美的张式古文的又一篇代表作品。

《先祖妣事略》与《先妣事略》,是《茗柯文编》中的两篇深情文字。张氏世为下层文儒,其家生活的贫窘,前文已多有引述。因为张氏家庭男性如惠言祖父张金第、父张蟾宾,皆"不获永其年"③,张氏侍养亲长、抚育孤幼的重任便落到两代女性的肩上。那时的女性几乎不得参与一般社会生活,也没有什么生财的途径,因此,经济上若无族亲富户的支持,仅能靠针黹女红一类手段勉强维持,那么生活上自然免不了艰辛困苦。张惠言的这两篇《事略》,即为祖、父两代女性写传之文,可以并读。

两文皆以孝、礼二字命意,备写两位女性夫死父殁、抚养幼孤的艰辛生活。写生存之苦,是二文的基本背景。其写祖母白氏困苦曰:"自文复府君(惠言曾祖张采)卒后,十数年,日常不得再食,冬无袖衣,夏无

①② 张惠言《茗柯文编二编》卷下。

③ 张惠言《茗柯文编二编》卷下《先府君行实》。

帐,食以康覈为粥。”①而写其母姜氏之苦,更是惨痛:

> 府君(张蟾宾)既卒,家无一夕储……惠言年九岁,世父命就城中与兄学,逾月时,乃一归省。一日暮归,无以为夕飧,各不食而寝。迟明,惠言饿不能起,先妣曰:“儿不惯饿惫耶?吾与而姊而弟,时时如此也。”惠言泣,先妣亦泣。②

孤儿寡母,凄凉无奈,惠言一以深情发之,催人泪下;再写姜氏因家计艰难、前路无望,乃有轻生之举,已是惊心动魄:

> 尝忆惠言五岁时,先妣日夜哭泣数十日,忽蒙被昼卧,惠言戏床下,以为母倦哭而寝也。须臾族母至,乃知引带自经,幸而得苏。③

饿惫孤寡,不堪承受而至于轻生,实是无可奈何之举,惟其无可奈何,故能感人至深。

他们的生活固然困苦,但在当时的社会也并不罕见,张氏女性之所以超出常人,甚至显出人性光辉的地方,主要就在于她们虽贫敝难以持家,却终能不堕志节、不隳礼义,持之以恒。惠言祖母白氏受命抚孤,“新妇生死与诸孤俱”一语,足见其孝节坚毅,而后虽幼子“枵腹”饿惫,始终能严守父嘱、不辍其学,是为“孝”。家居生活缺衣少食,难以胜任,而“岁时及家忌日,乃具疏食以祭”;“戚族中有周恤之者,一泉一粟,皆簿记之,曰‘他日不可不报’”,是为“礼”。惠言母姜氏,“艰难困苦,一如白太孺人时,所以教惠言等者,人以为与白太孺人无不合也”,其合于白氏处,亦在“孝”、“礼”两端。其“孝”,在于抚孤成人,督责成才,惠言所谓平日生活往往母子几人“针声与读书声相和也”;其“礼”,在于平日“虽不给于食,惠言等衣履未尝不完,三党亲戚吉凶遣问之礼,未尝阙,邻里之穷乏来告者,未尝不佽恤也”。由此可见,白氏、姜氏两位女性,

① 张惠言《茗柯文编二编》卷下《先祖妣事略》。

②③ 张惠言《茗柯文编二编》卷下《先妣事略》。

虽常在希望微茫中挣扎为生,而知孝识礼,令人钦敬,张惠言、张琦兄弟能在学术、文艺上有重要的成就,能立世为人范,与张氏女性的坚毅和奉献,与她们身上所体现的母性光辉,有着直接的关联。张惠言的这两篇文章,深情贯注,直指人心,读之令人下泪,而其情虽挚,却能归乎孝义,称得上是情厚义正的至情妙文。

序传而外,张惠言也擅写墓铭、书信与论说文。古人惜重人之死亡,每有追述功烈德行、哀悼亲旧殒逝的文章,这是碑表、铭诔、哀吊一类文体历代不衰的重要原因,而这类文体每代沿袭琢磨,后世难胜古人,因而往往能见作者才情风格。张惠言的这类文章,以《庄君墓表》为代表,其"渊雅沉劲"的文风,在此也有较为集中的体现。这篇文章主要是为了表传其友庄宇逵之父庄绸衡的生平事迹。庄君仕途蹇困,"再进再绌",后以"噎疾"作,"遂绝意仕进",并因此疾终老于家。若仅从结果看,庄君"年七十"而寿终,与常人相似。此文的特别之处,在以庄君的"噎疾"贯穿全文;还在于从庄君"患噎疾者垂三十年矣,懂乃得愈"始,以退为进,步步深入,揭示出庄君一生之所以不同寻常的性格原因:

> 君性狷洁,无弃言,无责诺,闻人是非,若出在己。又盛气,与人言,偶及不平事,立发愤,大恚,变色,气上逆,久之乃已。喜读史,至其感慨,往往盛怒,投卷起,左右皆卒愕。①

这样,庄君形象立显丰满、特异,而其生平所为、其得"噎疾"以及因"噎疾"而亡,也都能获得合理的解释。文章在结构上,极见匠心;就精神风格而言,则儒雅为表,劲气内转,可称渊雅沉劲。

张惠言书信与友朋后辈,议论道理,商榷文艺,亦常有佳作。《与左仲甫书》以"凡今天下之患,在事至而无人任之"立论,希望左仲甫能识才擢才,并任之以事,做好"民之父母"。全信文字简洁省净,议论爽快犀利,张惠言的儒者怀抱,践世精神,在此有很好的体现②。《答庄卿珊

① 张惠言《茗柯文编初编》。

② 张惠言《茗柯文编二编》卷下。

书》与庄绶甲论“才之,天也;成之,人也”,并以之勉励庄氏,其心拳拳,颇能动人[①]。《与陈扶雅书》虽仅百余字,而诲陈扶雅所谓“治经术当不杂名利”,足能警世[②]。这三篇都是好文章。

《茗柯文》中论说文的数量是比较多的,这类文章或发挥经义,或议论政治,大体以征引精洽、推阐圆通、议论雅畅见长,《原治》、《文质论》、《吏难》诸文可为代表。这三篇文章皆以经世致用为旨归,对社会治理的方法、古来文质两者间的辩证关系及其本质以及为吏之道,进行了较为深入的论述。我们可以将三篇文章(《吏难》以第三篇最见思想,故仅以此为例)并读,以勾勒张惠言治世思想的脉路。

细读此三文可以发现,张惠言认为天下治理的方法,一言以蔽之,即是“制礼以为天下法”[③]、以“礼”治天下。以“礼”治天下的目的,或者说圣人制礼用世的意图,在于使世间人伦万事的运行,趋于一种和谐的秩序,《文质论》云:

> 《传》曰:“帝王一质一文。”法天地之道也……文质者,其要在父子君臣之序,六亲上下之施,其事正于坐立、拜跪、裼袭、差杀、升降之际,而出入于性情之间。[④]

《大学》云“为人君,止于仁;为人臣,止于敬;为人子,止于孝;为人父,止于慈;与国人交,止于信”,《中庸》云“亲亲”、“尊尊”,惠言本此而详其细节。而实现这种和谐秩序的途径,在张惠言看来,不外乎“作其情”、“用其耻”两端,《原治》曰:

> 盖先王之制礼也,原情而为之节,因事而为之防。民之生,固有喜怒哀乐之情,即有饮食男女、声色安逸之欲,而亦有恻隐、羞恶、辞让、是非之心,故为之婚姻冠笄、丧服祭祀、宾乡相见之礼,因

---

① 张惠言《茗柯文编二编》卷下。

② 张惠言《茗柯文编补编》卷上。

③ 张惠言《原治》,《茗柯文编三编》。

④ 张惠言《茗柯文编补编》卷上。

以制上下之分,亲疏之等,贵贱长幼之序,进退揖让升降之数,使之情有以自达,欲有以自遂,而仁义礼智之心油然以生,而邪气不得接焉。①

《吏难》三则推进一步,直接将"原情而为之节,因事而为之防"归结为"圣人者,作其情、用其耻"。所谓"作其情",即导引百姓不论本亲外亲、不论朋友乡里,本来亲睦和谐须上下相守,不够亲睦则要"出入相友,守望相助,疾病相扶持,居则相保相受,有罪奇邪则相及";所谓"用其耻",即使百姓虽有获取财货之力,"而不得以自恣,而有孝、弟、睦、姻、任、恤之行者,上以是赫然高异之","又设为不孝、不弟、不睦、不任、不恤之刑,岁时读法而以纠之",使得"夫进则有荣,而退则有僇"。治天下者对百姓若果能"作其情"、"用其耻",则天下无不治,则"背死忘生之风革,惇庬纯固之俗成,民有以相养而无以相弃,上不费而惠遍,则三代之治,不是过也!"

推证可谓严密,论理可谓通畅,用心可谓深切诚挚,而有典有据,文辞雅润。《续修四库全书总目提要·茗柯文补编》云:"其编中最经意之作,为《文质论》及《吏难》三篇……皆义蕴宏通,波澜壮阔,非深于经术而贯彻子史百家者不能办。其义法虽取诸方、刘,而根柢之学,非桐城诸家所能并论。"②推举极高,亦是知言。

总之张惠言古文,就其思想而言,根底经学,体道述作,陈善所谓"先生之文,虽有深有浅,有原有委,无往非道之所散见也"③,益修身而利经世;就其艺术风格而言,渊雅淳厚之中含沉劲之气,在"桐城"之风外别辟一境。其长在此。其不足处,在取则先贤,尤其韩愈,"其规画步骤、进退行列,与夫遣言缀词,时患太似,有钩辄摘抉之迹"④,大璧有瑕,无可厚非。与恽敬相较,张惠言古文纯本六经,思路略显逼仄;恽敬在经典之外,兼综百家,故思路开阔而多变。不过二人同为"阳湖古文"巨子,则确然无疑。

---

① 张惠言《茗柯文编三编》。

② 中国科学院图书馆整理《续修四库全书总目提要》,齐鲁书社,1996。

③ 张惠言《茗柯文补编外编后序》。

④ 郭麐《灵芬馆杂著》卷2《张皋闻茗柯文后序》,清嘉道间刻本。

第四章　常州古文研究(下)

第一节　“通脱”其人,“性情”其文:李兆洛

李兆洛,字绅琦,更字申耆,号养一。嘉道间称海内名儒,世所景仰。他在学术与文学方面,取得了丰厚的成就。学术最擅地理之学,方志、地理工具书与制图诸学兼工,后二者尤称名家。文学方面,以编《骈体文钞》31卷及倡“骈散一源”最称于世;而其古文与恽敬、张惠言等并称,系古文“阳湖派”的代表作家。这里我们将从家族文化的角度切入,探讨李兆洛的身份特征及其性格特点,并进一步研究李兆洛文论的核心以及其古文创作的主要成绩。

一　通脱:李兆洛为人、为学的总体特征

揆李兆洛家世,“自高曾以下代为素门”①,累世并无显宦、名儒,兆洛能特然挺起,与其天资过人、勤敏刻苦有关,更与其“通脱”的性格有关。

按李兆洛弟子蒋彤《武进李先生年谱》:

---

① 李兆洛《养一斋文集》卷12《先府君行述》。

(李氏)系出熙河王氏,本匡姓,避赵太祖讳,改为王。世居江苏常州府武进县之夹山。前明万历时,六世祖讳本成者幼孤,播迁育于辋川李氏,遂冒李姓。生应桢,应桢生孟智,孟智始定居县东北大宁乡三河口。雍正二年析武进置阳湖,遂为阳湖人。生文骐,文骐生衍曾,实先生之祖考也。考讳征兰,字黻亭,县学生,诰封奉直大夫。①

考兆洛《夹山熙河王氏谱序》、《家牒序》、《祠堂记》、《先府君行状》诸文,蒋彤所述合乎事实,则李氏世系已清晰可辨。李姓既非本姓,其原因蒋彤曰"幼孤",所谓"幼孤",意指父死家贫,本家无力给养,乃过继他姓,以延性命。而自本成以下,"迄兆洛七世,而兄弟行不满十人"②,又李兆洛《家牒序》云,"阅九世矣,而见丁不满三十人"③,《祠堂记》亦云"吾宗自慎吾公(本成)冒辋川李姓,至于今七世矣,而生齿寥落,合见在子姓不及三十人"④,可谓人丁单薄。更显李氏数代凄凉单薄的是,"辋川之族既繁,慎吾公以下不复纳于辋川之祠……自明之公(孟智)求夹山王氏本宗,冀得慎吾公以上支派以复本姓而竟不可得,因戒子孙世世与王氏无通婚姻"⑤,则本成以下李氏一支既不容于冒姓李氏,又不容于本姓王氏,李氏欲单支振作,实属不易。毋庸置疑,李氏三河口一支每个男性生来就承担着改变族人命运的使命,天资过人、勤勉向学的李兆洛更不例外。

李兆洛生而明敏,七岁时,"病不能受业,听兄五初(康龄)读《戴记》,即能背诵"⑥;十五岁"好读司马文正《资治通鉴》,及马端临《文献通考》,不期年,贯澈首尾,其节目要处皆能成诵"⑦。非但明敏,而且刻苦,蒋彤《年谱》云:"先生力学特为勤苦,披吟更深,两眼昏涩,则以冷水沃面,复读。时时害目,用医者说,饮猪胆汁则愈。其物至寒苦,亦不

① 蒋彤编《武进李先生年谱》。
② 李兆洛《养一斋文集》卷4《夹山熙河王氏谱序》。
③ 李兆洛《养一斋文集》卷5。
④⑤ 李兆洛《养一斋文集》卷9。
⑥⑦ 蒋彤编《武进李先生年谱》。

避。”后师事卢文弨，卢氏“深器异之”。其应科举程试，成童应县试，投卷最速，主试陈君览卷惊异，乃书联“他日定成名进士，乃翁真有好儿郎”①相赠；其后“府试及学院试皆第一”，“年二十有三，科试优等第一，补廪膳生员，自是岁，科试连拔第一”②。嘉庆九年(1804)李兆洛三十六岁，捷江南乡试第一，次年成进士。既明敏好学，又擅程试，将来应是前途无量。承载着家族复兴使命的李兆洛，理应执着仕途、汲汲功名，不过，他在做了近十年的安徽凤台县令之后，于嘉庆十九年丁父忧，乞休官，自此不复出仕。后此的 28 年，主要读书讲学，致力学问，做了半辈子的清闲书院主讲。所谓“通脱”，此系其一。恰恰也正因为此“通脱”的性格，促使李兆洛一生不为一无名小吏，而成一代“师儒”，李氏三河口一支也因此能自振衰颓。

另外，考李兆洛一生行迹，嘉庆九年三十六岁捷江南乡试之前，以在常州读书应试为主。其父李征兰于乾隆五十四年(1789)为兆洛兄弟“授室”取妻时，曾诫命二人曰，“读书进取当及少壮时，尔等虽授室，然吾气力幸尚可支，不欲以家事分尔等心，但敕两妇勤治井臼，料量米盐，一依尔母法度足矣”③，不以家事烦扰兆洛兄弟二人读书进取。从嘉庆十年，至嘉庆十九年其父病故乞休官，十年间兆洛足迹几乎不涉常州，无所谓家事烦扰。此后历主怀远真儒书院、安庆敬敷书院、江阴暨阳书院，足迹遍及粤东、安徽与江苏诸省，终老暨阳书院教席，于家事亦鲜措手。然而其家中实际并非无事需要经心，《养一斋文集》卷 14《伯兄五初先生行述》言乙丑即嘉庆十年时家中景况，即有“家计已日落，支持门户，入不供出”云云，彼时家道已然颓落，而此时兆洛正在京城应礼部科试，此后直至道光八年(1828)其兄康龄病卒，家中一应事宜皆由康龄经手操办，兆洛《伯兄五初先生行述》自称“既粗劣疏于世事，又偷安好嬉游，虑不顾家”云云，并非刻意自责，实则正是其性格写照。兆洛明言自己性格“通脱”的文字，《养一斋文集》中亦有收录，卷 13《董君方立传》曾记其与中表兄弟董祐诚一段过从云：

---

① 包世臣《李凤台传》，李兆洛《养一斋文集》卷首。

② 蒋彤编《武进李先生年谱》。

③ 李兆洛《养一斋文集》卷 12《先府君行述》。

> (祐诚)幼颖异,殊于常儿,未弱冠已与兄子诜(基诚)腾踔士林,为侪辈冠冕。嘉庆辛未岁,予宰凤台,方立与其师陆聘君劭文赴陕西,途出凤台,止之宿,因留旬余,是岁予始识方立,才二十有一年耳。进止凝然,不强笑语,颇狷急,而讷于言辞。予素通脱,加以肺腑倾倒,发言或偏宕,方立意似不怿,予戏解之曰:"弟毋然,老兄无似霍霍失所据,不意眼中英物乃在中表,他时提挈骷髅,当属吾弟。此时坐足下,三浴而三熏之,不徒恃一日之长,忘其谬陋。亦冀他时下笔,易于为浑沌施面目耳。"

与人交往不拘言辞、戏谑通达,可见其为人之"通脱"。

李兆洛读书、为学亦称"通脱"。其读书无所不涉,而主于"通"。初学尤好《资治通鉴》、《文献通考》,其后训示门人弟子有"读书有至简要、至阔大一法,《通鉴》以知人,《通考》以博物,一经一纬"①之语,乃是兆洛自身读书心得体会的总结。又《诗古微序》言其生平治经云,"求其通而已耳"②。实际兆洛为学,不但于经学求通,经学之外,于史学、文学,甚至书法、绘画、篆刻诸种艺术无不求通,其论文章源始主"骈散一源"、"骈散融通"之说,即其典型代表。这种"通"在李兆洛一生学术实践中,又进而表现为通脱。兆洛弟子薛子衡《养一先生行状》云:"先生于学无所不窥,而不必成之在己,于学无所不好,而无间于在人。"③学术之成,可不管在己在人,其气度胸怀可想。又赵振祚称兆洛平生"既不为专家之学,而折衷是非又谦不敢居,生平每有著述大都随手散佚"④,则更见其谦逊洒脱。因此称李兆洛为人"通脱",固是有根据之论。

二 性情:李兆洛文论的核心概念

李兆洛一生为人、为学俱称"通脱",其所为文章,则以"性情"胜。

① 蒋彤编《武进李先生年谱》。

② 李兆洛《养一斋文集》卷3《诗古微序》。

③ 李兆洛《养一斋文集》卷首。

④ 李兆洛《养一斋文集》卷首《赵振祚序》。

自古通脱之人必是有真性情之人,所谓通脱,往往是其人于世界人事自然具真性情,但又不为此人事自然所拘囿、不为此真性情所拘囿,其人格精神以超脱的方式游行于世界之中,是在而超脱。李兆洛身上,真性情在其为人与为学方面已转化、表现为通脱,而在其所为文章中则往往持其本真。也正因为此,李兆洛其人形象更显充实饱满。

李兆洛论文,主“言为心声”之说,《陆祁孙札记序》云:

> 言为心声,信然哉!凡工于言者,未有不肖其心者也。惟其心效之,则并声音笑貌,亦无不效之矣。①

又《晋亭印谱序》更推而广之,以为诗文、书画、篆刻都是出于人心、肖于人心的艺术:

> 一艺一能之事,出乎心,成乎手,孰不肖乎其人哉?若文、若诗、若书画、若雕虫篆刻之类,皆是也。②

而所谓“言为心声”、“出乎心”,即是准乎“性情”,《刘海树诗集序》云:“夫诗之道,性情而已矣。”③李兆洛此论,固有其原本,《尚书·尧典》云:“诗言志。”《诗大序》云:“诗者,志之所之也。在心为志,发言为诗。”陆机《文赋》衍为“诗缘情而绮靡”。李兆洛宗之,而独标“性情”二字,《刘海树诗集序》云:

> 性情之所至,神采附焉、肌肉附焉、藻饰附焉,其所附者,无不适随其性情之所至以为量焉。诗之善者,其性情之深者也,性情益深,其为诗益工,其传之亦益远。④

其说与陆机之说相近,而变其“缘情”、“绮靡”并举,以“性情”统“绮靡”。

---

① 李兆洛《养一斋文集》卷 4。
② 李兆洛《养一斋文集》卷 3。
③④ 李兆洛《养一斋文集》卷 2。

以“性情”统“绮靡”的意义在于,“缘情”与“言志”本不相等,朱自清《诗言志辨》云,“《诗大序》变言‘吟咏情性’,却又附带‘国史……伤人伦之废,哀刑政之苛’的条件,不便断章取义用来指‘缘情’之作”,而“(陆机)‘缘情’这词组将‘吟咏情性’一语简单化、普遍化”了①。李兆洛“性情”二字本于《诗大序》“吟咏情性”,希望恢复其本来意思。其以“性情”统“绮靡”,矫陆机而更近于古。

再进而言之,所谓“性情”落实于文艺创作应当有怎样的标准?在李兆洛看来,必须求一“真”字,《晋亭印谱序》以篆印为例论云:

> 今之摹印者,大率慕秦汉,因刻意效之。予以为印何必秦汉?能真即佳耳。汉以下何尝无传印哉?摹印而无法,匠也,矜言法而张之,亦匠也,皆非其心得者也。②

要达到这出于“心得”的“真”,便要“不斑驳以貌古,不拳曲以媚时,不以矜能使巧狃其专家,不以率意放腕夸其变化”,简言之有二点:一是有法,一是有神。

李兆洛《答高雨农》论韩愈“藉法为文”云:

> 文之有法始自昌黎,盖以酬应投赠之义无可立,假于法以立之,便文自营,而已习之者,遂藉法为文,几于以文为戏矣。③

李氏所论韩愈“藉法为文”之“法”,乃是不足为法之法,是“小乘体裁”④,是《答庄卿珊》附《代作骈体文钞序》引裴度所谓“往往奔放不以文立律制,而以文为戏”⑤。李兆洛认为,为文章之法应当“贵近信,贵远暴慢,贵远鄙倍”:

---

① 朱自清《诗言志辨》,第35页,华东师范大学出版社,1996。
② 李兆洛《养一斋文集》卷3。
③ 李兆洛《养一斋文集》卷18《答高雨农》。
④ 李兆洛《养一斋文集》卷18《答屈侃甫》。
⑤ 李兆洛《养一斋文集》卷18。

> 矫饰造作,不信也;张脉偾兴,暴也;任意指挥,慢也;诙谑杂至,鄙也;不应经法,倍也。①

即是要做到"温润缜密有玉德焉"②。何谓"有神"? 篆印之法,不可貌古、不可媚时,不可矜能、不可率夸,伸言之,即是要出于心裁而合度、自然折衷而通神,为古为今又非古非今。《墨卷望气序》论制艺文法又将古文"法"、"神"二点歧衍为"法"、"心"、"体"、"貌"四点:

> 有定者,文之法;无定者,文之心;无定而有定者,文之体;有定而无定者,文之貌。法者,立本者也;心者,通变者也;体者,因质者也;貌者,趋时者也。毛嫱、西施,面不必同,其为美同也,心与法之别也;醉妆、慵髻,饰不必同,其适于目同也,貌与体之别也。③

"体"、"貌"两者实是从"法"、"神"两者衍出,所谓"贵近信,贵远暴慢,贵远鄙倍"、"不斑驳以貌古,不拳曲以媚时,不以矜能使巧狃其专家,不以率意放腕夸其变化"云云,已经蕴含"体"、"貌",只是李兆洛细致析出罢了。而这里所说的"文之法"、"文之心",与前述有法、通神,意思并无二致。那么,为古文而能做到有法、有神,便是臻"真",便是有"性情"。

三 淑世多情:李兆洛古文的主要内容与特色

李兆洛论文的上述理论,落实到具体文学创作中是如何表现的呢? 观其文集,那些佳作,或以评人论世、或以发抒一腔生活感怀,都能属意深厚、直见"性情",真可谓对兆洛所主"性情"理论的精彩诠释。按文章写作内容,可分三方面略论。

其一为抒发儒者用世情怀,以《蔬园诗序》、《方孩未先生遗书序》为代表。李兆洛为一代"师儒",一生以践道自任、以君子自居,其所思考

① 李兆洛《养一斋文集》卷 4《享帚集文钞序》。
② 李兆洛《养一斋文集》卷 18《答屈侃甫》。
③ 李兆洛《养一斋文集》卷 2。

感怀,往往涉于儒道、世用,于世风颓敝,每有不平之论。《蔬园诗序》感愤国家用人失当云:

> 国家承平既久,四方无事,士之以文学取仕进者,率琱琢无益之词,雍容揄扬,铺饰盛美,其有怀未然之虑,忧末流之弊深,究古今治乱得失,以推之时务、要于致用者,必迂而摈之,且以为狂怪。此吾友许蔬园、张翰风、包慎伯之所以茕茕于世者也。①

感慨已深,至于《方孩未先生遗书序》所论,乃可谓痛切:

> 先生当权奸内讧,疆宇日蹙,举朝恇扰之时,忠义勃发,以一书生出入戎马间,指陈机宜,曲得要领,奇伟非常之气,一时未有逾之者也。而厂寺盗权,罹于罗织,乃几为杨、左诸君子之续。呜呼!明之亡也,其大小臣工,精神皆涣散而不相摄,各图其私以苟旦暮,或更幸人之败以自售其言,于国家固无恤也。若王化贞之戆暗,熊廷弼之傲很,张鹤鸣之庸下,举朝知之,而莫能倡一议、出一策以消隐祸于未然,虽以先生之苦口热肠调护之、呼吁之,而彼昏不知无救于败,悲夫!②

前者直指当世,后者议论近古,所指论时事不同,忧愤则同。

其二为刺论当世政制、扬举"师儒"之道,以《饿胥记》、《旌德县知县陈君墓志铭》、《含山县学训导高先生墓志铭》为代表。《饿胥记》记嘉庆十九年李兆洛为凤台县令时,县胥缪章、唐元因旱饥而饿死事。兆洛此文着力之处,不在二人之死,而在二人之何以死:

> 夫今之给事县役者,人待之以不肖,官视之为奴隶,不齿于乡党,不论于廉耻,非孟子所谓失其本心者不为,而食之尤薄,安望其不为非哉?故桀骜者狼狈而毒民,巽懦者窃威而竞利,与凡不肖之

①② 李兆洛《养一斋文集》卷2。

事皆甘为之，亦所以救死也，乃不忍焉，而视其死者何如也？[1]

则“为役数年，未尝有大过”如缪章、“唯唯默默，无用人也”如唐元，实因忠厚无用而死、因政制失当而死，其于政治、风俗之刺论，于“无用人”之同情，可谓深矣。《旌德县知县陈君墓志铭》所传旌德县知县陈君，在位谋政可谓鞠躬尽瘁，终以“不肯唯阿上下”而失官，而与“上司”“有旧”、害人性命的罪魁，却“从容还乡里矣”。兆洛度其始末因果，不得不归于政制之弊：

汉之时，狱吏利人之死，非憎人也，自安之道在人之死；今之时，狱吏利人之生，非爱人也，自安之道在人之生。[2]

本于儒家诗教温柔敦厚之旨，发为委婉议论，而知者自能体会李兆洛此论的未尽之言，理解其大胆与中肯。

李兆洛半生为人师，对于为师者的道德操守、辅治应世的能力，多有议论。《含山县学训导高先生墓志铭》传主高萝簪，位仅县学训导，而“引掖后进怡愉见色；贫而好施，见义必为；达于从政，肆应裕如”，可谓“成就人才、裨辅治化”，与“今之世”“授句读效占毕”的“师者”，“司载籍守黉舍”的“儒者”，判若千里，李兆洛所敬仰的古所谓“师儒”，高萝簪先生实可以当之[3]。李兆洛所以揄举先贤，不过是讥刺当世、期冀后来，其儒者忧怀，可以感佩。

其三为陈述亲眷友朋情深，以《亡儿颛葬志》、《伯兄五初先生行述》为代表。李兆洛有两子，长为颛，次为愿。李颛生而鲁钝，“然性甚慈”，拙于处世，“往往为人所欺弄”，人有求必“率意许诺”，于是“辗转益困”。后偶因溲溺时为人所持器物撞腰，乃患溲疾，又因乘舟惊跌，终至溲血而亡，年仅三十二。时兆洛六十三，年已耳顺，晚年丧子，白发人致祭黑发人，凄凉沉痛，可以想见。尤其文章末尾数语，“(汝)去汝高祖父母之

---

① 李兆洛《养一斋文集》卷9。

②③ 李兆洛《养一斋文集》卷10。

兆,步武间耳,其代予朝夕定省焉。予与汝母已衰老,继往当无几年,汝安之”①,痛彻肺腑。无一语明言其恸,而伤恸至深,这是《亡儿颛葬志》一文最能感人处。《伯兄五初先生行述》记述兆洛长兄康龄一生事迹,也以深情挚笃见长。李氏至兆洛父征兰时,已经中衰,征兰病殁,一切家事委诸康龄,康龄虽热衷仕进,终因长子,须持家为生,理想因而弃灭。兆洛以次子,成进士、为县令、主教席,一生虽未显贵,亦可谓称意,而这一切没有长兄康龄的牺牲、体恤,未必能够达成,文中所言“数年来兆洛每还舍,兄极意体恤,不以家事相告。兆洛两子皆不才,舍中事多颠倒,往往忤兄意,兄未尝以为言,兆洛或闻而质之,则反相慰解”,即可见一斑。而康龄“数年来哀毁迫戚之中,摒挡家事,竭蹶支拄”,至“面目憔悴几于不可识”,至“病亟时,苦寐不能安”,劳苦憔悴而卒,兆洛为人兄弟,能不肝肠寸断!所以有“弟之劳兄能代之,兄之死弟不能代之”的沉痛之语②。兆洛两文用情深挚、不能自已,尤其后者声泪俱下,可谓多情、可谓“性情”。

其余《鸥亭诗集序》记李兆洛少时在周春山家中温馨经历,《东湖县知县洪君墓志铭》记洪饴孙平生行略、言同志情深,《庆阳府知府盛君墓志铭》记与盛惇大交往,《先府君行述》述论兆洛父李征兰一生,皆以多情见长。

四　藉法传神:李兆洛古文的艺术成就

此处“藉法”,与李兆洛在《答高雨农》中反对的韩愈“藉法为文”之“藉法”,意思自然不同。李兆洛为文所“藉”之“法”,即可概括以前引《享帚斋文钞序》所说“近信、远暴慢、远鄙倍”之法,具体说,李兆洛是以雅信来代替“矫饰造作”,以温润来代替“张脉偾兴”、“任意指挥”,以庄肃来代替“诙谑杂至”、“不应经法”,可结合例证来讲。

所谓雅信,即是为文准乎实际、示其本真,而不夸张隐匿以矫饰、不为文遣情而造作。如《蔬园诗序》刺论当世致用进取风气之衰,乃是就

① 李兆洛《养一斋文集》卷11。
② 李兆洛《养一斋文集》卷12。

乾隆以来国家表面承平无事内里却弊乱丛生的现实而发，是就明明国家政治不整而“以文学取仕进者，率雍容揄扬，铺饰盛美”的可愤现实而发，结合清中叶历史状况，其所言可谓征信，征信故能服人、动人。又如《伯兄五初先生行述》一文，记述其兄康龄一生事迹，不可避免要涉及自身，而读此文，李兆洛对自己半生“既粗劣疏于世事，又偷安好嬉游，虑不顾家”的所作所为，几乎和盘托出，愧疚自责之意弥漫于字里行间，并无隐匿矫饰。然而因为他是真情实感发自于内心、为情而作文，所以我们通常不会依据事理责怪他嬉游偷安、不顾家庭，而多会依据情理对其坦诚自谴表示理解，并进而对其兄辛苦无奈的一生发出深切的同情。

雅信系作文基本要求，非李兆洛一人特色，只是他特别强调。更能见出李兆洛古文特色的，在温润、庄肃两方面。所谓温润、庄肃，大抵便是本于儒家诗教经义“温柔敦厚”、“正心诚意”之旨，在评人论世时，感慨忧愤而不怒眉张目、挥斥詈骂，不诙谑讥刺、有失风教，满腔真情勃郁而不倾江倒海、疏于节制。如《饿胥记》，胥吏在古代行政体制中品位颇低，但奉公辅治、践职任事，亦是朝廷不可缺少的基层办事人员，而他们的生活常常极困苦，若忠厚无用如缪章、唐元者，“公家之食，不足以活妻子，县官贫不能恤”，结果便会发生旱饥活活饿死的惨事。而当世贪官污吏假公济私、富埒公侯者实不在少数，长此以往，李兆洛所述基层胥吏“桀骜者狼狈而毒民，巽懦者窃威而竞利，与凡不肖之事皆甘为之”“以救死”的情况，将不断扩大蔓延向纵深恶化。李兆洛文章所指涉，是有关于国计民生的大事，以嘉庆时文网之疏，以兆洛几十年所观感，发为恢宏议论，于贪吏之恶行尽行刺讥、于胥吏之惨况大加同情，俱无不可，而《饿胥记》仅两百余字，且用笔敦厚节制，纳重忧浓愤于温厚讽喻之中，字句虽省而意旨深厚、意味深长，真可视为依温润、庄肃之法为文的典型。其余《旌德县知县陈君墓志铭》、《含山县学训导高先生墓志铭》的议论指陈，行文之法俱与《饿胥记》相似。

有法、依法，是作文的重要要求，但立法、依法为文的更高旨趣在于传神，有法而无神、有法而缺乏个性，只是一般匠工，李兆洛之所以成文章名家，固然不仅在其文章法律的谨严，而更在其能藉法传神、戴着镣铐跳舞。品读其文章，具体表现在兆洛为文学古而不貌古、预流切时而不媚时、才学深广宏通而不矜能率夸，并贯穿统摄以深厚性情，即前文演绎兆洛古文理论所讲出于心裁而合度、为古为今又非古非今。

伸言之,其一,学古通常是文学创作过程中必经步骤,不过限于创作者才情、识见,往往有学古而似古、一切准于古人的情况,明前后七子在"文必秦汉、诗必盛唐"思想指导下的创作,即其典型。李兆洛读书极博、取法极众,如曾编《骈体文钞》、校刻姚鼐《古文辞类纂》、熟读《资治通鉴》等等,于古来名家各体文章,皆有研习揣摩,如《伯兄五初先生行状》,文章布局结构颇有史家传记神采,但读此文又绝不能指出它是像《史记》、《汉书》,还是像《唐史》、《宋鉴》,这就是学古而不貌古。其二,预流切时,从文学艺术角度讲,主要是指李兆洛与当代文坛风尚的关系,清代古文,"桐城派"号为正宗,古文"阳湖派"诸家包括李兆洛,都曾学习过"桐城派""义理、考据、文章"的古文义法以及"桐城"大家方、刘、姚的作品,如姚鼐古文风格,学者称为"渊雅",兆洛古文往往具"温润缜密而有玉德"之特色,与姚氏风格实有相近处,但是我们读兆洛文章,并不能确指哪一篇文章学习姚鼐,更不能确指文章哪一处学习姚鼐,处处是有兆洛自己的个性特色在,这即所谓预流切时而不媚时,自成风格。其三,李兆洛为嘉道名儒,才力学问,天下人所称服,但我们在他的文章中,几乎一处见不到他使才逞气、矜学自重的习气,如《骈体文钞序》系推阐文章本原的大文章,兆洛并未倾筐倒箧,发为宏论,而仅取其议论合宜,字节句省,却义理充备,不矜学使才而才学俱在其中。其四,李兆洛的古文佳作,不论如何法律严备,不论体裁、题材如何不同,一以性情为统摄,文法义例、古人佳篇名作、当世文章精华,为兆洛古文创作作规范、示范,学问渊博、见识精深,为兆洛古文纪事抒情、发表议论提供思想支持,它们都在兆洛性情的统摄、运使下各归其位、各行其能,促成作者独具个性魅力的性情抒发,说到底便是出于心裁而合度、为古为今又非古非今。

总之,兆洛所为文章,其佳者总体以多情胜,而其所用情,则多在于世道人心确可感发处。无论是发抒儒者用世情怀、刺论当世政制,还是陈述亲眷友朋情深,皆是李兆洛真感发之呈示、真性情之流露,两百年以下读其文章,仍能为其中回转流动的一股真感情所打动。其不但能真、能有性情,而且文法严备、义例完整,更因为李兆洛的天才运使,这些文法、义例充分助成了其真情的抒发。又因李兆洛为人通脱潇洒,其文章中流转的真性情便尤其耐人寻味、动人心弦,可让读者以别一种眼光去体味那种通脱潇洒的真性情,又去体味那种浸透真性情的通脱潇洒。

第二节　人每“伤心”,文常多情:陆继辂①

陆继辂,字祁生,一字修平。在常州古文诸名家中,陆继辂为人挚直略同恽敬,身世坎坷近于张惠言,文章多情差似李兆洛,而慨然以文人自命,欲以文学抉摘幽隐,揭示人生命运,则诸名家中一人而已。综其一生,论平生遭际,可概括以“伤心”二字;论文章特色,则必称“多情”。但学界对于陆继辂其人其文,涉笔颇少,本节将在揭示陆继辂性本多情以及何以一生“时时伤心”的基础上,进一步探究其文章多情的内在理路,并论述其古文的主要成就。

一　性本多情,命运多舛:陆继辂古文婉挚多情之由

文学为作家心灵的写照,而作家自身的性格与人生经历,是规定其心灵图景性质最主要的两方面因素。阳湖古文家陆继辂的文章,之所以呈现出婉挚多情的显著特征,从文学外部促成因素来讲,主要便是因为其天性的多情与一生遭遇的坎坷不平。关于陆继辂的性格,李兆洛《贵溪县知县陆君墓志铭》所述最为典型:

> 君(继辂)绸缪婉挚,笃切劘之谊,每朋尊促坐,清酒百壶,欢笑间作。已或触所闻见,微辞致规,因极论得失,欲刳心相示,涕泗横流,不知者以为酒狂也。②

在陆继辂与友朋平常交往的“绸缪婉挚”中,已足见其性格的真诚多情,

① 本节曾以《论陆继辂古文婉挚多情的风格特征》为题,与罗时进师联名发表于《苏州大学学报》2008年第3期。

② 李兆洛《养一斋文集》卷11。

以此真诚多情渗入古文创作,其古文亦能具备“绸缪婉挚”的特点,正所谓文如其人。而陆继辂一生遭遇为何坎坷不平以至于每每“伤心”?可概括为四个方面:

其一,幼即失怙,家计贫迫。若推原陆氏的家族渊源,据李兆洛《贵溪县知县陆君墓志铭》,可上溯古陆终氏,下至“汉晋间为吴中望,唐宰相忠宣公(贽)至君(继辂),凡三十二世”①。明初,陆继辂十四世祖陆福举家自淮安迁至常州,遂占籍常州,至继辂十七世未有更变。继辂曾祖廷炜、祖载起,为诸生,“赠顺昌县知县”,则陆氏至继辂曾祖、祖父辈,家境尚好。继辂父广霖,“乾隆己未(1739年)进士,历官福建、广西,终恭城县知县,署思恩府百色同知,治绩载闽志”②,依此亦略可推知,直至继辂之父在世时,其家大抵小康,衣食应当无虞。陆广霖原配高氏、继配庄氏,俱无子,三娶林氏,生继辂,当时广霖已经六十六岁。乾隆四十五年(1780),广霖以七十五岁卒,继辂方九岁。广霖死后,维持家计、抚养子嗣的责任,便由继辂母林氏一人担当。古代女子为男性依附,一般社会工作,女性皆不能从事,内闱女红仅能活命,丈夫既死,若无遗产余资,又无戚党周济,一家生计绝成问题。且陆广霖卒世时,他的同辈亲党已经或死或老,至继辂成年,皆无人事奥援;再者,广霖任官多在穷乡僻壤,且暮年得子,遗赀有限,陆家生计之窘迫,可以想见。继辂《先太孺人年谱》每有言及家计窘困处,乾隆五十年(1785)继辂母林氏,不得已辞退继辂塾师杨嵎谷,令继辂跟随其初聘妻室之母孙夫人至武昌继续学业,杨公赠诗继辂有云,“曾闻截发为留宾,料理盘餐费苦辛。无计留宾知发尽,却教弱息远依人”,其窘况可知。又乾隆五十四年,“时生计日益困乏,不复能延师家塾”;乾隆五十五年,“秋尽未有棉衣,不能出户”,其师庄宇逵知故,即赠还继辂“所馈重阳修金”,林氏知后,“惭感交集”;嘉庆五年(1800)继辂中举,恰值继辂客居未归,“报捷者至”,“太孺人属窘甚急,觅数钱市一烛不可得”;嘉庆十三年礼部试,继辂“以频年家贫,无力远行”③。故继辂诗中多有“身贱轻危地,家贫逼远游”④、

①② 李兆洛《养一斋文集》卷11。

③ 陆继辂《崇百药斋文集》卷20《先太孺人年谱》。

④ 陆继辂《崇百药斋文集》卷2《寄耀遹荆州》。

"男儿困贫贱,骨肉长远离"[①]一类感伤身世遭际之语。

其二,体弱多病,每多感怀。陆继辂生而多病,直至老死,其命名诗文集所谓"崇百药",即本于继辂一生多病、与药结缘。继辂集中每每有言及自身多病、善病文字,《魏封君墓表》有云:"余幼多病,饮君(魏元)药辄愈。"[②]《老仆丁荣哀辞》云:"余善病,荣泡制药物未尝有误。"[③]乾隆五十二年(1787)曾"大病,服延年先生药至百裹,太孺人忧之甚"[④],时继辂十六岁。及长,仍多病,与友人书信有云,"继辂好文而不好学,虽日日展卷,实于心性了无所益,以至肝病屡作"[⑤];友人亦常有嘘问劝诫,《答友人书》所谓"以仆(继辂)频年多病,劝令收视返听"[⑥],即是。继辂多病、善病,病重至于不能出门与死友永诀,《黄璞山墓志铭》谓黄载华之殁,继辂"方病,不获一诀"[⑦],自是愧痛不已。而嘉庆二十一年(1816)秋冬间辑删自乾隆五十二年至是年三十年间所作诗歌,亦是因为"养疴杜门,无所事",其中一集更命为《萧寺养疴集》[⑧]。继辂生平多病,而且累年不除,可以征实。因此,继辂友宋翔凤在给《崇百药斋三集》作序时,以类似总结的方式概括继辂一生"茕茕多病,时时伤心",确乎知言。

其三,频殇子嗣,实难为情。古时人伦之乐,往往在于子孙满堂、上下熙睦。继辂不但九岁失怙,并且聘妻早丧[⑨],而子嗣亦多早夭亡,《崇百药斋文集》卷18有《殇冢碣》一文,专记生平儿女殇亡,可谓惊心动魄。具体而言,男子仅一人,曰耀连,三岁而殇,则继辂实有无后之痛。女子六人,长曰良胜,次曰采胜,三女兑贞,四女季贞,第五闰贞,第六同喜,一人早亡,三人早殇。早亡者为采胜,许嫁洪饴孙长子,未行而丧,

① 陆继辂《崇百药斋文集》卷3《别从子遹》。
② 陆继辂《崇百药斋文集》卷18。
③ 陆继辂《崇百药斋文集》卷19。
④ 陆继辂《崇百药斋文集》卷20《先太孺人年谱》。
⑤ 陆继辂《崇百药斋文集》卷14《与陈伯游书》。
⑥ 陆继辂《崇百药斋文集》卷14。
⑦ 陆继辂《崇百药斋文集》卷17。
⑧ 陆继辂《崇百药斋文集》卷19《丙子祭诗文序》。
⑨ 陆继辂《崇百药斋文集》卷20《先太孺人年谱》乾隆五十年(1785)条云:"至冬,不孝聘妻殇。"其妻钱惠尊,乃后娶。

卒年十八。采胜字君素,“艳质慧心,父母特钟爱之,能读父诗二千首,皆熟;亦能诗及书画,所遗诗五十余首,画古士女图十数帧,书千文一通,皆工”①,则采胜可谓貌美才女。又董士锡《表甥女陆氏圹铭》记陆继辂言云:“吾夫妻岁时赐女财物,女悉周邻妪之贫者。吾妻之从父某,词人也,贫甚,衣敝穿,人多慢之,女敬之不衰,闻吾誉其所箸,益礼重之。”则采胜可谓知仁、识礼。《表甥女陆氏圹铭》又记陆继辂语云:“吾有三女,无男,女尝戏谓其姊:‘为女子身事父母,终不若男,吾欲即死更投为阿母男。’将卒,谓母曰:‘母毋悲,儿当乞地下主者,来作男子耳。’”可见采胜性情至孝。如此既美且才、知仁、识礼、至孝女儿青年早丧,继辂自然会摧折心肝了。早殇者四女季贞、五女闰贞、六女同喜。季贞,七岁殇,时继辂“客都中,季病瘵百日,语其妹曰:‘为我谢阿耶,为女不终。’遂瞑。”②闰贞三岁殇,继辂《殇冢碣》云:“闰之殇也无病,既瞑,容色如玉,其母冀其更生,抱置怀中逾数刻。呜呼!此女子子也,逮长遣事舅姑,斯已矣,于余何所轻重损益?而必夺之也?哀哉!”尤其催人泪落。同喜殇仅两岁,“距太孺人之终甫八日”,实在是因为“其父母不暇顾视”,竟至一条生命凋逝,而继辂夫妇甚至“不知所撄何疾”,为人父母,其痛何如!综而言之,继辂一生子嗣,虽有一男、六女,而竟或殇或早卒五人,继辂多情人,能不伤心欲绝!

其四,科场屡挫,壮气衰竭。隋唐以后男子若非王侯世族,其立身之道,以科举仕进、世代簪缨为最荣耀,而陆继辂科举之途却多坎坷无奈,这也是其“时时伤心”的一个重要原因。继辂生五岁便入家塾,此后直至乾隆五十八年(1789)二十二岁补阳湖县学生员,一直从学于家塾。既补县学生员,继辂便正式踏上应科举谋仕进之路。然而因为家贫,不得不客寓依人,先谋生存再谋仕进。嘉庆二年因洪亮吉之荐,入浙江学使阮元幕,“助校试文”;四年,仍客阮元处,“为张穆庵都转应玑校阅商籍试卷”③;五年,“中江南乡榜”④。推想继辂中举之速,与洪亮吉之荐

① 董士锡《齐物论斋文集》卷3《表甥女陆氏圹铭》。
② 陆继辂《崇百药斋文集》卷18《殇冢碣》。
③ 陆继辂《崇百药斋文集》卷20《先太孺人年谱》。
④ 李兆洛《养一斋文集》卷11《贵溪县知县陆君墓志铭》。

阮元幕府助校“试文”,能够察究科举程文格式、熏染陶沐,应有关联。六年,应礼部试,“八试礼部仍黜”①,至嘉庆二十二年,方以“大挑二等,选合肥县学训导”②,时继辂已年四十六。其中,嘉庆五年中式时,继辂已客曾燠署;六年应礼部试下第,仍客曾氏署;七年再应礼部试,再黜,客松太道李廷敬署;八年,仍依李廷敬;十四年六月二十二日继辂母林太孺人终,乃“依同岁生魏曾荣(襄)于洛阳”③。则自嘉庆二年至二十二年近二十年间,继辂便一直为礼部中式、一获功名而奔波辛勤,《寄耀遹荆州》所谓“苍黄风鹤惊,辛苦稻粱谋”④,略可形容。道光十一年(1831),继辂六十岁,“以劳,叙授江西贵溪县知县”,莅任“治政清肃,因疾乞休”⑤,十四年六月二十三日乃卒。综观继辂一生仕途,二十年为求一进士而未果,不惑之年方成一县学训导;为训导十四年,方及一知县;为知县不过三年,竟因病辞世。纵然壮志凌云、豪气干天,三十四年亦销磨殆尽,其内心能不悲伤苦闷!而为知县三年而逝,虽欲有所作为而终不能,其辞世之时,也不免满怀憾恨。

综上可知陆继辂一生遭遇每多坎坷,从生长环境到身体状况,到家庭生活,到人生理想,无不充满艰辛曲折,加之性本多情,故而“时时伤心”,辗转发之于文,以文抒怀,文章乃显感慨多情。继辂其人其文,在江南常州乃至整个清代文学家中,都是比较典型的。

二　抉摘幽隐,发抒性情:陆继辂文论的内在理路

陆继辂文章之所以婉挚多情的文学外部原因,已如上文所述,而当我们深入其文本内部,更可以勾勒出继辂从性本多情、命运多舛到文章以多情为特色的内在理路。学界在研究时似乎较少注意到陆继辂的文论,其实他的文论极具特色,沿着他对文学的思考路径,我们才能真正走进他的创作天地。

---

①② 李兆洛《养一斋文集》卷11《贵溪县知县陆君墓志铭》。

③ 陆继辂《崇百药斋文集》卷14《与方少尹书》。

④ 陆继辂《崇百药斋文集》卷2。

⑤ 李兆洛《养一斋文集》卷11《贵溪县知县陆君墓志铭》。

陆继辂考察文学历史发现，“伊诗人之遭际，恒少达而多穷”①，“虽然文之为物亦颇为造物所矜惜，书册所载，司马相如、扬雄之徒，下至苏轼、秦观辈，或坐致穷困，而王勃、李贺至以夭死，论者遂目为祸人之具”②。文学虽为冥冥中造物者所持护矜惜，而自古文人却往往因为致意文学而命运多舛，轻则穷困，重则夭死，故目文学为“祸人之具”不为无据。然而继辂又发现，自古“贤人君子其才分各有所优绌，而或挟一端以自引重，则荒江老屋之间，有薄卿相而不为者”③，贤人君子往往以文学自重，虽穷窘困遏而乐之不辞，即便尊崇如卿相亦可视之蔑如。不但如此，他在《长洲程君诗序》中云：

> 夫文之于学，直丰林之一株，而诗之于文，又乔柯之片叶耳。然而自古魁伟闳达之士，有儒首溺志终其身为之而不厌者矣，其皆以遇之穷而藉以抒其洇莞之气耶？陈思、昭明身为天子之弟，若子则有何所不可好而尽心于此，如是其专且勤也？④

则“自古魁伟闳达之士”之所以愿于文学穷心尽力，虽穷窘困遏而乐之不辞，似乎主要不是因为“以遇之穷”而可藉文学“抒其洇莞之气”，因为出身尊贵如曹植、萧统亦于文学“好而尽心”、既“专且勤”，与穷窘文人所为并无本质差异。这样，思考必然向文学内部进一步深入：何以自古君子贤人不论贵贱，皆有愿竭心肆力“终其身”以从事于文学？文学的本质、文学的根本魅力何在？继辂《百衲琴谱序》在阐论文学乃“祸人之具”后，由论古转而论今，推思阳湖同志恽敬、庄曾仪、张惠言及其余诸人因致力于文学而或亡或病的缘由云：

> 自皋文、传永、子居之亡，二三子意思衰飒，或多病，即于文学亦稍颓矣。呜呼！岂天之生此数人者，初未尝措意耶？亦恐其文

① 陆继辂《崇百药斋文集》卷19《丙子祭诗文》。

② 陆继辂《崇百药斋续集》卷3《百衲琴谱序》。

③ 陆继辂《崇百药斋续集》卷3《七家文钞序》。

④ 陆继辂《崇百药斋续集》卷3。

之成，将抉摘幽隐足以泄天人神鬼妖魅灵怪之秘，而百计以致其澌灭耶？①

这里并非渲染文学神秘论，而是在揭示文学的某种难以言说的力量，并对勇于献身文学者给予了最高的礼赞。他认为这种力量即在于文学能够“抉摘幽隐足以泄天人神鬼妖魅灵怪之秘”，即揭示人何以生何以灭、如何生如何灭这一人存在的根本问题，揭示一切神奇和未知。往来古今，王侯将相甚至人间天子不过天所造一物，贤人君子或穷或不穷亦不过天所造一物，一切人物不过天所造一物，但天造人造物又灭人灭物的缘由却深隐难知，阳湖恽、庄、张诸子之所以或亡或病或穷，在继辂看来似乎就因为他们欲藉文学“抉摘幽隐”，乃遭天之惩责。这种文学家的命运悲剧，正源于作家们为文学所魅诱，而又不论贵贱、不论穷达而肆力文学，最大限度地发挥了文学探究、揭示人和世界奥秘的功能。

继辂既生平遭际极穷窘坎坷，性又多情，满腔“泗莞之气”，“身世寥落、死生离合之感”、“郁勃慷慨之气”②恰可藉文学以抒发，而文学不但可以抒发内心情感，更可洞悉命运之由，于是继辂乃慨然以文人自命，与今之贤人君子与古之贤人君子默契同声，穷心尽力而从事文学。

那么，如何致力文学以文学发抒性情？概括而言，继辂重“意内而言外”与“自竭其才与识”、“言之而文”。所谓“意内而言外”，本许慎《说文解字》释“词”之语，张惠言论词推尊其体，以此欲使词体尊同诗体③，

① 陆继辂《崇百药斋续集》卷3。

② 陆继辂《崇百药斋续集》卷3《百衲琴谱序》。

③ 张惠言《词选序》云：“词者，盖出于唐之诗人，采乐府之音以制新律，因系其词，故曰词。传曰：‘意内而言外者，谓之词。’其缘情造端，兴于微言，以相感动。极命风谣里巷，男女哀乐，以道贤人君子幽约怨悱不能自言之情。低徊要眇，以喻其致。盖《诗》之比兴、变风之义，骚人之歌，则近之矣。”参见《茗柯文二编》卷上。张惠言所解释之“词”的意思，已与许慎所释意思大异，其所以如此，乃是故意偷换概念，以适其推尊词体——以词等同《诗经》、《楚辞》——之用。

包括继辂在内的常州同仁相与引发[①],《冶秋馆词序》记张惠言与继辂论词之语云:

词故无所为苏、辛、秦、柳也,自分苏、新、秦、柳为界,而词乃衰。且子(继辂)学诗之日久矣,唐之诗人,"四杰"为一家,元、白为一家,张、王为一家,此气格之偶相似者也。始大于高、岑,而高、岑不相似;益大于李、杜,而李、杜不相似。子亦务求其意而已矣。许氏云:"意内而言外,谓之词。"凡文词皆然,而词尤有然者。

又云"(余)凡论词皆因张氏",可见继辂论"文词"旨趣所在。而所谓词的"意内而言外",张惠言《词选序》释云:

其缘情造端,兴于微言,以相感动,极命风谣里巷,男女哀乐,以道贤人君子幽约怨悱不能自言之情。[②]

即因内心情感而发于文词,即是"言为心声"。在具体写作时,陆继辂又强调以文词抒发情感需真诚而有文采,《与赵青州书》云:

故君子之于文,亦自竭其才与识焉已耳,后世之毁誉非所计也。若斤斤焉誉之是趋,而毁之为避,则必有所迁就、畏缩也,而才与识皆无由以自达其于文也,不已隘乎?

所谓"自竭其才与识",即为文不可因"趋誉"、"避毁",而妨害创作者对自身"才与识"充分、真实、真诚的表达,此外还需"言之有文":

夫文者,说经、明道、抒写性情之具也,特文不工,则三者皆无

① 陆继辂《崇百药斋续集》卷3《冶秋馆词序》云:"而同时又有皋文之弟宛邻,及左杏庄、恽子居、钱季重、李申耆、丁若士、家劭文,相与引申张氏之说,于是尽发温庭筠、韦庄、王沂孙、张炎之覆,而金元以来俚词淫词、叫嚣荡佚之习,一洗空之。"

② 张惠言《茗柯文编二编》卷上。

所附丽。故札记出而说经之文亡，语录出而明道之文亡，何者？言之无文，则趋之者易也，既已言之而文矣，江、鲍、徐、庾、韩、柳、欧阳、苏、曾，何必偏有所废乎？治古文者往往薄四六为不屑，为甚者斥为俳优侏儒之技，入主出奴之见，亦犹考据、辞章两家，隐然如敌国，甚可笑也。①

如此，所谓“意内而言外”落实于具体文学创作，便是要以真诚而工丽之文发抒胸中喜怒哀乐诸种情感，“意内”是思想之核，“言外”乃表达方法与效果。而如前所述，继辂一生命运多舛、坎坷“伤心”，既以文人自命，其性格又系多情，一腔情怀需要倾泻，于是托之于篇章。这样的篇章不仅有真诚的情感为底蕴，而且将情感在富于文华的湍流中奔泻涌动，文采之笔助其真情抒发，意内与言外，便能双美兼擅了。

三　感慨深挚：陆继辂古文之特色与成就

陆继辂为“阳湖派”代表作家之一，亦可称清代古文能手，其在“阳湖派”及整个清代古文史上自成一家的主要成就，集中体现在序、传、墓铭三体创作上。

序以《百衲琴谱序》、《冶秋馆词序》、《七家文钞序》为代表，俱是继辂论文艺重要文献，其深挚感慨的特色，在《百衲琴谱序》中表现得尤为突出。《百衲琴谱》是继辂好友祝百五的词集，集内都是选集李商隐诗句缀结而成的作品，与祝百五一系列已散佚的“郁勃慨慷之文”相比，颇为不同。继辂作序，主要是以此书为契机，回忆与阳湖诸子如恽敬、张惠言、李兆洛、祝百五兄弟、薛画水等人的交谊，并结合诸子的生活际遇，抒发感慨。文章写道，诸人初订交时，意气风发，“几以为天下士尽于此矣”，其于文学大抵不过以余力为之。但人到中年，诸人或亡殁，或为衣食奔走四方，友朋星散，“于是始有身世寥落、死生离合之感动乎其中，思托于洸洋恣肆、铿锵清越之文，以自抒其郁勃慨慷之气。盖至余(继辂)及子长(百五)之年，诸子皆怃然愿为文人以自慰于末世矣”。

① 陆继辂《崇百药斋文集》卷14。

而文学似为“祸人之具”,诸子无奈以文人自命,却又因此或亡或病或穷。他们在当时已多不能为世所重、成就声名,假如他们的文集像祝百五诸“郁勃慨慷之文”那样散佚而不能传之将来,那么已死将死之人将凭借什么留名后世?文章以叙带议,叙议交融,而叙议之中每有感慨、笔笔含情,并且其叙述层层深入,感慨也因而愈转愈深,确乎是一篇佳作。

传记以《县学生谢君家传》、《候选教谕周君家传》为代表。陆继辂传记长于纳深情于和雅,哀而不伤,有中和之美。前文传主系继辂从兄,其事从父可谓至孝,冬则暖酒于怀,夏则挥扇于侧;事从父再娶妾室如嫡母,爱从父之子如嫡弟;病甚将死,“困甚,然常危坐,恐从父怜,惫甚不欲食,从父在前,必强啖,卒以不起”①。文章并无纵情渲染,而足能感人。后文传张云英生平,张氏家“酷贫”,而仕途偃蹇,母子相依为命,虽至贫而饱有温情、绝无苦愤,尤其言张云英常“陈述古今星算之术”②以娱其母,其母每日倚门俟子归来,相顾甚怡而不知贫老相迫,真情勃郁而几无一语抒情。盖继辂深濡生母林氏之爱,铭感肺腑,见张云英母子情状,感同身受,故笔底能深情贯注,歆动人心。

陆继辂墓志铭数篇的艺术成就最高,《庄叔枚墓志铭》、《黄璞山墓志铭》、《庄传永墓碣铭》可为代表。庄叔枚(轸)、黄璞山(载华)、庄传永(曾仪)皆继辂生平挚友,四人遭际虽各异,而坎坷困厄则相似,继辂为三人作墓铭,往往于感喟友朋逝迈之中寓一腔自伤自悼,故其情俱能深挚。庄轸初为奇士,早“负宿慧,自伤孤贫,欲力学以致通显,而所为文奔放恣肆,语多未经人道,有司以为狂不中度,辄抑之”,所交友朋吴阶、魏襄、万承纪皆成功名,而叔枚“独不得志”,于是感愤傺侘,“终日咄咄,遂嗜酒,为长夜饮,既醉,悲歌慷慨,泣下沾襟袖”。叔枚既困,而庄氏“世有达官,门生故吏半天下,叔枚虽困甚,杜门不肯出,久之益困,无以自存”,可谓耿介君子。后数年,继辂奔走衣食,归则与叔枚饮,叔枚“饮日益少,议论日益持平,自言少年感遇悲愤之意焕然尽释”。时移世易,长年困厄穷窘致使耿介奇士摧颓老迈,不复当年,而今竟郁郁辞世。继

①② 陆继辂《崇百药斋文集》卷16。

辂今昔相较、彼此相较,文辞间虽不言沧桑,而沧桑自重、感慨自深①。黄璞山少"即以文行,名于里中。后肄业国学,复以文行名于京师",然而初应乡试便尝尽苦楚,书童不慎误将书本置诸笔墨筐中,"及至举场,亲王大臣数十人环坐,启筐而书见,大骇",主试者目为作弊,请旨交刑部审办,几于得罪,后幸得辩白。此后十一年成进士,而以"素不习书,朝考不入选"。晚年又为收回其父遭人欺诈贱价出卖的黄氏别业,遭人毁谤,死而毁谤更炽。黄璞山平生"笃于友谊,所交皆善人",而与继辂尤善,"善相劝,过相规,有无相通,垂二十年",继辂为作墓志铭,实为挚友一生不幸叹息不已②。庄曾仪系继辂母庄氏从孙,与继辂同遭少孤之痛,而蒙获母教亦同。其"所诵经训史传数十百万言,所学为魏晋齐梁唐宋诗文亦数十万言",可谓好读书而能述造;"于流俗惊喜歆羡之事,泊然无所动于中,故其气常充然而有余,其胸怀浩然有以自乐,无几微忧伤憔悴、侘傺感激之意见于颜色,发于音声",可谓精神特立而有境界。如此识博、才高、精神特立之人,竟以三十九岁卒世。继辂为挚友,先遭张惠言之遽殁,今又遭庄曾仪之骤逝,友朋情深,其生死离合之感不禁甚之又甚,难怪要藉文章抒发"贵贱夭寿,理之不可凭"的感慨了③。继辂古文深挚多情的特色,在这三篇文章中体现颇为充分。其余《县学生谢君墓志铭》、《方彦如圹志铭》、《瑞金县知县恽君墓志铭》诸篇,亦是佳作。

陆继辂一生坎坷无奈,"时时伤心",乃以多情之笔发抒其勃郁难平之心曲,其诗、词、文各体创作,俱能自树一帜。于古文,中年尤为致力,嘉庆二十五年(1820)《崇百药斋文集》20卷刊刻时董士锡所作序言称,继辂"近十年致力为古文,不苟依傍,而通达事理"④。就古文特色成就而言,董士锡以为"洋洋乎如千顷波,而劲气昭质,充然炯然,按之皆有物"⑤,可谓知言。在阳湖古文诸名家中,陆继辂固不及恽敬、张惠言、李兆洛,然绸缪婉挚、出自肺腑,文字与性情声气相通,彼此辉映,亦有独造。尤其上文所举诸篇多情之文,其艺术成就足可与恽、张、李诸人

① 引文俱见陆继辂《崇百药斋文集》卷17《庄叔枚墓志铭》。
② 引文俱见陆继辂《崇百药斋文集》卷17《黄璞山墓志铭》。
③ 引文俱见陆继辂《崇百药斋文集》卷18《庄传永墓碣铭》。
④⑤ 董士锡《齐物论斋文集》卷2《崇百药斋诗文集叙》。

作品相媲美。要之,陆继辂作为“阳湖派”代表作家、清代古文能手,在清代文学史上应该受到重视。

第三节 志大运蹇,文章精华:张琦

常州古文代表作家恽敬、张惠言、李兆洛、陆继辂四人的古文成就,或深或浅,论者皆有述及,但张琦则鲜有涉笔者。事实上,按照张琦《宛邻集》3卷古文尤其是数篇史论文所取得的艺术成就,其足称有清一代古文创作能手。在常州古文诸代表作家中,张琦的总体成就固然不及恽敬、张惠言,也稍逊李兆洛、陆继辂,但论才情、识见,则足可与诸人并驾齐驱。

一 张琦其人

武进大南门在清代出现了三位佳子弟,文化史影响最大的,自然是张惠言,此外,张惠言的弟弟张琦、儿子张成孙,也都是一时在数的文化名流。张琦,初名翊,更名与权,再更琦,字翰风,因服膺顾祖禹《读史方舆纪要》,而“欲刊正其舛吾午,为德邻也”①,祖禹号宛溪,故又字宛邻。他既是嘉道间的著名循吏,又是在学术、文学、艺术等诸多方面皆有所成的才子文人。在研究其古文思想与古文成就之前,有必要对他的生平行迹进行有重点的勾勒。

(一) 张琦生平梗概

与其兄长张惠言相似,张琦生而孤贫。考诸文献,可知二张之父张蟾宾卒后四月,张琦乃以遗腹生;而张蟾宾一生未有科名功业,常奔走四方,以教授生徒为业,已是艰难维持家计,后蟾宾又以三十八岁壮龄遽卒,那么寡妻孤儿,生活岂能不穷窘?张琦既孤贫,“妣姜尽十指,力

① 包世臣《皇敕授文林郎山东馆陶县知县加五级张君墓表》,见张琦《宛邻集》卷6张曜孙辑《明发录》。

以抚君”①,其辛苦实倍胜于平常人家。之所以如此,是因为大南门张氏为文儒世家,包世臣《张琦墓表》称张氏“丁中才数十,然十余世以儒为业,常州闻人显宦大都著门下籍,故虽贫弱不达,而为名族”②,因此,姜氏的身上比平常人家多了一份努力促成子孙克承祖业、延续“名族”声誉的责任。这一责任的达成,首先是要让张琦兄弟就傅读书,包世臣《张琦墓表》云,“孺人以纺织抚两孤,年及就傅,无力行束修,族人外出教授,率半月有一归者,孺人具蔬食,招使授君兄弟书,而自督念诵,渐能解字义、审句读,博览载籍,转益多师”③,这其中透露出多少的辛酸,又透露出姜氏身上多少的母性智慧与光辉!张琦的读书成长,不仅得到母亲姜氏的全力抚育培养,而且还得到了兄长张惠言的实际支持,张曜孙《先府君行述》有云,“府君四五岁,姜太孺人口授书,伯父为之讲解”④,张惠言就是他的启蒙老师。等到他们渐次长成,便“弟兄相与为师友”⑤,彼此切磋磨砺,“以第一流自期,时称‘二张先生’”⑥,一门风流俊雅,令人欣羡。

二张并以令名见称当世,离不开他们贤母亲的辛勤劬育,也离不开他们自身的立志高远坚笃与刻苦努力。李兆洛《张翰风先生传》云,“君少时有天下之志,每以今事准古事,求其同异,于古名臣所设施有成效者,观其得失之故,以规其通变之方,庶几克济于用”⑦,为实现这样的志向,勤学苦读必不能少,张曜孙《先府君行述》云,“(琦)稍长,好学不辍,暑夜无帐,蚊蚋群集,稍卧辄醒,醒则复读”,大志与苦学相辅相成,方能成就其道德、文章。然而人生行进之途,实多事不由己、无能为力之憾,一士子虽不但有鸿图大志,而且更有努力刻苦以辅成之,但是人生遇合未必尽如人意,其终或亦有所成就,只是这些成就与其素志比

① 包世臣《皇敕授文林郎山东馆陶县知县加五级张君墓志铭》,见张琦《宛邻集》卷6张曜孙辑《明发录》。

②③④ 张琦《宛邻集》卷6张曜孙辑《明发录》。

⑤ 包世臣《皇敕授文林郎山东馆陶县知县加五级张君墓志铭》,见张琦《宛邻集》卷6张曜孙辑《明发录》。

⑥ 张曜孙《先府君行述》,张琦《宛邻集》卷6张曜孙辑《明发录》。

⑦ 张琦《宛邻集》卷6张曜孙辑《明发录》。

较,相差往往殊远,张琦的一生正是如此。

因为家贫,张琦在弱冠之年,便教授里中以糊口。年二十五补县学附生,其后与兄惠言一度游歙,张曜孙《先府君行述》称,"歙金公云槐守常州,奇伯父文,其弟奉直君杲延归课其子,歙之从学者日众,乃并延府君,令弟子分受业焉",即此。嘉庆七年(1802),张惠言卒世,"府君恸伯父早逝,隳进取之志,乃遨游燕豫齐鲁间"①,此所谓"遨游",并非壮怀激烈的驰骋观览,而是谋取衣食的劳顿奔波,张琦《渡江》诗所谓"身世菰蒲里,勋名道路中"②,正是对其"遨游"实质的概括;而其《岁暮感怀》诗所谓"饥驱不自由,寒冬泛征舠。病妇牵我衣,娇女亦呶呶。挥手舍之去,篷卧凄清宵"、"枯蓬去何之,零乱随风飘。离兽念其群,征鸟思故巢"③,更将这里所谓"遨游"的无奈痛苦,表露无疑。辗转驱驰,直到嘉庆十八年,张琦方顺天乡试中式,"盖自补学生以来,凡十一试而始售,年已五十矣"④。次年,应会试,挑取誊录,二十五年冬,补实录馆誊录官。道光二年(1822),实录告成,叙议一等,以知县用。三年,分发山东试用,先署邹平,继署章邱,再署馆陶,两年后,被正式委任县令。道光十三年,以疾卒于馆陶任上,年七十。

纵观张琦的一生,坎坷五十年方获一科名,六十耳顺之年,始得署知一邑,执政为官,而不过十年即憔悴辞世,其人生遭际之坎壈与陆继辂颇为相似。我们若将他少时所具的鸿图大志与其实际的遭际施为相比照,确乎有"十未获展一二"⑤的遗憾。

然而,人生的意义,往往并不在于一人是否在此世百年,完全地实现了他的愿望、理想,而在于他一生的作为,已经积极地影响了其所处的世界,并且还将继续产生影响,依此而论,张琦的一生实是虽有遗憾而意义充盈的一生。他生前教书以育人,行医而救死扶伤,都是惠利世人的善举。特别他人生最后十年的为官治政,泽被一方千万百姓,时人

① 张曜孙《先府君行述》,张琦《宛邻集》卷6张曜孙辑《明发录》。
② 张琦《宛邻集》卷1。
③ 张琦《宛邻集》卷1《岁暮感怀赠包十五并示黄心盦……》。
④ 张曜孙《先府君行述》,张琦《宛邻集》卷6张曜孙辑《明发录》。
⑤ 吴德旋《张宛邻先生述》,张琦《宛邻集》卷6张曜孙辑《明发录》。

交口称誉无异词。张曜孙《张琦行述》称其试用邹平时，年已六十，“须发皆黑”，但临治任事，须发“百日而白其半”；又吴德旋《张宛邻先生述》云，“其(琦)为治，视民之疾苦，职己之由，思所以为民兴利除害，于心靡不尽，而尤勤于农事，教民种植，使凶岁有备。治狱刑故宥过，一以经术断之”①；此外，张琦既精通医术，官馆陶时，因为“馆陶向无良医药，民多夭枉，见病者，君即诊之，然终以入署为艰。君族子赐从官，传医术，乃于署西设惠民局，使赐司诊，贫者并给药，疑难甚，则以质君，全活无算”②，则张琦恪尽职守、勤慎爱民的良吏形象，已然可想。更能凸显张琦为循吏良官的，是邹平诸县百姓对他的爱戴依恋，其初试用邹平，不过 140 日即解任，然“其去也，耆老垂涕饯送以万数”③；在他死后，馆陶百姓盛传其已为城隍之神，事虽不可信，但足见他在百姓心中受敬戴之程度。张琦在邹平、章邱、馆陶临治的十年，无疑是给他辛勤劳顿的一生，添了一段光明的结尾，李兆洛《张翰风先生传》云：“(琦)晚乃一意于医，思以调变之理，参阴阳之和，为救人术。效官一邑，施之者不足竟其志，而生为循吏，没而社祭，斯亦可以无憾矣！”④又刘晓华《明发录跋语》云：“先生……自少即有志当世之务，以晚达，又所施于一邑，故未能竟所欲为。然方先生在官时，民颂之如楚敖、郑侨，既殁而传其为神于所治，论者方之文翁、召父，儒术之效彰彰如是。先生即不尽其用，其何所慊也耶?”⑤如李、刘二氏所言，张琦的一生，真可谓迥胜常辈、可为人表率的一生。

(二) 张琦学术、文艺成就

学术方面，张琦对于子部医家(如《素问》、《金匮要略》)及兵家(如《风后握奇经》)的致力，前文已有提及⑥，这里稍作补充，并概括介绍其

---

① 张琦《宛邻集》卷 6 张曜孙辑《明发录》。

②③ 包世臣《皇敕授文林郎山东馆陶县知县加五级张君墓志铭》，见张琦《宛邻集》卷 6 张曜孙辑《明发录》。

④⑤ 张琦《宛邻集》卷 6 张曜孙辑《明发录》。

⑥ 参见第一章《清代常州古文与骈文展开的地理人文背景》第三节《学术兴盛与常州文学精神》。

对医家、兵家以外一些方面学问的探讨钻研。赵锡书《张府君哀辞》云:"(琦)学究天人,行笃礼式……经纬子史,旁罗百氏,自星历、舆图、兵农、术数之学,靡不精究,而尤邃于医。"①已将张琦学术研究的门类尽数囊括。赵锡书称张琦"尤邃"的医学,本非琦大力探究的方面,但大抵是因为其长子珏孙误于庸医而早夭,再加之兄长张惠言的英年早逝,他内心的伤恸遗憾,郁结难释,遂专力潜心医道,欲有所振求纠补。由于那是基于痛切体验的沉心探研,又由于他有过人的天才,故其所得颇深。但按其医学,虽多一己心得,实有其渊源,吴德旋《张宛邻先生述》云,张琦"通方书,始受法于歙金辅之,后得黄氏坤载书,叹为绝诣,师其意,为人治疾辄奏奇效"②,辅之为金榜字,坤载为黄元御字,黄氏书为《素灵微蕴》,张琦曾为校刻。张琦有了金榜之传授,本身又大力精研《素问》、《金匮要略》、《本草纲目》等医学经典,特别是对黄元御《素灵微蕴》精义的研求推演,使得他能够"贯穿《素问》、《金匮》,旁罗诸家,皆洞悉其得失之本",自成心得,所以才能"治久固痼疾,无不随手起治"③,他在馆陶医治百姓"全活无算"的事实,即是其精通医学、医术精湛的最好例证。《素问释义》10卷和校刻黄元御《素灵微蕴》4卷外,张琦还曾著《本草述录》6卷,校刻《伤寒悬解》16卷、《长沙药解》4卷等。

张琦对兵家之学的研求,与他对历史、地理、术数诸学的探讨,实是彼此相关、勾连一体的。如李兆洛所言,张琦少时有天下之志,这"天下之志"主要是"每以今事准古事,求其同异"、"庶几克济于用"云云,对古今兵事权谋、地理情势的热心,便是其重要的方面。吴德旋《张宛邻先生述》云,"先生喜治兵权谋书,覃精地理,其于山川险要道路出入之势,如指诸掌"④,又张曜孙《先府君行述》云,"(琦)于地理尤精,自言合目则天下悬于掌上,山川险要、道路出入之势,历历可画",可见其对于地理之学的精熟。进一步地,张琦精熟山川道路形势,本非止于纯粹学问探讨,而是以此济用于他对"兵权谋书"的关注,其对《风后握奇经》的研究便是一个明证。《风后经》系兵家以五行术数讨论战术之书,章太炎、

①② 张琦《宛邻集》卷6张曜孙辑《明发录》。

③ 李兆洛《张翰风先生传》,张琦《宛邻集》卷6张曜孙辑《明发录》。

④ 张琦《宛邻集》卷6张曜孙辑《明发录》。

刘师培氏对张琦的《风后经》研究皆有评论,已俱见前文引述[①]。如所周知,具体战事的展开、阵法的布置,固然离不开对地理形势的熟悉,顾祖禹《读史方舆纪要》一书,张之洞将之归入子部兵家,称其"专为兵事而作,意不在地理考证"[②],张琦素钦服顾氏其人其书,至以宛邻为字相推重,其地理之学的底蕴诉求,实与顾氏如出一辙。说到底,张琦的地理、兵家之学,也还是一种"庶几克济于用"的学问。这方面著述,有《战国策释地》2 卷和《兵家杂著》2 卷。此外,张琦在星历、舆图、农学等方面,亦有所著述,然多未成书,或成书而未曾刊刻,此不赘言。

文学上,张琦于诗、古文、词,可谓兼擅,吴德旋《张宛邻先生述》云,"(琦)为诗古文词,播于海内士大夫之口……治古文,自曾子固、欧阳永叔而归于班孟坚氏。诗工五言,宗法魏晋,高者欲驾潘、陆而上之。词则由赵宋诸名家,以上溯温飞卿、韦端己",有《宛邻文》2 卷、《宛邻诗》2 卷、《宛邻词》1 卷。此外,张琦擅选诗,包世臣《张琦墓表》有云,"编修(惠言)工选赋,君(琦)工选诗"[③],有《古诗录》12 卷、《李诗录》4 卷、《杜诗录》4 卷,其中如《古诗录》系"录汉以来诗,迄于陈隋,凡百七十家,条其源流,备其正变"[④]之书,张琦的诗学观念在其中有比较集中的体现;其亦擅选词,与兄惠言授徒歙县金氏时,诸生多好词,他便与惠言,录李白以下数十家词,为《词选》2 卷,此选在清代词学史上,影响颇大,论常州词派,不可不提二张的《词选》。

张琦于书法,擅分隶与真、行,分书取法汉魏诸碑,"与怀宁邓先生石如意旨相合"[⑤],吴德旋认为"盖怀宁邓石如之亚"[⑥];真行书,张曜孙谓"真书初学唐人,后与泾包先生慎伯世臣,求笔法于北朝碑石,约分势入真行"[⑦],研索所得,真行书与包世臣齐名,当世推重。包世臣为清代

---

① 参见第一章《清代常州古文与骈文展开的地理人文背景》第三节《学术兴盛与常州文学精神》。

② 张之洞撰、范希增补正、高明路点校《书目答问补正》,第 166 页,北京燕山出版社,1999。

③ 张琦《宛邻集》卷 6 张曜孙辑《明发录》。

④⑤ 张曜孙《先府君行述》,张琦《宛邻集》卷 6 张曜孙辑《明发录》。

⑥ 吴德旋《张宛邻先生述》,张琦《宛邻集》卷 6 张曜孙辑《明发录》。

⑦ 张曜孙《先府君行述》,张琦《宛邻集》卷 6 张曜孙辑《明发录》。

著名书法家和书论家,其与张琦"早契金石,晚缔婚姻"①,对张琦甚为了解,他论张琦书法有云,"君工分,君晚以分法入真行,尤沉酣蹈厉,完固不可犯"②,又云张琦"移汉分法入真行,又以北朝真书敛分势,并腾踔蕴藉,当世无与比"③,推重如此。

(三)张氏的一门风雅

张琦的生平大略,他的学术文艺成就,上文花了较多的篇幅进行陈述,目的是想将其从渐次掩去的历史记忆中认真发掘出来,还他一个较为丰满的形象。而主要是作为文学家被我们再认识的张琦,文章还需要更多地对他的文学性身份特征进行勾勒,其中张氏的一门风雅、一门酬唱,值得引起重视。从地域、家族文化的角度讲,这一点颇能突出张琦作为一位从江南文化家族中走出来的文人诗家的身份。

作为常州大南门张氏的优秀子孙,张琦不仅主要以其在政治、学术与文艺各方面的建树,很大地提升了张氏家族的文化声望,而且还因为与同邑汤氏的结姻,因为他与妻室汤瑶卿及一子四女在学术文艺方面的喜好擅长与问答唱酬,进一步地扩展了大南门张氏的文化影响力。汤瑶卿系乾隆壬戌(1742年)进士、翰林院编修汤大绅孙,国子监生汤修业女。修业"博学笃行,多识前明以来事,为吾常文献"④。汤瑶卿自幼濡染家学,知书娴礼,工诗,有《蓬室偶吟》1卷,附《宛邻集》卷后。又工绣事,尤善剪彩,"能于方寸地,作山水楼阁人物鱼鸟数十事,意态如画"⑤。年二十七,归张琦,那时张家的情形,包世臣说是"家无一椽"⑥,生活颇为艰苦。后张琦又长年客游,家中一切事宜俱由汤氏承担,困苦更甚,张琦《亡室汤孺人行略》言其苦状云:

---

① 包世臣《张琦祭文》,张琦《宛邻集》卷6张曜孙辑《明发录》。

② 包世臣《皇敕授文林郎山东馆陶县知县加五级张君墓表》,张琦《宛邻集》卷6张曜孙辑《明发录》。

③ 包世臣《皇敕授文林郎山东馆陶县知县加五级张君墓志铭》,张琦《宛邻集》卷6张曜孙辑《明发录》。

④⑤ 张琦《亡室汤孺人行略》,张琦《宛邻集》卷6张曜孙辑《明发录》。

⑥ 包世臣《皇敕封孺人山东馆陶县知县张君妻汤氏墓志铭》,张琦《宛邻集》卷6张曜孙辑《明发录》。

> 余(张琦)橐笔出游,始至浙,后至安徽、河南、山东,最后至京师,馆谷所入先后支绌,或岁一归,或三五岁一归,黾勉有无,皆孺人任之。戊辰、己巳间,欲客陕州,信不以时达,孺人冬无棉衣,朝夕不给,率四女刺绣以易米,恒不得饱,至屑米为粥,日一食焉……至孺人三嫁女,内外兼理,秩然井然,无稍误失。然家日益困,赖女婿章政平、孙劼典质称贷得以存济。

读此文字,真堪为汤氏之艰辛一洒同情之泪,又对她的坚强钦佩感喟!等到张琦为宰一邑,汤氏方得同往,远离饥寒贫窘,但是她"平昔食贫操作,使夫子不以家累身,能求其志;从宦不事簪珥居积,使夫子不以家累官,能成其政;又时节俸入以润夫子之族亲,交游老病则加以衣裘,恩旧更为筹长久"①,一切奉献,在古代,的确称得上是深明大义、贤惠无加的女性。而张琦又是有情之人,将心比心,故他们夫妻的情感十分深笃。张琦客游在外,汤瑶卿每托诗章以自遣或奉寄千里以达其意,《风雪日至岁行尽矣夫子未来感兴四首》其三云:"日望君归君不归,檐风苦雨日相催。谁怜绣倦灯昏后,又听声声残柝来。"又《寄夫子京师二首》其二云:"独立空阶日渐曛,凝眸惟见万重云。忍将别后千行泪,弹向征鸿说与君。"②何其哀婉缠绵!在汤瑶卿死后,张琦挽曰"四十三年愁苦操劳,往昔身心真尽瘁;千八十日呻吟反侧,此时体魄转能安",张琦的心中是有无限的歉疚和痛苦的。汤瑶卿殁后一年,除服之日,张琦又作诗悼云:"驹光一何速,飒然惊早秋。君昨弃我去,星次已一周。缟素虽云除,念君曷日休?辛苦卌三年,恩义了未酬。徙倚空闺内,謦欬不可求。对影讵谁语,衔思常若抽。哭君君不闻,梦君君不留。吾衰日以甚,精力颓欲遒。终然抱此情,百岁方解忧。"③那时他已是六十九岁的老人,凄凉痛苦,是可以想见的。

张琦与汤瑶卿之间直接的诗文唱酬并不多,但是他们之间无疑是

---

① 包世臣《皇敕封孺人山东馆陶县知县张君妻汤氏墓志铭》,张琦《宛邻集》卷6张曜孙辑《明发录》。

② 汤瑶卿《蓬室偶吟》,张琦《宛邻集》卷7。

③ 张琦《壬辰七月十四日除妇服述情》,张琦《宛邻集》卷2。

部分地藉由诗文,传达并建立起了深厚的夫妻情谊,这样纠结着思念愁苦的风雅之举,古即有之,士林传为佳话,实是情理中事。进一步说,张门的风雅,不止是张琦夫妻二人间的小规模风雅,而且是全家参与的、真正意义上的一门风雅。张琦有二男四女,长子珏孙早殇,次子曜孙与四女𦂳英、𦈡英、纶英、纨英,俱能诗善词。曜孙字仲远,又字异甫,晚号复生,有《谨言慎好之居诗》18 卷;𦂳英字孟缇,尤工词,"词笔秀逸,真得碧山、白云之神"①,有《澹菊轩初稿》4 卷,《澹菊轩词》1 卷;𦈡英字纬青,其论诗尝云,"凡读诗则如身入诗中,为诗则如心游身外,身所未历之境,心能历之"②,其识见若此,有《纬青遗稿》1 卷;纶英字婉紃,"诗宗晋魏,不屑为绮丽之语"③,有《绿槐书屋诗》3 卷,又工书法,远播日本、高丽;纨英字若绮,工古文篆法,亦善诗,有《餐枫馆文集》2 卷,《邻云友月之居诗》4 卷。当然,张琦虽为诸俊彦才女之父,只是他迫于衣食功名之驱驰,半生客游在外,对曜孙姐弟实少亲身诲训④,子女督课的责任,主要由其妻汤瑶卿承担。包世臣《汤氏墓志铭》云,"翰风晚而远游,孺人以妇功自给,然督课子女,能使皆有学行,知自立"⑤。又张琦《亡室汤孺人行略》云,"孺人育二子四女,皆自乳,慈爱特甚,然教必以礼,稍有失辄呵责,不少姑息","四女晓文义,能诗,皆孺人之教也"⑥。曜孙姐弟能"有学行,知自立"、工诗擅词,如包、张二人所言,确乎多由母教。但张氏家门之内自相授受、互为师友,风雅息息承转,固是事实,并且这种风气至少从张惠言、张琦兄弟祖母白氏训子时已经树立,到了张琦一支尤其特出。他们除张琦夫妻间、汤瑶卿与曜孙姐弟母子间、曜孙姐弟间互为师友,曜孙姐弟和他们的子女继续保持了这一家门特色,张纶英之担当曜孙、𦂳英诸弟妹女儿书法师傅,最为典型,张惟骧《清代毗陵名人小传稿》卷 11"张纶英"条有云,

①②③ 张惟骧《清代毗陵名人小传稿》卷 11,常州旅沪同乡会。

④ 张曜孙《先府君行述》云,"不孝(曜孙)生三岁,府君即出游,六岁自京师归踰月。甲申秋,不孝侍母至山东,始得侍温清",又云,其"幼好读医书,比至山东,府君(琦)即亲授之",可见曜孙幼时很少受到父亲的教诲。曜孙系琦中年所得子,备极宠爱,而情况如此,曜孙四姊,自然亦少受父训了。

⑤⑥ 张琦《宛邻集》卷 6 张曜孙辑《明发录》。

“(纶英)弟妹所生之女，皆受书于纶英，各得其传”。那么，张琦一支可谓夫妻、父子、母子、姐弟、叔侄三代“一门风雅，自成师友”之家，这在清代虽非仅有，实属鲜见。

这样的风雅之家，直接或间接，自然总少不了诗文的问答酬唱。除了张琦夫妻之间，张琦父子、曜孙姐弟、曜孙姐弟与他们的子女之间，也都有或多或少的诗文酬唱，他们的这种问答酬唱达到顶峰、最为引人注目的一次，便是道光七年(1827)中秋节张琦夫妇、父子的团聚赋饮。那时候张琦年六十四，在馆陶任。汤瑶卿以道光四年九月抵章邱，是年六月亦随张琦同赴馆陶，瑶卿长琦一岁，是年六十五。张琦在所作《丁亥中秋对月》诗序中说道：

> 余自少南北奔驰，中秋节多在客中，今者夫妇儿女，团栾看月，二十余年所未有，饮酒乐甚，赋诗纪之，并命儿女辈同作。①

张琦与汤瑶卿结婚是在他二十六岁时②，又按此“二十余年所未有”云云，则可以推知，张琦一家团栾看月、饮酒赋诗，此前是从未有过。就是平日，张琦驱驰困顿，数十年漂泊辗转，与家人也极少相聚。我们再看他的诗：

> 屈指中秋节，全家几度春。团栾今夜月，辛苦百年身。露影凉侵袂，天光迥向人。未妨一笑乐，瓜果杂前陈。③

瓜果杂陈，众人围坐，言语融融、亲情脉脉，更对了团圆晶莹的月亮，赋诗饮酒，幸甚至哉，不觉凉露侵袂，天光迥转，他是怎样的喜欢与家人欢聚一室！如今他为宰一方，得稍尝夙愿，在欢乐中思忖几十年困苦、感受人生百年的无尽况味，这“团栾今夜月，辛苦百年身”，真是纠结寄托

---

① 张琦《宛邻集》卷2。

② 张琦《亡室汤孺人行略》云，汤瑶卿年二十七来嫁，瑶卿长琦一岁，故可推知其成婚在二十六岁时。

③ 张琦《宛邻集》卷2。

了多少的感慨无奈!再按张琦《亡室汤孺人行略》,道光八年中秋夜,汤瑶卿乃患"风痹之疾",三年后即卒,张琦也在汤氏卒后两年病殁。这样来说,道光七年的那次聚会,是他们全家最后一次的圆满聚首。那么,当我们从这样的背景中去还原、想象张氏道光七年中秋的赋诗饮酒,也要随他们一起欢乐、一起感慨罢。并且,当我们再去体认这位作为常州府大南门张氏优秀子孙、作为文学家的张琦的整个人生,阅读他的文章,也无疑将多几分理解的同情。

二　张琦的古文主张与古文创作

与恽敬、张惠言、李兆洛、陆继辂等"阳湖派"古文家相似,张琦也是理论与创作并擅的全面型作家。张琦的古文理论,主张以学古为基本前提,以具体的操作方法、路径为学古而自我创辟之现实保证,并以致于世用为文章写作的最终目的,总体上可谓立论融通而逻辑谨严。他的这一理论,丰富了"阳湖派"古文理论体系的内容,补充、完善了"阳湖"其他古文家理论上的不足,成为"阳湖派"古文理论不可或缺的有机组成部分。此外,作为张琦古文思想的重要载体,《宛邻集》中所收文章特别是数篇史论文,不但展现了张琦古文创作的高度艺术成就,而且较好地体现了张琦规仿古人而融贯创辟、文章须致于世用的文学思想,还为"阳湖派"在清代古文史上仅次于"桐城派"的地位的确立,贡献了不小的力量。

(一) 规仿古人,自铸风格:张琦文论

成熟的诗文作家,或显或隐、或多或少,往往有其理论,一般都能表见其对于文学的看法(那些较成系统者即可被称为文学思想),有时,我们还能从中窥见作者自身创作的内在思路,常州古文作家张琦便是如此。《宛邻集》所收张琦诗文颇为有限,其中宛邻论诗谈文的文字则更少,幸有《答赵乾甫书》、《古诗录序》两篇集中表达宛邻诗文理论之作得以刊存,我们即可据此细心论析他的古文理论。

张琦论文,首重学古。如所周知,文学创作若想显示出真正的、有生命力的原创性,必不能是无根本、无来源的自出心裁,而必须是在对

前人优秀遗产认真学习汲取基础之上的自我创新,这是中外文学史演变共同的规律。张琦在考察了中国古代文学演进的一般情况后,认为汉代以来的诗文创作,虽因时代的不同,有风尚、有艺术成就的相异,但作家们以古为鉴、"递相祖述",则并无二致,所谓"夫诗文自汉以来,递相祖述,时代不同,风尚各异,故有醇漓纯驳之不同,要其精心结作,不敢背古则一也"①,这是对中国古代文学史总体事实的正确概括。他又以唐宋以降古文创作为例,指出"唐宋诸家之文,各有从入之径,或经、或《史》《汉》、或战国先秦诸子",皆对古人有所取则,因为才力的不同,"其善者,得其神而化其貌焉;其次者,取其神而未变其貌焉",但"未有不规仿古人自出机轴而能卓然成家者也"。而南宋以后古文,"佳者条畅有余,古厚不足,至语录兴而古文绝矣",主要便是由于诸家"我行我法,绝无依傍"。至于晚明袁宏道等提倡所谓"性灵"说,在张琦看来,乃是畏于学古之难的自我放佚,"猖狂诐淫,波荡一世,而诗学陵迟极矣"②。张琦一味否定性灵派,固然不足为凭准,但是他强调文学创作之必须学古,实是巨眼睿识,这样可以说是对明代前后七子复古文学主张合理成分的隔代相续。

根据文学史的发展实际,自古以来成功的文学创作,确乎都是在学古基础上的自我创辟,这是历史实际的应然要求。但是若转进一层,为何诗文创作必须学古?其深层原因是什么?又如何具体学古?

张琦首先论析了文学的核心特征,《古诗录序》云:"诗者,思也。夫民有喜怒哀乐爱恶之情,有君臣朋友家国身世升沉新故盛衰睽合之感,苟撄其心,必动乎情,情动则思,思久而情益深,则缠绵郁积、烦冤悱恻,咄嗟而不能自已。"③张氏的诗学理论实承《毛诗序》"情动于中,而形于言"而来,文学说到底是一种情感的艺术,人的内心是一个复杂充盈、变动不居的情感场,如张琦所说,会"有喜怒哀乐爱恶之情",会有"君臣朋友家国身世升沉新故盛衰睽合之感",一旦这些情感兴起于内心,人的内心之"思",便不可避免地被调动起来,"思久而情益深",累积沉蓄,渐

① 张琦《宛邻集》卷4《答赵乾甫书》。
② 前引俱见张琦《宛邻集》卷4《答赵乾甫书》。
③ 张琦《宛邻集》卷3。

“咄嗟而不能自已”,这时候便需要有适当的排遣途径,以言语文字形式传达情思的文学,便是自古以来人们常常藉用的重要艺术形式,即所谓“情动于中,而形于言”。那么,人的内心情感又如何会歆动兴起的呢?张琦以流光溢彩的笔调写道,“一旦身之所接,目之所见,风飘云浮,日晶月幽,露零霜肃,霆击电流,崇山重湖,决漭嵚岖,草木荣枯,螟螟东趋,鸟决而飞,兽骇而伏,春秋代故,寒暑回复,忽若与吾相感触,而有以寓其不能言之情”①,原来是人的视听诸感觉与自然万物触接振发,内心蕴蓄的情绪便被调动、被激引了起来。情感歆动起伏,乃借诗文以表达、排解。

进一步地,人的内心之思从勃郁纠结、难分难解的情感状态,变为可兴、可观、可群、可怨的文学艺术,固然不是一件如风吹云走、春来花发那样的自然而然的事情,它必然要借助具体的整合、抽象的艺术方式,将其表达出来。对此,古人已经有了成熟的解决方法,并且,这些解决方法、思路已经内化到民族文学的肌体当中,成为文学创作的传统。那么,作为文学传统的承续者,他们在自身的文学创作中,对古人的既有创作方法与思路进行学习、汲取即学古,就成为必不可少的环节。这是说学古的必然性。

接着,学古不能只是一种空头口号,它必须有具体的操作方法,即学古而有法。张琦《答赵乾甫书》云:“夫百工技艺必以规矩,何况诗文乎?”《孟子·离娄上》云:“不以规矩,不能成方圆。”百工技艺的实行如画方作圆,没有规矩的限制辅助,精准的方圆是不能作成的。诗文乃是高于一般技艺的精神实践,它还不能像百工技艺那样对实践对象进行可观可感的物质性操作,而只能是一种微妙的精神性活动,因乎此,更需要有一定的运作方法,以保证这种精神性活动得以顺利开展,在张琦看来,它主要应包括四个方面,“曰体格、曰章、曰句、曰字,所谓法也”②。体格、章、句、字,概括了文章写作形式规定性层面的几乎所有重点要求,如果再对这四个方面进行细致的阐述,很可以成为指导一般诗文写作的文学理论。

① 张琦《宛邻集》卷3《古诗录序》。

② 张琦《宛邻集》卷4《答赵乾甫书》。

不过在张琦看来，文章写作从体格、篇章、句字等层面对古人进行学习、效仿，实际是“文之粗迹也”，要达到他所主张的“神理具焉”的境界[①]，还必须在文之“精”者上下功夫，概括来说，就是要养“识”与“气”。《答赵乾甫书》云，“(诗文)有其精者焉，古昔帝王体国经野之大，圣贤持身涉世之故，古今治乱兴废，天下民俗利病，博稽而切究之，蓄之于心者既深以博，由是而识日以精，气日以充，发而为文，抒其素所蓄积而已，不必规规然体格、章句之是务”，当诗人文士博览深究古今世事之变化推演，体会蓄积于内心，使自己的“识日以精”、“气日以充”，一旦发而为文，便如老吏临狱，胸有成竹，只需将平日所蓄积发挥而出，便是好文章，便能体格、章、句、字无不妥贴，便能情辞俱适、神理兼备，而“情辞比、神理具，于是铿锵以为音、顿挫以为节，务有以宣其缠绵郁积、烦冤悱恻、咄嗟不能已之情，则诗之道毕矣”[②]。“诗之道”既毕，这样的文学创作，自然是学古而自树立、有承有创的成功艺术。

最后，文学创作学古而自我创辟的最终目的是什么？张琦通过理论思考，将其引导向了社会现实。在张琦看来，文学绝不仅仅是一种单纯的抒发人内心情感的艺术形式，《答赵乾甫书》云，“夫诗文之道，征于性情心术之微，而关乎人心风俗之大”，文学既然反映人的内心情感，而人的内心情感产生于人在自然、社会生活的过程之中，是对自然、社会的微妙折射，那么，当这些情感经由文学表达出来，文学也便成了自然、社会生活的微妙折射，即所谓文学“征于性情心术之微，而关乎人心风俗之大”。依此，张琦结合其所处嘉道间的诗文风气与社会现实说道：“诗文靡薄日甚，则下之学术可知，上之政教亦可知，岂徒书生呫哔之咎哉？”[③]他是带了批评与忧虑在议论那折射、反映社会现实的文学，谈文学同时便是在谈社会，文学与社会在张琦的诗文理论当中，最终是密切相关的。总之，从古文创作思路上的学古，到创作内容上与自然、社会的紧密结合，张琦的古文理论是逻辑谨严、层层推进而一脉贯通的。事

① 张琦《宛邻集》卷3《古诗录序》有云：“诗有六义，一曰兴，兴者情与辞比者也。情辞既比，而神理具焉。”

② 张琦《宛邻集》卷3《古诗录序》。

③ 张琦《宛邻集》卷4《答赵乾甫书》。

实上,张琦在其一生中,不但以从政和学术研究关注现实,而且也是以诗文在表达他的历史与社会观念,特别他的史论文,算得上结合他自身的政治、学术和文学理想,将他的政治历史识见、学术积累和文学才能较为完满地发挥出来的艺术创获。

(二)议论卓特,辞气俱盛:张琦史论文成就论述

张曜孙《先府君行述》云,张琦于文学,“自律极严,诗文稍不当意者,辄删削稿,故存者不及百篇”①,其中骈散文,《宛邻集》仅收2卷27篇。但是,这27篇文章已经能够概括张琦骈散文创作的总体面貌,又因为他自己的严格删削,这27篇文章,尤其是数量达十篇之多的史论文,可谓篇篇精品,足以显示出张琦在古文创作方面,有着卓越的艺术才能。

张琦认为,自古诗文的创作,虽“时代不同,风尚各异”,但成功的作品,向来都是以古为式且能结合自身性情、思想有所创立的作品,而这规仿古人、自铸风格的特点,在张琦自己的创作中,正有着很好的体现。包世臣在比较张琦与兄惠言才情学术时,曾将张琦通史而惠言通经作为两人学术擅长的一个重要方面,明确揭示了出来,其《张琦墓志铭》有云,“编修通许、郑、何、虞氏,君通马、班、陈、范氏”②,实际张琦的古文创作特别是史论文,正是从司马迁、班固、陈寿、范晔诸氏的史学著述中,获得了深厚的启发泽溉,包世臣《张琦祭文》所谓“君文撷班范之实”③,便概括指出了张琦古文规仿取则的这种史学渊源及其风格成就。而张曜孙则进一步将张琦古文取则的路径,精简地揭示了出来:“(琦)为文则自子固、永叔以上,归于班氏。”④即张琦是自宋代文章大家曾巩、欧阳修,上溯而归于班固。自然,曾巩、欧阳修、司马迁、班固、陈寿、范晔诸人,固非张琦古文学习仿效的全部,但这已足能说明“规仿

---

① 张琦《宛邻集》卷6张曜孙辑《明发录》。

② 包世臣《皇敕授文林郎山东馆陶县知县加五级张君墓志铭》,张琦《宛邻集》卷6张曜孙辑《明发录》。

③ 张琦《宛邻集》卷6张曜孙辑《明发录》。

④ 张曜孙《先府君行述》,张琦《宛邻集》卷6张曜孙辑《明发录》。

古人”确为张琦古文创作的基本特点。

接着,对于一个成熟的古文家而言,在古文创作中规仿古人而取其精华固然不可缺少,但是在学古前提之下结合自身心性、情感、思想进行融贯创辟,显得更为重要,这也是张琦能成为“阳湖派”的代表作家之一、其古文创作能在清代文学史上占有一席之地的重要原因。因为《宛邻集》所收张氏古文,以史论文最为典型,也最能体现作者的才情,因此,我们即可藉此来探讨张琦古文创作所取得的主要艺术成就。概括言之,可分两点而论:一是议论卓特,睿识过人;二是用笔简劲、意思显豁,义理、文采、气势兼胜。

其一,史论文立足史事,而重在突出议论,极见论者识见,张琦文章,首先即以议论之卓特、识见之过人胜。如《商鞅论》。商鞅为历史上叱咤一代、影响深远的风云人物,历来不乏对他的褒贬评论,其于秦国之盛衰,有莫大影响,折衷的观点,是认为“秦用商鞅而强,亦用商鞅而亡”,但张琦对这种看法持否定意见,《商鞅论》即专为此而发。张琦主张,“鞅之法适足以自亡而已,若秦之亡,则正以废鞅之法,故非鞅之亡之也”,何以言之?其文曰:

> 夫鞅之法,勤耕织,抑游惰,别男女,立上下之差,定田宅之等,令民为什伍相司收连坐,平权衡、斗斛、丈尺,岂不善耶?使以恺悌之心行之,讵不休哉?乃鞅惨急少恩,至论囚,渭水尽赤,则所以行法之本,非也。国受其利而身受其祸,盖不仁之心有以召之矣。①

张琦首先对商鞅所行之法本身表示肯定,其大处如奖励之法教民勤劳、什伍之制使民畏法、统一国家度量规制等,是被历史证明为裨益当时且对后世影响深远的良法,这一点相较于宋张九成之类一以儒家仁义之说为准,将商鞅所行之法比作“洪水夷狄猛兽”②,固然高明公允。不过张琦对商鞅之法并非全然肯定,法律法制本身虽是合宜的,但这并不能保证这些法律法制的实际效果也是合宜良善的,因为它涉及到法律法

① 张琦《宛邻集》卷3《商鞅论》。

② 张九成《孟子传》卷13,《四库全书》本。

制的施行问题,如商鞅行法,则“惨急少恩,至论囚,渭水尽赤”,严酷至极,略无“恺悌之心”,这便是将良善之法的根本植立在狠戾不仁的基础之上,本恶而欲枝叶善,岂能如愿?因此商鞅之法使得秦国国势蒸蒸日上的同时,天下官吏百姓的怨恨亦同样升腾,商鞅之法既废,其身受车裂之刑,也是不足为奇的,即所谓“国受其利而身受其祸”。

接着,为何说秦之亡,“正以废鞅之法”?宛邻举出两个对秦之国运影响极巨的例子:

> 赵高犯法当刑,始皇赦之,鞅之法不当赦也。赵高诈为诏书,立二世而杀扶苏,鞅之法不当诈也。始皇守鞅之法则无赵高、李斯,守鞅之法则扶苏不诛,而二世不立,故曰非鞅之亡之也。[①]

赵高为奸妄之臣,祸秦至深,世所公认,然而始皇以私爱赦之,以至遗祸后来;扶苏贤明、二世昏愚,史乘载之甚详,而赵高辈矫诏“立二世而杀扶苏”,将积弊已深的秦国引向更为灰暗的前途,殆及陈胜、吴广等揭竿起事,秦国败亡之运已无法挽回。而始皇以私爱赦赵高、赵高以私利立二世,依商鞅之法,皆属违妄,但始皇、赵高不顾公法,一意孤行,故而秦国之亡,始皇、赵高辈实际是祸患的直接和主要的推动、制造者,商鞅之法固有弊端,但亡秦之责,更在始皇、赵高辈,岂能全部归咎商鞅?张琦此文颇短小,但其所持论,实发前人所未发,而圆通合适,能服人心,不能不说张琦之识见过人。

再如《范增论》、《六国论》上下篇,亦是张琦史论文具卓识高见的典型。苏东坡曾作《范增论》,认为“范增之去(项羽),当于羽杀卿子冠军时”[②],张琦以为不然,乃作文驳论东坡之说。其文主要是从反驳东坡文中两个小论点切入,展开议论,东坡以为“方羽杀卿子冠军,增与羽比肩而事义帝,君臣之分未定也”,张琦则云:“项梁起时,增杖策干梁,与计事,请立楚后,为项氏谋耳,非为楚也。梁死,增从羽救赵,增固项氏

① 张琦《宛邻集》卷3《商鞅论》。

② 茅坤《唐宋八大家文钞》卷130《东坡文钞》,《四库全书》本。下引东坡《范增论》皆同此。

之臣也,岂比肩事义帝者耶?”①张琦此论较之东坡所言,实为允当。东坡又以为“增始劝项梁立义帝,诸侯以此服从,中道而弑之,非增之意也”,张琦则云:“(羽)杀卿子冠军,必增之教也,羽虽喑呜叱咤,而呕呕慈爱,不能自决,其杀会稽守也,梁豫诫之,其杀卿子冠军也,增预教之,其事一也。后增数欲杀沛公,亦犹杀宋义之智耳。然则,弑义帝者,何独非增之意欤?”项羽固盖世无比之英雄,而勇武有余,智略乃稍逊,范增为项氏最为得力之谋臣,那么项羽的重要政治、军事行动,计谋必多从增出,其杀卿子冠军为范增所预教,可想而知,既然如此,项羽之诛杀义帝,为什么独非范增之谋?即便义帝之立,范增为本谋,但时宜势变,增审时度势,复出计废杀义帝,这是权谋家常事,不足为奇。这样说来,范增之离开项羽,自然不应在项羽诛杀卿子冠军时,而应在陈平用计离间羽与增之后。我们从情理上细细推想,张琦之论确乎要比东坡的更为合理,以东坡才识之高,张琦能驳议如此,可见其卓识明敏。

六国纷争的一段历史,是历来史家学者关注的重要议题,仅宋代就有苏洵和苏辙父子、何去非、范浚等写过《六国论》,而且苏氏父子、何去非之文为后世传诵的名作,宋以后作《六国论》者,亦不乏其人,张琦在前人论述基础上,更作《六国论》上下篇,细读两文,真要为张琦的妙论击节称善!其上篇撇开论者通常思路,重点从对秦国一方的实力分析切入,以“六国之并于秦,非不幸也”②立论,指出秦并六国为必然而非偶然。其原因在于,秦有地胜、富胜、术胜、力胜、权胜、略胜、本胜、机胜等八大胜算之基础,而“六国无一焉”,这样秦之攻六国,便犹如“以虎驱羊”、“以石投卵”、“以锥画尘”,取胜乃势之必然。张琦此论,思路独到,而深得天下大势,称得上行家断语。下篇更回溯历史,大胆设论,认为“五国既灭,齐犹有可为者”③。张琦的依据是“兵无常势,作勇敢之气,则怯者奋,神指纵之用,则弱者强”,秦灭五国,五国百姓“毒秦入于骨髓”,“一旦其故臣收集而用之,其勇怒奋发必百倍于前”,诸国若能释其私怀,对齐国“资之以甲兵,奉之以土地”,并力向秦,“六国为一,首尾相

① 张琦《宛邻集》卷3《范增论》。

② 张琦《宛邻集》卷3。下引《六国论》上篇皆同此。

③ 张琦《宛邻集》卷3。下引《六国论》下篇皆同此。

应”,那么秦兵虽多、虽强,岂能敌六国同仇敌忾之众?“不出十年,秦必灭矣”。苏辙作《六国论》咎责四国各贪尺寸之利,不救韩魏,若四国摒却尺寸私利,合力济助韩魏,那么六国一气,“彼秦者将何为哉?”①张琦所论与苏辙有异曲同工之妙,而其设论之奇,更甚于苏辙。

此外,《乐毅论》、《赵奢平原君论》、《留侯论》等,也都是以睿见卓识令人折服的好文章,这里不一一展开。

其二,史论文作为一种文学样式,独到深刻的观点,是立其骨架,而体格、章、句、字等文学表达因素,则丰其血肉羽毛,两方面缺一不可。张琦的史论文,不但见解卓特,而且用笔简劲、意思显豁,有义理、文采、气势兼胜之美。

用笔简劲、意思显豁为宛邻史论文一般特色,如上述《商鞅论》仅232字,字省句俭,而“鞅之法适足以自亡而已,若秦之亡,则正以废鞅之法”的原因,昭然若揭。又如《赵奢平原君论》议论赵奢能治国而平原君能用贤的缘由,绝不虚费一字,单刀径入,直抉本原,其言曰:

> 夫贵戚横恣,则法废弛,法废弛则政不立,政不立则国削弱,故曰赵奢能治国矣。大臣有私喜怒,则好恶僻,好恶僻则贤否淆,贤否淆则名实乱,故曰平原君能用贤矣。②

读来令人击案称快。

张琦史论文用笔简劲、意思显豁的特点,不仅体现在文章字句的精炼上,更体现在议论时的观点鲜明、条分缕析上。张琦在展开对较为复杂问题的论述时,非常善于以小点总结的方式,将大论点细分。如《乐毅论》言乐毅之贤,首先将乐毅“将五国之众,败齐师于晋西”的战绩,剔除出乐毅之所以为大贤的原因之列,而覃思独运,令人信服地指出了“毅之贤有高世者”的五个方面,这也是促成《乐毅论》为一篇成功之作重要因素③。再如《六国论》上篇论“六国之并于秦,非不幸也”,分八点

① 苏辙《栾城应诏集》卷1,《四库全书》本。

② 张琦《宛邻集》卷3。

③ 前引皆见张琦《宛邻集》卷3《乐毅论》。

细致揭出,读者观之,一目了然,真正做到了观点鲜明、条分缕析。

可以说,用笔的简练遒劲、意思的显豁明了,为张琦史论文的成功创作,提供了必要的保证。进一步地,史论文艺术表现手法的合适使用,说到底为了促成论者见解的准确表达,当张琦以他的文学天才,将艺术表现手法与他的卓识睿见完美地相结合,我们就阅读到了不仅识见过人、骨架稳健,而且血肉丰满、筋脉通畅的好文章。典型的像《乐毅论》是如此,《六国论》上下篇亦是如此,如《六国论》上篇:

> 秦拥四塞之固,据殽函,东向而争天下:道临晋、批怀孟、踰太行,直走赵魏之都;道宜阳、塞成皋,剸韩之腹心;道武关、距宛穰,轻舟别循岷江,袭彝陵,是地胜也。南苞巴蜀,北役义渠,开泾漆沮,溉泻卤亩,率一钟,是富胜也。商鞅、范雎、张仪、魏冉之伦为之谋,远交迩攻,出珍宝重币以间六国之臣,是术胜也。白起、王翦、蒙恬之徒,战必胜,攻必取上功,勇斗五甲首而役五家,是力胜也。六国之君庸愚昏蒙,秦之君英毅果决,是权胜也。六国之将相忧谗惧诛,秦臣皆竭其材,将在外君不御,是略胜也。秦抑浮靡、重耕织,六国聚游谈食客,华侈相高,是本胜也。秦睊利而动,乘隙而蹈,六国睹毫毛之利,不顾邱山之害,是机胜也。秦有八胜,六国无一焉。是故以专击散,犹以虎驱羊也;以坚击胞,犹以石投卵也;以无衅击有衅,犹以锥画尘也。六国散而秦专,六国胞而秦坚,六国有衅而秦无衅,故曰六国之并于秦非不幸也。

真是风发泉涌,汩汩滔滔,对秦国之所以能得天下而六国之所以灭亡的原因,作了较为深刻全面的揭示。再如《六国论》下篇设论五国若愿摒其私利,襄助齐国,而六国同心,合力抗秦云:

> 今齐立五国之后,资之以甲兵,奉之以土地,齐王以英武之略,握其机枢,大军壁济上,塞平阴、亢父之险,坚垒不战,使燕赵出井陉、下太行,以收太原韩魏之师,断怀孟,保成皋,三楚之士踰黾隘、道均陵,以向武关,王贲、王翦必还而自救,齐大军蹑其后,则秦军可破也。然后据其心腹,披其四支,列秦罪恶,宣布海内,义声动天

> 地,勇气塞宇宙,英奇雄杰之士,云翔波合,咸效将帅,六国为一,首尾相应。更进迭挠,不知所乘,秦兵虽多,分之则寡,秦兵虽强,疲之则弱,不出十年,秦必灭矣。

亦是潜气内转,前后呼应,一气浑成,有雄快踔厉之风。读此类文字,令人内心怦怦然,直有奋发欲指论天下之感。而这些作品,正称得上是识见过人、骨架稳健、血肉丰满、筋脉通畅的作品,称得上是义理、文采、气势俱备的作品。我们在其中,不但能见出宛邻的性情、学问,见出他的艺术天才,而且还能感受到他那宏大热切的天下之志。

第五章　常州骈文研究(上)

清代骈文堪称复兴,而常州一府即为重镇,以洪亮吉、孙星衍为首,便有所谓“常州派”,与刘麟生所言“博丽派”(以陈维崧、胡天游、袁枚为代表)、“自然派”(以毛奇龄、纪昀为代表)、“六朝派”(以孔广森、汪中、王闿运为代表)、“宋四六派”(以张之洞为代表),并雄于一代①。洪、孙而外,刘星炜、赵怀玉、张惠言、李兆洛、陆继辂、刘嗣绾、方履篯、董基诚、董祐诚、洪符孙、洪齮孙、董士锡、张成孙等,也都是有相当创作实绩的常州(以阳湖、武进两邑为限)骈文作家。他们的创作沾溉于《诗》、《骚》,承继汉魏、六朝,接绪四唐、两宋,在继承中创变,独树一帜,且有较为系统的骈文理论相配合,称得上是清代江南骈文群落的典型。目前学界对于清代常州骈文的研究尚显不足,而勾勒清代常州骈文的概貌、揭示其之所以能够兴盛的原因、深入探讨常州骈文代表作家的骈文创作实绩,无疑是首先要解决的几个问题。

第一节　清代常州骈文之兴盛及其原因

清代中期,以阳湖、武进二邑为中心的常州骈文,取得了令世人瞩目的不凡成就。这种地域性文学盛况的形成,并不是一蹴而就的,而是有一个前后相继、累蓄推进的过程;另外,清代常州骈文的这种繁盛,也

---

① 参见刘麟生《中国骈文史》,第 123 - 139 页,商务印书馆,1937。

不是一个偶然性的事件,而是多种因素合力推动下的产物。

一　常州骈文兴盛局面的形成

嘉庆间吴鼒辑《八家四六文钞》,排比清代骈体名家,常州选有三人,即洪亮吉、孙星衍、刘星炜,后光绪间张寿荣复辑《后八家四六文钞》,常州又有张惠言、李兆洛、董祐诚等三人与选,则有清一代骈体代表作家,常州一府几占十分之四;又曾燠辑《国朝骈体正宗》,裒列乾嘉以前骈体大家,常州除洪亮吉、孙星衍、刘星炜外,赵怀玉、刘嗣绾亦得推举选录,张鸣珂继辑《国朝骈体正宗续编》,李兆洛、董祐诚之外,董基诚、方履篯、洪符孙、洪齮孙等皆在选;而屠寄辑《国朝常州骈体文录》31卷,有清一代常州骈体创作之精华,网罗殆尽,所录作家计43人(有32人隶籍阳湖、武进),何其盛也!

进一步考察常州骈文演变的具体情况,我们发现,以阳湖、武进为中心的常州骈文的真正兴盛,主要集中在乾、嘉、道三朝,其间作家层出,精品迭现,前后相继,灿然勃兴。常州骈文家屠寄在《国朝常州骈体文录·叙录》中即有云:"乾隆、嘉庆之际,吾郡盛为文章。稚存(洪亮吉)、伯渊(孙星衍)齐金羁于前,彦闻(方履篯)、方立(董祐诚)驰玉轪于后。皋文(张惠言)特善词赋,申耆(李兆洛)尤长碑铭。诸附丽之者,亦各抽心呈貌,流芬散条,亹亹乎文有其质焉!于时海内属翰之士,敦说其义,至乃指目阳湖以为宗派。"①而按照作家群体的年辈、交游以及创作的总体特征,我们可将常州骈文这种兴盛局面的形成,厘为前后两期。

常州骈文发展的前期,以年辈较长的刘星炜、洪亮吉、孙星衍、赵怀玉为代表,其中又以洪、孙最称著名,成就亦最高。除刘星炜生于康熙末年、卒于乾隆末年,其余均生于乾隆间,卒于嘉庆间,主要创作集中于乾、嘉之间。刘星炜在清代为骈体名家,曾为内阁学士,位终工部左侍郎,"制作登承明之廷,顾问入长杨之馆"②,长期得以文章近侍帝王,也

① 屠寄辑《国朝常州骈体文录》卷31。

② 陈宝琛《八家四六文注序》,吴鼒辑、许贞干注《八家四六文注》卷首。

因为他的身份如此，其骈体特多赋颂赞谒之作，所谓“以文章黻黼庙堂，雍容省闼”①，此类作品虽煌煌大言，就文学思想、艺术而讲，不免流于形式、缺乏个性；不过刘星炜才力博大，赋颂诸体外，他还有一些抒写性情的佳作，吴鼒《思补堂文集题词》云，“（星炜）集中古体赋，结响未坚，取材亦宽……其他笺启序记，名贵光昌，尽去国初诸君浮侈晦塞之弊，卓然可传”②，《倪温陵都督诗集序》、《为胜国阎陈二公征诗启》、《沈观察从军集序》、《代江阴令告城隍神文》即其代表，如《为胜国阎陈二公征诗启》一文，王文濡等赞其“辞扫尘氛，气铄星斗，其人其文，均堪不朽”③，又《代江阴令告城隍神文》，则“事昭理辩，气盛辞断，妖鬼有知，自当退避三舍”④，可见其成就，不过此类作品比较有限，故本章对刘星炜不予单列论述。赵怀玉诗文在乾嘉间俱称一家，曾燠《国朝骈体正宗》特为选列推举，屠寄《国朝常州骈体文录》选其文 37 篇，数量颇多，然细按其作品，虽不乏《重刻独孤宪公毗陵集序》、《瓯北诗钞序》之类佳作，但总体而言，才力略显单薄，难与刘星炜相比，更不及洪、孙，故亦不详加论述。

洪、孙为乾嘉间并称于世的骈文名家，洪亮吉学识宏博、天才绝特，一生创作不辍，所为骈体文分别收入《卷施阁乙集》和《更生斋乙集》，屠寄《国朝常州骈体文录》选洪文 79 篇，数目为全书之冠。而世人推崇洪氏骈体创作，不仅在其数量，更在其质量，其文众体兼善，深情笃挚，格调清新而内具奇劲之气，卓然为一大家。孙星衍与洪亮吉为至交，学问、才力亦相若，少时于骈体着力颇勤，当时名流学者并加盛赞，但是中年以后专意治经，尽弃前所为骈体文，所以历来难窥其骈体创作的全貌。然而仅就留传的有限几篇作品而论，孙氏亦足称能手，他与洪亮吉作为“常州派”的代表，骈文史上不能不为他留置一席之地。而洪、孙、刘、赵等人成绩斐然的骈体创作，堪称清代中期常州骈文恢宏的开端。

乾嘉间的常州骈文，以洪、孙为典型，文章主要取则魏晋六朝，兼及

① 刘琛、刘昕泰、刘尚德等校订《武进西营刘氏家谱》卷五《清诰授资政大夫工部左侍郎圃三刘公……墓志铭》。

② 吴鼒《八家四六文钞》第 4 册《思补堂文集》卷首。

③④ 王文濡选、蒋殿襄等注《清代骈文评注读本》第 2 册。

楚骚、东汉、唐宋;风格以清新为擅长,而众体兼善,不拘一格;用典灵活,或全篇不使一典,振笔直书,或用典精妙,融化无迹;字锻句炼,善于属对;情景交融,议论卓特;而前述特点常含纳于骈散相间的行文方式或精神气势之中。骈散融通乃是常州骈文发展流变过程中的一条主线,乾嘉间诸骈文家借助他们风格各异的骈文创作,有力地展示了这一骈文发展路向,提供了许多成功的创作范例,从而引导、推动了这一风气在常州甚至整个江南的盛行,相对于系统总结骈散融通理论的后期常州骈文,我们可以"前骈散融通期"来笼括这一阶段骈文的总体面貌。

洪、孙诸人以后,乾隆后期、嘉道间,先有张惠言、张琦、李兆洛、刘嗣绾、陆继辂、陆耀遹诸公交游腾踔于前,继有董基诚、董祐诚、方履篯、洪符孙、洪齮孙、董士锡、张成孙诸人接踵振奋于后,常州骈文乃臻于鼎盛。

二张(惠言、琦)、李、刘、二陆(继辂、耀遹)诸公,俱为洪、孙阳湖、武进后辈学者,大抵生于乾隆间而卒于嘉、道间。除了刘嗣绾,诸人皆系"阳湖古文"重要作家,是古文家兼骈文家。以总体成就而论,刘嗣绾最高,其次则张惠言、李兆洛。张惠言擅长赋体,大赋、小赋均有佳构;李兆洛不但长于骈体文之写作,而且经由《骈体文钞》的编纂,表达出系统的骈文理论,强调"骈散一源"、"骈散融通",特别对自古以来骈文创作的一般规律进行了总结,代表了清代骈体发展的大势,指导了后来的创作;刘嗣绾为骈体"常州派"的直嗣,祖述洪亮吉而更有所发展,其骈体创作的实绩、其在骈文史上的地位,有待于重新考量、确认。

张惠言、李兆洛、刘嗣绾以下,董基诚、董祐诚、方履篯三人成就最高。二董为同胞兄弟,少喜为骈体文,皆成名家。基诚有《移华馆骈体文》4卷,祐诚有《兰石斋骈体文钞》1卷,二人文风相似,长于赋体,有沉郁绮怨之风。方履篯才力亦大,兼擅众体,初学洪亮吉、杨芳灿,后多取则唐人,创获颇丰,有《万善花室文稿》7卷。其成就在常州骈文诸家中,虽不及洪亮吉、孙星衍,但可与刘嗣绾、二董等相颉颃,为常州骈文健将。董基诚、董祐诚、方履篯、洪符孙、洪齮孙、董士锡、张成孙诸人,年辈虽稍晚于二张、李、刘、二陆诸公,而关系往往在师友之间。众人交游往还,唱酬切磋,创作之外又有较为系统的理论探讨,承接洪、孙之绪而更拓展、深入,将常州骈文推向了另一个高潮。

嘉道间常州骈文的作者，一部分以骈体专门名家，诸人或师承洪亮吉，为清丽纤新之文(如刘嗣绾和早期方履籛)，或转益多师，别辟门径，为亦古亦今之文(如后期方履籛、二董)，他们的创作构成了后期常州骈文的主体；一部分则以古文家而兼骈文家，为文取径宽广，楚骚、汉赋及六朝、唐宋之文，皆能纵横撷取而自成面貌，他们的创作也是嘉道间常州骈文不可或缺的重要组成部分。相对乾嘉时期，嘉道间的常州骈文家，不少有或隐或显的理论主张，其核心即是提倡"骈散融通"；不仅理论如此，其创作亦多有骈散兼行、融化无痕的成功实践。因此，可称此期为常州骈文的"后骈散融通期"。其后直至清末，常州骈文虽盛极渐衰，成就不及先贤，但余绪不绝、作家众多，亦可谓壮观。

二　常州骈文兴盛的原因

(一) 清代骈文的整体复兴为常州骈文兴盛提供了外部语境

正如文学史已经展示给我们的，一个特定的文学现象的形成，往往与时代文学大势有着紧密的关联。梳理清代常州骈文的整个发展过程可以发现，常州骈文在清代中叶的蔚兴，首先离不开清代骈文整体复兴对它的影响与推动。有清一代，诗、词、文俱称复兴。就文章而言，赵宋以后，散体单行古文取得正统地位，四六骈体主要限于少数文体的写作，其中像诏、诰、制等朝廷公文，尚有唐宋余韵，其余敷衍应酬如庆函、贺牍之类，往往堆砌绮语、徒重形式，所以其日趋衰落也就不足为奇了。到了明代，前、后七子力倡"文必秦汉"，骈体文创作与理论更趋萎缩。但是万历以后，复古派地位日益受到挑战，其对文坛的影响也日衰，于是骈体便藉此为契机得到重振。入清，承晚明骈文重振之余绪，又经清初近百年的蕴蓄准备，至乾嘉间乃臻于鼎盛，此后直至清末，"骈文逐渐确立了与古文'平分天下'的地位，文章的几乎所有种类，都可以用骈体来写，也可以用散体来写，理论上已达到两相对称"①。近人谢无量论清代骈体发展至乾嘉时代有云，"其高者率驾唐宋而追齐梁，远为元明

① 奚彤云《中国古代骈文批评史稿》，第103页，华东师范大学出版社，2006。

所不能逮"[①],对清人骈文成就评价极高,惜其仅从乾嘉以前骈文立论,未为赅洽。其后刘麟生考察清初以迄清季近三百年骈文,认为"清代作者,渐有追踪徐庾、远溯汉魏之势,而究其所作,亦未必能陵轹唐宋。要之起衰振弊,能以骈文之真面目示人,则清代作者之贡献,殊足以跨越元明矣"[②],所论基本允洽。就三百年总体成就而言,清代骈体文可谓超元越明、"率驾唐宋",而上追齐梁。

进言之,清代骈文的复兴,重心在江南之江、浙两地,而江苏实为重中之重。台湾学者张仁青《骈文学》第九章《历代骈文家之地理分布》,罗列自古以迄民国重要骈文作家,江苏为全国之冠,清代总计达 43 家[③]。常州府地处江南,享占江南地域之优势,在清代骈文复兴大势中得天独厚,其骈文作家群体实际确能敏锐感受风向所趋,参与清代骈文演变的几乎整个进程。张仁青《骈文学》论清代骈文总体成就即云:"常州一府实骈家之王国,文苑之昆邓也。"[④]其所统计的江苏骈文作家中,阳湖、武进籍计有 12 人(常州府骈文作家总计 15 人),占整个江苏的近三分之一强。此系数量计算。就质量而言,清初骈文名手陈维崧系常州府宜兴人,而此后骈文鼎盛期无数骈文大家如洪亮吉、孙星衍、刘星炜、刘嗣绾、二董、方履篯诸公,俱出常州府阳湖、武进二县,如此,称清代常州府为"骈家之王国,文苑之昆邓",名副其实。可以说,清代骈文整体复兴为常州骈文之兴提供了语境,而常州骈文又以其实绩,更加推动清代骈文的整体复兴。

(二)清人尤其阳湖诸子的骈体理论自觉为常州骈文之兴提供理论支撑

清代骈文的复兴不但表现为骈文创作成就的辉煌,而且表现为骈文理论的自觉与发达,尤其沟通骈散、骈散融合一点,乃是清代骈文复兴进入乾嘉以后日益明显的内在思路。金秬香《骈文概论》曾说:"夫骈

① 谢无量《骈文指南》,第 79 页,中华书局,1918。
② 刘麟生《中国骈文史》,第 124 页。
③ 张仁青《骈文学》,第 606－609 页,台湾文史哲出版社,1984。
④ 张仁青《骈文学》,第 635 页。

散不分之说，自汪中、李兆洛等发之。”[①]实则汪中之前，袁枚驳斥“桐城派”古文家表彰散体而抑斥骈体已有论曰“古之文，不知所谓骈与散也”[②]，此即开“骈散融合”论之先了。

此后，孔广森、曾燠、刘开包括汪中等，都对骈散同源、骈散融合的骈文写作理论进行了不同程度的阐述发挥。如孔广森《寄朱沧湄书》所谓“骈体文以达意明事为主……六朝文无非骈俪，但纵横开阖，一与散文同也”[③]，曾燠《国朝骈体正宗序》所谓“古文丧真，反逊骈体；骈体脱俗，即是古文。迹似两歧，道当一贯”[④]，俱是倡言骈散不分。至于刘开《与王子卿太守论骈体书》所谓“夫文辞一术，体虽百变，道本同源……故骈之于散，并派而争流，殊途而合辙。千枝竞秀，乃独木之荣；九子异形，本一龙之产。故骈中无散，则气壅而难疏；散中无骈，则辞孤而易瘠。两者但可相成，不能偏废”[⑤]，则已明确推溯骈、散二者同出一源，并主张文章写作须骈散结合。作为“桐城派”古文中坚的刘开对于骈散融通观念的提倡，有着重要的文学史意义，它已经向文坛传达出这样一个信息，即文章写作应沟通骈散，已经获得了古文阵营在一定程度上的认可。

当然，在清代骈文史上，对骈散一源、骈散融通理论，从形而上与形而下全方位的角度进行较为系统总结与实践的，实以常州作家群体——包括骈文阵营代表作家和兼摄古文、骈文两个阵营的“阳湖派”作家——最具代表性。常州骈文前期代表作家洪亮吉、孙星衍、刘星炜、赵怀玉诸公，虽未提出较为明确系统的骈文理论，但他们已经经由具体的骈文作品，表达了对骈体文创作骈散融合的认同。而后期代表作家如张惠言的《七十家赋钞目录序》所说“赋乌乎统？曰统乎志。志

① 金秬香《骈文概论》，第 141 页，商务印书馆，1934。

② 袁枚《小仓山房诗文集》卷 19《答友人论文第二书》。另外，“桐城派”扬散抑骈以梅曾亮之论称为集大成，其《复陈伯言书》“盖骈体之文，如俳优登场”云云，本书第三章《常州古文研究(上)》第一节《清代常州古文创作的总体局面》已有引述。

③ 孙星衍《仪郑堂遗稿原序》引孔广森语，吴鼒辑、许贞干注《八家四六文注》卷首。

④ 曾燠编《国朝骈体正宗》。

⑤ 刘开《孟涂骈体文》卷 2。

乌乎归？曰归乎正”[1]，已为李兆洛大倡其“阴阳”、“奇偶”之说作先导。其余如陆继辂以为“夫文者，说经、明道、抒写性情之具也”，文章大家如江、鲍、徐、庾、韩、柳、欧阳、苏、曾的作品，皆无所谓古文、骈文截然之分，言下之意，也是主张骈散的融通[2]。至李兆洛《骈体文钞》面世，“骈散融合”理论乃获得了较为系统完备的表达。李氏《骈体文钞自序》先从哲学的高度阐述骈散融通的必然性，所谓“天地之道，阴阳而已，奇偶也，方圆也，皆是也。阴阳相并俱生，故奇偶不能相离，方圆必相为用”；又考察文学史进程，为骈散融合之论提供支持，所谓“自秦迄隋，其体递变，而文无异名。自唐以来始有古文之目，而目六朝之文为骈俪”，“既歧奇与偶为二，而于偶之中，又歧六朝与唐与宋为三”；最后，成其结论所谓“文之体，至六代而其变尽矣。沿其流，极而溯之，以至乎其源，则其所出者一也”，有理有据，不可辩驳[3]。其后包世臣《艺舟双楫·文谱》所谓“讨论体势，奇偶为先，凝重多出于偶，流美多出于奇。体虽骈，必有奇以振其气；势虽散，必有偶以植其骨。仪厥错综，致为微妙”[4]，直至清末朱一新对骈文理论的系统总结，实际皆是李氏之说、刘开之说的延伸。对于常州骈文作家群其他作家而言，作为洪、孙、刘、赵、张、陆、李诸人的晚进或同辈，刘嗣绾、董基诚、董祐诚、方履篯、洪符孙、洪齮孙、董士锡、张成孙等，或基于对骈散融合理论的自我悟通，或基于与前述诸师长、友朋交往中对这一理论的理解、接受，也大多在创作中进行了成功的贯彻。

可以说，常州作家群体对于骈散同源、骈散融通问题的理论探讨，尤其李兆洛《骈体文钞》的理论建树，积极参与清代骈文演变的洪流涌进，承续前人而更推衍总结，在很大程度上为骈文的发展拓宽了道路，引导了清代骈文的进一步发展。而常州作家的理论探讨，最直接有力的结果，便是指导、推动了自身骈文创作实践的深入展开。

---

① 张惠言《七十家赋钞目录序》，《茗柯文初编》。

② 陆继辂《崇百药斋文集》卷14《与赵青州书》。

③ 前引俱见李兆洛选辑，陈古蕙、吴楚生校点《骈体文钞》，第4页，岳麓书社，1992。

④ 包世臣《艺舟双楫·论文》卷1，王水照编《历代文话》第6册，第5188页，复旦大学出版社，2007。

(三)"常州多高材"的地域文化优势为常州骈文之兴提供学术基础

江南学术文化于清代最称发达,康熙所谓"东南财富地,江左人文薮"①,乾隆所谓"三吴两浙,为人文所萃"②,常州府即是典型之一。龚自珍《常州高材篇送丁若士履恒》,论者多所引用,其引列常州学者才士计14人,常州多饱学之士于此可窥一斑。另有《清稗类钞》第7册《谦谨类·刘申受自谓不如人》条,遍列刘逢禄自己所云"不如"的硕士才子十人,依次为庄曾仪、庄述祖、张惠言、孙星衍、恽敬、李兆洛、陆耀遹、董士锡、董祐诚、吴育,此十人能为饱学如刘逢禄所敬佩,诚然可称"高材"。而刘氏所列学者除吴育为吴江人,其余俱系常州府阳湖、武进人,龚自珍所列学者大半也系阳湖、武进人,则常州府固可称为一大人文渊薮。

进而言之,相对于诗、词、古文等文学样式,骈体文的操作跟学问有天然紧密的联系。就音韵、格律而言,则需作者熟知音韵、文字、训诂之学;就用典使事而言,则需作者熟知经、史,与此相关,经训、义理、舆地甚至天文、历算、校勘、金石诸种学问,都要求作者有所了解甚或钻研。而清代学术尤其乾嘉考据之学的兴盛,为清代骈文的顺利进行提供了必要的保证,就常州骈文作家群来讲,一流作手,几乎皆有学术专擅,甚至为学术大师。洪亮吉、孙星衍为一代硕儒,洪之于补旧史表志,孙之于《尚书》、校勘,尤为名家。张惠言为一代经学大师,深通《易》、《礼》,其所擅《虞氏易》,论者推为"孤经绝学"。而李兆洛,魏源以之与庄存与为"并世两通儒",其于经、史、天文、音韵、训诂之学无所不通,尤长于舆地之学。又如陆耀遹"酷嗜金石文字,随所至搜集摹拓,暇则矻矻伏案考证,卓然可传于世"③,成《金石续编》21卷。再如董祐诚,为有清算学大家,而兼善方志之学。诸如此类,不胜枚举,本书第一章讨论常州学派,已有详述。作家对于学问的熟悉、钻研,为他们撰述大量音韵和谐、平仄得当、用典高妙、意蕴沉厚的骈体文提供了必不可少的支持。

尤其在风格意蕴上,常州学者对于学术的浸淫,使得其骈体文亦染

① 冯桂芬纂《同治苏州府志》卷首,清光绪八年江苏书院刊本。

② 冯桂芬纂《同治苏州府志》卷首。

③ 张惟骧《清代毗陵名人小传稿》卷6。

学术之风而去浮靡、趋沉雅,如梁启超《清代学术概论》所云:"(有清学者)能为骈体文者,有孔广森、汪中、凌廷堪、洪亮吉、孙星衍、董祐诚,其文仍力洗浮艳,如其学风。"[①]梁氏所举洪、孙、董外,张惠言、李兆洛、方履篯诸沉实学者的骈文,确乎能"力洗浮艳"。

(四)常州诸子的宗亲、师友交游为常州骈文之兴创造了地域文化氛围

常州虽是"文儒甲天下"[②],然实乏达官显宦。诸子中孙星衍官位较高,至于山东督粮道兼权布政使,其他诸公多充任闲职文官或低级行政长官,如洪亮吉曾任翰林院编修及实录馆纂修官;张惠言七试礼部,四十一岁选授翰林院编修,次年即卒;李兆洛官安徽凤台县知县;陆继辂官江西贵溪县知县;陆耀遹仅为淮安府学教谕;至于董祐诚、董士锡等,或终身不仕,或长年辗转幕府,如此等等。因此,常州骈文作家并不能形成以有政治影响的宗主为中心,而能众起响应的文人群体,其组织存在限于以同乡文士交游为主体,兼及与少量外籍士人的交游唱和,以此形成一个松散的文学群落。这些交游唱和,又以师友、宗亲间沟通切磋为主要方式。常州诸子的宗亲与师友交游情况,已具见前文,此处仅就诸人集中师友、宗亲间书信往还、赠寄诔奠诸作,略作引述补充。

古人朋友情深,每有为朋友文学、学术文稿作序的情况,又常有相互书信往来、逢友之丧为彼作祭的情况,如孙星衍有序洪亮吉《补三国疆域志》文,赵怀玉有《题洪稚存(亮吉)近来长短句卷后》,刘嗣绾有《陆绍闻(耀遹)双白燕堂诗集叙》,方履篯有《兰石斋骈体文遗稿叙》(董祐诚)、《陆祁生(继辂)宣南话旧图叙》,董祐诚有《方彦闻(履篯)鹤梦归来图叙》;李兆洛有《贵溪县知县陆君(继辂)墓志铭》,刘嗣绾又有《祭张皋闻(惠言)文》、《与董方立(祐诚)论古泉书》、《董方立诔》,洪齮孙有《祭养一先生(李兆洛)文》,张成孙有《答董方立书》、《祭董方立文》,董基诚有《与方彦闻书》,董士锡有《同门祭张先生(惠言)文》等等,不胜枚举。

---

① 梁启超撰、朱维铮导读《清代学术概论》,第65页,上海古籍出版社,1998。

② 陆继辂《崇百药斋续集》卷2《闻洪四胙孙稚存先生子补学官弟子并寄洪三符孙都下》。

常州士人基于宗亲、师友尤其友朋间的互相酬答、应和所形成的整体努力，正是常州骈文自成流派、成就卓著的内在动力。实际上，深入揭示常州地域、家族文化特色——尤其是宗亲、师友的大规模、长期性交游过从——对于常州古文与骈文兴盛的作用，在研究清代常州府、甚至是整个江南文学、学术与地域家族文化关系的问题中，具有典型意义。

第二节　一代奇俊，骈林巨子：洪亮吉

在中国文学史上，每个时代都会出现一些光芒四射的文坛巨星，在清代，就骈文一体而言，洪亮吉无疑就是这样的“巨星”。过去的文学史，常常把汪中视为清代骈文的第一大家，事实上，如果我们不带先入之见地对汪中和洪亮吉的骈文进行艺术对比的话，那么清代骈文“汪中第一”论是很难站得住脚的。作为一代奇峻和骈林巨子，洪亮吉的为人、为文，都值得我们去深入地了解。

一　一代奇俊的生平

洪亮吉，初名莲，字华峰，改名礼吉，复改亮吉，字君直，一字稚存，号北江，晚号更生，是乾嘉间名学者、名诗人、名翰林、名孝子，学术、文艺、道德并美，一世钦仰。他的一生，历遍坎坷崎岖，饱受荣辱升沉，其《平生游历图序》曾自言：“其达也，亦尝召对麒麟之阁，持衡龙虎之方，锡燕而入承明，抗言而惊三殿；其穷也，亦尝受诬牖上之业屦，致窘里中之墨尿，感异品于园蔬，泣奇温于袯絜；其动也，亦尝登五岳、历九薮，渡骇浪而百重，越龙沙而万里；其静也，亦尝插架万卷，十旬而卒业，傍舍半亩，崇朝而毕功。踪迹不可为不奇，耳目不可为不广矣！”[①]这正可视为其生平的精简总结。综其一生，称洪亮吉为一代奇俊，实是名归实至，本节将对他幼年成长和科举仕进的经历、对他生平奇游壮览的嗜好以及为人品节、学术文艺成就等，作概括陈述。

① 洪亮吉《更生斋文乙集》卷2。

洪亮吉先世,本姓宏氏,避唐敬宗讳,乃改洪氏。始居安徽歙县洪坑,因亮吉祖父公案赘于常州赵氏,遂迁居常州府阳湖县。亮吉父翘,早卒,时亮吉方六龄。亮吉父既卒,一家生活无以为继,外祖母龚氏悯其孤寡困苦,遂使亮吉母蒋氏,带领亮吉及其三姊一弟,举家寄居外氏。而外家亦贫窘,蒋氏只得"率诸女勤女工自给"[①],亮吉《南楼忆旧诗》纪其事有云:"婉转随娘识百忧,贫家照水亦梳头。不知梁燕缘何事,却怪春人懒下楼。"诗下自注:此言诸姊随太安人作苦,终岁不下楼也[②]。其勤苦可知。不过,虽然寄居生活异常穷窘,但蒋氏始终谨守洪氏家风,倾力以保证亮吉能够读书受教,这大体包括三个方面的努力:一是亲为授读、严慎课读,亮吉《平生游历图序》云,"主人(亮吉)六岁孤,从母育于外家,虽间出从塾师读,然《毛诗》、《鲁论》、《尔雅》、《孟子》,实皆母太宜人所亲授也"[③],又《南楼忆旧诗》云,"七龄入学感孤儿,逃塾先教都讲嗤。灯下《国风》还课读,始知阿母胜严师"[④],可见蒋氏课读之严;二是辛苦伴读,《南楼忆旧诗》云,"夜寒窗隙雨凄凄,长短灯檠焰欲迷。分半纺丝分半读,与娘同听五更鸡",读之令人酸楚;三是十指不歇,节衣缩食,以供其就塾,《南楼忆旧诗》所谓"清明过了又端阳,母不梳头针线忙。几日断餐缘底事?迭钱来买束修羊",何其不易!可以说,亮吉一生能成进士、取功名,为学者、诗人,能成一代奇俊,幼时其外家的收留支持、母蒋氏与诸姊的劳作奉献、亮吉自身的刻苦,皆与纾力,尤其蒋氏对他的辛勤鞠育,实有极为重要的意义。

中国古代男子立世,正途在经由读书、科举而仕进,并且洪氏自亮吉高祖德健以来,累世为文儒,洪亮吉为长子,生来便担负有继承家风、振作家声的责任,亮吉母艰难支拄、促成其读书,根本原因亦即在此。故自乾隆二十六年(1761)十六岁初应童子试开始,他便正式踏上了经科举而谋仕进的漫漫征途。初应童子试未售,三十一年再试,亦不售。直至乾隆三十四年,方四试而售,补阳湖县学附生,继补县学生。次年,即与黄

① 吕培编《洪北江先生年谱》,第4页,台湾文海出版社,1966。
② 洪亮吉《卷施阁诗》卷10《南楼忆旧诗四十首》。
③ 洪亮吉《更生斋文乙集》卷2。
④ 洪亮吉《卷施阁诗》卷10。

景仁同赴江宁乡试,初试未捷;又分别于乾隆三十六年、三十九年、四十四年应考,然三试亦皆失利;乾隆四十五年八月五次应试后,亮吉并不抱希望,“以屡困场屋”,心灰意懒,“不复有进取心”①,欲另谋生路,但可喜的是九月初七榜发,他赫然在榜,十年屡蹶屡奋,方有一得,那时他已三十五岁矣。然而科举之途对洪亮吉而言,还有最为艰难的一段路待他去走,那就是考求进士。从乾隆四十六年开始,他即依会试岁时赴京应试,而与他考秀才、中举人的情形相似,屡试屡败,蹉跎直到乾隆五十五年四十五岁时,才五试告捷,中是榜探花,尽吐胸中抑郁盘曲之气。

会试龙门既越,洪亮吉的仕途也因而比较顺坦,先授翰林院编修,充国史馆纂修官。乾隆五十七年八月,为顺天乡试同考官,不久即在闱中,奉命视学贵州,这是翰林未散馆官员的殊荣,法式善云,“翰林未散馆而为学使者,前则韩城王文端,近则吴县石君韫玉及先生三人而已”②,时人多为之欣羡不已。在贵州学使任上,亮吉“教士敦励实学,购经史足本及《文选》、《通典》等书,俾诸生诵习,所识拔者多掇科第去,黔人争知好古”③,于贵州一省学风,影响颇深。嘉庆元年(1796)贵州任满还朝,派充咸安宫官学总裁,次年入直上书房,侍皇曾孙弈纯读书,因弟霭吉卒,遂引疾去官,归隐里门。嘉庆四年二月,乾隆驾崩,翰林官员依例须奔丧,亮吉便随即束装北上。事毕,他“以春初束装匆遽,在都车马衣履一切未具”④,遂乞家暂归,上司已经准允。但当时川陕民乱未靖,国家兵事不断,他在京中耳闻目睹,忧从中来,为之晨夕过虑、焦劳扼腕,恰逢嘉庆帝下诏让臣属进言献议,于是他便毅然越职上书,此事的前后经过,前文已详述⑤。嘉庆四年这一事件的结果,是亮吉虽然保住了性命,不过本来是平坦顺利、蒸蒸日上的仕途,从此也就戛然断绝。然而,正因为亮吉在这一事件中显示出来的耿直无畏、激昂伉爽,

① 吕培编《洪北江先生年谱》,第 27 页。

② 法式善《皇清奉直大夫翰林院编修洪稚存先生行状》,吕培编《洪北江先生年谱》,第 75 - 76 页。

③ 赵怀玉《皇清奉直大夫翰林院编修洪君墓志铭》,吕培编《洪北江先生年谱》,第 85 页。

④ 吕培编《洪北江先生年谱》,第 51 页。

⑤ 详见本文第一章第二节《历史文化积淀与常州人文性格熔铸》。

使他赢得一世的敬仰,流放返乡后,“里居十年,天下钦望,以识面为幸”,“亮吉既殁,朝廷诏旨犹时及之,有直言陈大计者,称美谓其有‘洪亮吉风’,举朝唯阿则激励之,今何无洪亮吉其人?其名在朝廷如此”①,这也是洪亮吉被视为一代奇俊的一个重要原因。

另外,世人之钦仰洪亮吉,颇有一部分在感慨佩服其延续一生的奇游壮览。《常州府志·人物传》云,亮吉“喜游,登黄山天都峰绝顶;入茅山石洞,持烛行数里;放舟上洞庭缥缈峰(按:应为莫厘峰),大风浪,吟啸自得,皆人所难,而气质沉厚,可任大事”②。又吴锡麒《清故奉直大夫翰林院编修洪君墓碑》云,亮吉“生平嗜好山水,穷极险异,足迹所到,名胜殆周,故自发轫江淮之始,以逮从军碛卤而西,中间关陇驰轮,巴黔弥节,州有九而陟其八,岳有五而登其三”③。其中众家志传最多提及的几次“穷极险异”之游,便是登黄山天都峰、入茅山石洞和放舟太湖,亮吉《平生游历图序》对天都峰、太湖之游斗有简略载纪。乾隆三十七年壬辰(1772),亮吉在安徽学使朱筠幕中,四月,随筠游黄山,因天都、莲花二峰极险异,朱筠等至半山不能更上,亮吉“遂曳杖独行,先陟天都之半,道梗塞不得上,复回从间道,至莲花绝顶”,等他回到半山住处,朱筠等已下山,于是他“凡一日半夕不食”,方赶上朱筠诸人,那时亮吉“履已穿决,衣为荆棘所刺尽裂”,以至朱筠和邵晋涵正色规劝他,从此不得再为此亡命之游④。太湖之游就在黄石之游的次年,是年十月,亮吉过访在苏州穹窿山率弟侄读书的赵怀玉,因与同游太湖东、西洞庭,游毕西山林屋洞,亮吉欲渡湖抵东山莫厘峰夜宿,其时“风急波瞑,茅篷僧及柁工坚止之不可,自挂帆幅以行,至湖心则舟覆者已屡,茅篷僧及柁工并哭,然势不获止,三鼓仅抵东山,舟中人面已无色,惟主人(亮吉)尚谈笑自若”⑤,真是气质沉厚、奇迈非常之人!亮吉曾自言,“生平性嗜山水,踪迹所至,几遍寰宇,缒凿幽险,冒犯霜霰,若饥之于食,渴之于饮,

① 《常州府志·洪亮吉传》,吕培编《洪北江先生年谱》,第 73 页。

② 吕培编《洪北江先生年谱》,第 73 页。

③ 吕培编《洪北江先生年谱》,第 91 页。

④ 前引材料俱见洪亮吉《更生斋文乙集》卷 2《平生游历图序》。

⑤ 洪亮吉《更生斋文乙集》卷 2《平生游历图序》。

未尝暂离”[①]，实可视为其一生奇游壮览的写照。

再者，就为人品节而言，洪亮吉生平以孝友为世所称道，这也是促成其为一代奇俊的重要因素。这方面，可举三例说明。一是洪亮吉之处母蒋氏病丧。前已有述，亮吉幼孤，母亲蒋氏以孀居贫窘，艰难培育亮吉长成，付出可谓极多，亮吉乃有情人，其对母亲的敬重依恋亦是极深。乾隆四十一年(1776)十月二十六日，蒋氏在里中得中风疾卒，“仲弟以先生在千里外恐得讣后惊悼有他变，即作札言太宜人病状”[②]，亮吉得家书，星夜驰返，十一月十四日至常州，途遇里中熟人，将蒋氏病卒的实情全部讲出，亮吉“骤闻哀耗，五内昏迷”[③]，渡桥失足落水，有汲水者见之，方救起送归，良久苏醒，醒即“强呼痛哭，几不欲生，水浆不入口者五日，诸姊以大义责先生，始稍进米饮”，七七之内，“昼夜号哭，终丧不进肉食，不入内室，所服皆白衣冠，不御缁衣。自以未及侍蒋太宜人含敛，哀感终身，嗣后每遇忌日辄终日不食，客中途次不变，三十年如一日”[④]，其孝如此。二是亮吉之帮助仲弟霭吉。霭吉幼年即出嗣叔父洪翱，后因无力从学，乃“假仲姊资学为贾，累岁亏折资本，至无以偿”，当时亮吉服阕归里，见此情形，“决计携弟北上，别谋进取”[⑤]，而亮吉亦穷，甚至无资入京，幸得友朋赠借，方才动身。至京，值四库馆开，亮吉座师董诰为总裁，因与其事，将霭吉也送入方略馆效力。但霭吉既无资历，生活并不能自给，亮吉便“节啬所入，半给仲弟馆费，以半寄归为衣食之资，迎养叔母余孺人季父希李先生于家，用度益窘，每遇访友或假书，十里五里，无不步行”[⑥]，诚为不易。乾隆四十五年，霭吉因思家情切，得咯血疾，新岁益甚，亮吉只得“质衣具资，遣人送归”，那时快到上元节，亮吉“以无衣不克出门，托疾断庆吊绝过从者凡两月”[⑦]。不久，霭吉病愈，复至京，亮吉就用辛苦得来的卖文钱，将他以前的旧债全部

---

① 洪亮吉《更生斋文乙集》卷2《平生游历图序》。

②③ 吕培编《洪北江先生年谱》，第22页。

④ 吕培编《洪北江先生年谱》，第23页。

⑤ 吕培编《洪北江先生年谱》，第25页。

⑥ 吕培编《洪北江先生年谱》，第25－26页。

⑦ 吕培编《洪北江先生年谱》，第26－27页。

偿清。而嘉庆三年霭吉病殁,亮吉闻讣,即引疾辞官,归隐里中,其于霭吉真可谓仁至义尽了。三是亮吉之处挚友黄景仁之丧。亮吉与黄景仁为同乡挚友,性情气味相契,二十年情深意笃,乾隆四十八年,黄景仁病笃,驰书亮吉,以身后事相嘱,亮吉得书"假驿骑四昼夜驰七百里抵安邑,哭之于萧寺中"①,并筹资"徒步送至其家"②,其风义又如此。法式善称亮吉"平生于兄弟友朋之丧,皆力行古道"③,又赵怀玉云"君之制行惟孝友,爰及宗姻,如身与手"④,二公所言,固是确论。世人对亮吉品节风义咸为推服,这些都是很有力的根据。

最后,洪亮吉在清代,不仅是以他的政治举动、奇游和孝行等赢得世人的敬仰,而且以他的学术文艺天才、以他宏富的著述赢得世人的钦佩。其学术成就,前文有述⑤。文学方面,洪亮吉最长在诗与骈体文。法式善《洪亮吉行状》谓,亮吉"十三学作诗,诗以排奡胜,盖少年时即能为盘空硬语焉"⑥,其诗才卓特,幼时即见锋芒。后与黄景仁并称,"黄似李白,君学杜甫,一时称'洪黄'"⑦,又与孙星衍、黄景仁、赵怀玉等,号"七子",鸣于一时,大诗人袁枚见其作,"以为逸才"⑧。有《卷施阁诗》20 卷、《更生斋诗》8 卷,续集若干卷。洪亮吉骈体与诗一样,在乾嘉间俱称一大家,孙星衍谓,亮吉"为六朝骈体文,笔力遒迈"⑨,袁枚序《卷施阁乙集》则云:"君善于汉魏六朝之文,每一篇出,世争传之。"⑩其

① 吕培编《洪北江先生年谱》,第 32 页。

②③ 法式善《皇清奉直大夫翰林院编修洪稚存先生行状》,吕培编《洪北江先生年谱》,第 76 页。

④ 赵怀玉《皇清奉直大夫翰林院编修洪君墓志铭》,吕培编《洪北江先生年谱》,第 87 页。

⑤ 详见第一章第三节《学术兴盛与常州文学精神》。

⑥ 法式善《皇清奉直大夫翰林院编修洪稚存先生行状》,吕培编《洪北江先生年谱》,第 74 页。

⑦ 孙星衍《翰林院编修洪君传》,吕培编《洪北江先生年谱》,第 78 页。

⑧ 法式善《皇清奉直大夫翰林院编修洪稚存先生行状》,吕培编《洪北江先生年谱》,第 74-75 页。

⑨ 孙星衍《翰林院编修洪君传》,吕培编《洪北江先生年谱》,第 80 页。

⑩ 洪亮吉《卷施阁文乙集》卷首。

成就可以想见。亮吉古文亦有相当成就，如《意言二十篇》俱是哲理文采兼备的佳文，《征邪教疏》、《乞假将归留别成亲王极言时政启》则是痛快淋漓、气势雄浑的政治檄文，《书文成公阿桂遗事》、《书刘文正遗事》、《又书三友人遗事》等，文洁意厚，可见亮吉史才卓越。基于亮吉的古文成就，一般地，我们将他视为古文"阳湖派"的有力前导。洪亮吉生平所撰述，总计有260余卷，可以说是十分宏富了。

纵观洪亮吉的一生，自幼孤另，穷窘常伴，三十余年的漫长科举征途，耗去了他半生的时间、精力，一次出于忠诚正义的越职言事，又摧毁了他大半生辛苦谋求而得来的美好仕进前途，从悲观的角度来说，洪亮吉的一生真是坎坷悲剧的一生，但从乐观的角度来说，洪亮吉的一生又是充实奇异的一生，无论是他幼年生活的贫窘、科举仕途的坎壈，还是游历登涉的广泛奇特、道德的美善、学术文艺著述的丰厚，都使得洪亮吉六十四年的生命历程迥别常人，并共同促使他成为清代文化史上的一位奇才俊杰。

二　洪亮吉骈文成就述论

(一) 洪氏骈文创作的总体情况

吴鼒《八家四六文钞·卷施阁文乙集题词》论清代经生而兼擅文词者，以邵晋涵、洪亮吉、孙星衍、汪中为最特出，四人中邵晋涵"能为扬、班，而不能为任、沈、江、鲍、徐、庾之体，间撰供奉文字，局于格式，未能敌其经学之精深也"①，孙星衍中年以后乃专意经学，尽弃前作，故如吴鼒所论，清代以学者而兼擅骈体的翘楚，当首推洪、汪。实际乾隆间骈文作手，也正以汪、洪并称，而洪更胜汪一筹，吴鼒称亮吉"具兼人之勇，有万殊之体，篇什独富"，又钱基博《骈文通义》谓其"思捷而才隽，理赡而词坚，尚气爱奇，动多振绝。汪中不如其雄，孙星衍视之为靡"②，于亮吉骈体成就的评价可谓极高。总之，洪亮吉为清代骈文鼎盛时期的

① 吴鼒《八家四六文钞》第2册《卷施阁文乙集》卷首。
② 钱基博《骈文通义》，第113页，上海古籍出版社，2012。

一流大家,必无疑义;论者所说骈文的“常州派”,以洪、孙为代表,实际亦以洪亮吉为魁首。

洪亮吉的骈文作品,以清光绪三年(1877)洪氏授经堂所刻《洪北江全集增修本》收录最为完备,其中《卷施阁文乙集》10卷(第9、10两卷未刊),《卷施阁文乙集续编》30篇不分卷,《更生斋文乙集》4卷,数量可谓夥矣。这些作品或写景状物,或抒情议论,多能辞意双美,臻于高诣,不愧为大家手笔。就文章体类而言,集中序记书赋、诔碑赞铭,众体兼备,尤其序、记二体,数量既多,质量亦高,代表了洪亮吉骈文创作的主要成就。在具体论析洪氏骈文艺术成就之前,有两个问题必须厘清:一是洪氏骈文艺术风格问题,二是洪氏骈文阶段特征问题。

关于洪亮吉骈文的风格,自刘麟生、瞿兑之以降,学界有比较一致的意见,概括而言就是清新明丽。如刘麟生《中国骈文史》在比较洪亮吉、汪中骈体风格成就时曾曰:“汪洪并称,汪以朴茂胜,洪以清丽胜。”①以“清丽”来概括亮吉骈文的主要艺术风格、成就;又刘氏在介绍骈文“常州派”时有云:“洪亮吉与孙星衍齐名,皆为常州人,所为骈文,以轻倩清新取胜,世有‘常州体’之称。”②所谓“轻倩清新”,意与“清丽”相近。再如瞿兑之《中国骈文概论》谓洪亮吉骈文的主要特点“并不在其用典渊博,而在其格调纤新”③,“纤新”的意思与前“轻倩清新”、“清丽”实无二致。刘、瞿二氏的观点有相当的典型性和影响力,此后学界关于洪亮吉骈文风格的论述,几乎都未出此范围④。

毫无疑问,刘、瞿等人的概括有着相当的准确性,我们读洪氏文集,其骈体确乎长于清新一路,如《八月十五泛舟白云溪诗序》、《游极乐寺

① 刘麟生《中国骈文史》,第130页,商务印书馆,1937。

② 刘麟生《中国骈文史》,第127页。

③ 刘麟生、方孝岳等《中国文学七论》,第170页,广西师范大学出版社,2007。

④ 如张仁青《骈文学》论洪亮吉与常州体时有云:“洪亮吉所为骈文,格调纤新,笔致轻倩,世有‘常州体’之称,稍后之刘嗣绾、杨芳灿、彭兆荪、曾燠、李慈铭专学之,影响殊为深远。”张氏所概括洪亮吉和“常州体”的特色所谓“格调纤新,笔致轻倩”,与刘麟生的“清丽”、“轻倩清新”意思亦近,只是他将洪亮吉一人指为“常州派”开派大师,孙星衍则不在其列,未为允洽。所引材料见张仁青《骈文学》,第543页,台湾文史哲出版社,1984。

看荷花序》、《游消夏湾记》、《游幕府山十二洞及泛舟江口记》、《琴高溪夜游记》、《游南湖记》等，皆是具有清新风格的代表性作品。但是，通观《卷施阁文乙集》、《卷施阁文乙集续编》与《更生斋文乙集》诸作，洪亮吉所擅长的显然不止清新一种风格，其在清新以外，或沉郁缠绵（如《伤知己赋序》、《蒋清容先生冬青树乐府序》），或雄浑峻迈（如《楚相孙叔敖庙碑》、《重修唐太宗庙碑记》），或奇气盘礴（《天山赞》、《游武夷山记》），或哀感顽艳（如《长偭阁遗象赞》），或气息渊醰（如《南华九老会唱和诗序》）、或流利宛转而抑扬遒宕（如《与钱季木论友书》），或凄恻悲惋、真挚动人（如《出关与毕侍郎笺》），真可谓"具兼人之勇，有万殊之体"。

那么，为什么自刘麟生、瞿兑之以来的大多数学者，都特别强调洪亮吉骈体的清新特点呢？这一方面应是为了综合考虑洪亮吉和以他为主要代表的"常州体"两者的风格特征，取其共性，另一方面则是为了突出洪亮吉与"常州体"在清代骈文史上的独特贡献。因为所谓"常州体"的整体风格正是清新，杨芳灿、刘嗣绾、曾燠、彭兆荪、李慈铭等"常州派"后劲效仿洪亮吉，亦主要在清新一路；而洪亮吉与"常州体"其他作家的清新之文，在清代骈文的总体格局中是蹊径自辟、独树一帜的。本书特别提出这一问题，目的是希望对洪亮吉骈体的风格特点进行较为全面的揭示，还其全貌，而不至为所谓"清新"一种风格所拘囿。

阶段特征主要是就洪亮吉骈文的发展演变和分期而言的，就笔者目前所见材料，尚无人论及这一问题。既有的洪亮吉骈文研究，通常是将洪氏集中所有骈文作品作为一个前后一致的整体来统观探讨，这显然不够妥当。其实，洪氏骈文有较为明显的前后转变过程，这一转变的关节点与洪亮吉人生前后两段的区分点一致：亮吉一生以其越职言事、流放伊犁事件为转折点，此前为一种刻苦力学、锐意仕进的进取人生，此后为一种淡看俗世、纵情山水的超脱人生。与此相应，亮吉遭流放前文章收入《卷施阁文乙集》及《续编》，流放返归后文章则收入《更生斋文乙集》，有前后两期之别。当然，洪亮吉骈文的发展演变，还体现在其前后两期创作内容与内在意蕴的相异上。

一般而言，骈文写作中一定的文体选择，即大体对应着一定的题材与内容选取，如诏制疏奏为公文体类，其所写内容必是朝廷政事，又如诔碑碣铭为碑志体类，其所写内容则皆为亡者生平行迹，因此我们可从洪亮吉骈文作品的体类着手,考察其内容前后转变的特点。首先,《卷施阁集》及《续编》虽多序(包括诗文集序、赠序、赋序等)、记(包括事记、游记之类)之文,实是众体兼收,而《更生斋集》所收文章主要即为序、记两体,并且特多游记,这种变化与洪亮吉一生由入世进取而转悠然超脱的精神与生活实际是一致的。其次,进一步细读洪氏文集可以发现,亮吉晚年着力创作的大量游记与其前期纪游文相比较,在文字上往往更显老辣,在意蕴上则多了不少通脱、超逸。如同为纪游,前期《八月十五泛舟白云溪诗序》清新遒劲、狷狂逸宕,后期《黄山浴朱砂泉记》则清峻之中寓物是人非之感、《游天台山记》则奇逸纵肆之中蕴身世两忘之情,这种差异的出现,主要是因为亮吉穷徼得返、劫后余生,感慨因而深厚、心境因转超脱,而言者心声,其文也因转超逸老辣。

另外,与分期问题相关,我们综观清代诸骈体文选本,其于洪亮吉骈体作品的选取,显然更倾重前期的《卷施阁集》,如曾燠《国朝骈体正宗》选亮吉文 15 篇,吴鼒《八家四六文钞》选文 19 篇,皆出《卷施阁集》,即便以选文较全备为特色的屠寄的《国朝常州骈体文录》,其所选亮吉的 79 篇骈文中,有 63 篇出自《卷施阁集》[①],剩下的 16 篇则选自《更生斋集》。诸家选本在采择洪氏骈文时,为什么会出现上述的情况呢?事实上,曾燠、吴鼒选本之所以仅选《卷施阁集》,是因为这两书的辑刊皆在嘉庆初年,彼时洪亮吉仍健在,《更生斋集》所收文章,不少尚未创作,更无所谓结集刊行,故曾、吴两书仅从前期的《卷施阁集》择取。屠寄《国朝常州骈体文录》之辑刊在光绪十六年(1890),那时候洪亮吉诗文《全集》已问世,故屠寄选本有《更生斋集》中文章。再者,屠寄《文录》选洪亮吉文章,在数量上之所以前期与后期相差很大,是因为《更生斋集》所收之文,限于嘉庆五年(1800)洪亮吉自伊犁返归后所创作,洪亮吉于嘉庆十四年卒世,故《更生斋集》仅收亮吉晚岁九年所为文,而《卷施阁集》为洪亮吉大半生精华所萃,其所收文章不但在数量上要远过于《更生斋集》,而且从所收文章体裁、风格的多样性,从总体成就的丰厚来看,亦皆胜于《更生斋集》,故此屠寄《文录》作彼裁择。不过还需要强调

① 这 63 篇中,有《连珠》32 题,不过就是将这 32 题连珠算作 1 篇,从《卷施阁集》选出的文章也有 32 篇,总数是从《更生斋集》选出的两倍。

一点,虽然洪亮吉《卷施阁集》的总体成绩要胜于《更生斋集》,但我们不能因而轻视《更生斋集》的意义,甚至废而不观。正如前文所论,《更生斋集》中文章,尤其是一些纪游文章,文字、意境皆不逊前期文章,甚至有胜于前期者,而且其亦是洪亮吉一生骈文创作整体的一个重要组成部分,我们应当给予充分的重视。

(二) 洪氏骈文艺术成就

文学史对于创作者文学地位的衡论,需要考虑多方面的因素,其中文学作品达到了怎样的艺术高度、取得了怎样的艺术成就,是最为基本的方面。洪亮吉在清代文学史上骈文大家之地位的确立,首先便是由于他的骈文创作取得了高度的艺术成就。具体来说,论析骈文艺术,须从骈体文的构成要素入手,综合考量。张仁青总结历来骈文之"构成要件",认为"莫外于用典、对仗、声律、敷藻、调句五者"①,实际五者而外,篇章结构的安排、抒情议论的展开、意境的蕴生亦是必须考虑的重要方面。洪氏骈文于以上诸端无所不擅,以下依次论述。

第一,句雕字琢,工于属对。骈体文的创作,在一定程度上与诗歌相似,字句的锻炼、对偶的考究,是首先必须考虑的。刘勰《文心雕龙·章句》有云:"夫人之立言,因字而生句,积句而成章,积章而成篇。篇之彪炳,章无疵也;章之明靡,句无玷也;句之清英,字不妄也:振本而末从,知一而万毕矣。"②诗文篇章的完美,必然是基于字句的妥帖修整。而在骈体文创作中,字句之锤炼与对偶之讲究乃是一体共存的,骈文字句之修饬主要就是表现在对偶的精工上,因此,我们即可以从偶对的角度切入,探讨洪亮吉骈文在语言琢炼层面的艺术成就。

研读《卷施阁集》和《更生斋集》可以发现,若对洪氏骈体偶对艺术加以评析,可总括为一个"奇"字,具体又可厘为字奇、字句俱奇、意奇、句意皆奇四个层面。如《终南山圭峰寺铭》"怖鸽一队,枯僧两三"③,鸽"怖"而僧"枯",仅用两字即将飞鸽与寺僧的精神状态形容入微,此是字

① 张仁青《骈文学》,第281页。
② 刘勰著、周振甫注《文心雕龙注释》,第375页,人民文学出版社,1981。
③ 洪亮吉《卷施阁文乙集》卷1。

奇;《师子厓赞》"怪鱼窥人,头尾五色;妖鸟咒客,飞鸣百回"①,鱼"怪"、鸟"妖","窥人"、"咒客",长在比拟出奇,动人耳目,这也是字奇。《长俪阁遗象赞》"窗深共坐,红围四面之花;韵险偕吟,墨染崇朝之颊"②,尤其突出"红"、"墨"两字,色彩与心境俱美,可比之老杜律句锻炼之工;《十二月十九日终南仙馆同人祀苏文忠公诗序》"寒禽蹲树而不飞,冻鲤破冰而出听"③,"寒"、"冻"、"不飞"、"出听"固已修饰精巧,而"蹲"、"破"两字,更极锤炼,细读两句,似能见其形状、闻其声响;《游天台山记》"岩果润肺,作朝霞之红;灵泉清心,漾夕涧之绿"④,通过对岩果、灵泉色彩的形容,来强调它们"润肺"、"清心"的功能,妙想独出,而诗意勃郁。此则字句俱奇。

《蒋安定墓碣》写洪亮吉中表蒋宝善天性简静、才思过人,而二十三岁早卒,尤其"化形之鹤,犹爱羽衣;识字之蟫,偏随病骨"⑤一联,以"化形之鹤"、"识字之蟫"喻蒋宝善,将其短暂一生含括尽致,而惋惜之情,浸润其中,张寿荣评此联"运用生新"⑥,可谓得之;《送汪剑潭南归序》乃因友人汪剑潭南归而作,本来"自子欲归,已不怿累日,幽忧不已,将成疢疾",但转思"吾与子食桐江之鱼,弃子悉已成鲤;擘山院之果,遗核又复抽林"⑦,桐江之鱼、山院之果虽已为腹中之物,不复能得,然而它们的子孙、遗核在不经意间已茁壮长成,以此喻指亮吉与汪氏之友情,虽往日不再,而深情已结,且来日方长,文章幽忧之思即转清乐,极见才情。此言意奇。若句意皆奇,则如《苍雪山房诗序》"夫洲连橘柚,则黄绀之光烛山;花杂云霞,则青红之气成海"⑧,橘柚之光可以烛山,花霞之色能够成海,非亮吉诗心雄才,不能为此奇想、不能成此奇句;又如《与孙季仇(逑)书》"白鹭出树,回翔可观;潜鳞上竿,尺寸皆市"⑨,白鹭

---

① 洪亮吉《卷施阁文乙集》卷8。
② 洪亮吉《卷施阁文乙集》卷4。
③ 洪亮吉《卷施阁文乙集》卷6。
④ 洪亮吉《更生斋文乙集》卷3。
⑤ 洪亮吉《卷施阁文乙集》卷3。
⑥ 曾燠选,姚燮、张寿荣等评《国朝骈体正宗评本》卷9。
⑦ 洪亮吉《卷施阁文乙集》卷4。
⑧⑨ 洪亮吉《卷施阁文乙集》卷6。

“出”树已是匠心独运，而潜鳞“上”竿更是出人意表，张寿荣评此联有“句雕字琢，意理密致”[①]之赞；再如《游天台山记》“山花抽蓝，圆叶疑扇；林翼接翠，和声同琴。樵踪蛇纡，升降数十；石脊猱奋，回皇半时”[②]，此数联妙处，主要在眼前所见全以比喻道出，而字锻句炼，极尽熔铸之工，从而将天台山撩人心醉的意态，精简写意地描绘出来。

洪亮吉骈体文在字句上的精锻细炼，使得其文章秀句郁出，耐人咀嚼，而这一点正是“常州派”杨芳灿、刘嗣绾、彭兆荪、李慈铭诸人效仿取则的重要方面，也是“常州派”的重要特色之一。

第二，大才使典，融化无迹。用典使事是骈文创作的核心特征之一，成功的用典则可使文章言简意赅、神凝气畅，“使作品富有浓厚的神秘性、象征性和趣味性”[③]，这不但见出作者的学问，而且见出其才情。洪亮吉的骈体文创作，不乏少用典甚或不用典而自铸伟词的佳篇，但也多用典精洽的好作品，《伤知己赋序》、《蒋清容先生冬青树乐府序》、《重修唐太宗庙碑记》、《楚相孙叔敖庙碑》等即是这方面的典型，深得历来选家的称扬。

诗文用典，大体分语典与事典两类，洪亮吉文章多用事典，而运使入化。如《蒋安定墓碣》“故铜台之游，乏谢庄而寡韵；南皮之会，有吴质而损欢”[④]，前句以谢庄作比，意谓蒋宝善才情绝特、风雅天成，聚游之乐，无宝善则乏韵；后句以吴质作比，意谓蒋宝善性易感伤、心魄幽忧，宴谈之时，有蒋宝善又复损欢。一联之中曲尽抑扬，而运典浑融。又《与钱季木论友书》“淮南之鸡犬，雅于薛公之宾客；河间之简册，亲于中山之家室”[⑤]，称钱季木之雅，谓其鸡犬亦染主人之性情，好书甚于妻儿，比譬巧妙，融贯自然，张寿荣谓其“隽语以疏爽出之，更自遒宕”[⑥]。

又《伤知己赋序》悲知己邵齐焘、朱筠、黄仲则诸人之逝，所谓“嗟

---

① 曾燠选，姚燮、张寿荣等评《国朝骈体正宗评本》卷9。
② 洪亮吉《更生斋文乙集》卷3。
③ 张仁青《骈文学》，第138页。
④ 洪亮吉《卷施阁文乙集》卷3。
⑤ 洪亮吉《卷施阁文乙集》卷5。
⑥ 曾燠选，姚燮、张寿荣等评《国朝骈体正宗评本》卷9。

乎!回风美人之曲,楚臣殉之以身;钟鸣落叶之操,帝子继之以泣。大地抟抟,非以载愁;惟天穹穹,岂云可问?是知掘井九仞,冀可觌夫泉涂;载鬼一车,必当逢乎素识。复沛郡丈人之魄,或尚沉酣;起鲁国男子之魂,犹应慷慨”①,用屈原、萧综等人典故,意在慨叹邵、朱、黄诸友人生平遭际之坎壈,感慨悲哀中有一股沉浑的力度在,“能令铁石人动心”②。再如《蒋清容先生冬青树乐府序》写赵宋之迁亡曰:

> 盖声何哀怨,杜鹃为望帝之魂;变亦苍黄,猿鹤尽从军之侣。遇金人于灞上,能言茂陵;值铜驼于棘中,谁知典午?又况南迁烽火,北狩轩舆。言乎缔造,则东南置尉,拓疆无刘濞之雄;及此沦胥,则五百从亡,归骨少田横之岛。嗟乎!江山半壁,非仙人劫外之棊;金粉六朝,尽才子伤心之赋。

又言臣属效忠则曰:

> 乌呼!吞炭虽忠,智伯之头已漆;纳肝较晚,懿公之体先残。虽然,苌宏化碧,激衰周义士之心;比干剖心,作洛邑顽民之气。③

沉痛激昂,力透纸背,令人扼腕生慨、心魄摇动,较之庾信《哀江南赋》,绝不逊色。所引七联数句文字,几句句用典,而妥帖允当,字字珠玑,其总体特点也是以深厚的情感、贯通的文意运使典故,一脉推衍,层层递进,达到浑化之境,非亮吉博学宏才,实难臻此境界。刘勰《文心雕龙·事类》论合适的比事用典应“综学在博,取事贵约,校练务精,捃理须核,众美辐辏,表里发挥”④,前举亮吉骈体数例,可以当之。

第三,骈散交融,纵横如意。在骈文创作中,对称性原则固然首先

① 洪亮吉《卷施阁文乙集》卷2。

② 曾燠选,姚燮、张寿荣等评《国朝骈体正宗评本》卷9张寿荣评语。

③ 洪亮吉《卷施阁文乙集》卷4,姚燮评语见曾燠选、姚燮评《国朝骈体正宗评本》卷9。

④ 刘勰著、周振甫注《文心雕龙注释》,第412页。

应当遵循,但是正如奇偶本是辩证一体的两面,骈文的对称性、严整性中,同时也包含了不对称性,《文心雕龙·丽辞》即言成功的文章写作应"迭用奇偶,节以杂佩"①。结合骈文而言,主要就是要求骈文写作的句式须有所变化参差,每句字数四字、六字之外,可参以三字、五字、七字之类,对句形态也要有所不同,可以四四成对、六六成对,亦可三三成对、五五成对,可以四六与四六成对,亦可三五与三五成对,不一而足;就段落篇章而言,可以在偶句中加入适量的散句,更为微妙的则是在形式严整的骈俪中贯以散行之气:总之要奇偶迭用、骈散交融,做到取其合宜,变化无穷。洪亮吉的骈文创作,对这一点有很好的发挥。我们可以从句、章(或段)、篇三个层面来分别论析。

《与崔礼卿书》言昔日与友人"斋居盘盘,言笑宴宴"有云:"晨树撼鹊,于以极兴;夜寝列烛,求其悦魂。始知美酒一石,增刘伶之狂;嘉言三复,损臧仲之疾。"②后联偶对之中四字句、五字句并用,形式上骈散兼行;另外逻辑性连接词"始知"的运用,不但勾连起前后两联,使两者的意思紧密连贯,而且起到疏宕文气的作用,意脉韵味上也是骈散并下,融贯一体,因此张寿荣评曰:"似整似散,笔极宕逸。"③又《送同年张问陶乞假归潼川序》"自此之别,一日之内,仆眺日升,君眺日没;一江之水,君饮其源,我饮其委"④,前后两句都以三个逻辑上贯通的四字短句构成,其形式上工整而气脉疏畅,因而既具备了散体文的长处,又具备了骈体文的优点,骈散交融,一体双美。这是句子的骈散交融。

章、段的骈散交融,典型的如《苍雪山房诗序》:

> 仆闻其游迹,先已醉心,抽彼新诗,尤惊绝调。又念自十年以来,仆亦东棹乎瓯江,西车乎汃国。州有九,未臻乎梁益;岳有五,尚缺乎岱宗。亦可谓东西南北之人,燕齐楚赵之客矣。我所思兮,

---

① 刘勰著、周振甫注《文心雕龙注释》,第385页。

② 洪亮吉《卷施阁文乙集》卷4。

③ 曾燠选,姚燮、张寿荣等评《国朝骈体正宗评本》卷9。

④ 洪亮吉《卷施阁文乙集》卷5。

乃九州外之大九州;子好游乎,无百步而笑五十步。①

有四四相对,有五五相对,有六六相对,更有八字、十二字相对,并且这八字、十二字又各分三、五和四、八而对,真是极尽奇偶骈散、参差变化之能事。若全篇以骈散之气浑融运使,如《过旧居赋》:

县南中河桥之侧,洪子有旧居焉……室有楼,上下各四楹。楼后有池,池宽可十步,霖潦既集,亦生龟鱼。池侧柔桑一株,桃实数树。一簿之蚕,春足于食;三尺之童,秋足于果。倨倨焉,广广焉,不自知其室之陋也。然而夏水甫盛,则萍藻带于周庐;秋霖乍淫,则莓苔生于阴牖。出户之栋,鼪鼯与室鼠竞驰;颓邻之垣,枯株与薜荔交翳……盖始生焉、少长焉,及授室焉、生子焉,历二十八寒暑乃徙。②

依上所引,其骈散相间,纵横变化,而气韵连贯,视为散文、为骈文俱无不可。其余《天山赞》写天山景观之雄奇、《姚春木万里图序》论世间诸种"万里"之特质、《黄山浴朱砂泉记》写浴泉经历与人生感喟等等,皆是文字骈散兼运、浑融一气的佳作。当然,骈散融通不单单是洪亮吉骈文创作的特色,即以常州府而论,洪亮吉之前的陈维崧,同时的孙星衍,其后的李兆洛、杨芳灿、刘嗣绾、董基诚、董祐诚等等,他们的骈文作品无不具有此项特点,可以说奇偶并用、骈散交融乃是整个清代骈文发展的大势所趋。

第四,篇章布局,曲尽抑扬。以园林建筑来比譬文章,一篇文章的字词略似园林的木石砖瓦,句段则似墙垣亭廊,篇章便似整个园林。木石砖瓦的质地,墙垣窗廊、亭台楼阁的建造质量,固然会影响到一座园林的整体建筑水准,但布局结构的巧拙,通常会对一座园林的成败起到更为关键的作用。文章亦复如此,一篇优秀的骈文作品,佳词秀句无疑是不可缺少的,但是若没有创作者的精心安排,这些佳词秀句便很难显

① 洪亮吉《卷施阁文乙集》卷6。

② 洪亮吉《卷施阁文乙集》卷2。

示出它们的光彩。洪亮吉的才情在这一方面,也得到了充分的发挥施展。

洪亮吉骈体文不乏顺笔直书、一气彻尾的作品,但他更擅长顿挫抑扬、曲折回环之法,有一扬一抑法或一抑一扬法,更有依情感、文义推进所需而续续勾转、三折五折、曲尽抑扬法。《八月十五泛舟白云溪诗序》、《城东酒垆记》为一扬一抑,前文前半写众人泛舟夜游之乐,狷狂逸宕,至"嗟乎!半世之乐,成于奉亲;百昼之娱,奚若选夕。奈何中岁,各值多故"①,则转入沉绵;后文前半回忆与众友"言笑宴宴、信誓旦旦"②,则清新遒丽,后半感慨友朋多故、往事已矣,则沉郁缠绵,有死生离合之感。一抑一扬则如《送汪剑潭南归序》,先写夏序忽来,独居寂寞,忧伤难禁,继思与汪剑潭友情深笃,可慰愁怀,不必"移原隰之草,萃于一丘;招高下之乌,同栖一树"③,则转入豁达通脱;又如《与孙季仇(逑)书》先写独自北行之幽迷,所谓"七圣皆迷之野,独尔驱车"、"临池而举觞,寻碑而堕泪"④,继写"舍骑登舟"、快意观览,乃转疏朗逸丽,一抑一扬,情意饱满。

此外,有一抑一扬再一抑,如《与孙季逑书》先写萧条旅况,则寂寞逼人,继写想象中"移家近冢,就姊谋居"生活,则"疏朴可观"⑤,再写"积瘁之士,寡至四十",复转沉绵,有浮生若梦之慨⑥。又有先一抑而三转,如《与崔礼卿书》,先写旅次所观所感,幽忧苍茫;继想崔礼卿南行旅况、回忆当日与其"言笑宴宴",则转清新逸宕、情意款款;再写友人杨孟符与亮吉仲姊之丧,乃转沉痛;末则委婉箴颂友人,复转疏朗。一篇之中,真可谓妙擅转折、曲尽抑扬,文与心合、续续相生,不得不感慨亮吉之天才过人。

第五,绣口锦心,擅发妙论。骈文就其体性而言,更长于写景、抒

---

① 洪亮吉《卷施阁文乙集》卷3。
② 洪亮吉《卷施阁文乙集》卷6。
③ 洪亮吉《卷施阁文乙集》卷4。
④ 洪亮吉《卷施阁文乙集》卷6。
⑤ 曾燠选,姚燮、张寿荣等评《国朝骈体正宗评本》卷9张寿荣评语。
⑥ 所引《与孙季逑书》文字,见洪亮吉《卷施阁文乙集》卷4。

情,而非叙事、议论。不过文学史向来不乏以骈体而叙事、议论的名家名作,尤其宋代欧、苏等将散体句式、文气引入骈文,极大地扩展了骈文叙事、议论的能力,推演至于清代,骈散一体、骈散交融更成为骈体发展的大势,以骈体而写景、抒情、叙事、议论俱无不可。洪亮吉作为乾嘉间骈文一流大家,其集中虽少专以骈体叙事之作,但绝不少以骈体而议论的佳作,特别那些熔冶性情学问,振发而出的妙论,同时代骈体大家多难臻其诣造。

若《楚相孙叔敖庙碑》、《重修唐太宗庙碑记》之类,是以议论卓特而著名的佳作,历来选家推崇不置,如《楚相孙叔敖庙碑》开篇有云:

> 隆古以来,吾知之矣。高卑甫形,君与民近,天子犹一方之吏,九重有并耕之说。沾体涂足,日接于巍巍;茅茨土阶,不隔于攘攘。敻哉上乎!九纪以降,五迁以前,惠民之实事,归于元首乎?由周以来,亢锯益密。阊阖九重,黔首不能历其一;繁露十二,圆颅不能瞻其秒。又人列十等,国及数圻,非夫实心之宰,莫就小康之俗。①

虽短短数句,而上古以来政治之变、天子与百姓关系之替,尽在其中,言简意赅、论断超绝,张寿荣称其"推论事变,句奇语重"②,姚燮谓此文"论断识议俱佳,而用笔亦骎骎入古"③。

这两篇文章以外,《与孙季逑书》、《邓尉山人徐友竹诗序》、《南楼忆旧诗序》、《姚春木万里图序》等,俱是抒情、议论兼美的佳作,如《与孙季逑书》论所谓名士之误、巧者之失,见解独到,直指当世,特别末联"间尝自思,使扬子云移研经之术以媚世,未必胜汉廷诸人,而坐废深沉之思;韦宏嗣舍著史之长以事棋,未必充吴国上选,而并亡渐渍之效"④,反用扬雄著经、韦曜作史之典,精妙非常,比譬恰当、说理透辟,为不可辩驳之论。而《邓尉山人徐友竹诗序》论"达者之过":

① 洪亮吉《卷施阁文乙集》卷3。
② 曾燠选,姚燮、张寿荣等评《国朝骈体正宗评本》卷9张寿荣评语。
③ 曾燠选,姚燮、张寿荣等评《国朝骈体正宗评本》卷9姚燮评语。
④ 洪亮吉《卷施阁文乙集》卷3。

夫知山莫如樵,而无与岩壑之胜;知水莫若钓,而莫穷浩渺之概;知简册莫如儒,而不克极夷旷之致。是以升林麓而能赋,谓胜于樵;临川上而能言,谓胜于钓;积经籍而能化,谓胜于儒。若其兼此者,则身世之乐亦几尽焉。复有知而不获践者。嵇生旷矣,而鸾凤之翮不铩;公理远矣,而参佐之职不辞。故著《乐志》之论,而迹局于冠缨;成《养生》之篇,而遇极于幽愤。达者之过,古人类然。①

则议论特达,有通人之识见,非常才所能道也。至于《与钱季木论友书》,则全篇发议,陈论所谓学问之友、性情之友各自所常具有的五种弊端,明敏特识,文章又复流利婉转,抑扬遒宕,令人击节叹赏,正如姚燮评语所言,此文"涤辞除滮,炼笔入和,方之吴縠人《友论》一篇,自有雅郑之别"②。在这类文字中,洪亮吉的学问、识见、才情无疑是得到了全面的体现。

第六,情景相生,表里浑融。前已有言,骈体文最擅写景抒情,这是由骈文这种美文文学体裁本身体性所规定。可以说,一骈文作家是否擅长写景抒情、又擅长到怎样的程度,是判断其为一般作家或一流大家的最重要标准。而判断作家是否擅长写景抒情的方法,主要是看其文章中情与景的呈现,在情景相生、彼此交融的方面,达到了怎样的水平、境界。洪亮吉正是兼擅写景、抒情,而此情与景常能臻于浑融一体之境的骈文大家。《伤知己赋序》、《与孙季逑书》、《长俪阁遗象赞》、《与崔礼卿书》、《出关与毕侍郎笺》诸篇,是其代表作品,我们可选取其中对旅况这一题材集中描写的两篇文章中的精彩段落略为解析。

一写客居寂寞,《与孙季逑书》开篇云:

季逑足下:仆原阒千里,不覯一士。日惟陈书,俯仰宇宙;夜或秉烛,驱役魂梦。昨已冬始,寒尤逼人。狂风一来,吹卷出户,稍迟未觅,已过墙外。南邻朽桑,虫厚逾寸,败叶既尽,时来啮人。车声

① 洪亮吉《卷施阁文乙集》卷6。

② 曾燠选,姚燮、张寿荣等评《国朝骈体正宗评本》卷9姚燮评语。

> 过巷,床几皆动,土既不实,倏陷窟穴。离离黄蒿,乃长屋角;闲廛积亩,反不生草。①

秉烛驱梦,可知寂寞入骨,桑虫啮人,已近幻觉;车过永巷,床几震动,由动反衬其静,由静折射其寂寞,细微若此;而黄蒿长于屋角,又将他的寂寞在时间上进行延亘,细细读来,让人心魄为之震动。而我们复读这段文字,其无一字明言寂寞,而寂寞极为深沉,它的妙处全在借物言情,情景相生。

一写旅途无奈,《与崔礼卿书》曰:

> 礼卿足下:霖雨南北,泥涂接天。惊禽不飞,巢树越月。东渡清济,西抵河洛。麻麦千里,川原百重。披林知晨,映水识夕。登陟劳顿,宿患转失。犇车乎荥阳,覆辙乎成皋。暑疾破腹,言停偃师;炎风裂衣,乃径函谷。时值深夜,危连十车。土囊阴阴,千丈落月。鹊树冠斗,鸱巢冒星。车声崩雷,杂以谷响。时复卧起,不识昕夕。沉沉烛光,映晓青紫;惊沙蒙蒙,当午黄赤。如此三日,始抵平陆。②

霖雨泥涂,已言行程之艰,禽虽心惊而经月巢树,更反衬行况之恶劣,行人远游无奈之情,则不言自明矣。其后写夜经函谷数句,尤见作者才情,丛山阴阴、落月千丈,一暗一明,一低一高,视觉的落差中衬托出气氛之"危";鹊树冠斗、巢冒星,则在新奇中寓诡异,亦写情势之"危";车声崩雷,杂以谷响,则在听觉的夸张上,突出情势之"危"。行程气氛、情势如此诡异、压抑,行程中行人的内心况味,岂能不惶恐不安?再转一层,更可见其远游无奈之深了。而与《与孙季逑书》相似,文中并无一字明写远游之无奈,而作者内心的无奈弥漫于字里行间,其景语即情语,情语即景语,两相浑融,不可拆分,并且物尽而情不尽、回味不尽。

《文心雕龙·物色》论写物抒情须"写气图貌,既随物以宛转;属采

---

①② 洪亮吉《卷施阁文乙集》卷4。

附声,亦与心而徘徊”,又说文章写物抒情“物色尽而情有余者,晓会通也”①,前引洪亮吉的文字,称得上是心物交融、“物色尽而情有余”的好文字,洪亮吉也称得上是“晓会通”的骈文妙手。

第七,尚气爱奇,动多振绝。在从文章的结构性因素及营造文章意境的必备艺术手段层面,对洪亮吉骈文的艺术特色与成就进行论析后,我们有必要剔抉出洪氏骈文在总体上所具有的艺术特质、艺术个性。这里可以借用钱基博《骈文通义》论洪亮吉骈文所谓“尚气爱奇,动多振绝”之语,作为概括,其目的重在突出“气”、“奇”两字。“气”乃文章涵蓄于内、发射于外的气质之性,洪亮吉骈体之“气”勃郁深厚而种类众多,有清新纤丽之气、有沉郁缠绵之气、有雄浑峻迈之气、有盘礴奇逸之气、有哀感顽艳之气、有温雅渊醰之气、有流利宛转而抑扬遒宕之气、有凄恻悲惋而真挚动人之气,因情写文、随文附气,性情在其中,才力、学问亦在其中。而不管这些“气”的种类怎样众多,它们共有的一个性质倾向,乃是一“奇”字,字奇、句奇、属对奇、句式奇、篇章结构奇、使事用典奇、阐发议论奇、写景抒情奇,无处不奇,从而使得亮吉之文总体便具“奇”质。

进一步来说,洪亮吉骈体的“尚气爱奇”,既有主要因描写对象之奇而奇者,如《终南山圭峰寺铭》、《终南山高观谷铭》、《少寨洞赞》、《师子厓赞》、《异神河赞》、《白水河赞》、《游庐山记》之类即景谋篇之作;又有主要因内心情感、思想之奇而奇者,如《伤知己赋序》之感伤友类亡殁,《楚相孙叔敖庙碑》、《重修唐太宗庙碑记》之议论史事,《与钱季木论友书》陈议友道;更有许多因客观对象、主观情感思想俱奇而奇者,《八月十五泛舟白云溪诗序》之写狷狂夜游,《与孙季逑书》(远阅千里,不觏一士)之写客居寂寞,《蒋清容先生冬青树乐府序》之写赵宋迁亡、忠臣效死,《与崔礼卿书》之写远游无奈,《城东酒垆记》之回忆往日友朋宴游,《天山赞》与《瀚海赞》之写边地奇景、抒发一腔奇伟豁朗之情,《黄山浴朱砂泉记》与《游天台山记》之写黄山、天台山奇景,表达身世两忘之感,主、客观互相激发,彼此共振。总之,都是气息浑成、奇意郁郁而动多振绝。

① 所引文字分别见刘勰著、周振甫注《文心雕龙注释》,第493、494页。

综上所论,我们可以说,洪亮吉骈文从细部字句的锤炼,到总体的意境气质的生成,都取得了很高的艺术成就,而洪亮吉正是以这样戛戛独至的骈文艺术造诣,获得了当时和后世论者的充分肯定和大力推崇。不但如此,经由洪亮吉(包括孙星衍)的示范,清代骈文史还出现了仿效洪氏骈文风格而自成一派的“常州体”,该体在继承前人艺术成就的同时,境界独辟,形成以清新明丽为主要风格特色的骈文新体,它是清代骈文史上最具创新意义而影响殊为深远的骈文体式。要之,无论就骈文创作的艺术成就,还是就文学史的影响而言,洪亮吉都称得上是有清一代的骈林巨子。

第三节　江左文学之望,常州骈体名家:孙星衍

孙星衍是与洪亮吉并称的清代骈体文名家。由于文献的佚失,今天已经无法把握孙星衍骈文创作的全貌,不过藉由存世的十几篇孙氏骈文作品和清代以来学者文人对于孙文的评价,我们仍然可以在一定程度上对他的骈文创作成就进行审视和判定。

一　孙星衍的家世、生平

孙星衍,字渊如,一字伯渊,号季逑,一号薇隐、芳茂山人,阳湖人。在乾嘉间,孙星衍学术、诗文俱称名家,与同邑洪亮吉齐名,称“洪孙”。阳湖孙氏本籍定远(今属安徽),明初星衍十四世祖继达以守御常州及克张士诚功,朱元璋赐第武进,遂定居。孙氏自继达以后,“世为勋阀,历三百年,宗族聚居一宅”①,子孙递衍,为常州望族。特别是在明代,孙氏可谓人才辈出,其中最称著名的是孙星衍的十五世祖兴祖。兴祖“明洪武时以开国功,官骠骑大将军,都督北平,赠龙虎上将军”②,又以功封燕山侯,谥忠愍。其余如继达为兴祖从子,官濠梁卫指挥使,终凉

① 孙星衍《孙渊如先生全集·岱南阁集》卷2《许太恭人九十生辰事略》。

② 孙星衍《孙渊如先生全集·嘉谷堂集·江宁忠愍公祠堂记》。

州都督;恭系兴祖从孙,官凉州卫指挥佥事,后战死,明惠宗赠广威侯,明季又追赠象山伯,谥勇愍;又如星衍九世祖慎行,殿试中一甲第三名,官至礼部尚书,等等。到了清代,孙氏家道虽已中落,但名族遗风尚存,星衍生而颖慧,长为名宦、为学者、为诗文家,从遗传学角度讲,或多或少,总有其父祖的影响在。

孙星衍的一生,若以一语概括其特色,可说是介乎奇正之间。他年轻时,"倜傥不羁,邑中时有'毗陵才子'之目,然颇恃才,不屑屑为经生吾伊态,或纵酒放歌"①,换句话说,便是一个风流才子。工诗,同里洪亮吉之舅蒋和宁观其诗,"大加赏异"②;大诗人袁枚居金陵,星衍怀诗谒见,枚"倒屣而迎,阅君诗,跋其卷曰:天下清才多奇才少,读足下之诗,天下奇才也,恨相见之晚。亟荐之当道,相与为忘年交"③;此外,张绍南、王德福所撰《年谱》,还记载了一个有关孙星衍诗才的生动事例:

> 乾隆四十七年,客西安节署,是时节署多诗人,约分题赋诗,各体拟古,共数十首。同人诗成,君未就,与同人赌以半夕成之,但给抄胥一人,约演剧为润笔。继而闭户有顷,抄胥手不给写,至三更,出诗数十首。中丞叹为逸才,亟为演剧。④

可见其诗才之卓特。诗而外,孙星衍亦擅骈体文,为乾嘉间名手,下文将有详述。以他的诗文才情,自可以倚为特擅,矜式同辈,若再能锻炼精进、笔耕不辍,成一代名家,也是合情合理。但孙星衍却"雅不欲以诗名"⑤,甚至中年以后,尽弃少所为骈俪文,而"深究经史、文字、音训之学,旁及诸子百家"⑥,并且一旦笃意于此,便能覃思独运,创获不断,成"江左文学之冠"⑦、学术大家,真是十足的"天下奇才"。

其才奇,其人则既奇又正,大体是奇在性情、正在品格。孙星衍的

---

① 王光燮《亡女王采薇小传》,见孙星衍《孙渊如先生全集》附王采薇《长离阁诗集》卷末。

②③④ 张绍南撰、王德福续撰《孙渊如先生年谱》卷上。

⑤⑥ 赵尔巽等撰《清史稿》卷488《孙星衍传》。

⑦ 孙士廉《年谱题记》评孙星衍语,张绍南撰、王德福续撰《孙渊如先生年谱》卷首。

性情,有风流不羁的一面,更有深情笃挚的一面,这在他对妻子王采薇的感情上,体现得最为充分。王采薇,字玉瑛,她"端丽明慧,熟汉晋书,工楷法,多才艺"①,是一位天生丽质的才女。她的才情尤其诗歌之才,时人多有称誉,叶观国谓其诗"体艳香奁,才雄巾帼"②,袁枚则云"哀感顽艳,丁当清逸"③,以至一时名士如何森林、张经邦,都把她赞作"埽眉才子"④。乾隆二十三年(1758),孙星衍之父游天津,遇同里王光燮,"燮故精子平术,适见君(星衍)年命,推之以为不凡,归里后,遂倩戚党以第四女许字之"⑤,这第四女便是王采薇。乾隆三十六年,孙星衍入赘王氏,结成良缘。婚后,两人琴瑟和鸣,情深意笃,文史相质、诗词唱酬,"匪云嘉耦,直是吟朋"⑥,可谓神仙眷侣。但是不到六年,王采薇即以嗽疾骤逝,佳人仙去,惟余伤心,孙星衍哀恸无任,誓不再娶。其后四十余年,孙星衍虽为子嗣计,四纳妾氏,但皆未以正室娶入,可见其对元配王采薇的深情挚爱。

孙星衍一生中,善诗能文、长于学术、笃意爱情之外,其半生为官的经历也颇值一提,他的性情之奇、品格之正,在其中得到了很好体现。为官先须谋官,两者关联一体。乾隆四十七年,孙星衍乡试中式,五十二年应礼部试,即取一甲第二名,授翰林院编修,乾隆帝因此有"今科鼎甲得读书人"⑦之语。对孙星衍来说,既成进士,仕途之门已经开启。但是到了五十五年编修散馆考试时,孙星衍意外地遇到了一点阻碍,他作《厉志赋》用《史记》"匔匔如畏"之语,考官和珅不识,遂置二等,奉旨

①② 叶观国《薇阁偶存弁言》,孙星衍《孙渊如先生全集》附王采薇《长离阁诗集》卷首。

③ 袁枚《孙薇隐妻王孺人墓志铭》,孙星衍《孙渊如先生全集》附王采薇《长离阁诗集》卷末。

④ 何森林《薇阁偶存弁言》、张经邦《薇阁偶存题辞序》,孙星衍《孙渊如先生全集》附王采薇《长离阁诗集》卷首。

⑤ 张绍南撰、王德福续撰《孙渊如先生年谱》卷上。

⑥ 袁枚《孙薇隐妻王孺人墓志铭》,孙星衍《孙渊如先生全集》附王采薇《长离阁诗集》卷末。

⑦ 张绍南撰、王德福续撰《孙渊如先生年谱》卷上。

以部员用。“故事,一甲进士改部或奏请留馆”①,翰林院为仕宦登进的清要之所,人人向往,孙星衍以一甲进士,有留馆迁升的可能,当时和珅为相掌权,或改、或留多由和珅决定,他听闻孙星衍的名气,“欲君屈节一见,君卒不往,曰:吾宁得上所改官,不受要人惠也”②,认真地折破了和珅的面子。翰林官员散馆,改官或留部是第一步,改官以后任怎样的官,是第二步,而这一环也由和珅一人把持。按成例,编修改官可为员外,但既然此事的决定权在和珅,而孙星衍又得罪了和珅,那么他若想顺利以员外赴任,只得屈节去见和珅,然而他戆气充胸,到底没有去见和珅,乃以刑部直隶司主事改任,其性情、品节如此!一朝文武,都刮目相看,大臣阿桂“每擢官,必曰‘此和相不能致之人也’”③。

孙星衍由编修改任,先官刑部直隶司主事,继升直广东司郎中,乾隆六十年,放山东兖沂曹济监管黄河兵备道,嘉庆九年(1804)乃授山东督粮道,仕途也可谓平坦顺利。任职期间,孙星衍以宽仁清廉、恪尽职守,颇得民心。如在直隶司员外郎任上,“君在部宽仁,务求平法,虽枷杖轻刑,未肯加重,平反核谳,全活甚多”④。又如嘉庆元年,“曹南水漫滩溃,决单汛,君偕康廉使筑堤强御”,鸠集工夫,五日夜,从上游遏止住了水患,如康廉使基田所云,“省国家数百万帑金也”⑤。嘉庆三年,孙星衍在山东治河务,因河坝合而复决,河务官须赔偿坝工银,前任、后任各半,孙星衍为前任,但是后来主事者将所有坝工银九万两全部推在他的身上,面对如此不公的遭遇,他却坦然地说,“吾无寸椽尺土,然既兼河务,不能不为人受过也”⑥,于是挺身任之。同年六月,因母亲金氏卒世,孙星衍奉柩南归,“启行之日,惟载万卷书笈”,当地百姓在他启行之日,“送丧者亘数十里”⑦,这正是对他为官清廉、品节清正的最好说明。

孙星衍奉母丧归常州以后,曾因曾燠之请,主安定书院,又因阮元之请先主绍兴蕺山书院讲席,继与王昶同为西湖诂经精舍主讲。嘉庆九年,奉旨复出,直至十六年引疾去官。到了嘉庆二十三年,便以肝气痛辞世,年六十六。其身后所留下的,除了关于他天才卓异、性情笃挚

①②③④⑤ 张绍南撰、王德福续撰《孙渊如先生年谱》卷上。
⑥⑦ 张绍南撰、王德福续撰《孙渊如先生年谱》卷下。

戆直、品节高尚、为官清廉的许多文字载记、口头传说,还有他自己所撰写、编纂的数十种学术著作,以及相当数量的诗文作品,足供后人瞻仰研究了。

二 孙星衍骈文创作考论

从清人的各种文献载记来看,孙星衍确实应当是当时世所公认的骈文名手,不过从后世论者如民国时期钱基博、刘麟生等人的评价来看,孙星衍的骈文成就似乎并没有那么高,我们怎样看待这一问题?再者,有一个无法回避的问题是,孙氏的骈文成就虽然很高,但存留的作品有限,其原因何在?目前实际存留多少?在具体展开对孙星衍骈文艺术成就的论述之前,先须对这些问题作考索论析。

首先,孙星衍的少有高才、擅为骈体,可从清人的文献中征实。如张绍南、王德福所撰《孙渊如先生年谱》中即有载记,当时名公朱筠,素知孙星衍之名,曾撰句"小学刘臻吾辈定,丽词庾信早年成",书楹帖寄赠[①],所谓"丽词庾信早年成",就是说孙星衍早年善为骈体文。又孙星衍之友吴鼒编《八家四六文钞》,在《卷施阁文乙集题词》中曾将孙星衍与邵晋涵、洪亮吉、汪中并推为清代经术、骈文兼长的艺林翘楚,邵晋涵且不论,以洪亮吉、汪中在清代骈文史上的突出地位,吴氏将孙星衍与之并列,推举是极高的。此外,吴氏在《八家四六文钞》的《问字堂外集题词》中,还曾提及汪中对当时诗文创作的一段评论:"今之人能为汉魏六朝唐人之诗者,武进黄仲则也,能为东汉魏晋宋齐梁陈之文者,曲阜孔顨轩、阳湖孙渊如也。"[②]孔顨轩即孔广森,亦乾嘉间骈体名家,以汪中俯视一世之狂,对孙星衍推崇如此,亦可想见孙星衍骈文才能是怎样卓越了。再者,阮元为孙星衍《问字堂集》作赠言有云,"以元鄙见,兄所作骈丽文,并当刊入,勿使后人谓贾许无文章、庾徐无实学也"[③],言下之意,乃是把孙星衍视作兼有贾许实学、庾徐文章的通才。综合数家所

① 张绍南撰、王德福续撰《孙渊如先生年谱》卷上。

② 吴鼒《八家四六文钞》第3册《问字堂外集》卷首。

③ 孙星衍《孙渊如先生全集·问字堂集》卷末《问字堂集赠言》。

言,我们可以断定,孙星衍在其早年显示出了出色的骈文创作才能,并且得到了艺林充分的、比较一致的肯定。

其次,近人对孙星衍骈文创作成就的评价,以钱基博、刘麟生较为典型。钱基博《骈文通义·流变第三》在比较洪亮吉、孙星衍骈体特色时曾有云:"亮吉信含异气,笔墨之情殆不可胜,而孙才力苦弱。"①即在钱氏看来,孙星衍在骈文创作中所显示的才情力度是比较单薄的。刘麟生则在其《中国骈文史》中表达了与钱氏类似的观点,他将孙星衍视为"常州体"代表作家之一,并藉用钱基博"孙才力苦弱"之说来证明他"孙不如洪"的论断②。又刘麟生在其《骈文学》中有云:"渊如之文,才胜于气,《仪郑》之俦也。"③《仪郑》系孔广森《仪郑堂文》之略称,在同书中,刘氏称孔广森骈文"才有余而力不足",亦即在刘氏看来,孙星衍与孔广森的骈文有类似的不足,那就是虽具较高的才情,但气势、力度还不够,此处的观点虽与前述"孙才力苦弱"、"孙不如洪"之说有所不同,但它们对孙星衍骈文艺术成就评价并不是很高,则是一致的。这里我们必须明晰两个问题:第一,钱基博、刘麟生等人的论断,有一个前提,即孙星衍骈文虽有"才力苦弱"或"才有余而力不足"的不足,不过他仍然是清代骈文的一个代表作家或说"大家"④,换句话说,钱、刘之论是对清人观点的批判性继承;第二,钱、刘之论虽属对清人观点的批判性继承,但是他们的"批判"并不合乎实际,而仅是他们的一家之言,下文将结合孙星衍的骈文作品来具体论析。

再次,关于孙星衍骈文作品的传留问题。依前述朱筠、阮元、汪中诸人之说,可知孙星衍早年的确写作了不少骈文作品。再按吴鼒《八家四六文钞》、张之洞《书目答问》,可知星孙衍早年的那些骈文作品,曾收

---

① 钱基博《骈文通义》,第113页,上海古籍出版社,2012。

② 刘麟生《中国骈文史》,第127页,商务印书馆,1937。

③ 刘麟生《骈文学》,第97页,海南出版社,1994。

④ 如刘麟生《骈文学》第五章《清代作家》,开篇有一段总括性的文字云:"骈文至元明,了无足观。中兴之者,厥惟清代。然往往才藻过于气韵,至其大家,亦能由唐以规八代,少增自然之美焉。"下文即以"大家"为对象,分别概述其成就,孙星衍、孔广森是与洪亮吉、汪中、袁枚等人并列的,亦即在刘氏看来,孙星衍实是清代骈文的一个"大家"。参见刘麟生《骈文学》,第92页。

作一集,名为《问字堂外集》,不分卷①,但后来佚失了。佚失的原因,据吴鼒所言,乃是星衍"壹其志治经,取少作尽弃之"②,最终没有刊入全集。吴鼒是与孙星衍同时的著名学者、骈文家,又系星衍友人,两家更有姻亲关联,所言应当可信。今天看来,那真是颇为可惜的事情。所幸当时及其后一些选家的文钞、文辑中尚保存了几篇作品,综合吴氏《八家四六文钞》、曾燠《国朝骈体正宗》、屠寄《国朝常州骈体文录》和近人王重民编辑《孙渊如外集》所收录,去其重复,目下可见孙星衍的骈体文,计有11篇,分别是《上孔子集语表》、《仓颉篇初辑本序》、《补三国疆域志后序》、《平津馆丛书序》、《大清防护昭陵之碑》、《关中金石记跋》、《国子监生洪先生妻蒋氏合葬圹志》、《国子监生赵君妻金氏诔》、《洪节母诔》、《祭钱大令文》、《续古文苑序》,我们可藉以窥豹一斑。

三　孙星衍骈文的艺术成就

细读孙星衍所遗留下来的11篇骈文作品,辞采、意境俱佳的,乃是《大清防护昭陵之碑》、《关中金石记跋》、《国子监生洪先生妻蒋氏合葬圹志》、《国子监生赵君妻金氏诔》、《祭钱大令文》等5篇,其总体特色,简要概括,可说是古奥渊雅、用心深隽,在此总体特色之下,或叙史陈义、或抒情写景,俱能运筹挥洒,超迈绝特。

如《大清防护昭陵之碑》乃为乾隆四十二年清廷防护唐太宗昭陵而作的碑记,碑记之体,旨在追颂墓主德业勋烈,如《文心雕龙·诔碑》所云:"标序盛德,必见清风之华;昭纪鸿懿,必见峻伟之烈:此碑之制也。"③孙星衍此文,首先对唐太宗开辟有唐一代江山的宏业总评云:"帝提剑乘天,握图出震,驱除吞噬,弹压殷齐。白鱼赤地之祥,版泉丹水之迹。让黼扆而肃五日之礼,寓斧斫而正二叔之辜。浮龟不足效其

① 参见张之洞撰、范希增补正、高明路点校《书目答问补正》卷四《集部·别集第二·清骈体文家集》,第230页,北京燕山出版社,1999。

② 吴鼒《八家四六文钞》第3册《问字堂外集》卷首。

③ 刘勰著、周振甫注《文心雕龙注释》,第128页,人民文学出版社,1981。

文,断鳌不足媲其武。帝系之所传,史牒之所颂。尽美又善,无得而称焉。"[①]"尽美又善"之说虽然不可视为确论,但碑记体制如此,孙星衍的夸饰"气体高华"[②]、比譬得当,开篇有金石之声。此后,便分别对唐太宗的俭、仁、大、智、灵,进行阐述议论,如言太宗之俭:

> 水衡灌地,将为江河;玉桃服尸,思毕天地。故以七十余万骊山穿治之徒,一万六千茂陵大徙之户,帝则深尊节约,廑凿嵯峨,似委宛之桐棺,拟谷林之通树。万乘之贵,悟旨庄周;独决之明,征言季札。克终后志,遂下王言,侍卫减于常仪,瓦木止于形具。此则帝之俭也。[③]

尤其"以七十余万骊山穿治之徒,一万六千茂陵大徙之户"一联,造语奇隽,横空盘硬,其渲染唐太宗民力之厚,旨在反衬其俭,辞义俱高。又如言太宗之仁:

> 藏弓烹狗,志士因而拊心;长颈鸟喙,哲人于焉长往。子胥抉目于吴阙,彭越覆醢于淮南。未尝不掩浸润之明,损豁达之度。帝则我言妩媚,推心置腹之诚;袒见疮痍,丈夫意气之语……此又帝之仁也。

其颂赞的手法,与前言太宗之俭相似,而更见匠心,文章先檃括往史,以古来忠臣志士往往遭遇"藏弓烹狗"的悲剧,来暗责造成这种悲剧的那些帝王,又以此为背景,托出唐太宗宽仁坦诚之德,真是宛转抑扬,思致周全。文章之末,则绾结到立碑的缘由、立碑的意义,所谓"樵苏上下,曾无百步之防;铧臿侵陵,或至诸臣之家。穹碑半剥,翁仲全倾",所谓

---

① 曾燠选,姚燮、张寿荣等评《国朝骈体正宗评本》卷8。

② 曾燠选,姚燮、张寿荣等评《国朝骈体正宗评本》卷8《大清防护昭陵之碑》张寿荣评语。

③ 曾燠选,姚燮、张寿荣等评《国朝骈体正宗评本》卷8,下引《大清防护昭陵之碑》皆同此。

“将与会稽窆石,共磨灭于苗山;风后神堆,谢浮沉于黄水”,结穴允当,金声而玉振。整篇文章渊雅博大,用语典重古奥,其识高、其气盛、其神完,是一篇宏才大文。

《关中金石记跋》系孙星衍为时任陕西巡抚毕沅纂辑《关中金石记》而撰写的跋语,整篇文章叙议结合,用笔沉雅厚重,气质高古,特别是文章开篇对上古以来雍凉之地金石演变、盛衰的历史所进行的精简概述,将孙星衍的卓越史才表现得极为充分:

> 雍凉之域,寔曰神皋,吉金乐石之所萃也。尔乃竹书纪异,昆仑树王母之眉;韩非著书,华岳勒天神之字。休与巍哉,其详轶矣。若其列侯尸祀,铭业乎奇器;汉将扬武,纪威乎绝域。西京崇秩望之仪,蜀魏盛开凿之迹,固亦有焉。是以岐阳石鼓,厥贡于上京;裴岑纪功,扬光于昭代。暨乎唐叶,作都渭阳,宫室陵寝,此焉是集。移山寿绩,压岫标奇……亦越宋元,弥工题唱,镌名百仞之翠,沉字九回之渊……自是厥后,废兴忽然。颓坻昼落,则伟额潜埋;野燎宵飞,则贞趺涣碎。承平以来,廛居愈阜,削员珉而代甓,卧方阙以治繇。或乃因文昌之小辞,劘皇象之逸制。耆古之士,盖其闵矣;隐显之候,岂其恒欤?①

勾勒关中金石之盛,则博大雍容,言其销沉,则感慨回环,言简意赅,“不佻不砌”②。

《国子监生洪先生妻蒋氏合葬圹志》、《国子监生赵君妻金氏诔》、《洪节母诔》、《祭钱大令文》4 篇,都是诔祭文,就文章体制内容来说,前 3 篇可以并读,《祭钱大令文》则稍有不同。刘勰《文心雕龙·诔碑》云:“详夫诔之为制,盖选言录行,传体而颂文,荣始而哀终。论其人也,暧乎若可觌;道其哀也,凄焉如可伤:此其旨也。”③旌扬传主生平美善之处,以孙星衍的才情,固然应付自如,但若从文字情感的真实性和力度

① 曾燠选,姚燮、张寿荣等评《国朝骈体正宗评本》卷 8。

② 曾燠选,姚燮、张寿荣等评《国朝骈体正宗评本》卷 8《关中金石记跋》姚燮评语。

③ 刘勰著、周振甫注《文心雕龙注释》,第 128 页。

来说,孙星衍更善于“道其哀也”,如《国子监生洪先生妻蒋氏合葬圹志》言洪亮吉母蒋氏之逝:

> 呜呼哀哉!抟抟之土,晻晻之晖,然膏永闭,移帐无回。神惊沙起,啼冷禽来。光光员石,识此女士。其陵其谷,何年何世。松楸露尽,非无染泪之株;溟郭尘扬,只有生金之字。①

其中“神惊沙起,啼冷禽来”两句,蹈空写实,极有意味:“神惊沙起”的语序本应是“沙起神惊”,之所以变换语序,旨在突出“神惊”,细沙因风而起,惊动了墓中沉睡的精魂,并且这沉睡的精魂似乎有着生命,它是感觉到了风沙飞起而心魂惊动,作者用心何其幽窅;“啼冷禽来”自然是“禽来啼冷”,禽啼本与日升月落无异,都是一般自然现象,然而在诗人的笔下,它的啼叫有着一种瑟缩寂寞的况味,说到底也不过是作者的深沉用心如此。而这两句凝练回环,接着的“其陵其谷,何年何世”几句便舒展沉绵,前张后弛,短短数句,抑扬尽致,将作者无尽的哀思婉转写出。

同样是写蒋氏的亡逝,《洪节母诔》则从其子洪亮吉的感受切入,所谓“实乃伐蕙于背,树荼于心。岁华端忧,室有不黔之突;鄘成烬落,隅亡不恤之纬”②,字锻句炼,情真意挚。再如《国子监生赵君妻金氏诔》写赵怀玉之妻金氏之逝:

> 元穹靡忱,芳淑遽谢。遘兹沉疴,忝离寒暑。犹复并棹怀卫之水,寻医望齐之亭。梦妖则琼瑰不收,肌冷而潜英已逝。燕曾远送,雉竟孤飞,葛覃之家生还,蒺藜之室丧反。③

所谓“犹复并棹怀卫之水,寻医望齐之亭”,取材精妙,以一当十,写尽了赵怀玉对妻子的爱恋与不舍,但是“元穹靡忱”,芳魂终归黄土,更将赵怀玉的痛苦无奈,深情道出,张寿荣谓其“凄楚之音,不堪卒读”④。孙

①②③ 曾燠选,姚燮、张寿荣等评《国朝骈体正宗评本》卷8。

④ 曾燠选,姚燮、张寿荣等评《国朝骈体正宗评本》卷8《国子监生赵君妻金氏诔》张寿荣评语。

星衍文章用心深隽的特色,在这几篇文章中,体现得颇为充分。

《祭钱大令文》虽同为诔祭之文,但从体制上而言,诔祭体"荣始而哀终"的一般要求,在这篇文章中并没有得到很严格的贯彻,其奇气纵肆,以意运辞,是变体为文的佳作,其全文如下:

> 昔者巨卿死友,厥有素车之驰;子文酒徒,无损成神之骨。恭闻故实,不谓逢君。曩以燕游,妨君小节。围花作县,倾穴移金。桃分子瑕之筵,手进襄成之衰。一日则古疑无死,千秋则魂犹乐斯。无何,越人大去,凄凉山木之心;向生重来,泪堕山阳之笛。宛其入室,丧予平生。然而文翁之知亡日,宴饮如常;子通之令太山,妻孥有梦。云旗昼接,凫舄宵分。彼汾一曲,如玉娱戏之方;姑山藐然,神入翔泊之所。仆后车日载,五岳游来。渡妒妇之津,过台骀之庙。所思予美,忽藉君灵。邂逅壶觞,徘徊祠宇。方冀灵衣羽葆,损尔尊严;散髻斜簪,助予跌宕。呜呼!参差谁思,犹扬楚江之灵;弦歌赴节,尚涌舒姑之浪。我怀如梦,君岂忘心?倚玉何时,模金宛在。况复愁加歧路,悲甚生离。蘼芜感再逢之难,桃梗被漂流之笑。罔两问景,惭先后之无期;丹珠冯身,庶欢娱之有托。浇君块垒,保此婵媛。知我幽冥,庶其歆飨!①

文章写钱汝器生前行迹则绮风流丽,写其亡逝则"宕逸生姿"②,规箴则委婉隐蔚,怀悼则寓悲恸于超放。短短303字的文章,融叙事、抒情于一体,结构极其严整,隙不容针,几乎无一赘语,而前后勾连,跌宕恣纵,一气呵成,如张寿荣所评,"情词斐美,音韵铿锵,寓规讽于俳谐,祭文中别自一体"③,是一篇才华横溢的奇文。

综上所论,可知孙星衍的骈体文创作,用典得当、造语古雅,辞采与意境俱佳,确乎名家手笔。如果从总体成就的角度,说孙星衍不及一生创作不断、作品众多的大家如洪亮吉、袁枚、邵齐焘等人,是合乎实际的;但是像钱基博、刘麟生那样抽象地从骈文艺术成就的角度,谓孙星

---

① 曾燠选,姚燮、张寿荣等评《国朝骈体正宗评本》卷8。

②③ 曾燠选,姚燮、张寿荣等评《国朝骈体正宗评本》卷8《祭钱大令文》张寿荣评语。

衍“才力苦弱”、“才有余而力不足”，则是不合实际的，我们需要辩证地看待。

可以说，出身常州文化名族的孙星衍，才高品端、性情卓特，为官清廉、深得民心，一生诗文、学术并著，是当之无愧的一代名士学者。他的骈文创作虽存留不多，但几乎篇篇精华，其或叙述议论、或抒情写景，俱能用语得当、炼意深隽，显示出了卓越的文学才华，称得上是名副其实的骈体名家。另外，就文章的风格而言，孙星衍的骈体文擅长于古奥渊雅一路，论者将其与洪亮吉一起，视为骈文“常州体”的代表作家，也能从一定程度上说明，“常州体”的早期风格并不止于“清新”一路，只是后来的效仿者，突出了“清新”这一风格。

第六章　常州骈文研究(下)

第一节　身世多慨，笔底流霞：刘嗣绾

清代中叶常州古文与骈文的发展呈现出一个比较相似的特点："阳湖派"古文以恽敬、张惠言为领军，以李兆洛、陆继辂、张琦、董士锡等为辅翼，常州骈文则以洪亮吉、孙星衍为魁首，以刘嗣绾、方履篯、董基诚、董祐诚、洪齮孙等人为佐伍，分别形成了一个趣味相投、前后相继的创作群体。在清代中期常州骈文的辅翼群体中，刘嗣绾在一定程度上是一个没有被足够重视的作家，事实上，就骈文作品的艺术造诣而言，他无疑称得上是清代第一流的作手，钱基博就曾说"嗣绾书、记翩翩……间以短语，弥臻遒媚；新声迥句，处处闲起；得汪中之淡简，比世骏(按即杭世骏)之婉惬，骨节遒于太岳(按即王太岳)，驱迈安于奇龄(按即毛奇龄)，擅美四氏，冠绝一时，嗟其才美，良未易几"①。因此，很有必要在对刘氏的骈文创作进行比较全面研究的基础上，对他的文学史地位进行合适的定位。

① 钱基博《骈文通义》，第 113 - 114 页，上海古籍出版社，2012。

一　刘嗣绾生平

刘嗣绾,字简之,号芙初,一号醇甫。他所自出的武进西营刘氏,是常州府名门著族,刘翊宸在《重修族谱序》中有云:

> 吾宗自明初始祖恪公公(刘真),由凤阳迁常,迨万历末年,子姓日繁,科名渐起。至清朝雍乾时,文恪(刘于义)、文定(刘纶)二公相继作相,圃三(刘星炜)、青垣(刘跃云)二公相继作卿贰,其间甲科不绝,出为方伯、观察、郡守者益多,遂煌然为兰陵望族。①

刘于义系刘嗣绾高祖父,历官吏部尚书、协办大学士,是一时名相,刘嗣绾曾祖刘复为雍正丁未(1727)进士,官浙江督粮道,祖父刘寅宾、父亲刘汝器也都是举人,相门文风一脉传递,绵绵延续。刘嗣绾出生于这样的家族,生来便禀受了父祖的一部分天资,他的成长也自然受到了良好的家族文化氛围的熏染。

据刘嗣绾子延和《简之府君暨妣汪宜人行略》所载,嗣绾"生数月,即以指画字,先大母令识楹帖间字,一过即记。五岁就塾受书,课余则挟《史》、《汉》等书趋先大母前讲大意,欣然忘倦"②,他对于文字是有着天然的爱好,而且天禀颇厚。刘延和这里所说的"先大母",即是刘嗣绾母虞友兰,她是当时有名的女诗人,翁方纲为她的《树惠轩诗集》作序时,称其"幼即端庄明敏","于针黹外,通习古今,博综群籍,喜为诗,兄弟间多所唱酬,落笔辄翩翩有致",而《树惠轩诗集》"多咏古之作,尤能洞彻源流,中其窾会","更长于咏物,刻琢工细,一以神韵出之"③。因为刘嗣绾的父亲刘汝器长期游学在外,抚养刘嗣绾的责任实际主要即由虞氏承担,当时的刘氏已非刘于义、刘复时的富足荣华,所遗薄田百

---

① 武进刘氏绣衣坊大宗祠重修,刘琛、刘昕泰、刘尚德等校订《武进西营刘氏家谱》卷1。

② 刘祺编、刘继丰校订《武进西营刘氏清芬录第一集·行略》。

③ 刘祺编、刘继丰校订《武进西营刘氏清芬录第一集·文稿外篇》。

亩,“遇岁一不登,则拮据难状,食指渐多,家困益甚”①,虞氏一力摒挡,艰难可想。但是穷困未隳其志,虞氏一面为家计操劳,保证刘嗣绾兄弟能就塾读书,一面更尽其所能地对刘嗣绾兄弟进行直接的文化教授和熏染,翁方纲说她“暇即展玩书史,凡古人之事之可法者,每切究讲明,为儿辈勖”②,而刘嗣绾与仲钊、婉怀兄妹三人能诗擅词,主要便是得之于虞氏的亲身传授,因此当时有“诗母”之称。

等到刘嗣绾在乾隆四十七年(1782),补博士弟子员入太学,漫长的科举仕进之途便在他的面前清晰起来,他的坎坷生涯也可算是正式拉开了序幕。刘嗣绾自订诗集中,有一集曰《十上集》,何谓“十上”?其自序云:“余应秋试者六,至是则又四上春官,傀儡场空,邯郸道远,名曰十上,行自笑也。”③按此,所谓“十上”,乃是刘嗣绾六应乡试方中一举,四应会试仍然不售,他以此名集,“行自笑也”,其中是饱含了多少的无奈苍凉!在这期间,刘嗣绾为饥寒所趋,辗转幕府,少有几天安宁的日子,但是境况并未因而有所改观,比如乾隆六十年,嗣绾父刘汝器由京城返乡,病逝于瓜洲,嗣绾扶丧归里,他在给朋友的信中说道:

> 乙卯之冬,衔哀归里。尘事多虑,饥趋遂迫。比发豫章,言留鸠兹。泷冈之阡,日月未卜。辄思买山十笏,庐墓数椽。鱼菽以祀先人,鸡黍以奉吾母。敦勖子弟,弗坠前业;周旋邻里,克继世好。所愿止此,亦复不奢。而债台久居,旧产尽荡,鲁人之田假而不归,薛公之券积而难返。坐此怏怏,靡有宁日。④

父亲殁世却无力营葬,希望回家过着平淡的日子,也因为债台高筑,不能如愿,所以只得继续游幕,继续赴考以谋仕进之阶。坎坷直到嘉庆十

① 刘延和《简之府君暨妣汪宜人行略》,刘祺编、刘继丰校订《武进西营刘氏清芬录第一集·行略》。

② 翁方纲《树蕙轩诗集序》,刘祺编、刘继丰校订《武进西营刘氏清芬录第一集·行略》。

③ 刘祺编、刘继丰校订《武进西营刘氏清芬录第一集·先世轶事·轶史类》。

④ 刘嗣绾《尚䌹堂骈体文》卷1《答吴梅庵书》。

三年(1808),他的生活方出现转机,是年礼部科考,他以会试第一名成进士,那时已经四十七岁了。四月廷试,改翰林院庶吉士,次年散馆,授编修。嘉庆十六年,因祖父母"茔封树未完",需要"鸠工葺治"①,嗣绾乃假归,次年复回京供职。十九年因南方大灾,嗣绾再回乡省视母亲,次年返京,到了二十五年,嘉庆帝驾崩以后,他便因疾辞官,但次年即道光元年竟溘然辞世。总计他在京任职的时间,也不过十一二年,而且都是词馆闲职,陆耀遹所谓"沉沦一官,十载寒畯"②,他平生"上之冀得尺寸之阶以继堂构"③的理想,真是十而未得展其一,最后是抱了一腔遗憾,辞此红尘。《武进西营刘氏清芬录第一集》引嗣绾友人张维屏《听松庐文钞》之语云:

> 芙初以相门子,稽古绩学,绮岁能文,乃青衫落魄,破砚依人,可谓穷矣。然卒以礼闱榜首,簪笔木天,不可谓非达也。顾中年以后,心力就衰,又以不工小楷,未获奉使衡文。身居京国,心系家园,归咏循陔,出仍负米。迹其生平,盖穷而达、达而穷者也。④

对嗣绾的一生坎壈,总结最为切当,我们抚文追怀,也要生出许多感慨。

但是正如法式善所云,虽然刘嗣绾"遇穷矣,而其心未穷,其心穷矣,而其诗未穷也"⑤,他"上之冀得尺寸之阶以继堂构"的理想虽然未能充分实现,但是"下亦思竭斗石之才以追作者"⑥的理想,却得到了很好的实现,这主要体现在其诗、文、词的创作上。刘嗣绾之诗,其自订40卷,殁后,子延和"复增葺其官翰林时所作及所散佚,合五十二卷","其篇什宏富,为洪(亮吉)、黄(仲则)所不逮"⑦,数量是相当可观的;其

① 刘延和《简之府君暨妣汪宜人行略》,刘祺编、刘继丰校订《武进西营刘氏清芬录第一集·行略》。
② 陆耀遹《祭刘芙初编修文》,屠寄辑《国朝常州骈体文录》卷15。
③ 刘嗣绾《尚䌹堂骈体文》卷1《答陈理堂书》。
④ 刘祺编、刘继丰校订《武进西营刘氏清芬录第一集·先世轶事·轶史类》。
⑤ 法式善《尚䌹堂诗集叙》,刘嗣绾《尚䌹堂诗集》卷首。
⑥ 刘嗣绾《尚䌹堂骈体文》卷1《答陈理堂书》。
⑦ 刘祺编、刘继丰校订《武进西营刘氏清芬录第一集·先世轶事·轶史类》。

质量也颇高,法式善《尚䌹堂诗集叙》总结刘嗣绾一生诗歌演变有云:“少作明艳之篇居多,肄业太学以后则沉博矣,放浪江湖以后则排奡矣,兹则清遒骏迈以快厉之笔达幽隐之思,如水银泻地、天马行空矣。”又云:“常郡故多诗人,黄仲则死,洪稚存、秦小岘(瀛)、孙渊如、赵味辛(怀玉)、杨蓉裳(芳灿)、吕叔讷(星垣)皆与余游好,余皆尝论定其诗,如醇甫者,其在数子之间乎!”①是将刘氏的诗歌成就,与著名诗人洪亮吉、孙星衍等人并称,推举可谓高矣。刘嗣绾文章,先受学于杨芳灿、杨潮观两人,继又拜翁方纲为师,制艺文写得极好,骈文则为乾嘉间常州名家,有《尚䌹堂骈体文》2卷。嗣绾于词,也是乾嘉间的名手,郭麐称其“倚声喜于委折,善言儿女,然其迈往之气,隽永之味不可诬也”②,严迪昌《清词史》将他与乐钧视为在“浙派”与“常州词派”消长继替阶段,“不为牢笼、独立自行”的代表性词人③。有《筝船词》2卷。除《尚䌹堂集》所收56卷诗文词之外,刘嗣绾尚有不少试帖诗与制艺律赋值得一提,特别他的试帖诗,在当时的名气极响亮,法式善称其“学少陵而不为少陵所囿,所谓属对诠题,似别有神解”④,道光初曾有《七家试帖诗》刊行,他便“以重名居其一”⑤。后来嗣绾子刘延和曾搜辑这些作品,嘱托董国华编校续刊为《尚䌹堂外集》3卷,其中试帖2卷,律赋1卷。于此,我们足可知道刘嗣绾文学创作的成绩之富、成就之高了。

二 刘嗣绾骈文成就及其地位

骈文“常州体”或“常州派”的代表作家,洪亮吉、孙星衍而外,必首推刘嗣绾,其文取法洪亮吉而更有所发展,自成一家,曾燠辑《国朝骈体正宗》,嗣绾亦得与洪、孙等并列其中。他的骈文,大体都是作于乾隆

① 刘嗣绾《尚䌹堂诗集》卷首。

② 郭麐《尚䌹堂诗集序》,刘祺编、刘继丰校订《武进西营刘氏清芬录第一集·文稿外篇》。

③ 严迪昌《清词史》,第458页,江苏古籍出版社,2001。

④ 法式善《尚䌹堂诗集叙》,刘嗣绾《尚䌹堂诗集》卷首。

⑤ 刘昆《尚䌹堂诗集序》,刘祺编、刘继丰校订《武进西营刘氏清芬录第一集·文稿外篇》。

末、嘉庆间,曾自为编校厘定,应当有所删减,辑成2卷83篇,收于《尚䌹堂集》中。这些文章的体裁比较有限,主要集中在书、记、序、启及诔祭诸体之上,而以书信与记、序三体数量最多、质量也最高。题材亦相对集中,多写旅居之况、身世之感,友朋聚散之情、人生进退出处之理,因生而具之乐、缘死而有之哀等等。不过读这83篇文章,几乎篇篇精粹,他的高才深情、奇思妙想,处处可见。

总结而言,刘嗣绾骈体所擅,一在赋物纤新,二在写情沉绵,三在议论明通。

赋物纤新　写景状物具"清新"之格,是骈体"常州派"的重要特征,刘嗣绾之所以被目为"常州派"重要一员,也主要是由于他的文章在赋物写景上,有着"清新"的特色。但是准确地说,刘嗣绾写景赋物文字的主要特点,应是"纤新",其原因是刘氏为文极工锻炼,深心雕琢,甚于洪亮吉,因此他的清新文字之中明显能见出作者刻画的匠心,细细读来,似能听见雕琢的脆响,又因为刘嗣绾才力雄厚,这种刻画尚能较好地浑融于整个篇章之中,只是文章气象格局较窄,可说是"清新"之风中糅进一种逼仄的力度,故称其为"纤新"。若以唐诗作比,洪亮吉之文近初盛唐,刘嗣绾之文则近中晚唐。

这方面作品,《与王秋塍书》、《山中与鲍若洲书》、《颐园读书记》、《龙泉寺记》堪称典型。《与王秋塍书》写刘嗣绾在京城寓所之景:

> 此间风景,殊类江乡,然岸柳十围,不解留客;山桃一面,即能笑人。耳目异观,未识何故。宅折而西,一水环带。宽可弥亩,亘以长桥。桥东有亭,阑槛相亚。幽鸟隔竹,如闻宫商;游鱼唼花,不辨红紫。①

"岸柳"、"山桃"与"幽鸟"、"游鱼"两联最见神采,前联妙在意致,岸柳本不解留客,山桃也不能笑人,作者是借景言情、着意伸发,将杨柳赠别、"桃花依旧笑春风"的典故婉转引入,工巧而不见雕琢之痕。后联以声响和色彩为发力之点,幽鸟隔竹,不见身形,但是宫商之音已足能传递

① 刘嗣绾《尚䌹堂骈体文》卷1。

出它的美好,这是侧面写法;游鱼唼花,它们身上的色彩与水中之花难以辨清,作者似乎隐去了游鱼的色彩,实际是突出了它的色彩,这是正面写法。另外再看后一联用字的音韵,"隔竹"俱为入声字,"宫商"两字阴平,"唼花"前仄后平,"红紫"前平后仄,一联之中,平仄参差,宫商交错,极具音响之美,也可见刘嗣绾琢炼之精细了。

《与王秋塍书》写春景,有明朗歆动之气,《颐园读书记》写冬景,则转幽阴静悄,而静中含动,动静相生:

> 时方穷冬,篱落寒色。积叶平槛,栖尘在梁。苔印隔世,履綦犹新。竹粉坠空,衫袖忽古。幽步徐引,素襟遂开。松吹落落,如助清吟之声;藤阴盘盘,别成奇字之格。茶坞四壁,芦帘一重。寓公致佳,日夕栖止。炉烟出户,随风低高;墨云过窗,与石凹凸。月白而鸟梦长午,雨晦则鸡栖不尘。①

"积叶平槛"至"衫袖忽古"几句,妙处全在一"静"字:叶积、尘栖本是一个动态的过程,但是在这里已被抽象定格为静态的结果;"苔印"、"履綦",一旧一新,作者也通过视觉的呈现,传递一种超越时间的安静;"竹粉"两句虽然出以动态,然而一个"古"字,又将这动态凝结、定格,似乎我们看到的视觉效果是竹粉坠空的一个剪影。此后数句的着意之处,就恰在一个"动"字:"松吹落落"固然是动,"藤阴"盘盘诘屈,何尝不是静中生动?下面的"炉烟"、"墨云"一联,更是动意勃勃,炉烟高低变化,便是刻画出了风的形状,墨云与石凹凸,乃将石头也带转起来,其意趣之高、情韵之美,令人叹赏。

毋庸置疑,《与王秋塍书》、《颐园读书记》两文,描摹景致已经十分工巧,纤新落落,才情兼美,特色比较明显,已有刘嗣绾之风,但大体仍未出洪亮吉所辟之境。更能体现刘嗣绾个性特色的,还是《山中与鲍若洲书》、《龙泉寺记》一类文章。如《山中与鲍若洲书》写山斋景致,所谓"山斋虽僻,亦足晏娱。钟声上云,檜翠下雨。冷泉咽其清梦,瘦竹摇其古魂。山鬼宜笑,时来牵萝;野狐工媚,乃复拜月。一灯莹然,辄堕遐

① 刘嗣绾《尚䌹堂骈体文》卷2。

想。颇望足下能来同之"①。极意炼字炼词之外,更深心炼意,冷泉咽梦、瘦竹摇魂,作者是将自己的一颗心敲凿出了幽冷的幻觉,山鬼牵萝的妖娆、野狐拜月的妩媚,仿佛是妖艳逼真的一出戏剧,让人感觉这文章的作者是与灵魅相知的鬼才。它的纤新"幽秀"②,直逼人心魄,实在是超出了洪亮吉开辟的所谓"清新"之境。

《龙泉寺记》的风格意境与《山中与鲍若洲书》颇似:

> 余好野行,时一往过。瘽僧应门,面若枯树。古佛卧壁,身余坏落。历院数重,始达寓室。鸟团梦于幽栋,虫选言于古墙。草蝶出茧,黄于野人之衣;风蝉上枝,绿成秋士之鬓。老杏一株,实可升斗,就树解渴,便忘朝饥。数子辍读,清谈乃集。说剑动魄,吟诗悦魂。片石之砚皆留白云,小团之茶可代明月。自晨入夕,如夏成秋。英英风露,逼人萧寒;离离星辰,穿树琐碎。轻磬偶发,寻声出门。门外古冢,累累百数。妖鸟咒客,山魈窥人。白杨背风,如助吟啸。晞发散步,消摇其间,盖至零露沐首,始就归寝也。③

字词句意锤炼俱极工妙的,是"鸟团梦于幽栋"至"绿成秋士之鬓"两联,前联匠心独运之处,在"团"与"选"两个动词:幽鸟栖梁,它蜷曲的身形,在作者的眼中,成了动态的酝酿梦境的过程,夏虫在古墙鸣叫,诗人听到它选言择语的用心,其细微若此!后联的特色,在色彩的比拟,出茧草蝶的色彩与野人之衣相近,上枝风蝉的色彩与秋士鬓发相近,真是天才诗心,出人意表!本文的另一个特点,也是对灵鬼意象的运用,所谓"妖鸟咒客,山魈窥人"云云,幽冷尖新,细邈入微,作者似乎是信手拈来,而惟其是信手拈来,更能见出刘嗣绾的内在才性,在他对这些意象的摄取中,含纳了其幽深的用心,这与《山中与鲍若洲书》类似之处,是意致相通的。刘嗣绾之所以虽系"常州派"洪亮吉直嗣,而能仄径更进、自成风格,写景状物上的极力锤炼,是最主要的因素。

---

① 刘嗣绾《尚䌹堂骈体文》卷1。

② 曾燠选、姚燮评《国朝骈体正宗评本》卷10《山中与鲍若洲书》姚燮评语。

③ 刘嗣绾《尚䌹堂骈体文》卷2。

写情沉绵 若排比美文文学体裁如诗、词、骈文之类的文学组成因素,最首要的就应当是景与情两者,刘嗣绾的骈体文,既善赋物,亦善写情。其写情最多自伤身世(如《与吴兰雪书》、《与倪米楼书》、《致吴縠人先生书》),其余或写悼亡之痛(如《许玉年悼亡词序》)、或写生离之苦(如《陈爱苍白门惆怅词序》)、或为友朋之生涯坎坷慨然一喟(如《杜漱岩诗集序》、《送董巨川之荆南序》)、或为人作序悲怀深阔(如《黄鲁山悲秋百咏叙》、《陆绍闻双白燕堂诗集叙》)等等。在诸种述情之作中,我们可根据文章中所表达情感的大体类型,选取三种,略加陈述。

一为悱恻缠绵。刘嗣绾友人许玉年青年结褵,人间美事,然而不到六个月,其妻吕氏便溘然逝去,玉年悲悼无任,作词怀念,请嗣绾作序,其文曰:

> 呜呼!问姑卫水,驾松舟而不归;望母齐亭,别梧宫兮长夜。烟消吴中之玉,雾卷秦楼之衣。路绝人天,渺难即矣。今者聆广寒之乐,紫府虚圆;望清浅之河,红墙永隔。明月划字,春入双倚之栏;郁郁埋香,秋草重生之径。帘旌欲断,屧响难寻。蘅芜裛而不芳,芭蕉展而仍结。所赖遗挂犹留,堕钗可拾;唾点长碧,唇涂不朱。郎原京兆,眉借图开;壻异连波,肠随锦断。①

嗣绾本多情人,以己之心量人之心,绮才深思,形诸文字,读来悲伤郁结,绵绵不断。

《许玉年悼亡词序》是写死别,《陈爱苍白门惆怅词序》则写生离:

> 继而秋娘送别,春梦还家。虚望檀来,竟歌郎出。红叶长辞,万古宫人之恨;石榴一笑,三年越女之缘。花从风去,两地漂流;泥忆云来,漫天惆怅。遂使文鸳影散,彩凤身飞。珠买歌归,云随舞散。印三生而石在,摇九子以铃空。②

---

① 刘嗣绾《尚絅堂骈体文》卷2《许玉年悼亡词序》。

② 刘嗣绾《尚絅堂骈体文》卷2。

陈爱苍才子风流,在烟柳歌舞之地与人生情,“瑟长于妾,簧暖因君”,流连相爱,如梦如幻,但是此情虽笃,不能永好,只得怏怏分离。文章悱恻缠绵、绮而不缛,特别“红叶长辞”、“石榴一笑”一联,运典无痕,将陈爱苍的爱情失意,在灿烂的意象背景中,抽象成超越时空的悲剧,有情人皆为叹惋。

一为沉郁感慨。刘嗣绾的一生饥驱四方,穷愁入骨,因而他的诗文中颇多抒写身世之感的作品,他那饱满的人生无奈,以深情之笔写出,往往沉郁感慨,《致吴榖人先生书》中对自己悲窘心境的表达,可视为典型:

> 小住西湖,一年于此矣。风花度劫,烟水栖心。倚竹身寒,观河而皴;吟肩削尽,真入山图。诗骨凉来,不离泉梦。乃者月魄方荡,秋魂已销。浮白之觞罢飞,闹红之舸不至。渺渺余怀,凄咽弥极。况复江天日短,乡井愁长。丙舍未营,午桥将圮。白头老母,黄口娇儿。一身无山鸡之膏,全家有鸱吻之望。寸心木落,百感蓬飞。又安能借酒忘忧,因诗作达乎?①

西湖景美,旅食谋生之人居此,应当是可以暂除尘虑、撇略愁怀的,但是刘嗣绾的心中积蓄了太多太深的失意,“倚竹”、“吟肩”一联琢炼精工,乃将他的惆怅心曲,婉转诗意地传达了出来。接着,壮志未酬已是人生一恨,再加之老母待养、娇儿待哺,那么刘嗣绾的无奈惆怅之中,就更多了一种紧迫感,以他一颗敏感多情的心来承受,难怪要生出“寸心木落,百感蓬飞”的阔大深沉之痛了。整段文字续续读来,沉浑多慨,摇人心魄。其余如《致汪剑潭丈书》、《答吴香竹书》、《与倪米楼书》等,也都是这方面较好的作品。

一为沉郁悲壮。士子逢秋兴悲,乃是古代文学史中一个恒定的主题,历来文人诗家颇多吟咏,刘嗣绾之友黄鲁山有《悲秋百咏》之作,嗣绾为其作序:

---

① 刘嗣绾《尚䌹堂骈体文》卷1。

维士悲秋,发言成咏,不平之鸣由斯起焉。翳其发商飙于齐馆,腾清吹于梁台。江山文藻,屈宋伤心;轩盖风流,徐陈叹逝。至夫城笳凄动,陇水哀鸣。关前鸿雁,河梁落日之篇;塞外牛羊,敕勒阴山之唱。黄榆蔽野,红柳连天。冢草青而霜飞,边沙白而月堕。秋之悲也,一至斯乎!①

言者心声,刘嗣绾作文不但为黄鲁山的内心之悲写意,更是借而抒发自己的一腔愁闷,它特出之处,在于嗣绾将这一己之愁心悲怀,放置在辽远的时空中,从而与古今秋士骚人的内心形成共鸣,又以他独具魅力的生花妙笔,一气写出,我们读他的文章,似乎是在感受浩荡而抽象的士子悲秋之情,一种悲壮感因而蕴生,反复吟哦,真能惊心动魄。他的文字表面看来是沉着叙述,不假修饰,但实际是大才运使,精心锤炼,以至不见凿痕:"江山文藻,屈宋伤心;轩盖风流,徐陈叹逝。"寥寥数语,就写尽古来悲秋主题;"关前鸿雁"、"塞外牛羊"一联,化用前人诗作,不失原作意思而婉转纳为己用,这是颇为高明的用典。从风格上来讲,这是一篇取则徐、庾而能自铸伟词的成功之作。

议论明通　赋物写情之外,刘嗣绾才学深厚、识见卓特,议论之文亦称作手。《与张皋闻书》、《祭吴季子庙文》两篇可为代表,曾燠《国朝骈体正宗》选刘嗣绾文章8篇,这两篇及《贻友人书》皆在其中。

在《与张皋闻书》中,刘嗣绾与张惠言论身交游之道,文章首先对世情之衰及君子之伦应当如何去取,作提纲挈领的议论,所谓"都门人海,品类尤杂。炙手可热,盟心易寒。一贵一贱,翟公之所榜门;势交量交,刘峻之所著论。固已坚我崖岸,屏之阶庭,鲁铎表其高风,齐竽除其滥奏矣"②。正如张寿荣所评,"洞悉世情,直抒胸臆,言之真切,可当交游龟鉴"③,是十足的隽语高论。接着便条分缕析,对当世学者立身的"七惑"一一刺论,如言门户之见:

① 刘嗣绾《尚䌹堂骈体文》卷2。
② 刘嗣绾《尚䌹堂骈体文》卷1。
③ 曾燠选,姚燮、张寿荣等评《国朝骈体正宗评本》卷10。

> 昔李斯吴起，别派衍于西河；力牧容区，传薪极于鬼谷。太邱之道宜广，河汾之教贵宏。若拘守师箴，坚持党议，以矛刺盾，借笔操戈，输墨攻守，交肆诪张，高赤异同，各争纰缪，南辕而不知北辙，东向而不见西墙。

引比得当，言辞振振，胸怀识见俱高。又如言学者之好藻饰：

> 董子曰："先质而后文，左志而右物。"故明体以达用，佩实乃能衔华。或者弃绝学之丹青，耀虚名于朱紫：鲁缟齐纨，徒增其文饰；宋画吴冶，竞艳其浮荣。则虽刻楮忘年，镂冰费日，亦不过燕客藏璞，郑人买珠，叶公之好似龙，何如伯乐之相真马？①

在质、文关系上，主张先质后文，体用既明，比论亦妙，可为浮于虚誉、好藻饰者，下一针砭。整篇文章有明通高卓的议论作干，又有恰当的例证、完美的炼词属对丰其枝叶，通才慧辨，大气浑成。

《祭吴季子庙文》在体制上为一篇诔祭之文，刘嗣绾别辟境界，全篇以议论运使，对季札一生让国退隐的缘由作剀切独到的议论，深情贯注而立论精警，特别是阐论公子光(阖闾)篡杀吴王僚而自立后，季札仍屈身事之的隐曲，尤具洞见：

> 嗟乎！履卫土而食卫粟，子鲊所以盟心；鞭楚墓而处楚宫，申胥所为痛哭。何身何世，吾相吾君。来当啬野，愁听鸲鹆之谣；去已违山，厌聒蟪蛄之耳。则其冥情理乱，遁迹郊墟，四海安归，一丘可老，而岂忘燕幕之危，恋菟裘之乐者乎？且知远而略近者，非智也；察彼而昧此者，非哲也。以彼理炳先几，望推达识，早知夫鱼肠衅始，乌喙图终，虎踞池边，鹿游台下，痛诸兄之无禄，忧吾宗之不祀，几几乎鬼谋曹社，神降莘墟，虞腊将终，鲁郊已改，许迁而思太岳，蓼灭而悼庭坚，则又陈完易姓，长存虞代之韶，王子投荒，独抱

① 刘嗣绾《尚絅堂骈体文》卷1。

汤孙之器者矣。[1]

在刘嗣绾看来,季札虽然返身居吴,屈事阖闾,“遁迹郊墟”、“一丘可老”,但他的内心实际是充满了失亲之痛、“燕幕之危”,他痛哭于僚墓之前,史书是有载记的,事实如此,不可辩驳。张寿荣对刘嗣绾的这段分析大加赞赏,说其“练才洞鉴,剖字钻响,情辞激昂,音节哀亮,有俯视一切之概”[2]。那么季札明明心中痛楚、屈身以事阖闾又危机常在,为什么还要那样做?刘嗣绾认为,王僚虽被阖闾所弑,但是他的宗室眷属尚在,如何保证死者得祀、生者得养,是绝大的问题,季札身为宗室一员,知危而进、蹈火不顾,主要就是为了“陈完易姓,长存虞代之韶”,他的深心应当得到后世的充分理解,我们平心体味思索,真要为刘嗣绾的阐论击节称赏。整篇文章大才议论,睿见迭出,音节铿锵,气宇不凡,有沉浑绝特之概,称得上是一篇大手笔。钱基博在《骈文通义》中对该文颇为不满,认为它“出以议论,既非体要,亦损标致”[3],这是保守主义者的一种偏见,不足为凭。

根据以上所述,我们知道刘嗣绾的骈体文,不论是赋物写情,还是议论事理,不论是字句的锤炼,还是意境的营造,都有着相当的成就,特别是他在写景状物方面的精敲细凿、刻意锤炼,取则于洪亮吉而能更进一步,自辟境界,可谓“常州派”的得力接续。我们可以说,在沿着洪、孙主要是洪亮吉开辟的以“清新”为主要特色的骈文“常州体”的演进历程中,刘嗣绾是仅次于洪、孙的常州骈文创作健将。他的骈文创作,气象格局虽然比不上洪亮吉,但是他深心结撰的那些美文,许多可与洪亮吉的作品一较高下,甚至有洪亮吉不能比及之处。当然,他在骈文创作中的刻意锻炼,有时也不免有“炼字太过”[4]之弊,所谓美中不足。但是总体而言,在清代常州骈文的整个版图上,刘嗣绾是一颗耀眼的明星,在

① 刘嗣绾《尚䌹堂骈体文》卷1。

② 曾燠选,姚燮、张寿荣等评《国朝骈体正宗评本》卷10。

③ 钱基博《骈文通义》,第114页。

④ 瞿兑之《中国骈文概论》,刘麟生、方孝岳等著《中国文学七论》,第50页,广西师范大学出版社,2007。

整个清代骈文史上，他也是一位值得重视的骈文作家，不应只将他视为“常州派”的一般作家。刘嗣绾的同邑后学，骈文家方履篯《书刘芙初编修骈体文集序》对嗣绾的骈体曾有一段类似总结性的议论，引列如下，作为本节之煞尾：

(刘嗣绾之文)抒华千载，启韵百家。句非春日，流红有花；词擘晚霞，茹碧成彩。河梁载酒，情深送远之章；湘雨留人，枨触论文之梦。展其幽思，可戛丝桐；缬其芳瓖，若列锦绨。不错于雕镂之工，不逾于性情之外。洵操缦之津途，为学林之衣钵矣。①

第二节　博学奇才，骈体名手：方履篯

方履篯，字彦闻，本籍大兴，因他的高祖方辰，就婚常州徐氏，遂卜居阳湖，故履篯自号“江左侨民”。嘉庆二十三年(1818)年举人，官终福建闽县知县。履篯“魁质而毅姿，朴章而和理”②，性格超迈忼爽，李兆洛说他“自恃精气壮盛，致志一往，锐而且果，往往不量其力，于处事亦然”，得选任闽中，振奋自喜，以为“天下患无任事之人，事无不可为者”③。他天资绝特，博学嗜古，王树枏称其“自天文、地理、氏族、金石、钱币，及六书、九章之法，梵筴之典，靡不综贯”④，尤嗜金石文字，有《金石萃编补正》4 卷、《富蘅斋碑目》6 卷、《伊阙访碑录》3 卷，皆为当世所重。又有《希姓录》1 卷、《泉谱》1 卷传世。学术而外，方履篯文才亦高，“年十三，为文示杨蓉裳芳灿，杨惊为奇才”⑤，诗、词、骈文俱有创获，而以骈文的成绩最厚。有《万善花室诗集》5 卷，《词集》2 卷，《文稿》7 卷。

方履篯在乾嘉间，是骈文创作的名手，王树枏《万善花室文稿叙录》引陈寿祺之语云：“(方履篯之文)汇汉魏晋宋作者之风骨神韵，缅缅焉

① 方履篯《万善花室文稿》卷 3。
②③ 李兆洛《养一斋文集》卷 14《方彦闻传》。
④⑤ 王树枏《万善花室文稿叙录》，方履篯《万善花室文稿》卷首。

御风而行,而阳开阴阖,云谲波诡,神明矩矱,动与古会,唐宋以来迄明,一人而已。”[①]评价可谓极高。前所言《万善花室文稿》7卷,即是其骈文作品的汇集,据王树枏所云,“是编乃永定人士,思其政绩而刻以志爱者”,因为“板甫成即毁于贼,故集中讹夺处,多未及更定,而前后排纂亦无伦次”[②],后来王文泉重为锓板,与同人对舛讹之处又进行了部分的订正,但是文章编排的次序,因为没有定本可据,仍同旧本,这样的缺点,就是不能窥察方履篯骈文演变的轨迹,亦是一憾。

我们读《万善花室文稿》,首先可以发现,方履篯之文的总体面貌是众体兼善、内容丰富而风格多样。言其体裁,《文稿》中所录之文涉及到了骈文创作常用的很大一部分文体,如赋、颂、碑、诔、赞、铭、祭文、墓表、书、记、序、跋、传、启、谒文、奏对、策命等等,种类是十分丰富的,而且可以说是各体皆有佳作,这在常州骈文作家群体中是颇为少见的。而在方履篯这里,体裁的丰富即对应着题材的丰富,写景状物、抒情议论、叙事考证,无不可发以骈俪之文,亦可见方氏才力之雄厚。

就总体风格而言,方履篯骈文有着华丽而刚健雄肆的特点,但是因为方氏博宗兼取,而且学无不善,所以其骈文就在华丽而刚健雄肆的总体风格基础上,表现出了侧重不同的多种风貌:或清华夸饰,如《拟江淹江上之山赋》;或哀婉悲恸,如《伤友人赋》;或清绮骚雅,如《仙山尘梦图序》;或清遒,如《春暮游陶园序》;或奇肆,如《立鱼峰赞序》;或华采中寓悲怀,如《送董晋卿南归诗序》;或雄奇浩荡,难窥涯涘,如《嵩山启母庙碑》;或绮中含悲,迷离哀婉,如《绿玉词序》;或浩气凛然,如《李氏三忠家庙碑铭》;或庄严清净,如《天宁寺重修九莲阁记》,等等。像这样以一人而具“兼人之勇”、能众体兼善的,在清代常州作家中,洪亮吉而外,就要推方履篯最为特出了。

细析这些风格特征,我们可以发现,方氏骈文除了汲养于楚骚、汉赋,还有两个方面的祖述渊源:一是洪亮吉,并经由洪亮吉上溯魏晋六朝;二是杨芳灿,并经由杨芳灿上溯初唐诸家。方履篯之友李兆洛曾有云:“彦闻之为学善变。其为骈体也,初爱北江洪先生,效齐梁之体,绮

---

① 方履篯《万善花室文稿》卷首。

② 王树枏《万善花室文稿叙录》,方履篯《万善花室文稿》卷首。

隽相逮矣。已而曰此不足以尽笔势,则改为初唐人,规格雄肆,亦复逮之。”[①]此即明言方履篯的骈文创作曾取法洪亮吉,并经由洪氏溯源魏晋六朝,而且其取法的侧重点,是在“绮隽”的方面。这里“绮隽”的意思,大体是艳而不靡、丽而不缛,绮丽之中有股清隽之气,此系洪亮吉骈文的一个重要特点,也正是魏晋六朝骈体文特别擅胜的方面,孙德谦《六朝丽指自序》总括魏晋六朝骈体文的主要特色所谓“气转于潜,骨植于秀,振采则清绮,凌节则纡徐”[②],即可为佐证。

如李兆洛所论,方履篯骈文的渊源除了洪亮吉与魏晋六朝,还有“初唐人”。实际上,方氏摘采初唐也有一个作为中间人的“近源”,那就是杨芳灿。杨芳灿字才叔,号蓉裳,常州金匮人,清中叶骈文名家。方履篯为杨氏受业弟子,在骈文方面受其影响颇深。陈用光总结杨芳灿骈文特色有云:“蓉裳之文,取格近于邵叔宀(齐焘)、孔顨轩(广森),而易其朴而为华,取材富于陈其年(维崧)、吴园次(绮),而易其熟而为涩,其于此事,信可谓三折肱焉矣。”[③]进一步说,乃是华而不靡、涩而能雅。方履篯《万善花室文稿》所收文章,最为明显的一个特征即是辞采壮盛且华而不靡,这与方履篯之师承杨芳灿,实有直接的关联,我们还可以从王树枏《万善花室文稿序》中的相关论述获得有力的佐证:“其(方履篯之文)命意遣词,浩乎若靡有津涯,盖与蓉裳有异曲而同工者。蓉裳固彦闻之受业师也。”[④]

进一步来说,方履篯骈文之学习杨芳灿,并非仅止步于杨芳灿,其思路应与方氏取则洪亮吉而推溯魏晋六朝相似,亦即在学习杨芳灿的基础上更上溯李兆洛所说的“初唐人”。深入研读《万善花室文稿》诸文,我们可以推定,这里的“初唐人”不但是包括“初唐四杰”,还要包括我们现在通常划入盛唐的张说、苏颋诸人,他们文章的共同特点,乃是气象高华、辞采宏博而气势充沛,王树枏称方履篯骈文所谓“浩乎靡有

① 李兆洛《养一斋文集》卷7《跋方彦闻隶书》。

② 孙德谦《六朝丽指》,王水照主编《历代文话》第9册,第8423页,复旦大学出版社,2007。

③ 方履篯《万善花室文稿》卷首《万善花室文稿序》。

④ 方履篯《万善花室文稿》卷首。

津涯”的特征，在内在气质上与初唐诸家的这种文风的确是相通的。而当这样一种气质注入方履篯的骈体创作，其文便因而具有了李兆洛所谓“规格雄肆”的特点；并且，经由方履篯的天才熔铸，这种“规格雄肆”的特点与前所谓“绮隽”的特点相交融，于是便形成了方氏骈文华丽而刚健雄肆的总体风格。可以说，在方履篯骈体对前人进行取则效仿时，杨芳灿、洪亮吉、魏晋六朝、初唐人之文，实际是互为补充的资源。

一个骈文作家之所以能成为一代名手，个性鲜明的骈文风格的铸成，是其必备条件之一，而以成熟的文学风格为内在特征、以数量众多的优秀骈文作品为依托、以娴熟的技巧与深厚的功力为保证的骈文总体艺术成就，则是更为根本的条件。那么骈文家方履篯在学习前人基础上发挥才情所创作出的众多骈体作品，取得了怎样的艺术成就呢？经过对《万善花室文稿》所录 99 篇作品的深入品读，我们将方氏骈文最为擅胜之处总结为两点：一是以情长胜，一是以气壮胜。可结合具体文例分别论述。

其一，以情长意挚擅胜。刘勰《文心雕龙·情采》有云：“情者，文之经，辞者，理之纬；经正而后纬成，理定而后辞畅，此立文之本源也。”又云：“昔诗人什篇，为情而造文。”①情感为文章之心，成功的诗篇美文，应当是因情造文的结晶，方履篯的骈文中最多情长意挚之篇，它们往往是因事、因物生情，缘情而赋辞，《送赵林一序》、《游菊江亭记》、《祭周箌云文》、《陆祁生宣南话旧图序》都是这方面的代表。

《送赵林一序》为友人送行赋辞，先写临别秋景，则清丽可爱，继转送别主题，则沉厚多慨；接着宕开一笔，回忆与友人当初交游，先则情意笃挚，继而穷窘催迫，友朋离散，复转沉绵，再而彼此倦游同返，携手言笑，又乃欣悦无限；最后结以箴语，恳切诤直。在一文之中，以情感为中轴，文字随情感而起伏跌宕，或喜或愁，或叙或议，曲尽抑扬变化之美。《游菊江亭记》记方履篯与友人李兆洛、张成孙仲春游赏，先写众人宴聚之乐，真是潇洒隽逸，继而感怀身世、推思物理，则物外之思中浸润嵚寄不平之气、豁落无奈之感。文章因景生情，随情婉转，情景交融，骈散交融，可称佳文。

① 刘勰著、周振甫注《文心雕龙注释》，第 346－347 页，人民文学出版社，1981。

《送赵林一序》为友人暂别而作,《游菊江亭记》为友人暂聚而作,《祭周鋆云文》则为友人永隔而抒发,其写周鋆云坎坷落拓、遽然早逝,写其客死行途、寂寞魂飞:

> 劳人之生,诚不如死。然而摧千尺之桐,竟先拔其枝叶;刈百亩之蕙,又遽伤其根荄。安仁悼逝之时,未周于岁;兰成伤往之作,不绝于书。匪朝伊昔,掬琼瑰于盈怀;跼地蹐天,恨尺蠖之无足。落拓寡耦,崎岖损欢。入室靡睹,出门何之?藜蒿泣雨,围十口之棺;茅檐坐霜,冷三生之梦。望故乡而不见,类飞蓬之焉如……十千市木,未知视敛之人;万里停舆,定多欺贫之鬼。寒烟夕卷,断叶惊飞。临笛乍起,卧白骨而酸魄;生刍载将,以苍蝇为吊客。人之生也,死固其所;死之为累,乃若是其凄怨乎!①

深情贯注,既哀且愤,凄凉悲恸,有动天感地之气。

《陆祁生宣南话旧图序》落笔亦与友朋情谊相关,其先想象诸友人欢聚之乐:

> 是时则爽飔乍警,清阴满空。砌蕊朝飞,庭果宵坠。都馆蒙密,层牖闲敞。虞翻别榻,奇书尽陈;管宁藜床,坐客恒满。哈笑既作,狂歌相答。各谋尊酒,争浮瓜李。六博弹棋,间以丝竹。主宾相忘,乐不可竟。

清狂逸宕,欣乐无极,然而乐极生悲,追述往事,感怀身世:

> 俯仰失时,牵率丧志。铅刀不藏,燕石空炫。束缧加肘,逼壤侧足。凄凄嗟嗟,至于没齿。秋风一来,奔走四海。骨肉之爱,去若断丝;心膂之契,伤如脱筈。死生契阔之怨,羁旅沦薄之思,靡日不臻,何人能免?虽使怡衍良辰,逍遥宴饮,晨梦易寤,瞬息已非。

---

① 方履篯《万善花室文稿》卷3。

岂足消大噫之气,饫属车之愁乎!①

众人多久困不起,半身驱驰,一腔志意未酬,方履篯与他们气类相投、沦落相感,伸笔写怀,可说是代众人立言,故一气写来,沉浑感慨,写尽诸人胸中郁郁菀结之愁。其余如《拟庾信荡子赋》、《答董方立书》、《越西江行竹枝词序》、《陆母林太孺人家传》、《与李申耆书》等,亦都是以情长意厚为擅胜的佳作。

其二,以气势壮迈胜。方履篯骈文不但以情长胜,而且以气壮胜,这主要就是指那些规仿初唐诸家而具"规格雄肆"之特点的文章,《立鱼峰赞序》、《怀远县重修涂山大禹庙碑》、《嵩山启母庙碑》、《江行记》、《李氏三忠家庙碑录》、《董大令黎阳城守记》等,即是这方面的典型作品。它们的风格与方履篯那些深情笃挚、绸缪婉转之作有着很大的差异,主要即是以刚劲代替柔婉、浑厚代替清绮、峻速利落代替沉缓回环,似有一股劲气流转其中,并带动意象、词句的运使。方履篯超迈伉爽的个性,也在这类作品中得到了充分的展现。可以《怀远县重修涂山大禹庙碑》、《江行记》为例。

前文旨在赞颂大禹一生功绩,并考证大禹神迹所在,其尤为成功之处,即在总结大禹一生之盛德鸿懿,他的孝、诚、勤、功、仁、神、明、化诸德,文章高古佶屈,浑灏汪洋,才力、学问、识见俱高,如赞大禹之"功":

> 若其治吕梁,修大陆,创兖岱,底雍梁,则登乎孟门之上,载乎壶口之安。南自华阴,以灭高阜;东至底柱,以疏浚流。播为九河,奠于三门。太史涌而有常,徒骇潜而曲指。于是穿雷夏之泽,决荥波之潴。彭蠡震泽之大,以蓄其堙;汝汉济漯之滨,以滑其驶。流沙写,弱水浮,积石延,寒谷引,清泉丹沼,顺乎五行,赤岸黄支,排乎四海。使鹑首就粒食之生,鱼民返甸服之处。共操耒耜,告成赋于中邦;争息闾阎,得庶士之交正。故天下咸仰大禹之功。②

---

① 方履篯《万善花室文稿》卷4。

② 方履篯《万善花室文稿》卷2。

以散行之气运骈俪之文，煌煌浩浩，辞气俱盛，可称是“燕许大手笔”之后续。

《江行记》写作者由金陵泛江至汉阳途中所观奇景：

> 岁入元默，月居阳首，方子将由金陵至于汉阳。乃溯岷江，别沱水，擘洪波，指太清。缨溟匒匌，呀呷潗湷，湫湙潋滟，沖瀜沆瀁。初映曜轮，砥如重簟；乍激回驷，矗见层峦。瞬睫少举，可抚万里；云天相迫，曾不一尺。于是霁光在枕，晨飔上衣。舟人群呼，客子惊视。赤潦拍荡，垂腕能接；黄霞弥漫，障袖欲飞。蒲帆扬鳞，吼音终旦；筒篙森刺，浪涌欲夺。走电谢迟，劲矢忘速。孤鹤无影，哀猨有声。边笳四起，沉雾千仞。地轴争峙，至此而遥。①

方履篯大力运斤，奇思壮采，一气注涌，有一种峻速之感，文笔所到，沿途景致，瞬息多变，令人目不暇给。

当然，前举或以情长、或以气壮擅胜的诸文，并非方履篯骈文佳作的全部，张鸣珂辑《国朝骈体正宗续编》，选履篯之文 10 篇，《怀远县重修涂山大禹庙碑》、《绿玉词序》、《仙山尘梦图序》、《陆祁生宣南话旧图序》、《游菊江亭记》、《祭周䂓云文》外，《再答董方立书》、《江西广信府知府……康公神道碑》、《甘肃巩昌府知府……胡息斋先生别传》、《谒紫虚元君文》亦在选，固然都是辞采俱为可观的好文章。另外本书和张选都未曾提及的，还有不少佳篇，象《邓完白先生墓表》、《邓氏隶书赞序》之形容邓石如书法之妙，想象绝特、比譬传神，也是不可多得的佳文。

总而言之，方履篯的骈体文，数量之可观、质量之上乘，风格之众多、才情之壮盛，在常州骈文作家群落中，在整个清代骈文史上，都是卓然自立、可名一家的。王树枏《万善花室文稿叙录》将方履篯视为能够接续阳湖洪亮吉、孙星衍等人骈文脉络的重要作家②，是颇为中允的判

① 方履篯《万善花室文稿》卷 3。

② 王树枏《万善花室文稿叙录》云：“乾嘉间阳湖工偶体文者，以洪稚存、孙渊如、赵味辛、刘芙初为最，彦闻与董子诜、董方立兄弟联镳并起，以称雄于世，所谓屈平、宋玉导清源于前，贾谊、相如踵芳尘于后者也。”方履篯《万善花室文稿》卷首。

断。在常州诸家中,方履篯的骈文成就,虽不能与洪亮吉相提并论,但可与刘嗣绾、董基诚与董祐诚等人相颉颃上下,较之张惠言、李兆洛诸人,则已胜出一筹,我们研究清代常州骈文,方履篯不可不提。

第三节 “二董”《合刻移华馆骈体文》成就

清代中叶的常州府,出现了不少家族性骈文家群体,洪亮吉及其子符孙、齮孙,张惠言、张琦兄弟及惠言子成孙,陆继辂与陆耀遹叔侄等,皆其代表,但是以家族群体性面貌获得世人广泛关注和赞誉的,首先要数阳湖董基诚与董祐诚兄弟。

一 “二董”之身世

董基诚,字子诜,号玉椒,阳湖人。嘉庆二十二年(1817)进士,官至河南开封府知府,有政声。弟祐诚,初名曾臣,字方立,一字兰石,嘉庆二十三年举人。阳湖董氏本是世胄之家,“胄炜縢编,代著通籍”①,但是到基诚兄弟父亲的时候,家道已衰,所以他们年幼时,只得跟随父亲远宦谋生,方履篯所谓“侍宦汧雍,所历遐僻”②,尝尽了辛苦。但他们自幼天资绝特、聪颖过人,虽然侍父遐宦,“既乏师资,亦鲜胜侣”,然而亲炙庭训之外,弟兄两人能彼此诲励,推挽齐进:“二难相诲,七业俱兴。恭、丕则闭门讲艺,机、云则分廨摛华,盖已骋骥长途,而一日千里矣。”③所以到了嘉庆十五年,两人返乡参加府县的考试,每试皆摘其冠,阳湖“二董”从此便“腾踔士林”④,所谓“元方季方,并誉汉世;大山小山,骋英齐代”⑤,声名日益为天下所知了。

可是因为家贫,“室靡藜菽,养资堇饴”,“二董”只得“爰敛修豪,出

①②③ 方履篯《万善花室文稿》卷5《董方立诔序》。

④ 李兆洛《养一斋文集》卷13《董君方立传》。

⑤ 方履篯《万善花室文稿》卷2《答董方立书》。

绾游屐”①,一边游幕谋生,一边继续参加科举考试以求仕进,他们弟兄两人的生活境遇,此后就渐渐不同。董基诚科考仕进之途相对颇为顺利,嘉庆二十二年成进士之后,不久即官户部郎,已有政声,玉麟说他“方将入参枢机,扬历阀阅,其所施用,正未可量”②,前途大好,后来也确如玉麟所云,做到了一方知府。董祐诚则多践坎坷,境遇大不如乃兄。嘉庆十六年二十一岁时,董祐诚便随其师陆耀遹赴陕西寓幕,直到嘉庆二十三年,方举顺天乡试恩科,此后更“三应礼科,两就杂试,奥渫未升,容刀屡脱”③,一腔壮气销沮殆尽,方履篯形容其窘况有云:

> 衡宇花飞,故园春老,流景易逝,侘傺无聊。寸履初阐,徒招奔驶之讥;缄口未弛,已罹哓渎之咎。南阳之竹,取憎茅茨;龙门之桐,辱置爨下。低头马坂,昔人所悲;奋翼鹏愪,此志谁展?④

郁郁之情,频年累聚,又因为他“所治书皆隐赜深微之书,读之疲神”,而他“乐之不厌,虽精慧倍人,然用之无节,耗竭不觉,以明自销,以香自烧”⑤,所以到了道光三年(1823)便遽然辞世,寿仅三十三岁,满怀用世之志,都随他一起沉埋黄土了。天才殒灭,亲族、师友俱为震惊惋痛,直至梁启超著《中国近三百年学术史》,提到董祐诚卓异的学术才能,还对他的早逝感慨不已:“呜呼……夫使巽轩(孔广森,寿仅三十五)、方立辈有定九寿(梅文鼎寿八十九),则所以嘉惠学界者宜何如哉!”⑥

董基诚古文、骈体与词皆长,有《古文》2 卷,《骈体文》2 卷,《玉椒词》2 卷。祐诚学术、文学并擅,学术方面,律历、数理、舆地、名物无不通晓,而以律算之学最为学界称道;文学方面,与其兄相似,古文、骈体、词皆有撰述,有《古文》2 卷,《骈体文》2 卷,《兰石词》2 卷。祐诚殁后,

---

① 方履篯《万善花室文稿》卷 5《董方立诔序》。
② 玉麟《移华馆骈体文序》,董基诚、董祐诚《移华馆骈体文》卷首。
③ 方履篯《万善花室文稿》卷 5《董方立诔序》。
④ 方履篯《万善花室文稿》卷 2《答董方立书》。
⑤ 李兆洛《养一斋文集》卷 13《董君方立传》。
⑥ 梁启超《中国近三百年学术史》,第 305 页,上海三联书店,2006。

友人方履篯曾将他的骈体2卷刊行,名为《兰石斋骈体文遗稿》;董基诚也曾将他们兄弟二人的骈文4卷合刊行世,名曰《合刻移华馆骈体文》。

二 《合刻移华馆骈体文》之由来及主要内容

考诸文献,董基诚刊刻《合刻移华馆骈体文》4卷,是在道光十四年。在此集刊刻之前,董基诚骈文创作并没有独立的刊本行世,而董祐诚诸作应已有方履篯的刻本。方履篯是董基诚、祐诚兄弟同乡挚友,按方氏《兰石斋骈体文遗稿序》,董祐诚在道光三年遽然辞世,留下各类撰述计43卷,它们在方履篯看来,"皆足刊摘冥奥,讨濬学源",不过方氏对董祐诚骈文创作有特别的偏嗜,并且"冀速彰其微言,以少酬夫夙愿",于是搜求遗稿,"嘱诸梓人"①。《遗稿》收文25篇,它很可能是董基诚《合刻移华馆骈体文》董祐诚部分的底本②。

董祐诚的辞世,不仅客观上催生了方氏《兰石斋骈体文遗稿》的刊刻,而且还直接影响到董基诚《移华馆全集》和《合刻移华馆骈体文》的编刊。按玉麟《移华馆骈体文序》,祐诚殁后三年,即道光六年,基诚曾

① 方履篯《万善花室文稿》卷5。又刘大观《兰石斋序》有云:"(董祐诚)年逾三十,遽捐馆舍。遗《兰石斋骈体文》二十五首,其同年友方子彦闻刊于怀庆。盖怜其才,不忍使其笔精墨髓,与昂藏七尺躯,同埋没于人间世也。"(参见刘大观《玉磬山房文集》卷1,清道光八年刻本。)可与方履篯之言互证。

② 方氏刊本如今或已佚失,其刊刻年代不可确考。按照董、方二人的卒年(方氏殁于道光十一年),以及刘大观《兰石斋序》的写作年份(前引刘大观《兰石斋序》的写作年份我们虽亦不能确知,但刘氏收录此文的《玉磬山房文集》刊于道光八年,故可推知,方履篯《兰石斋骈体文遗稿》,至迟刊刻于道光八年),我们可以推知方氏刻本的刊刻时间,当在道光三年至道光八年之间。再从收文数量上看,方氏刊本录董祐诚骈文25篇,董基诚于道光六年所编《移华馆全集》收董祐诚骈文27篇(《合刻移华馆骈体文》董祐诚部分与《全集》相关部分完全相同,下文有述),故我们进一步推测:一,方氏刊本很可能就是董氏刊本的底本;二,若前一点成立,则方氏刊本应刻于道光三年至道光六年间。

将祐诚遗著16卷[①]和他自己的古文、骈文与词作6卷，共计22卷，编成一辑，名曰《移华馆全集》。是集编成，基诚呈请玉麟为之作序，玉麟览集，自谦"学问日益荒落"，对基诚、祐诚兄弟的论著"愧未能尽通其说"，但是"独于其骈体文，见之最早，赏之最深，向许为必传之作也"，于是让基诚"别录四卷，先为刊板行世"[②]。基诚领命，乃专辑自己和祐诚的骈文作品各2卷，刊刻行世，此即《合刻移华馆骈体文》4卷的由来。

《合刻移华馆骈体文》中所录董基诚的作品，共计30篇，主要作于道光元年以前。玉麟《移华馆骈体文序》曾提及，道光元年其还京师，基诚已经以进士任职户曹，因为基诚"奉职勤谨"，故"不暇复治旧业"，即是说没有空闲进行诗文的写作了。董祐诚诸作计27篇，则主要写于嘉庆十六年(1811)至嘉庆十七年的两年间。基诚序《董方立遗书·文乙集》有云：

> 嘉庆庚午，方立年二十，初学为汉魏六朝之文，明年辛未，客游陕西，首成《西岳华山神庙赋》，名大著。居西安二年，得文二十余首。自后稍稍弃去，或阅数年不一作，既作亦鲜有存者。[③]

嘉庆庚午即嘉庆十五年，董祐诚之"居西安二年"，即在嘉庆十六年与十七年。这里所说董祐诚在西安两年作骈文"二十余首"，与《合刻移华馆骈体文》所收27篇数字相近。当然，嘉庆十七年以后直至去世，董祐诚也写作骈文，《合刻移华馆骈体文》中亦当有部分收录，但是这段时间的创作，首先数量有限，其次存留很少，其主要原因是祐诚认为包括骈文

---

① 玉麟《移华馆骈体文序》所记董祐诚遗著9种16卷，包括《割圜连比例术图解》3卷、《擶(椭)圜求周术》1卷、《斜弧三边求角补术》1卷、《堆垛求积术》1卷、《三统术衍补》1卷、《水经注图说残稿》4卷、《文甲集(古文)》2卷、《文乙集(骈文)》2卷、《兰石词》1卷。这与前引方履篯《兰石斋骈体文遗稿序》所言董祐诚遗书43卷有很大的出入，其原因有二：一，方氏所记，将董祐诚参与编纂的《嘉庆咸宁县志》26卷也包括在内；其二，方氏将祐诚《水经注图说残稿》4卷误记为《水经注疏证》3卷。

② 玉麟《移华馆骈体文序》，董基诚、董祐诚《移华馆骈体文》卷首。

③ 董祐诚《董方立文乙集》卷首。

在内的文学创作是"无用之学",不愿意再在这方面投注精力①。由此可知,"二董"都主要是在年轻时写成他们的骈文作品,尤其董祐诚,一生的骈文创作,主要集中在两年之间,那时他不过二十一二岁,结合他们的创作成就,不得不感叹其天才绝人了!

纵览"二董"57篇作品,可以发现两人最为擅长的体裁是赋、书、序三类。赋体又分大赋和骚体短赋。董基诚大赋5篇,主要是朝廷颂纪之作,文采虽盛,但空洞肤泛,成就有限;骚体短赋则颇有佳作,《合刻移华馆骈体文》中所录7篇,大多可观。董祐诚大赋仅嘉庆十六年所作《西岳华山神庙赋》1篇,然而出手惊人,宏博汪洋,靡有津涯,当时士林颇为推服;短赋则有5篇,亦多是辞情俱佳的作品。书、序二体是二人写作最多的体裁,董基诚9篇、祐诚10篇共计19篇,其或摹写景致,或发抒性情,或议论事理,大多能流丽稳贴、抑扬合度,"二董"突出的骈文创作才华在此得到充分展现。赋体、书、序而外,碑诔、跋语等,他们也都有一些好作品,特别董祐诚的《武功县后稷庙碑》和《兴平县马嵬堡唐贵妃杨氏墓碑》两篇,颇值一提,玉麟所称祐诚"瑰玮绝特,规模渊云"的"必传之作",《武功县后稷庙碑》即在其列②。就总体风格而言,"二董"的骈文创作体现出较为明显的相似性,其大赋出入汉魏,总体上模拟多于新创,特色并不明显;大赋以外诸体,则远法魏晋六朝,近则同邑骈体名家洪亮吉、刘嗣绾诸人,承中有创,自成风格,是骈文"常州体"(又称"常州派")的有力后继。

三 《合刻移华馆骈体文》的主要艺术成就

由上考述可知,"二董"从事骈文创作的时间并不长,其所创作的骈文作品的数量也不多,但这有限的骈文作品却取得了很高的艺术成就,阳湖"二董"在清代骈文史上声名颇盛的根本原因正在于此。深入研读

① 董基诚《董方立遗书·文乙集》在述及祐诚嘉庆十七年以后很少写作骈文后感慨道:"呜呼!是固方立所谓无用之学也,舍无用之学进而求有用之学,卒亦无所成,徒赍盛志以殁,其命也夫!"即可佐证文章所述观点。

② 玉麟《移华馆骈体文序》,董基诚、董祐诚《移华馆骈体文》卷首。

《合刻移华馆骈体文》所收诸作,我们可以将“二董”骈文的主要艺术成就总结为三个方面,即写景清隽、抒情沉郁和议论精卓。可结合作品分别论述。

写景清隽 《合刻移华馆骈体文》中有全篇抒情、全篇议论之文,但是并无全篇专以写景之文,这里主要选取比较而言写景状物能见出“二董”才情的那些文章,截取最精彩处加以析论。董基诚《至青浦县与弟方立书》、《八月十五夜泛舣舟亭序》,董祐诚《与方彦闻书》、《游牛头山记》都是这方面的代表作。

基诚《至青浦县与弟方立书》写青浦县周遭山水景致:先写县西长泖之景,则出以清新隽逸;继写仲秋观潮,乃转壮肆惊奇;再写畲山之景,又为雄奇壮丽;写畲山庙宇,更复壮逸。一文之中,因景赋辞,风格多变,读来如观长卷图轴,颇惬人观感。《八月十五夜泛舣舟亭序》与洪亮吉《八月十五泛舟白云溪序》命意颇为相似,功力亦不让洪文,如写夕阳将坠,诸人命舟赴亭途中及登舣舟亭所观之景:

> 出郭左转,横桥接空。禅栖星罗,梵宇云亘。半川以上,气尽金银;缘岸而下,晴开绀碧。堤柳微脱,遥汀未波。塞鸿不来,凉苇欲白。更极前浦,榉香袭裾。危亭翼然,界水中峙。历级直视,披襟独登。流尘绕梁,扫箨平槛。冷蝶团粉,时来亲人;枯蝉嘶风,似复留客。白云出乎虚牖,夕照回乎曲廊。杂花依草,青红不名;疏藤上墙,诘屈成格。巾屐小憩,有尘表之想焉。①

其中“半川”、“缘岸”一联,写傍晚河面水气与河两岸景致,远处落笔,泼墨写意;“冷蝶”、“枯蝉”一联,“杂花”、“疏藤”一联,写舣舟亭内外作者所见所感,近处着墨,细笔描绘,都是琢炼精工、辞意俱妙的好文字,将其放在洪亮吉、刘嗣绾集中,实难分彼此。整段文字一气读来,清新逸宕,可与洪文一较高下。

董祐诚《与方彦闻书》、《游牛头山记》两篇文章写景的特色,与基诚《八月十五夜泛舣舟亭序》类似,都是比较典型的“常州体”的风格。如

① 董基诚、董祐诚《移华馆骈体文》卷2。

《与方彦闻书》写祐诚渡江北上,沿途所历景致:

渡江北行,土俗迥异。菁菽杂饭,菰芦结床。花袭马蹄,草卧沙碛。访八公之故馆,过清流之岩关。尘惊鸟飞,石讶人立。足蹀十步,时升火光;树杪百尺,才见青气。自兹以西,地垌天旷。淮颍千里,田庐万重。水星镜浮,荇叶带抱。麦气朝雾,沆霞亦黄;楸花夜开,土岸皆紫。①

全文清新隽特,逼肖洪亮吉。又《游牛头山记》写山寺之景:

土硁蛇蟠,岩磴雁列。古刹绀宇,矫出天外。门接云窟,牖通鹊巢。枯僧擘罗,梵钟度谷。玉女香绕,灯王月澄。鱼鳞瓦晴,惟见金黛;虬甲松古,纯成龙蛇。怪禽五色,礼陀罗之幢;迷蝶两三,涂天人之粉。鹫阙盘郁,花光阴阳;鹿宫觚棱,红采上下。②

文章主要是写远观之景,起笔勾勒山寺形势,继则移笔从不同角度点染山寺面貌,虽立意在皴染概观,但粗中有细,尤其"迷蝶两三,涂天人之粉"两句,灵心天纵,细腻入微。整段文字,读来犹如观画,色彩、形象宛然可见。

抒情沉郁 "二董"抒情之作颇多,董基诚《壬申岁暮诗序》、《泣秋阳赋序》,祐诚《对烛赋》、《答方彦闻书》、《与杨绍起书》、《方彦闻鹤梦归来图序》、《书春觉轩诗集后》,都是属情深厚的佳作。

所举董基诚的两篇,主旨皆在感怀身世。《壬申岁暮诗》是基诚客居青浦所作诸感事诗的结集,他自为作序,进一步发抒客居之感、身世之慨,整篇文章,欷歔喟叹,连贯一气,不可句摘。《泣秋阳赋序》命意与《壬申岁暮诗序》相似,而属情造境比《壬申岁暮诗序》更为沉厚,其文曰:

① 董基诚、董祐诚《移华馆骈体文》卷3。
② 董基诚、董祐诚《移华馆骈体文》卷4。

悲哉！黍谷吹律，不能照幽都之春；鲁阳挥戈，不能驻羲轺之辙。耿弁冠军之岁，已逾其三；戴凭明经之年，又涉其半。长河滔滔，逝者如是；流晷短短，来时大难。忧如之何？怆可知矣！况复尽年穷愁，非凉燠之可谢；故乡羁旅，不关河而亦悲。抟抟之土，难容张俭之家；苍苍者天，孰问灵均之壁？仅此寸鬲，丛滋百忧。松柏虽劲，戒惊风而作声；茝兰信芳，应清商而改色。淇园下楗，不辨琅玕；元圃飞灰，讵留瑊玏？浊泾清渭，异源同澜；白艾紫芝，殊根共悴。虫欲坏户，乃掘井而及泉；鹿已走铤，复震雷而破谷。士之感遇宁有异焉。大块非霾愁之所，薄酒无蠲愁之用。燕市击筑，先伤烈士之魂；雍门微吟，大短相君之气。嗟乎！长卿奇才，四壁徒立；季子辨士，十上不行。是即幽渺弗闻，亦为涕泣横集者矣!①

作者感慨时光逝迈，不可挽留，年岁已长而仍旧穷愁羁旅、奔波劳碌，一身才能却得不到施展的机会，愁山恨海，层层堆叠。整篇序文沉郁顿挫，感慨深厚，其琢句之精工，设境之沉浑，不让庾信、洪亮吉。

董祐诚诸文，《与杨绍起书》与《书春觉轩诗集后》两篇更为特出。祐诚一生虽短短三十三载，但也是饱经坎坷，因为饥来驱人，二十一岁即赴陕客游，落拓寄居，功名未就，以他的天才多情，能不感慨满怀？《与杨绍起书》就是写当时的客居之感：

矧以尘棼迫虑，风土乖宜。百事振心，万忧拂性。车回歧路，何处寻家？人上河梁，不堪掩袂。堂前击筑，已销佣客之魂；台上引弦，自贯惊禽之羽。宁止悲生红女，望极湛江？昔建安才子，横涕荆楼；魏国词人，凄神汉殿。亦有华阳奔命，东海羁宾。真定常山，奄风波而失所；河阳漳水，望云雨而长乖。要皆丁元二之灾年，植三州之离会。②

陕中冬去，春意渐浓，天时的轮转，催动了羁人的故园之思，然而衣食依

① 董基诚、董祐诚《移华馆骈体文》卷 2。
② 董基诚、董祐诚《移华馆骈体文》卷 3。

人、功名未就,即使乡思断肠,岂能遽归?所谓"车回岐路"、"人上河梁"云云,就是写尽了祐诚故园情切而不能返乡的无奈。"堂前击筑"以下,便援引故事,反复吟咏,将一腔深沉的悲愁,郁郁道出,其锤心炼骨,振落有声。《书春觉轩诗集后》是祐诚追怀舅氏庄达甫之作,庄氏生前对祐诚兄弟大力关爱提携,所谓"识阳元于陋巷,拔孝相于无名",知遇之恩、亲眷之情,兄弟二人是铭感于心的,庄氏既殁,他们追忆往事,能不伤怀:

追惟晏旦,宛尔生平。秋蓬纵火,先空卷旆之心;长淮涸流,自贯枯鱼之泣。西山冤禽之木,塞沧海而未穷;建阳高台之钟,不落叶而已恸。哭簪大泽,筮魄江南。青萍雨化,难忘晳柳之星;丹鸟双飞,长感黄垆之草。谓天盖高,梦梦而左暗;谓地盖厚,沉沉而下队。鲍子知我,徒慨乎归人;罕皮云亡,畴与夫为善!①

因为深情蕴结、出自肺腑,加上祐诚才力充沛,续续写来,郁郁沉痛,感人至深。就风格而言,两文上承庾信、徐陵,下效洪亮吉,取得了突出的艺术成就。

议论精卓 "二董"的骈文创作,抒情写景之外,叙事稍弱,而俱工议论,其辨论的明通、持见的高卓,都足可观,其中一些优秀篇章,读来令人拍案称快。董基诚《答友人书》,祐诚《送洪右甫序》、《云溪乐府序》、《兴平县马嵬堡唐贵妃杨氏墓碑》,就是这类作品中的典型。基诚《答友人书》极论士子立身处世常有的"十失"与"五惑",目光锐利,抉剔深刻,可为世箴。如论所谓达者之失:

凉燠僭序,在时为灾;中和易宜,于世惟戾。徒脱检以作达,将蹈瑕而丧生。次公入座,方醒亦狂;渔阳弄鼙,三挝辄厉。瘈狗岂第嗥日,山膏亦知詈人。又或幽缈自悼,牢愁无端。苕未秋而泣凋,槿才朝而告谢。舄岂思越,乃耽哀吟;非不囚秦,预成孤愤。蒿竹无欲愉之响,爨桐有懊咿之音。恶云达怀?多恐灭性。

① 董基诚、董祐诚《移华馆骈体文》卷4。

他们或跳脱绳检，狂戾无度，或悼伤身世，无病呻吟，都是刻意造作，不得性情之正。其文音节铿锵，鞭辟入里。又如论处世一切以亲疏恩仇为据之惑：

> 契分疏戚，视为瑕瑜；毁誉重轻，施为报复。羊左夙谊，咳唾亦恩；殷刘世仇，排挤必力。①

言简意赅，而析论字字入骨。

董祐诚诸文，以《兴平县马嵬堡唐贵妃杨氏墓碑》辞采、义理兼备而最称佳制。杨玉环在古代文化史中是一个有意味的形象，史家常指其为红颜祸水，诗人则有同情其悲剧命运，是非曲直，评述纷纭。董祐诚的这篇文章，主要是以史家的眼光来审视杨玉环的一生所为，但是他不是重蹈旧说，指斥杨氏的惑魅君王，祸国殃民，而是以同情的、客观的视角，对杨妃所遭不合理的批评进行辩驳。比如论者以为岭南荔枝之贡、骊山行宫之起，徒费民力，其咎在杨妃，但董祐诚持议与之相反：

> 或谓俪极失闲，宸仇爽德。责岭南之味贡，起浮肺之雕官。竭物曲于土木，尽人力于醉饱。故使重关无勇闭之夫，河上有弃师之噪。然而洋川置驿，无亏隆准之名；邯郸倚瑟，不渐龙据之圣。当夫先天授政，稷日劬劳，开延英以旁求，临勤政以兼听，焚珠玉于三殿，罢织锦于两京。然已御门楼而观灯，命骁卫而典乐，置宜春于西内，教法曲于梨园。故知周王飨国，自有髦荒之讥；虞帝宅师，终生倦勤之叹。妃无班妤辞辇之贤，昧樊姬进善之智。逮乎变生龙武，怨积掖庭，甘陨轻躯以绥宗社，较之虏临瓜步，犹唱《后庭》，师入晋阳，尚闻小猎，讵可同年，方斯等语？②

董祐诚指出，君王倦勤逸乐，自来有之，周王、虞帝尚且不免，何况唐王？明皇临政之初，已经在执政之暇，颇享观灯典乐之乐，那么杨妃得宠，明

---

① 董基诚、董祐诚《移华馆骈体文》卷2。
② 董基诚、董祐诚《移华馆骈体文》卷4。

皇遂其所好,“责岭南之味贡”,同与奢享,“起浮肺之雕宫”,是帝王常有之事,为什么要将这些事件引起的严重后果,归咎于一个作为帝王附庸的女子身上呢?文章阐论有据,辞气振振,醒人耳目,可视为历来议论杨妃诗文中的上乘之作。

要之,“二董”的骈文不论是写景状物,还是抒情议论,都能灵心独运,挥洒自如,各种物态人情、世间道理,经作者生花妙笔的描写,具有了独特的美感和感人的艺术力量;而“二董”深厚的学识和卓越的文学创作才华,也在其中得到了充分的体现。

四 “二董”骈文的风格渊源及文学史地位

在文学史衡论机制的审视下,一位诗文名家之地位的最终确立,需要具备多方面的因素,诗文文本写作达到相当的艺术高度、取得相当的艺术成就,是其中最基本的要素。它不但要求作家具备高卓的诗文写作技巧与才情,而且要求作家在技术操作与才情发挥的基础上,形成一种独特的风格,阳湖“二董”的骈文创作正是如此。我们透过“二董”骈文清隽的写景、沉郁的抒情和精卓的议论,可以概括出他们骈文的总特风格,那就是方履篯评祐诚骈文时所说的“儁不害窕,缛而有则”①。所谓“儁不害窕”,意指文章虽清隽利落,但并不妨其兼有窈窕柔静之风情;“缛而有则”则指文章华而不靡、丽而不缛,绮丽之中有股清隽之气。一言概括的话,即是绮而能隽。

绮隽是“二董”骈文独特的风格特征,但这种风格的形成,并非全然是“二董”自身天才独创的结果,它自有其深厚的渊源。方履篯《兰石斋骈体文遗稿序》在言及其与“二董”的交游时有云:

> 吾始羁丱,交君伯仲。纵猎道义,研摧元史……既欣同志,俱好纂组。遂欲发兰台之奥府,夺陈留之重席。上析潘陆,下综任刘。勤身奋志,显光气于寰中;瑰词绮章,操雅丽之绝格。

① 方履篯《万善花室文稿》卷5《兰石斋骈体文遗稿序》。

所谓“上析潘陆，下综任刘”，就是说他们的骈文创作取法西晋潘岳、陆机陆云兄弟与南朝任昉、刘峻诸人。当然，这里的“上析潘陆，下综任刘”只是一种概括的说法，他们实际所效法的对象，潘、陆、任、刘而外，还包括魏晋六朝时众多的骈文家，如上文分析董基诚《壬申岁暮诗》、《泣秋阳赋序》与祐诚《与杨绍起书》、《书春觉轩诗集后》时所说的庾信、徐陵等，从二人骈文创作的总体情况来看，可以说魏晋六朝是他们向古人学习的主体部分。此外，“二董”骈文还效法两汉大家，特别是他们的大赋，体制格调，皆肖汉人。其中董基诚诸文因涉肤泛之弊，总体成就不高；但董祐诚《西岳华山神庙赋》则气度恢宏，瑰玮华丽，颇有两汉名家大赋之风神。笼括言之，“二董”的骈文都摛采于两汉魏晋六朝，并以魏晋六朝的骈文家群体为主要祖述对象。

魏晋六朝是“二董”骈文主要学习的远源，实际他们还有一个学习的近源，那就是洪亮吉，也应当包括刘嗣绾。我们读《合刻移华馆骈体文》所收文章，其写景之清新、抒情之沉郁、议论之卓特，琢字炼句之精工、用典使事之巧妙，都与洪亮吉、刘嗣绾有很大相似之处。如在辞句琢炼方面，董基诚《郝筱初南游小草序》“枯僧两三，戴明霞而回渡”与洪亮吉《终南山圭峰寺铭》“怖鸽一队，枯僧两三”①，造语有完全的雷同；而董基诚《八月十五夜泛舣舟亭序》“冷蝶团粉，时来亲人；枯蝉嘶风，似复留客”一联，董祐诚《游牛头山记》“怪禽五色，礼陀罗之幢；迷蝶两三，涂天人之粉”一联，在字、词、句意上的深细锤炼，其用心、功力与刘嗣绾《龙泉寺记》“鸟团梦于幽栋，虫选言于古墙。草蝶出茧，黄于野人之衣；风蝉上枝，绿成秋士之鬓”②数句颇近。又如在用典取意方面，董基诚《泣秋阳赋序》“燕市击筑，先伤烈士之魂；雍门微吟，大短相君之气”一联，董祐诚《与杨绍起书》“堂前击筑，已销佣客之魂；台上引弦，自贯惊禽之羽”一联，与洪亮吉《伤知己赋序》“秦声扬，不能激已沮之气；鲁酒薄，不能消未来之忧”一联，属辞命意，实有异曲同工之妙。再如在文章整个意境的营造方面，董基诚《八月十五夜泛舣舟亭序》与洪亮吉《八月十五泛舟白云溪诗序》几出一辙，其立意布局与行文风格，都十分相似。

---

① 洪亮吉《卷施阁文乙集》卷1。

② 刘嗣绾《尚䌹堂骈体文》卷2。

这些例证可以有力地说明,“二董”的骈体文创作,对他们的常州府前辈有着明显的效仿学习。而且,按照他们文章的特点,尤其是写景状物的清丽新巧、锻词炼句的精工细致、使典隶事的自然浑融、谋篇布局的深宛抑扬,即可以将其视为“常州体”洪、刘的有力后继。

进而言之,“二董”骈文之近则洪、刘,远效魏晋六朝,实际应是源流一体、内在贯通的。前引方履籛《兰石斋骈体文遗稿序》中提到,方氏幼年即与“二董”订交,他们“既欣同志,俱好纂组”,对骈文创作有着共同的兴趣,于是一起“上析潘陆,下综任刘”,希望将来能“显光气于寰中”。在三人切磋交流的过程中,由于长期共同致力于对魏晋六朝骈文的学习,他们的骈文创作也形成了一些相似的风格特点。按方履籛骈文的总体风格是清绮雄肆,其风格熔铸的渊源,正如李兆洛《跋方彦闻隶书》所云:“彦闻之为学善变。其为骈体也,初爱北江洪先生,效齐梁之体,绮隽相逮矣。已而曰此不足以尽笔势,则改为初唐人,规格雄肆,亦复逮之。”这里李氏论方履籛骈文所谓“绮隽”之特点,与“二董”骈文“儁不害窕,缛而有则”的绮隽,实是意蕴相通、内在一致的。而方履籛骈文所含纳的“绮隽”之风,乃是“爱北江洪先生,效齐梁之体”的结果。依此并结合前述“二董”对洪亮吉、刘嗣绾骈文在造语炼句、用典命意等方面学习的事实,我们可以推论,“二董”的骈文风格的形成,确实在很大程度上是得益于效仿洪亮吉(也应当包括刘嗣绾)并经由洪、刘上溯魏晋六朝。这样,从洪亮吉、刘嗣绾到两汉魏晋六朝,“二董”骈文祖述的渊源就一脉贯通了。

总体来看,阳湖“二董”的骈体文创作,远承两汉魏晋六朝,近则洪亮吉、刘嗣绾等常州骈体名家,而且承中有创,自成风格。其不但扩充了“常州体”骈文的内容,续写了清代常州骈文在陈维崧、刘星炜、洪亮吉、孙星衍、刘嗣绾之后的辉煌,而且为清代骈文史添上了浓墨重彩的一笔。就文学史地位而言,“二董”在同时可与方履籛颉颃并驾,而上可追洪亮吉、孙星衍、刘嗣绾,称得上是常州骈文名家,在清代骈文史上,也是不可多得的骈林双子星。我们纵览清代常州骈文的整个历史,可以说“二董”以后,再也没有可与等视的骈体名家了,换言之,“二董”是清代常州骈文的最后一座高峰,是常州骈文恢弘交响曲的最后一段强劲旋律。

第四节 古文“阳湖派”作家的骈文创作

古文“阳湖派”诸家虽以古文创作名世,但是他们也有不少骈体文作品,这方面以屠寄《国朝常州骈体文录》的收罗最为集中、全面,依此而论,不仅数量相当可观——如收张惠言文12篇、李兆洛文65篇、董士锡文13篇,质量也比较高。总体来说,以张惠言、张成孙父子和李兆洛、陆继辂、董士锡五人成绩最丰,其中张惠言、陆继辂、董士锡长于赋体,李兆洛、张成孙则众体兼能。作为常州骈文的一个重要组成部分,有必要对其进行适当的介绍论述。

一 张惠言、张成孙父子

恽敬论张惠言一生文章有云:“(惠言)少为辞赋,尝拟司马相如、扬雄之言;及壮为古文,效韩氏愈、欧氏阳修。”①张惠言《文稿自序》亦云:“余少学为时文……为之十余年……其后好《文选》辞赋,为之又如为时文者三四年。”②创作之外,他又于乾隆五十七年(1792)编成《七十家赋钞》一书,该书选录上自屈原、荀子,下至庾信的众家词赋作品200余篇,可见其对辞赋的倾重。而张惠言的骈体创作,即以赋体最善,主要有大赋与骚体小赋两类,大赋纪游,小赋咏物,各有所长。

大赋以《游黄山赋》与《黄山赋》为代表,它们也是张惠言最著名的作品。两赋铺张扬厉,才学俱盛,吴德旋《张皋文先生述》所引“同郡恽敬见而叹曰,‘自相如、枚乘殁后二千年无此作矣’”③,即是指此类作品。尤其《黄山赋》一文,兼有汉大赋与六朝俳赋体气,千态万状,博奥汪洋,令人目不暇给,如写黄山远观之大势则曰:

① 恽敬《大云山房文稿初集》卷4。

② 张惠言《茗柯文三编》。

③ 吴德旋《初月楼文钞》卷8。

尔其大势，则岎岭崆崇，纠缠崛崎。积沓匼匝，阴阳蔽亏。夫容菡萏，倚天无茄，形精亘辉，灼若朝霞。其曾高，则上出阊阖，平睨寒门，俯视一气，空如下天。其穷阴，则涸沍憀慄，昧不见太阳，乃有因提之雪，循蜚之霜。

其中“其曾高”几句，乃正面直写黄山之高，“其穷阴”几句，则侧面曲写黄山之高，一正一侧、一直一曲，对比烘托，富于变化。接着具体写黄山山石之奇云：

其石则踸踔刻削，岫累增积，撙总别追，重迭并益，将颠复稽，附塄蹑跖，纵横骇盱，震心讋魄。黝质斑采，炫耀龙鳞，随物成象，百怪千端，若有鬼神，突怒凌厉，单不知其所原。①

文笔恢诡奇卓，才气逼人。张惠言的这篇《黄山赋》在清代赋史上之所以备受推崇，主要就是因为张氏在效仿汉大赋体式风格的基础上，高才独运，自出心裁，不但是传达出了汉赋的形式特征，更能传其精神，即所谓神似古人。

张氏短赋亦多有佳构，以《寒蝉赋》、《秋霖赋》、《望江南花赋》3 篇最佳。《寒蝉赋》以寒蝉为比，托物自喻。其序言写寒蝉之修洁，“辞缁涅于埃秽，翩乘风而逌行”，是总体概括它的气质态度；所谓“端广额以节首，抗修绥以仪冠”，乃言其仪容之修洁；“叽醴泉以为饮，接沆瀣而为餐”，言其餐饮之修洁；“心抱清而守素，体逍遥以自然”②，则言其体性之修洁。这样的寒蝉，实是通体修洁、内外兼美的德物，张惠言以其为比，主要是借而寄托一腔高洁的情怀。《望江南花赋》命意与《寒蝉赋》相近，望江南花虽然只不过是一种不大起眼的“庭前小草”，然而它“靦朝阳而布叶，矫夕仪而敛阴。托秋霜而表荣，倚曾墀而效心。华不饰说，香不越林。群不比标，偏不戾参。独专专兮沉沉，体志安稳，醰醰深

① 张惠言《黄山赋》，见屠寄辑《国朝常州骈体文录》卷 11。

② 屠寄辑《国朝常州骈体文录》卷 11。

深”①,称得上是花草中的隐逸君子,张惠言这样写,也不过是君子的自期与自况。《秋霖赋》写作者谋食客居,时值秋雨,于是因景兴怀,抒写心中的感伤无奈:

> 心抑郁而无憀兮,暮独返于虚堂。飙风凄凄而入帷兮,溜循檐之浪浪。茅阘苫而不蔽兮,雨足入于空床。夜沾湿而十起兮,履颠倒乎余裳。独专专而不寐兮,百虑颓而侵寻。故乡杳以日远兮,又流转而北南。惟同怀之寂历兮,共千里之忉心。造分襘于假夏兮,淹清秋之绪风。欲褰裳而就之兮,限浮潦之淫淫。念人生之靡乐兮,恨秋夜之不旦。②

抑郁感慨,回环揉转,真要摇动人的心魂。这3篇赋作,体制虽短,精神则长,将楚骚及汉魏小赋风格融于一体,情辞、意思俱美。其余如《蕉花赋》、《赁春赋》等,亦是佳文。

张惠言另有一篇妙文为《邓石如篆势》,李兆洛《骈体文钞》将赞写书势的一类文字,归入“杂颂赞箴铭类”,崔瑗《草书势》、蔡邕《篆势》及《隶势》、卫恒《字势》、成公绥《隶书体》、鲍照《飞白书势》等,都是李书所选而辞采可观的美文。中国书法之美,众人皆知,但要具体说出它的好处,却并不容易,在文章写作中我们的古人通常采用比譬的修辞方法,通过间接形容,来引发想象之美,前引崔、蔡诸人的文章,莫不如此。张惠言汲取于前人而熔铸心裁,更出新意,如其比譬云,“突植立以离偶,乃翕趋而佹遌。窈窈冥冥,若首若惊,若应龙将鲵,以须震霆;幡幡嵾嵾,若阳若阴,似柔柎贯荣,不可见风”,又云,“即而察之,若慈母字子,裴回迁转,煦妪而相分”③,精妙妥帖,神乎其神,可见张氏才力之高。

武进大南门张氏,一门风雅,张惠言之外,惠言弟张琦、惠言子张成孙,都是阳湖古文、骈文的重要作家。骈文方面,张琦因为对自己文集删汰极严,所余骈文仅《古诗录序》、《十二艳品序》和《素灵微蕴序》3篇,但从中亦能见出宛邻的才气;张成孙诸作,则收于其《端虚勉一居文集》中,屠寄《骈体文录》选11篇,可略加论述。

---

①②③ 屠寄辑《国朝常州骈体文录》卷11。

张成孙,字彦惟,他“通小学,工历算,于经精研礼意”①,以小学的成就最高。张惠言志撰《说文谐声谱》20卷,未竟而卒,后成孙跟随同邑庄述祖研习小学,学成后乃在张惠言已有基础上,“卷第篇例多所增易”②,成书50卷,学者多喜之,支伟成评曰:“即谓彦惟绍述父志以自成一书,要无不可。”③其诗文创作,裒为《端虚勉一居文集》3卷。

张成孙于骈文,是众体兼能,书序赋铭,皆有佳作,而最长于书序,《萍聚词序》、《咏菊诗序》、《答董方立书》、《与杨绍起书》可为代表。嘉庆二十四年己卯(1819),张成孙与友蒋学沂、董士锡、程子衡等人同客长安,诗酒征逐,极一时之乐,后各人星散,是年冬,程子衡回忆当时情状,感慨赋词数首,此即张成孙为之作序的《萍聚词》。《萍聚词序》以议论振起,议论人生百年应当如何活法,作者认为最惬意的应是:

> 尔其疏斋绝喧,嘉肴涤俗。左右修竹,春秋佳辰。时与二三子,窈窕言怀,慷慨论志。当夫酒酣耳热,放歌古今。羲阳纳景,饯归岫之纤云;皓魄升华,鉴臧心之逸气。托微禽而寄响,假芳草以言思。此时心情邈焉恬旷,或足尠也。

清新隽逸,辞情俱高。末尾则结以抒情,言友朋分逐的无奈:

> 嗟乎!分袂即路,怆寒风之逼人;默坐溯怀,怆浮云之滞迹。千里百里,契协他山之落;长言短言,声谐燕市之筑。④

炼词属对极工,而感慨万千,结响悠长。整篇文章,先扬后抑,其篇章结构的方法、用词造句的工力、文章的气度,皆有洪亮吉之风概。

与《萍聚词序》风格相似的,是《咏菊诗序》与《答董方立书》,前文写友朋高聚、诗酒流连一节:

---

① 支伟成《清代朴学大师列传·皖派经学家列传第六》,第96页,岳麓书社,1998。
② 赵尔巽等撰《清史稿》卷482《张惠言传附张成孙传》。
③ 支伟成《清代朴学大师列传·皖派经学家列传第六》,第96页。
④ 屠寄辑《国朝常州骈体文录》卷12。

是日也，天朗肃霜，旭华丽曜，飙风徐引，纤云不尘。左右无纷俗之俦，居斋绝甚嚣之扰。清言飞屑，妙析渊微，逸志摩空，气裕雄爽。既而钩月侵牖，宵漏进筹。四座欢然，杯肴狼藉。花气益皎，清景布阶。人意欲醺，流觞满席。长歌当啸，曼词若芬。骚人艳采，吐锦绣之肠；客子感怀，荡牢愁之魄。此时心情旷焉莫接。兰亭修禊，花坞游吟，虽静动之各殊，亦古今而一致已。①

真是清新逸宕，才气横溢。后文写作者独居闲适之况：

江南三月，春融草长……鱼伏波而不游，花迎人而若笑。乃有豪士呼酒，雅客抡弦。曼歌一阕，鸟为之翔；急管一声，云为之裂。山有焕绮之色，水聚纾锦之奇。某亦披袷曳带，容与其间。②

三月江南的清景、豪士雅客的风流，跃然笔端。《与杨绍起书》先向友人尽陈一生志向，含蓄中有一种执着在；继述自己迫于家贫，志不得施，郁郁委身世俗，所谓“文质未达，长铗来歌，饥寒是困，草屐儴蹑。秋云春月，付之俗氛；一日六时，掷于为人。琳琅之卷未启，尘嚣之务汇摧。龌龊终晷，无可自喻”③；结尾则笔锋一转，以宏志自励，告慰于友人。全文一波三折，字字出于肺腑，读来令人唏嘘感慨。

书序而外，张成孙亦擅写骚体短赋，《秋阴赋》、《梦游弇山图赋》两篇可称典型。前文写秋之氛围，文章侧笔描绘、虚实相间，将抽象的秋阴写得郁郁可感。后文系成孙为友人冯晋獻所绘《梦游弇山图》作的赋辞，文章依图命笔，敷衍小弇山草堂的景色，全文皆为想象之语：

槐千章而夹道，杂时卉以标妍。丹禽抗翼而撇捩，玄鹤振羽而翩跹。增峦嵯峨，密栗参差。复道重阁，隐拂天阶。丱髫迎于门阤，道前路而为期。雕阑绮户，若续若离。奇峰四达，若蹲若跱。则有长桥，缦亘东南。珠波滴石，涛景写潭。扶危隥而仄越，濯清

---

①②③ 屠寄辑《国朝常州骈体文录》卷12。

沚而怡恬。①

飘洒奇逸,有如仙境。此外如《石鼓文赞》、《书双钩石阙铭后》,前文描写石鼓文的形与神,后文形容仓籀文之势,比譬之精妙,不亚于其父张惠言的《邓石如篆势》。

综观张成孙的骈文创作,多是以清新的笔调描绘景象、抒写情怀,少用典,富于才情,在风格气质上,近于"常州体"的清新一路,我们将其视为"常州体"洪亮吉的后继,也未尝不可。在描绘清代常州骈文版图时,应为张成孙留出一席之地。

二　李兆洛

世人之于李兆洛,特别推崇他的《骈体文钞》对文章创作"骈散融通"理论上的贡献,于文章也多举赞他的古文,实际李兆洛的古文、骈体皆有佳作,不应仅视其为古文家,掩盖他的骈体成就。

总体而言,正如李兆洛理论所提倡的,其骈体文的最大特色,即是骈散交融,这种骈散的交融,不仅体现在显性的词句安排上,还体现在隐性的行文气质上,它们往往气息流畅,如行云流水,骈中有散,散中有骈。这一点在李兆洛颇为擅长的序、记体作品中,表现得最为充分。序体如《骈体文钞序》议论推溯古今文章源头,骈散结合,理辞俱佳,是其所倡导"骈散融通"理论的系统宣言,又是这一理论落实于实践的典型之一。又有《姚石甫文集序》,言"古之学者"器识涵养,所谓"夫古之学者,莫不有天下已任之量,所以副其量者,莫不有尧舜斯民之心",议论超迈;评论姚石甫"咏歌性情之作,雕绘景物之篇",所谓"体兼质文,词必廉杰,不佻诡以害才,不傀丽以荡心,下视辟绩,犹莛楹也。加以少衅隐忧,长庀群忌,憔悴之音托于环玦,悲愤之思憯若风霜。诵者涕零,恻其幽眇;作者顺息,归诸和平"②,则《诗》心《骚》情,体兼雅怨。文章一脉贯通,流畅无碍,骈散融通,也是一篇佳作。

① 屠寄辑《国朝常州骈体文录》卷12。

② 屠寄辑《国朝常州骈体文录》卷13。

记体以《马瑙泉别墅记》为代表，文章先以记述孙景贤所构筑的玛瑙泉别墅之地形胜景：

> 泉上出，精莹可鉴。上有佳木，乔枝互翳。凿方塘，引泉盈之。筑小亭于其中，敞牖四达。芙蓉被波，纤鳞唼绿。水溢东出，潺然泻石上下，导小溪，曲折数里，达于肥泉之南。结庐数楹，容促坐，盖营之而未成也。负阜接磴，屏拥案演。面带肥水，悄焉西迈。熨湖渟渟，鲜碧无际。外则交横阡陌，方罫原隰。秋场可筑，春蔬足供……远不绝迹，近不涉嚣，亦闲居之胜赏矣。①

继而伸发“夫山水之华泽，天地之所含演也，所以涤畅灵明，书写仁智”之大义，有叙有议，清妙可赏，有柳宗元、欧阳修山水游记神韵，其骈散融合无迹，目为散体、目为骈体皆无不可。其余如《旧言集序》、《爱石图题辞续编序》、《岁寒堂夜课图记》等，也都是骈散结合而文气流动、脉理清畅的好文章。

序、记而外，李兆洛碑铭诔祭诸体，也多有佳作。其大体可分两类，一类是谨守古人体制，骈俪工整，鲜用散句，如《怀远县重修文庙碑》、《祭廉将军文》。《怀远县重修文庙碑》旨在崇饰怀远县主事者重修文庙之功绩，所以命笔多雅，所谓“兹土之美，远近修洁。饬省嘉义，庠序济济。百里之封，峨峨者山，洋洋者水，翼翼者庭，巍巍者堂。莫不耸跂，笃生俊贤。弁冕端委，先后踵趾”②，渊穆典重，有醇儒气度。《祭廉将军文》为骚体祭文，全文虽仅269字，而感慨深厚，所谓“出北郭而戒涂，汩苍茫乎邺丘。川浩兮不回，日又澹澹而西流。吾讵知夫归骨之在不?”所谓“威伸乎邻敌，而内㷉乎奸回；功存乎社稷，而曾不足解猜。盖阻尼之自天，吾奚尤夫郭开”③，对廉颇悲剧的一生寄寓同情，有《史记》之睿识深情，兼具《楚辞》之悲郁沉绵。一类则有承有变，将他骈散融通的思想成功地运用其中，典型的是《重修玄妙观碑记》，特别是其中言道

① 屠寄辑《国朝常州骈体文录》卷14。

② 屠寄辑《国朝常州骈体文录》卷13。

③ 屠寄辑《国朝常州骈体文录》卷14。

术之演变,以散行之气,运骈俪之句,从鸿蒙初开直至宋代紫阳真人张伯端,钩玄挈要,识见高卓,可谓叙议一体、骈散一体,没有通才实学是办不到的。屠寄在《国朝常州骈体文录·叙录》中说李氏于骈体"尤长碑铭",又说其"翰藻之美,张蔡是宪"①,这的确是有根据的评价。

三 陆继辂

陆继辂的古文,论者鲜有涉笔,他的骈体文则更少有人问津。《国朝常州骈体文录》选继辂文9篇,数量虽然不多,但是质量颇可观。他的骚体短赋最见才情工力,屠寄《骈体文录》所选《摄山采药赋》、《牵牛花赋》、《络纬赋》3篇,都是托意委婉、属辞精美的好作品。

陆继辂之师庄达甫曾将所作《摄山采药图》给继辂观赏,继辂览图有感,对其师"报经世才,吝于遇,不得施,寄意林泉间,行歌采芝"的遭际振袖一叹,于是伸笔赋此。文章所描绘,山则"仰斡斗维,俯络江渚,前蟠句曲,后蹑龙阜",林则"寂以窈窕,上蝯狖之所群",药草则"黄良白昌,赤节未羸。金盐玉豉,珠英石精。桐君之所未录,农帝之所不名"。其写山之奇俊,林之幽窅,药草之珍异,都是为下文勾勒庄达甫"指若木以写意,拾瑶草而悠然。亮览察其可得兮,愿从搴兰而扈荃"的风神张本,都是用来托喻庄达甫人格之绝特非常,"写物以附意"②,得骚人之旨。

《牵牛花赋》以庭前小草起兴,托言人生感受,它的妙处是在短小的篇幅中,将万物的荣枯代谢、生命的短暂而不可依恃,婉转呈示:

于时玉露留华,冰轮返驾。翠黛连娟,绿鬟低亚。乍现景于优昙,遽委形于瓜枷。讵朝晖之不接兮,隐幽姿之速化。刻移阴于曲槛兮,悟荣枯之代谢。彼群卉之自炫兮,孰芳华之可贳。倘尘梦之易觉兮,竚星辰于今夜。③

---

① 屠寄辑《国朝常州骈体文录》卷31。

② 刘勰著、周振甫注《文心雕龙注释》,第394页,人民文学出版社,1981。

③ 屠寄辑《国朝常州骈体文录》卷14。

并以此为前提，进一步暗示出他独居寂寞、蕴志深沉而乏人汲引的人生无奈。文章有兴有比，物人互喻，而精神自见，体制虽短，精神则长。

《络纬赋》亦是借络纬秋虫，托物寄意：

伊秋人之无寐兮，纷百感之忉心，有萧萧之络纬兮，答哀响于孤吟。翳片叶而为安兮，奚喧喧而不已？岂宵柕之罔顾兮，迫寒侵于在己？维春鸟之催耕兮，亦中夜之啁啾。谅栖啄之易遂兮，抱盈歉之隐忧。羌物小而志大兮，惧多言之见尤。彼鹰鹯之敛翼兮，方煦妪而为德。汝既不与蚿蝝以为群兮，宜含贞而守默，勿强聒以终宵兮，怆侨居之凄寂。①

络纬秋啼，本是自然之理，但作者却要斤斤赋言，对它的聒噪表示不满，还要以理相劝，愿其息响，之所以如此，是因为络纬的啼叫，“怆侨居之凄寂”，不但增作者侨居的凄寂，还促他由络纬的“羌物小而志大兮，惧多言之见尤”，想及人生的种种不如意。文章即物起兴，如即兴短诗，小而有味，余响悠长。

骚体短赋之外，陆继辂的铭赞也有较好的篇章，如《周南书院寓室铭》、《周保绪书赞》。《周南书院寓室铭》以言简蕴厚见长，其文曰：

亭亭瑶林，非鹓何栖？英英香草，寸根不移。何以却疾？饮芳食菲。何以延年？沐玄浴微。怀哉斯室，既安且夷。敬业以勤，乐群而嬉。佛恋三宿，庄适一枝。永朝永夕，云胡不思？惟屋有乌，惟木有荑。用告后来，视此铭辞。②

寓室一间，“既安且夷”，其所以能有如此体性，主要还是因为居住者内心的充盈自在，“敬业”“乐群”，“沐玄浴微”，儒、佛、道能各适其需、互为济助。简澹铭辞中，寄寓通透的体悟。《周保绪书赞》与前述张惠言、张成孙父子诸论书文形似，特出之处也在比譬的精妙，如“操纵适度，眄睐四周。雄虹雌蜺，左旋右抽。锵鸣珂于逸足，驯野鹘于劲秋。远而望

①② 屠寄辑《国朝常州骈体文录》卷14。

之,若莲苞乍放,迎朝晖而振采;近而睐之,若兰心初展,滋晓露而未收”①云云,可与张氏父子文章相媲美。

四 董士锡

董士锡,字晋卿,一字损甫,武进人。副榜贡生,候选直隶州州判。董士锡幼时,其父董达章经常游学在外,发蒙督学的责任,多由士锡祖母钱氏承当,士锡《祖妣钱孺人行略》有云:

> 士锡生二岁,太孺人裹衺之,戏指桃符字使识,时不能言,以目识之。三岁,口授杜甫《秋兴》诗八首成诵。四五岁,则受以《孝经》、《千文》。六岁就傅,辰入塾,申出,出必于太孺人前尽呈一日之课,必无所失乃已。所课书日几何,能否中程,太孺人命之皆如其资,暇则为讲说史传名臣贤士之言行指趣。十二三岁学属文,则训以宜自得师、慎取友、勤修饬,坐卧行立勿有惰容,更衣履、整卧具,勿许辄委婢仆,曰劳不可不习也。言动轻妄必谴诃,甚者怒且不食,诸母姑姊环请不得,则皆仓皇交责士锡,引自数长跪,谢不敢,乃解。②

大到读书立身,小到衣食言行,钱氏都一一诲教,我们可以称钱氏为董士锡一生中的第一导师。对董士锡一生产生巨大影响的,祖母钱氏而外,必推他的两舅氏张惠言与张琦,士锡钻研经史、习为诗文歌赋,都是承其指受,二张可说是士锡人生中的第二导师。

学术上,董士锡长于虞氏《易》与地理之学,前者受自舅氏张惠言,后者则为覃思独创。纂《续行水金鉴》,补郑元庆《行水金鉴》之不足,当时学者倍加推崇,如支伟成《清代朴学大师列传》将董士锡作为地理学家介绍时,即对此书着墨颇多③。文学上,诗、词、文、赋俱工,比如词的

① 屠寄辑《国朝常州骈体文录》卷14。
② 董士锡《祖妣钱孺人行略》,《齐物论斋文集》卷4。
③ 参见支伟成《清代朴学大师列传·地理学家列传第十七》,第246页。

一方面,他是"常州词派"张惠言以下承前启后式的重要人物,古文方面也是一时名家,有《齐物论斋文集》6 卷。这里重点介绍他的骈体创作。

董士锡长于赋体,支伟成《清代朴学大师列传》曾提及,董氏文集中有"《古赋》二卷,包世臣至推为独绝往代"①,按照包世臣的评判,董士锡的赋体创作成就是极高的。其赋大体分骚体赋与杂言赋两类,骚体赋如《思归赋》、《秋霖赋》、《白云赋》、《红蕙赋》等,皆有可观处,这类作品体式古雅,用字造语皆骎骎入古,如《白云赋》写白云之状:

> 扶桑之白云兮,千里而猗靡。连蜷兮郁律,磅礴兮变化。岩峦兮驾浦,蛟螭兮浴波。幽嵺兮参差,嶻嶭坡峨。滛滛溶溶,翳翳离离。旁溢复充,乃猎泰岳而西驰。其为状也,纤绡不足以喻其絜,丰柎不足以方其华。耻游氛于夕蝃,陋错采于朝霞。去若编驱,来如阵车。辞岭暮卷,迎曦昼舒。扶台傍垣,不知其居。②

白云的万千变态,如在目前,可谓描写入微。不过这类作品虽然才气颇盛,但是思路格式,与前人无异,是旧瓶装新酒。

真正有特色、最能见出董士锡才情的,是其文集中的两篇杂言赋,即《庭中杏花赋》和《忆梅赋》。这两篇作品,沿取齐梁诗体赋之格,通篇押韵,并且四字、五字、七字为句,打破骈体四字、六字为主的格局,参差可爱,如古体歌行,称它们为赋体歌行,也未尝不可。《庭中杏花赋》云:

> 东皇二月驻銮车,披风带雨入人家。椒将满院燕支雪,化作清明一树花。锦屏十二玉夫容,暖倚骄阳萼尚封。九微夜锁匀酥靥,七宝春堆薄粉容……不忍轻攀摘,惆怅折花人。庭除几日闷芳菲,喜得枝头凝靓妆。照水神偏艳,敧风梦亦香。露深花重,门掩春长。吐丹心而若绣,横素质而含章。寒食华雨满中庭,日日觅醉不教醒。③

① 支伟成《清代朴学大师列传・地理学家列传第十七》,第 246 页。

②③ 董士锡《齐物论斋文集》卷 4。

精气流转,丽而不缛,正所谓“诗人之赋丽以则”[①]。《忆梅赋》云:

> 若夫洞房延魄,阑径调翚,未辞飞雪,先惊落辉。梦深宵浅,酒重香微,低徊绣野,怊怅朱扉。寒枝照水静生光,却讶月痕都带霜。盼影疑分鄂,披风怪箸香。但随苹叶,怕拂疏枕。倦凝情于北渚,空伫望于南湘。春风未到上旗亭,记得青苔覆路平。金屋虚教置,珠帘空复明。只今何水部,应知鬓尚青。还胜深闺里,年年余怨情。[②]

流丽绮怨,柔肠百结,一气浑成,不可句摘。我们细读这两篇赋作,上承庾信《春赋》,兼采初唐四杰,才力、辞情皆臻高诣;在体制上,它们是引诗入赋、以赋体为诗、诗赋交融的成功之作,包世臣“独绝往代”的高评,它们实可以副之。在清代骈文史上,对这两篇作品应给予足够的重视。

赋体之外,董士锡还有数量可观的一些哀祭文及两篇赞文,不过与他的赋作相比,艺术成就稍显逊色。可值一提的,是《同门祭张先生文》。张惠言为一代鸿儒,世所敬仰,董士锡不但是他的嫡亲外甥、女婿,而且是他的及门高足,当张惠言以壮年遽殁,士锡的悲伤可想有怎样的深厚。但是儒者立世,以禀受天命、利济天下为大,生死本不可避免,不足介怀,所以深悉张惠言胸怀品格的士锡,在祭文中花了很大的篇幅陈述张氏一生的遭际品德和学术成就,如开篇即云:“天生哲人,有命于天。大任降矣,曷眷伊贤。孰通厥身,而困厥施?施且弗延,吾将孰仪?于维先生,淑闻孔昭,嘉德申申,以燕以姚。阳风阴雨,翼俊登髦。弟子识之,先生则劳。先生治经,详乎《易》、《礼》,既通以神,亦视其屦。威仪隆杀,消息盈虚,先生述之,祖郑宗虞。”怨而不怒,醇雅温厚,董士锡用这样的叙述,总结突出张惠言的人格学问,并在其中寄寓对大雅逝迈的哀伤。

总结而言,古文“阳湖派”诸家的骈文创作成绩,虽然无法与洪亮吉、孙星衍相提并论,也不如前述比较专门骈文家刘嗣绾、方履篯和董

---

① 扬雄《扬子法言》卷2《吾子篇》,四库全书本。

② 董士锡《齐物论斋文集》卷4。

基诚、董祐诚兄弟诸人，但是他们本以古文家而兼骈文家，余力所为，成绩不斐，与洪、孙、刘、方、二董诸人，共同构成了清代常州骈文的主体版图，深入系统地研究常州骈文，不可不提及“阳湖派”古文家的骈文创作。

余论　清代常州古文、骈文的文学史地位及其再研究的空间

清中期乾、嘉、道间，是常州古文与骈文发展的鼎盛期，古文方面恽敬、张惠言、李兆洛、陆继辂、张琦诸人，骈文方面洪亮吉、孙星衍、刘嗣绾、方履篯、董基诚、董祐诚诸人，以他们卓越的才情，创作出了数量众多、质量上乘的古文与骈文作品，从而使得常州府成为清代古文与骈文的重镇。那么，具体如何在清代文学史的整个坐标中给常州的古文与骈文以合适的定位呢？这需要分别论述。

古文方面，因为清代常州古文的主要成就全部由"阳湖派"作家群体完成，因此这里主要就是探讨"阳湖派"的文学史定位问题。以往论者言"阳湖派"地位，多将其放置在与"桐城派"的比照联系中来考察论定，而众说纷纭。排比诸家意见，可分两大类：一类持"阳湖"、"桐城"各有渊源、各自成派说，以姚华、蒋逸雪为代表。姚氏在他的《弗堂类稿》中曾说："（明人）惟震川远绍龙门（司马迁），独为有成，下开方、姚，为'桐城派'。而'阳湖'一脉，犹嗣文园（司马相如）。两系相竞，至成门户。"①即认为"桐城派"沿归有光，上溯司马迁，"阳湖派"则推原司马相如，两者渊源不同，故各自成派。蒋逸雪《试论阳湖文派》一文更持"阳湖文派""土生土长"说，使与"桐城派"相区别②。这一类观点过于强调"阳湖派"与"桐城派"的不同之处，而忽略其对于"桐城派"的继承学习，

---

① 姚华《弗堂类稿·论著甲·论文后编》，沈云龙主编《近代中国史料丛刊续编》，台湾文海出版社，1986。

② 蒋逸雪《试论阳湖文派》，《扬州师范学院学报》，1962 年第 14 期。

有待商榷。

另一类认为“阳湖派”实出于“桐城派”，持此种意见者甚众。这一类观点若细分，又可分三小类。

第一，“阳湖”源出“桐城”，不过是“桐城”的后续。以徐珂、刘师培、姚永朴、郭绍虞等为代表。如徐珂在《清稗类钞》中说：“‘桐城’、‘阳湖’名为两派，其实一源。”[①]又刘师培《论近世文学之变迁》云：“望溪方氏，摹仿欧、曾，明于呼应顿挫之法，以空议相演，又叙事贵简，或本末不具，舍事实而就空文，桐城文士多宗之，海内人士亦震其名，至谓天下文章莫大乎桐城。厥后桐城古文传于阳湖、金陵，又数传至湘、赣、西粤。”[②]再如郭绍虞《中国文学批评史·恽敬与阳湖派》有“语其（阳湖派）渊源所自，则亦出自桐城，只能称之为桐城派之旁支”[③]之论，所谓“旁支”，与徐珂、刘师培之说并无二致。这类观点，其长处在揭出“阳湖”、“桐城”两者间渊源，短处在仅见“阳湖”对于“桐城”的继承，而不见其对于“桐城”的突破，亦待商榷。

第二，“阳湖”出于“桐城”，亦有所突破创辟，但成就不大。这类观点，以章培恒、骆玉明所编《中国文学史》（第一版）最具代表性：

> 在正统“古文”的系统中，沿桐城派之流而别开蹊径的，有所谓“阳湖派”……恽、张二人曾从刘大櫆的门人钱伯坰受古文法，本应该算是桐城派的后裔，但他们原先都从事考证之学并长于骈文，不愿拘束于桐城派的范围，故稍稍示异：一是取法较广，在桐城派所定的“文统”之外，还兼取子史百家；二是反对在字句上过于斟酌取删，笔势较为放纵；三是把骈文的笔势引入古文，使古文也有骈文的博雅工丽。但他们思想都很陈腐，这一点变化未能带来多大收

---

① 徐珂编辑，无谷、刘卓英点校《清稗类钞选·文学类》“阳湖文派”条，第38页，书目文献出版社，1984。

② 罗志田导读、徐亮工编校《中国近三百年学术史论》，第171页，上海古籍出版社，2006。

③ 郭绍虞《中国文学批评史》，第587页，中华书局，1961。

获。这一派的活动也仅限于阳湖一隅,故影响微弱而短暂。①

其对“阳湖派”之于“桐城派”的变化突破,总结已经比较全面,不过以恽、张“思想”为“陈腐”,认为“阳湖”对于“桐城”的变化“未能带来多大收获”,则不尽允当。

第三,“阳湖”虽出于“桐城”,但成就丰厚,甚至可与“桐城”相抗。最早表达这一倾向的是陆继辂,恽敬、张惠言死后,陆继辂编辑《七家文钞》,以恽、张与“桐城派”方、刘、姚并举,其推扬恽、张之意甚明,他的《七家文钞序》虽未明言恽、张二人能矫“桐城”之敝,也没有标榜二人为“阳湖派”,但是已开后人以“阳湖”与“桐城”并举之先。其后如张之洞《书目答问》卷四《集部·清古文家集》、附录《国朝诸家姓名略·古文家》,就都是“阳湖派”与“桐城派”并举②。到了《清史列传·文苑传·陆继辂》、《清史稿·文苑传·陆继辂》,乃明言“阳湖派”可与“桐城”“相抗”:

> 是时常州一郡多志节卓荦之士,而古文巨手亦出其间。恽敬、张惠言,天下推为“阳湖派”,与“桐城”相抗,继辂与董士锡所为文,亦拔戟自成一队。(《清史列传》)
>
> 常州自张惠言、恽敬以古文名,继辂与董士锡同时并起,世遂推为“阳湖派”,与“桐城派”相抗。(《清史稿》)

此后陈子展、章宗祥诸人,则多以“阳湖”虽出于“桐城”,而能矫“桐城”

① 章培恒、骆玉明主编《中国文学史(下卷)》,第516页,复旦大学出版社,1997。章、骆等增订的《中国文学史新著》在第九编第二章单列“阳湖文派”一小节,其虽然对“阳湖派”与“桐城派”的关系,未作明确论定,但是对“阳湖派”作家古文创作成就的抑评,则与第一版《中国文学史》并无二致。参见章培恒、骆玉明主编《中国文学史新著(下卷)》,第478-480页,复旦大学出版社,1997。

② 张之洞撰、范希增补正、高明路点校《书目答问补正》,第227-229、275页,北京燕山出版社,1999。

之敝，甚至能胜彼一筹①。这一类观点，对“阳湖派”大力推扬，值得肯定；但推扬过度，以为“阳湖”可与“桐城”并驾齐驱，则有失允洽。此外，还有一些学者如钱基博、吴孟复等，虽然也认为“阳湖”古文已经突破“桐城”樊篱，并且取得了相当的成就，但其重在突出“阳湖”与“桐城”之异②，这里不再详述。

综合权衡前人各种观点，并结合“阳湖派”古文创作的实际，我们对“阳湖派”的地位持如下的观点：“阳湖派”虽从“桐城派”而出，但能“在整体上构成对桐城派的突破”③；“阳湖派”诸大家尤其恽敬、张惠言，其古文成就不让方苞、刘大櫆、姚鼐，但“阳湖派”作为一个整体的成就，固然不及“桐城派”；就影响而言，时间上，“阳湖派”主要作家主要活动于乾隆后期至道光间，前后不过60年左右，地域上，“阳湖派”主要活动于常州府一域，而“桐城派”几乎贯穿整个清代、影响遍及全国，“阳湖派”

---

① 如陈子展《中国近代文学之变迁》第181页《古文的演变与新文体的发生(上)》云：“阳湖派出于桐城派，力矫桐城派气体的纤弱。”(上海古籍出版社，2000)章宗祥《清代文学》云：“其实桐城、阳湖皆出海峰(阳湖钱伯坰受业才甫传授乡人)，皆法唐、宋。惟桐城太拘曲，而阳湖较开展，似胜一筹耳。”(柳存仁等《中国大文学史》，第831页，上海书店出版社，2001)

② 如钱基博《现代中国文学史》在简要勾勒“桐城派”兴起的过程后说道：“方是之时，吾家鲁思先生实亲受业于桐城刘氏之门，时时诵师说于阳湖恽敬、武进张惠言。二人者，遂尽弃其考据骈俪之学而学焉。于是阳湖古文之学特盛，谓之阳湖派。而阳湖之所以不同于桐城者：盖桐城之文，从唐宋八家人；阳湖之文，从汉魏六朝人。迨李兆洛起，放言高论，盛倡秦汉之偶俪，实唐宋散行之祖；乃辑《骈体文钞》以当桐城姚氏之《古文辞类纂》；而阳湖之文，乃别出于桐城以自张一军。顾其流所衍，比之桐城为狭。”参见钱基博《现代中国文学史》，第19页，中国人民大学出版社，2009。又吴孟复《桐城文派述论》云：“张惠言、恽敬、陆继辂、吴育、包世臣、张曜孙皆尝言，常州文学传自桐城，且皆承刘大櫆的桥梁作用。但当时也没‘阳湖派’这一名目，直到光绪间，张之洞《书目答问》出，始有桐城、阳湖两派之说。王先谦、孙葆田、马其昶皆不然其说……尽管桐城老辈中有些人不肯承认两派之分，但其风格不同之处，却是事实。混而同之，反而无以显出‘桐城’特点。”并且还比较详细地论列了两派古文的不同之处。参见吴孟复《桐城文派述论》，第90-97页，安徽教育出版社，2001。

③ 曹虹《阳湖文派研究》，第130页，中华书局，1996。

自不及“桐城派”。总而言之,“阳湖派”在清代古文史上,虽成就、地位、影响不可与“桐城派”等量齐观,但就这一流派从形成到衰落的整体语境(特别是“桐城派”的发展壮大)、就这一流派本身的局限性(主要指成员构成以下层文士为主、活动范围主要在常州府一域)而言,其成就、地位已足够高,影响已足够大,是研究清代文学史无法绕过的重要文学流派。

对于常州骈文,从目前掌握的有限的各种国史、方志、家(谱)、别集、随笔、论著中所载相关文献来看,论者或者在总体定位清代常州文学时,含纳了对常州骈文的地位评论;或者立足于“常州派”,对常州骈文的文学史地位进行大体的论述;或者基于对常州重要骈文作家人数的定量考察,对常州骈文作大致的定位。

第一方面以郭麐《尚䌹堂诗集序》和赵尊岳《刘氏清芬录序》中的论述具有典型性。郭麐《尚䌹堂诗集序》有云:“乾嘉间海内言文章者,必归毗陵为之渠魁者,皆以茹汉哜唐、荣古虐今为能,其所为学,固据人所尊,而诗文乃别立门户,人亦莫敢易视之也。”①郭氏所言能“别立门户”的常州文学,骈体文即是其重要的组成部分。赵尊岳《刘氏清芬录序》所论,文章绪论部分开篇已有引述:“诗古文词,数百年来固吾郡所独著,世号‘常州宗派’。”这里所讲常州在清代自成“宗派”的“诗古文词”,自然是包括能够“别立门户”的常州骈文。

第二方面,刘麟生《中国骈文史》的相关论述比较有代表性。刘麟生从风格特色的角度,总括清代骈文的兴盛状况,以“轻倩清新”风格擅胜的“常州派”,即被刘氏视为整个清代骈文的一大宗,与所谓“博丽派”、“自然派”、“六朝派”、“宋四六派”并称②,其推举是极高的。

第三方面,则以张仁青《骈文学》最典型。张氏此书,不但在总括清代骈文成就时,将“常州派”视为“自抒胸臆,别开蹊径”、不受六朝三唐两宋三派拘囿的重要骈文派别,而且在《历代骈文家之地域分布》一章,通过对常州府历代重要骈文作家数量的统计,得出了“常州一府实骈家

① 刘祺编、刘继丰校订《武进西营刘氏清芬录第一集·文稿外编》。
② 参见刘麟生《中国骈文史》,第123-139页,商务印书馆,1937。

之王国，文苑之昆邓也”的结论①，这对我们客观地定位清代常州骈文的文学史地位，是有启发意义的。

具体结合清中期常州骈文的实际情况来说，正如前文在勾勒其兴盛局面时已经揭示的，在乾隆、嘉庆、道光三朝，常州骈文先有刘星炜、洪亮吉、孙星衍、赵怀玉、杨芳灿等各树一帜，各自名家，后有刘嗣绾、方履篯、董基诚、董祐诚以及张惠言、李兆洛、陆继辂、张成孙、洪符孙、洪齮孙、董士锡等，接踵继兴，从而出现了名家层出、精品迭现的壮观景象，而常州骈文“别立门户”、自成“宗派”的主体成就正在于此。进言之，清中期的常州骈文，无论从其作家群体的规模、骈文创作的数量和质量，还是从这一地域性创作群体的影响力来讲，都称得上是清代骈文王国中的一支劲旅；而如果以府为限，比较清代各地域骈文的繁盛状况，则其翘楚，非常州府莫属。

最后，有必要对本文受各种条件限制未能深入研究和没有涉及的一些方面，略作归纳、展望。这里集中说一个方面，即清代常州古文与骈文研究范围的有待扩展，作家个案研究的有待增补。

首先，本文的研究对象，大体是清中期乾、嘉、道三朝的常州古文与骈文，而文章实际展开论述的重点，乃是乾、嘉、道三朝常州阳湖、武进籍代表作家的古文与骈文创作，其中古文作家仅以“阳湖派”代表作家恽敬、张惠言、李兆洛、陆继辂、张琦为对象，骈文作家则仅以洪亮吉、孙星衍、刘嗣绾、方履篯、董基诚、董祐诚和“阳湖派”作家为对象，进行了个案研究，此外则未曾深论或涉及。比如古文方面，作为“阳湖派”先导的洪亮吉、赵怀玉等人，“阳湖派”其他重要作家如秦瀛、董士锡、丁履恒、陆耀遹、祝百五、祝百十、薛玉堂、张成孙、张曜孙等人，他们的古文

① 张仁青《骈文学》，第530、635页，台湾文史哲出版社，1984。另外，张仁青在他的《中国骈文发展史》一书中也单列“常州派”一节，认为“乾嘉之际，学术勃兴，吟咏滋繁，骈俪之文，一枝独秀，以地区言，要当以常州一府文风最盛，人才最多，如洪亮吉、孙星衍、刘星炜、杨芳灿、杨揆、恽敬、张惠言、李兆洛、赵怀玉、顾敏恒、刘嗣绾之流，以至稍后之董基诚、董祐诚、洪符孙、洪齮孙、何栻等，或泛滥于六朝，或驰骤于三唐，或颉颃于两宋，或擥秀群芳，兼容并蓄，或一空依傍，自铸伟辞，可谓人握隋珠，家抱荆玉，彬蔚之美，竞爽当年矣”。可与张氏《骈文学》中的相关论述并观。引文参见张氏《中国骈文发展史》，第481页，浙江大学出版社，2009。

创作,都值得我们展开深入研究;骈文方面,乾嘉间常州重要骈文作家刘星炜、赵怀玉、杨芳灿,稍后的顾敏恒、杨揆、洪符孙、洪𬺈孙、陆耀遹、周济等人,都有相当的骈文创获,特别是刘、赵、杨三人及洪𬺈孙,都有专做个案研究的必要。

其次,本文研究的时间范围是限制在清中期,但是此前和此后,常州主要是骈文方面实不乏作手,甚至有些是一时名家。如清初骈文大家宜兴人陈维崧,道光以后常州骈文家蒋学沂、汪士进、庄受祺、庄士敏、汤成彦、蒋曰豫、缪德棻、屠寄等,都有相当数量的骈文作品,值得深入研究。

主要参考文献

一　基本文献

1. 张廷玉等撰:《明史》,《四库全书》本。
2. 赵尔巽等撰:《清史稿》,北京:中华书局,1976。
3. 清国史馆撰、王钟翰点校:《清史列传》,北京:中华书局,1987。
4. 李元度撰:《国朝先正事略》,台北:明文书局,1985。
5. 李垣撰:《国朝耆献类征初编》,台北:明文书局,1985。
6. 钱仪吉纂:《碑传集》,台北:明文书局,1985。
7. 缪荃孙纂:《续碑传集》,台北:明文书局,1985。
8. 范成大撰:《吴郡志》,《四库全书》本。
9. 赵煜撰:《吴越春秋》,《四库全书》本。
10. 李贤等撰:《明一统志》,《四库全书》本。
11. 和珅等奉敕撰:《钦定大清一统志》,《四库全书》本。
12. 赵弘恩等监修、黄之隽等编纂:《江南通志》,《四库全书》本。
13. 陈玉琪编纂:《常州府志》,清光绪十二年聚珍版翻印本。
14. 张球修、汤成烈纂:《道光武进阳湖合志》,清光绪五年刻本。
15. 施惠、钱志澄修:《光绪宜兴荆溪县新志》,清嘉庆刻本。
16.《大清十朝圣训》,台北:文海出版社,1965。
17. 原北平故宫博物院文献馆编:《清代文字狱档》,上海:上海书店出版社,1986。

18. 陈鼎撰:《东林列传》,《四库全书》本。

19. 欧阳东凤撰:《晋陵先贤传》,清同治七年刻本。

20. 赵熙鸿等编:《毗陵科第考》,清同治七年刻本。

21. 施淑仪辑:《清代闺阁诗人征略》,上海:上海书店出版社,1987。

22. 张惟骧纂:《清代毗陵名人小传稿》,常州旅沪同乡会,1944。

23. 叶衍兰、叶恭绰编:《清代学者象传》,上海:上海书店出版社,2001。

24. 潘荣胜主编:《明清进士录》,北京:中华书局,2006。

25. 朱保炯、谢沛霖编:《明清进士题名碑录索引》,台北:文海出版社,1981。

26. 钱王瑟之主编:《江苏艺文志·常州卷》,南京:江苏人民出版社,1994。

27. 彭文杰纂辑:《彭氏宗谱》,民国十一年衣言堂刻本。

28. 叶庆元纂:《吴中叶氏族谱》,清宣统三年增修东洞庭山刻本。

29. 恽宝惠等修:《毗陵恽氏家乘》,民国三十八年铅印本。

30. 毗陵庄氏编纂:《毗陵庄氏增修族谱》,民国二十四年铅印本。

31. 武进刘氏绣衣坊大宗祠重修,刘琛、刘昕泰、刘尚德等校订:《武进西营刘氏家谱》,民国十八年排印本。

32. 吕赞庭、吕继午纂修:《毗陵吕氏族谱》,清光绪四年木活字本。

33. 蒋明达等修:《毗陵蒋巷蒋氏宗谱》,光绪三十五年柱五堂木活字印本。

34. 储秉渊等纂修:《丰义储氏分支谱》,清光绪木活字本。

35. 储凤林修:《宜兴南臧储氏分支谱》,清光绪十九年永绥堂木活字本。

36. 秦兰枝等编纂:《锡山秦氏宗谱》,清同治十二年刻本。

37. 秦世铨、秦曙郇编纂:《锡山陡门秦氏宗谱》,民国十年木活字本。

38. 李达刚等修:《毗陵辋川里李氏宗谱》,民国二十二年衍庆堂刻本。

39. 吕培编:《洪北江先生年谱》,台北:文海出版社,1966。

40. 蒋彤编:《武进李先生年谱》,嘉业堂丛书本。

41. 张绍南撰、王德福续撰:《孙渊如先生年谱》,清光绪二十四年刻本。

42. 叶梦珠撰:《阅世编》,上海:上海古籍出版社,1981。

43. 黄印辑:《锡金识小录》,清光绪二十二年刻本。

44. 徐珂编辑,无谷、刘卓英点校《清稗类钞选·文学类、艺术类、戏剧类、音乐类》,北京:书目文献出版社,1984。

45. 刘禺生撰:《世载堂杂忆》,台北:文海出版社,1971。

46. 四库全书研究所整理:《钦定四库全书总目》,北京:中华书局,1997。

47. 钱仲联主编:《历代别集序跋综录》,南京:江苏教育出版社,2005。

48. 李灵年、杨忠主编:《清人别集总目》,合肥:安徽教育出版社,2000。

49. 吴志达主编:《中华大典·文学典·明清文学分典》,南京:凤凰出版社,2005。

50. 张溥辑:《汉魏六朝百三名家集》,南京:江苏古籍出版社,2002。

51. 杜骐征、徐凤彩、盛翼进辑:《几社壬申合稿》,《四库禁毁书丛刊》影印明末小樊堂刻本。

52. 李兆洛选辑,陈古蔺、吴楚生校点《骈体文钞》,长沙:岳麓书社,1992。

53. 姚鼐编、边仲仁标点:《古文辞类纂》,长沙:岳麓书社,1988。

54. 王先谦辑:《骈文类纂》,杭州:浙江古籍出版社,1998。

55. 王先谦辑:《续古文辞类纂》,清光绪十年行素草堂刊本。

56. 曾燠选,姚燮、张寿荣等评:《国朝骈体正宗评本》,清光绪十年花雨楼朱墨套印本。

57. 张鸣珂辑:《国朝骈体正宗续编》,清光绪十四年寒松阁刻本。

58. 吴鼒辑:《八家四六文钞》,清嘉庆三年较经堂刻本。

59. 吴鼒辑、许贞干注:《八家四六文注》,清光绪十七年刻本。

60. 王先谦辑:《国朝十家四六文钞》,清光绪十五年长沙王氏刻本。
61. 姚燮辑:《皇朝骈文类苑》,清光绪七年刻本。
62. 屠寄辑:《国朝常州骈体文录》,清光绪十六年刻本。
63. 王文濡选、蒋殿襄等注:《清代骈文评注读本》,民国七年上海文明书局铅印本。
64. 恽珠编:《国朝闺秀正始集》,清道光十一年红香馆刻本。
65. 恽珠编:《国朝闺秀正始续集》,清道光十六年红香馆刻本。
66. 顾光旭辑:《梁溪诗钞》,清嘉庆元年刻本。
67. 周有壬辑:《梁溪文钞》,民国三年游艺斋木活字本。
68. 张曜孙辑:《阳湖张氏四女集》,清道光阳湖张氏宛邻书屋本。
69. 秦彬初辑、秦殿栋等选辑:《锡山秦氏诗钞》,清道光十九年刻本。
70. 秦毓钧辑:《锡山秦氏文钞》,民国十九年咏烈堂铅印本。
71. 刘祺编、刘继丰校订:《武进西营刘氏清芬录第一集》,民国十二年尚䌷草堂初刊本。
72. 唐顺之撰:《荆川集》,《四库全书》本。
73. 陈维崧撰:《湖海楼全集》,清康熙二十八年患立堂刻本。
74. 王士禛撰:《渔洋山人精华录》,《万有文库》本。
75. 刘星炜撰:《思补斋文集》,清光绪二十年刻本。
76. 袁枚撰:《小仓山房诗文集》,《四部备要》本。
77. 姚鼐撰:《惜抱轩文集》,《四部丛刊》本。
78. 洪亮吉撰:《卷施阁集》、《更生斋集》,清光绪三年洪氏授经堂刻洪北江全集增修本。
79. 孙星衍撰:《孙渊如先生全集》,清嘉庆间刻本。
80. 孙星衍撰、王重民辑:《孙渊如外集》,民国二十一年国立北平图书馆铅印本。
81. 赵怀玉撰:《亦有生斋文集》,《四部丛刊》本。
82. 杨芳灿撰:《芙蓉山馆全集》,清光绪十七年活字本。
83. 刘开撰:《孟涂骈体文》,道光六年刻本。
84. 钱大昕撰:《潜研堂集》,《四部丛刊》本。
85. 庄培因撰:《虚一斋集》,清光绪九年刻本。

86. 庄述祖撰:《珍艺宦文钞》,清刻本。

87. 恽敬撰:《大云山房文稿》,《四部丛刊》本。

88. 张惠言撰:《茗柯文编》,《四部丛刊》本。

89. 钱仲联主编、严明等评点:《张惠言文选》,苏州:苏州大学出版社,2001。

90. 张琦撰:《宛邻集》,清光绪盛氏刻常州先哲遗书本。

91. 李兆洛撰:《养一斋文集》,清光绪四年汤成烈等重刊本。

92. 陆继辂撰:《崇百药斋文集》,清嘉庆二十五年合肥学社刻本。

93. 陆耀遹撰:《双白燕堂文集》,清光绪四年初刻本。

94. 刘嗣绾撰:《尚䌹堂集》,清道光六年大树园刻本。

95. 包世臣撰:《小倦游阁文集》,《续修四库全书》本。

96. 吴德旋撰:《初月楼文钞》,花雨楼校刻本。

97. 梅曾亮著,彭国忠、胡晓明校点:《柏岘山房诗文集》,上海:上海古籍出版社,2005。

98. 方履篯撰:《万善花室文稿》,清光绪七年王氏刻畿辅丛书本。

99. 董基诚、董祐诚撰:《栘华馆骈体文》,清光绪十四年活字本。

100. 董祐诚撰:《董方立文甲乙集》,清同治八年刻董方立遗书本。

101. 董士锡撰:《齐物论斋文集》,清道光二十年江阴暨阳书院刻本。

102. 刘逢禄撰:《刘礼部集》,清道光十年思误斋刻本。

103. 宋翔凤撰:《朴学斋文录》,清嘉庆二十五年刻浮溪精舍丛书本。

104. 张成孙撰:《端虚勉一居文集》,《丛书集成续编》本。

105. 汤瑶卿撰:《蓬室偶吟》,《续修四库全书》本。

106. 王采薇撰:《长离阁诗集》,清光绪十年吴县朱氏槐庐校刻本《孙渊如先生全集》附。

107. 魏源撰:《古微堂外集》,清光绪四年刊本。

108. 姚华撰:《弗堂类稿》,台北:文海出版社,1986。

109. 恽格著、钟进辑:《南田画跋》,清道光十一年刊本。

110. 恽寿平绘:《恽南田山水画册》,上海:有正书局,民国十四年珂罗版。

二 学术论著

111. 庄存与撰:《春秋要指》,清道光九年广东学海堂刻本。

112. 章学诚著、叶瑛校注:《文史通义校注》,北京:中华书局,1985。

113. 皮锡瑞著:《经学通论》,北京:中华书局,1954。

114. 江藩撰:《汉学师承记》,上海:上海书店出版社,1983。

115. 支伟成撰:《清代朴学大师列传》,长沙:岳麓书社,1998。

116. 徐世昌撰:《清儒学案》,北京:中国书店,1938。

117. 朱一新著,吕鸿儒、张长法点校:《无邪堂答问》,北京:中华书局,2000。

118. 张之洞撰、范希增补正、高明路点校:《书目答问补正》,北京:北京燕山出版社,1999。

119. 梁启超著:《饮冰室全集》第14册《饮冰室文集》,北京:中华书局,1941。

120. 梁启超撰:《论中国学术思想变迁之大势》,上海:上海古籍出版社,2006。

121. 梁启超撰、朱维铮导读:《清代学术概论》,上海:上海古籍出版社,1998。

122. 梁启超撰:《中国近三百年学术史》,上海:上海三联书店,2006。

123. 章太炎、刘师培著,罗志田导读、徐亮工编校:《中国近三百年学术史论》,上海:上海古籍出版社,2006。

124. 章太炎撰:《国学概论》,北京:商务印书馆,1997。

125. 张舜徽撰:《清儒学记》,济南:齐鲁书社,1991。

126. 吕思勉撰:《经子解题》,上海:华东师范大学出版社,1995。

127. 钱穆著:《国学概论》,北京:商务印书馆,1997。

128. 余英时著:《士与中国文化》,上海:上海人民出版社,1987。

129. 马积高著:《清代学术思想的变迁与文学》,长沙:湖南人民出版社,2002。

130. 罗检秋著:《嘉庆以来汉学传统的衍变与传承》,北京:中国人民大学出版社,2006。

131. 顾祖禹著:《读史方舆纪要》,北京:中华书局,1955。

132. 孟森著:《心史丛刊》,北京:中华书局,2006。

133. 孟森著:《清史讲义》,北京:中华书局,2006。

134. 孟森撰:《清史演义》,桂林:广西师范大学出版社,2005。

135. 辜鸿铭、孟森等著:《清代野史》,成都:巴蜀书社,1998。

136. 钱穆著:《国史大纲》,北京:商务印书馆,1994。

137. 萧一山著:《清代通史》,北京:中华书局,1986。

138. 萧一山撰、杜家骥导读:《清史大纲》,上海:上海古籍出版社,2005。

139. 陈寅恪著:《金明馆丛稿初编》,上海:上海古籍出版社,1980。

140. 陈寅恪著、唐振常导读:《唐代政治史述论稿》,上海:上海古籍出版社,1997。

141. 谢国桢著:《明清之际党社运动考》,上海:上海书店出版社,2006。

142. 谢国桢著:《明末清初的学风》,上海:上海书店出版社,2006。

143. 何宗美著:《明末清初文人结社研究》,天津:南开大学出版社,2003。

144. 陈时龙著:《明代中晚期的讲学运动》,上海:复旦大学出版社,2004。

145. 潘乃谷、潘乃和选编:《潘光旦选集》,北京:光明日报出版社,1999。

146. 潘光旦著:《明清两代嘉兴的望族》,上海:上海书店出版社,1991。

147. 徐扬杰著:《中国家族制度史》,北京:人民出版社,1992。

148. 冯尔康著:《中国宗族社会》,杭州:浙江人民出版社,1994。

149. 宋元强著:《清朝的状元》,长春:吉林文史出版社,1992。

150. 张杰著:《清代科举家族》,北京:社会科学文献出版社,2003。

151. 江庆柏著:《明清江南望族文化研究》,南京:南京师范大学出版社,1999。

152. 钱杭著:《血缘与地缘之间——中国历史上的联宗与联宗组织》,上海:上海社会科学院出版社,2001。

153. 吴仁安著:《明清江南望族与社会经济文化研究》,上海:上海人民出版社,2001。

154. 马学强著:《江南望族——洞庭席氏家族人物传》,上海:上海社会科学院出版社,2004。

155. 傅衣凌著:《明清社会经济史论文集》,北京:人民出版社,1982。

156. 秦佩珩著:《明清社会经济史论稿》,郑州:中州古籍出版社,1984。

157. 朱伯康、施正康著:《中国经济通史》,北京:中国社会科学出版社,1995。

158. 张仲礼著、李荣昌译:《中国绅士——关于其在19世纪中国社会中作用的研究》,上海:上海社会科学院出版社,1991。

159. 徐茂明著:《江南士绅与江南社会(1368—1911年)》,北京:商务印书馆,2004。

160. 冯贤亮著:《明清江南地区的环境变动与社会变迁》,上海:上海人民出版社,2002。

161. 樊树志著:《江南市镇:传统的变革》,上海:复旦大学出版社,2005。

162. 唐力行著:《商人与中国近世社会》,杭州:浙江人民出版社,1993。

163. 任放著:《长江中游市镇经济研究》,武汉:武汉大学出版社,2003。

164. 叶昌炽著、王欣夫补正、徐鹏辑:《藏书纪事诗》,上海:上海古籍出版社,1989。

165. 叶德辉撰:《书林清话、书林余话》,北京:中华书局,1957。

166. 傅增湘撰:《藏园群书题记》,上海:上海古籍出版社,1989。

167. 瞿良士撰:《铁琴铜剑楼藏书题跋集录》,上海:上海古籍出版社,2005。

168. 吴晗著:《江浙藏书家史略》,北京:中华书局,1981。

169. 杨立诚、金步瀛合编，宋海屏校订：《中国藏书家考略》，台北：新文丰出版股份有限公司，1978。

170. 严佐之著：《近三百年古籍目录举要》，上海：华东师范大学出版社，1994。

171. 李希泌、张椒华编：《中国古代藏书与近代图书馆史料》（春秋至五四前后），北京：中华书局，1982。

172. 刘勰著、周振甫注：《文心雕龙注释》，北京：人民文学出版社，1981。

173. 朱自清撰：《诗言志辨》，上海：华东师范大学出版社，1996。

174. 钱基博撰：《骈文通义》，上海：上海古籍出版社，2012。

175. 钱基博著、傅道彬点校：《现代中国文学史》，北京：中国人民大学出版社，2009。

176. 姚永朴著、许结讲评：《文学研究法》，南京：凤凰出版社，2009。

177. 谢无量撰：《骈文指南》，北京：中华书局，1918。

178. 瞿兑之撰：《中国骈文概论》，刘麟生、方孝岳等著：《中国文学七论》，桂林：广西师范大学出版社，2007。

179. 金秬香撰：《骈文概论》，北京：商务印书馆，1934。

180. 刘麟生著：《中国骈文史》，北京：商务印书馆，1937。

181. 刘麟生著：《骈文学》，海口：海南出版社，1994。

182. 刘声木著：《桐城文学渊源考》，上海：世界书局，1974。

183. 胡文楷著：《历代妇女著作考》，上海：上海古籍出版社，1985。

184. 梁乙真著：《中国妇女文学史纲》，北京：中华书局，1927。

185. 郭绍虞著：《中国文学批评史》，北京：中华书局，1961。

186. 柳存仁等著：《中国大文学史》，上海：上海书店出版社，2001。

187. 陈子展著：《中国近代文学之变迁》，上海：上海古籍出版社，2000。

188. 朱东润撰、章培恒导读：《中国文学批评史大纲》，上海：上海古籍出版社，2001。

189. 刘大杰著：《中国文学发展史》，上海：复旦大学出版社，2006。

190. 张仁青著：《骈文学》，台北：文史哲出版社，1984。

191. 张仁青著:《中国骈文发展史》,杭州:浙江大学出版社,2009。

192. 郭预衡著:《中国散文史》,上海:上海古籍出版社,2011。

193. 章培恒、骆玉明主编:《中国文学史》,上海:复旦大学出版社,1997。

194. 章培恒、骆玉明主编:《中国文学史新著》,上海:复旦大学出版社,2011。

195. 严迪昌著:《清诗史》,杭州:浙江古籍出版社,2002。

196. 严迪昌著:《清词史》,南京:江苏古籍出版社,1990。

197. 严迪昌著:《阳羡词派研究》,济南:齐鲁书社,1993。

198. 邬国平、王镇远著:《清代文学批评史》,上海:上海古籍出版社,1995。

199. 奚彤云著:《中国古代骈文批评史稿》,上海:华东师范大学出版社,2006。

200. 罗时进著:《明清诗文研究新视野》,台北:文史哲出版社,2004。

201. 罗时进著:《地域·家族·文学:清代江南诗文研究》,上海:上海古籍出版社,2010。

202. 曹虹著:《阳湖文派研究》,北京:中华书局,1996。

203. 曹虹、陈曙雯、倪惠颖著:《清代常州骈文研究》,南京:江苏人民出版社,2010。

204. 傅抱石著:《中国绘画变迁史纲》,南京:南京书店,1931。

205. 俞剑华著:《中国绘画史》,北京:商务印书馆,1937。

206. 潘天寿著:《中国绘画史》,上海:上海人民美术出版社,1983。

207. [德]马克斯·韦伯著、洪天富译:《儒教与道教》,南京:江苏人民出版社,1995。

208. [美]艾尔曼著、赵刚译:《经济、政治和宗族——中华帝国晚期常州今文学派研究》,南京:江苏人民出版社,1998。

后　记

我是个爱做梦的人，在中学时代就梦想成为一名大学教师，这个梦固然是实现了。但是，在读到李泽厚《美的历程》之前，我从来没有想过要从事学术研究，在“混进”罗时进师的课堂听他讲授唐诗之前，也很少想过要从事古代文学研究。我曾经希冀的，是读很多好看的书和写作，我也确实读了不少好书，写过一定数量的新旧体诗、小说和散文随笔。生命进程中的这种偶然性，想来应是很多人都曾经历过的。对此，我的态度比较明朗，用冯友兰从古人那里撷取并做了有意味阐释的话说，就是“顺命”。

起初，我“顺命”而从罗时进师所治之学，并非明清诗文、地域与家族文学，而是唐宋诗文，后来因为临时受命参与罗师所主持的国家社科基金项目，才被动转向。学术研究对象在时间维度上的“下移”，实际给我带来了不小的挑战，大量的明清诗文别集、学术研究专著，需要在较短的时间内择要阅读，并形成自己的知识框架，这和以前悠哉游哉品读与唐宋诗文相关的文献、论著的情形差异甚大。所幸我勉强“转身”了。

大概是因为我有限的一点勤奋和小聪明，偶然打动了罗时进师，在我硕士二年级快结束时，他便不遗余力地支持我申请硕博连读，结果竟然申请成功。我希望到北方读博士的梦想，自然是破碎了，但是这既让我比较顺利地沿着硕士阶段的研究方向，继续纵深前行，从而确立近十年左右学术研究范围和兴趣，又让我实现了赖在苏州不走的愿望，两相比较，我由衷感激罗师当时的“不遗余力”。

我的人生态度向来乐观，虽然我自己以前并不知道。而正因为此，不少师长和同门都认为我九年的苏州读书生活，过得比较幸运、比较轻松，幸运我承认，轻松我不全认同。就博士论文写作而言，从社会、地域、家族的视角研究清代常州古文与骈文，研究思路对我来说是全新的，研究对象对我来说也是全新的；而且，曹虹教授的《阳湖文派研究》就像一座迫在眼前的山峰，挡住了我前面无限的风景。笼括地讲，我要爬过史志家乘的崇山峻岭，穿过古文与骈文典故、意蕴的层层迷障，一步一步地接近难以确定的“终点”；要寻针觅线、穿针引线，进而编织一张与人相异且经得起小风微雨吹淋的学术之网。

论文撰成后，提交外审专家与论文答辩委员会审查，结果竟然比较令人乐观，我的幸运在此得到了印证。答辩委员会主席王水照先生认为，论文对于社会、地域、家族三位一体研究思路的论述，“思考的密度比较大”；论文常州古文研究部分，已经对曹虹教授的《阳湖文派研究》有所突破，骈文研究部分则具有开创性。此外，董乃斌、程章灿、朱则杰、周秦、范志新、马卫中、朱志荣、黄镇伟、朱丽霞诸教授，也对论文多所褒扬。不过，前辈学者的这种宽容和善意，我们通常都能理解，因此我从来不敢沾沾自喜。

事实上，论文的确存在不少瑕疵，除开外审专家和答辩委员会诸教授已经指出的，我自己也发现了一些需要改正的不足。所以，从2008年论文答辩结束到现在，我一直在做修缮的工作。如果将眼下的这一稿和答辩时的那一稿相对照，读者一定不难发现，论文的总体框架虽然未变，但内容、表述确实有了较大的改观。当然，论文已有的“改观”离我理想中的状态还有很远的距离，呈现在读者面前的这部小书，充其量也只能算是学界初出茅庐者，比较稚嫩的一次学术研究尝试。

回想起来，当初的梦想者和文学爱好者，不经意间已在古典文学研究的幽径上，蹒跚行走了十多年，人生可没几个十多年！这时我想起了自己在博士论文后记中所写的一段话：

> 人生之路既然是自己认真选定，那就不能后悔，何况，我并不后悔。我一直被夫子临川而发的那句话所感动：“逝者如斯夫，不舍昼夜！”每吟哦此句，便觉与夫子同在，似乎看到往来古今无数人的生命汇成巨流，庄严而无可奈何地逝去，有一种悲壮之美。然而

有些东西并不随生命的消逝，而淹没于时间洪流之中，那就是人的精神，每当我经由古人的文字捕捉到哪怕是这种精神的吉光片羽时，我便想，我的选择是正确的。

现在的我，固非当日之廿八儿郎矣，但而今看到当日的所思所想，仍然为之怦然心动。也就是说，我依然认可自己在六年前对从事古典文学研究的体认，并确信这十多年未曾虚度。

人应当多存感恩之心。在我稚嫩的学术出产即将面世时，我想特别感谢业师罗时进先生！长期以来，先生对我关怀备至、训诲不辍；拙作此次能交由凤凰出版社刊印，亦缘先生之荐，而先生在台湾逢甲大学客座教席百忙中所赐之序，更为拙作增重不少。同时，也衷心感谢凤凰出版社李相东博士为本书出版所付出的辛勤劳动。对其他众多师长、亲朋的谢忱，难以缕述，我愿意一直放在心里珍藏。

甲午大暑后一日路海洋记于吴门